Michael Ueberschaer

Drei Männer Freundschaften

Das Geständnis

Michael Ueberschaer

Drei Männer Freundschaften

Das Geständnis

Roman

Bibliografische Information der Deutschen Nationalbibliothek:
Die Deutsche Nationalbibliothek verzeichnet diese Publikation in der
Deutschen Nationalbibliografie; detaillierte bibliografische Daten sind im
Internet über http://dnb.dnb.de abrufbar.

Verlag: BoD · Books on Demand GmbH, Überseering 33,
22297 Hamburg, bod@bod.de
Druck: Libri Plureos GmbH, Friedensallee 273, 22763 Hamburg

Umschlaggestaltung: Michael Ueberschaer

ISBN: 978-3-8391-3874-8

Aus einer schlechten
Verbindung kann man
sich schwerer lösen als
aus einer guten.
- Whitney Houston -

Prolog

Reich sind nur die,
die wahre Freunde haben.
- Thomas Fuller -

Freitag, der 11.08.2017, abends

»Du willst uns verarschen«, sagte Klaus zu Lukas und nahm einen *sehr* großen Schluck von seinem Weizenbier. Während er sein Glas abstellte, schaute er zu Harald, der auf einmal irgendwie nicht mehr anwesend zu sein schien.

Lukas machte keine Anstalten, etwas zu sagen.

Also fragte Klaus: »Du willst uns doch verarschen, oder?«

Lukas sah Klaus über seine Brille an. Er hielt Klaus' ernstem Blick jedoch nicht stand. Deshalb schüttelte er verhalten seinen Kopf, während er ihn sinken ließ.

»Und seit wann?«

Lukas schaute Klaus wieder an und gab immer noch keine Antwort.

»Seit wann schlägst du Petra?«

»Seit vier Jahren«, sagte Lukas nach neuerlichem Zögern mit leiser Stimme und senkte dann wieder seinen Kopf.

Harald, so Klaus' Eindruck, war immer noch nicht anwesend. Er starrte vor sich hin und blieb still.

Das erste Mal

Der starke Mann ist
stärker ohne Gewalt.
- Bertolt Brecht -

An einem Donnerstag, Oktober 2013, abends

Lukas fuhr auf dem Osterdeich in stadteinwärtiger Richtung. Die Heizung seines nagelneuen BMWs hatte die Feuchtigkeit aus dem Innenraum befördert, sodass Lukas endlich ein vollumfängliches Blickfeld vor sich hatte.

Er dachte an das Gespräch mit seinem Chef am Mittag. Wieder einmal ging es um Überstunden, die Lukas machen sollte. Lukas konnte kaum noch zählen, wie oft er bereits länger gearbeitet hatte.

Er hatte es eilig, nach Hause zu kommen. Auch deshalb bemerkte er die rote Fußgängerampel wohl eher beiläufig.

»Verdammt nochmal, wer drückt denn bloß um diese Uhrzeit die Ampel?«, fluchte Lukas und trat auf das Bremspedal. Er kam zum Stehen und *niemand* überquerte die Ampel. Er wendete seinen Kopf nach links. Dann nach rechts. Weit und breit keine Fußgänger oder Fahrradfahrer. Dazu dauerte es typischerweise eine halbe Ewigkeit, bis die Ampel wieder auf Grün umsprang.

Sein Chef war mal wieder extrem unnachgiebig, befand er, während er seinen Wagen beschleunigte. Und er selbst hatte keine Argumente gefunden, musste sich Lukas eingestehen.

Also lagen wieder einmal Überstunden an und es war ihm wieder nicht gelungen, diese abzuwenden.

Es dämmerte bereits. Unversehens sah er sich von einem Autofahrer vor sich behindert.

»Was machst du denn da?«, rief er und schlug mit seiner rechten Hand auf das Lenkrad. »Mach hinne, Junge!«, schrie er lauthals. »Das gibts doch gar nicht!«

Lukas beschleunigte seinen Wagen und näherte sich der Stoßstange seines Vordermanns. Er hupte mehrmals.

Sein Vordermann ließ sich dadurch anscheinend nicht beeindrucken, denn er fuhr in gewohnter Manier vor ihm her.

Lukas ließ sich unverrichteter Dinge zurück in den Sitz fallen und atmete tief durch.

Auf der linken Seite wurde es hell.

Lukas fuhr am Weserstadion vorbei, aus dem grelles Licht in den Himmel flutete. »Das ist auch so eine Gurkentruppe«, dachte er, während er einen kurzen Blick riskierte. Wieder nach vorne schauend, verstand er nicht. Die Nervensäge vor ihm war weg. »Wie in Luft aufgelöst«, dachte er, schaltete dann einen Gang tiefer und nahm Tempo auf.

Endlich, gut fünfzehn Minuten später, steuerte er seinen Wagen auf die Einfahrt des Einfamilienhauses in der Nähe des Bürgerparks, welches er mit seiner Ehefrau Petra und seinen beiden Kindern Lydia und Peer seit einigen Jahren bewohnte. Es war inzwischen dunkel. Nachdem er seinen Wagen verlassen und abgeschlossen hatte, ging er über den Rasen zur Eingangstür, die wider Erwarten geöffnet wurde.

Seine Frau erwartete ihn. »Gut, dass du endlich da bist. Peer macht mich noch wahnsinnig«, sagte Petra, in der Tür stehend.

Lukas ging an Petra vorbei ins Haus, ohne sie eines Blickes zu würdigen, und weiter direkt die Treppe hinauf in den ersten Stock. Kaum in seinem kleinen Arbeitszimmer angekommen, hörte Lukas, wie Petra ihm nach oben folgte und vom Flur aus laut sagte: »Lukas! Ich spreche mit dir. Und ich möchte, dass du mir zuhörst!«

Lukas legte seinen Aktenkoffer auf seinen Schreibtisch und drehte sich abrupt um. »Und ich möchte jetzt nicht reden, sondern meine Ruhe haben!« Nachdem Petra auf dem Absatz kehrtgemacht hatte und bereits auf dem Weg nach unten war, rief er: »Was gibt es zu essen?« Lukas begann sich auszuziehen und ging dann ins Bad, um eine Dusche zu nehmen.

Petra trat indes aus der Küche in den Flur und an die Treppe, lauschte nach oben und hörte, wie Lukas ›Verdammt‹ fluchte. Sie polterte die Treppe hinauf und drang ohne Umstände ins Bad ein, riss den Duschvorhang beiseite und gab Lukas zu verstehen, das Essen sei fertig und sie habe nicht wieder Lust, auf ihn zu warten. Ohne auf eine Reaktion zu warten, verließ sie das Bad und begab sich wieder nach unten. Unten angekommen, deckte sie den Tisch in der Küche. Dann bat sie Lydia und Peer, zum Essen zu kommen, erhielt von ihren Kindern jedoch keine Rückmeldung.

Es vergingen fünf Minuten, in denen weder Lydia noch Peer oder Lukas zum Essen erschienen. Petra saß an ihrem angestammten Platz an der Stirnseite des Tisches und fragte sich, warum sie sich das immer wieder antat. Während ihr ein am Küchenfenster vorbeifahrendes Fahrzeug den Blick mit seinen Scheinwerfern nahm, entschloss sie sich, nicht weiter auf ihre Familie zu warten. Sie brachte den Kartoffelgratin und den Salat auf den Tisch und füllte ihren Teller. Kurz innehaltend, nahm sie anschließend in aller Ruhe ihr Mahl ein. Zum Abschluss, ihre Familie hatte sich noch immer nicht blicken lassen, machte sie sich eine Schüssel Rote Grütze zurecht, mit der von ihr selbst zubereiteten Vanillesauce, und nahm diese mit gutem Appetit zu sich.

Als sie fertig gegessen hatte, begann sie, zügig den Tisch abzudecken. Währenddessen kam Lukas in die Küche. »Was machst du denn da?«

Petra antwortete mit einem süffisanten Lächeln, denn sie freute sich über ihre Entscheidung, das Abendessen ohne ihre Familie begonnen und beendet zu haben. »Das siehst du doch. Ich räume den Tisch ab.«

»Du weißt ganz genau, wie wichtig es mir ist, gemeinsam zu Abend zu essen.«

Petra setzte ihre Aufräumarbeiten fort. »Den Eindruck habe ich schon lange nicht mehr. Und ich habe keine Lust mehr, immer wieder auf dich und die Kinder zu warten. Ich habe auch keine Lust mehr, überhaupt abends das Abendessen zuzubereiten. Also werde ich es ab sofort auch nicht mehr machen. Ihr könnt ja auch Brot essen.«

»Wir können auch Brot essen … und sonst geht es dir gut, ja? Ich habe einen schweren und anstrengenden Job. Da kann ich doch wohl erwarten, von dir abends ein warmes Essen zu bekommen.«

»Ich habe auch einen schweren Job … kann ich jetzt auch erwarten, von *dir* abends ein warmes Abendessen zu bekommen?«, erwiderte Petra fragend.

Es war kurz still in der Küche. Bevor Petra ihre Arbeit in der Küche beenden konnte, wurde es dunkel um sie herum.

Erste Verwerfungen

Freundschaft und Liebe
werden an den Enttäuschungen
gemessen, die sie zu ertragen vermögen.
- Charles Tschopp -

Samstag, der 12.08.2017, mittags

Lukas saß allein auf der Terrasse und konnte keinen klaren Gedanken fassen. Und das hatte wenig mit den extremen Temperaturen zu tun.

Mit der Reaktion seiner Freunde hatte er überhaupt nicht gerechnet. Er hatte angenommen, vielleicht auch gehofft, sie würden ihm auf die Schulter klopfen. Schließlich wollte er eine Beratung in Anspruch nehmen, um bezüglich seines Gewaltverhaltens etwas zu unternehmen.

Doch weit gefehlt.

Auf die Frage, die Klaus ihm mehrmals gestellt hatte, während Harald still gewesen war, konnte er nicht antworten. Denn auch jetzt hatte er überhaupt keine Idee, wie ihm das immer wieder passieren konnte. Durch die Reaktionen seiner Freunde, überwiegend durch Klaus, war er auf sich selbst zurückgeworfen. Seine vermeintliche Idee, sich selbst durch sein Geständnis hinsichtlich einer Beratung in die Pflicht zu nehmen, erwies sich für ihn als gigantischer Rohrkrepierer.

»Was für eine Schnapsidee«, dachte er. Als seine Gedanken danach zu Petra wanderten, bekam er ihr gegenüber wieder einmal ein unsagbar schlechtes Gewissen. Eigentlich sollte er zu ihr gehen und sie bei den Vorbereitungen für das Mittagessen unterstützen, doch er traute sich nicht.

Also blieb er lieber im Garten und fragte sich, wie er das ganze Problem vom Tisch bekommen konnte. Doch immer wieder landeten seine Gedanken bei seinen langjährigen Freunden. Er verstand immer noch nicht, warum sie derart überrascht waren. Sie mussten doch etwas geahnt haben. Sie mussten Petra doch mal mit blauen Flecken gesehen haben. Petra hatte sich zwar stets große Mühe gegeben, ihre blauen Flecken zu verbergen, wenn seine Hand mal wieder ausgerutscht war. Aber sie mussten sich wenigstens gewundert haben. Außerdem sollte Klaus schon längst im Bilde sein, weil Petra Sybille in einem ›schwachen‹ Moment alles erzählt hatte.

Lukas sprang vom Gartenstuhl auf. Er verließ die Terrasse und ging dann auf dem Rasen hin und her. Je länger er nachdachte, desto weniger konnte er das Verhalten seiner Freunde und sich selbst verstehen.

»Sie hatten sich nicht einmal richtig verabschiedet«, erinnerte er sich nochmals an den Abend und dadurch zog sich in ihm alles zusammen. Harald sagte nur ›Tschüss‹ und ließ sie beide stehen. Klaus blieb kurz bei ihm und sagte schließlich: »Bis dann, Lukas. Man sieht sich.« Auch von Klaus bekam er keine Umarmung. Klaus ging; ohne ein weiteres Wort.

Klaus war den ganzen Morgen allein unterwegs gewesen, um Material zu beschaffen. Als Tischlermeister hatte er einen Betrieb mit einem Angestellten und einem Lehrling. Er hatte sich während seiner Selbständigkeit mehr und mehr auf besondere Aufträge spezialisiert. Im Wesentlichen machte er jetzt Innenausbau in Arztpraxen, Restaurants und manchmal auch in Hotels.

Ab Montag wartete der nächste Auftrag. Dafür war eine Menge Holz erforderlich.

Also war er, direkt nach dem Frühstück mit seiner Ehefrau Sybille, aufgebrochen und eben erst wieder zurückgekehrt. Vorher hatte er das Holz und anderes Baumaterial in seiner Werkstatt, die mit dem Wagen nur zehn Minuten von ihrem Zuhause entfernt lag, gelagert.

Gemeinsam saßen sie auf der Terrasse ihres kleinen Reihenhauses in der Nähe des Hafens im Westen der Stadt.

Klaus schüttelte in Gedanken seinen Kopf.

Obwohl Sybille sein Kopfschütteln nicht sehen konnte, merkte sie, ihr Mann war in irgendeiner Weise beschäftigt. Seitdem er am Vorabend nach Hause gekommen war, wirkte er irgendwie verändert, sagte kaum etwas und wollte ziemlich schnell ins Bett gehen. So kannte Sybille ihren Mann nicht. Irgendetwas Gravierendes musste vorgefallen sein. Sie war sich nicht sicher, ob sie einfach fragen sollte, was los war.

Plötzlich drehte sich Klaus zu ihr um und holte tief Luft. Nach einer kurzen Pause sagte er: »Ich muss dir etwas sagen.«

Sybille erschrak, konnte sehen, wie sehr Klaus mit sich rang, und zog es deshalb vor, abzuwarten.

»Sybille, es fällt mir wirklich nicht leicht, dir das jetzt zu sagen …«, versicherte Klaus seiner Ehefrau, deren Unruhe ihm nicht verborgen blieb. »… Aber ich kann dir das unmöglich verschweigen.«

»Klaus, was ist denn los?«, fragte Sybille und rutschte auf ihrem Stuhl hin und her.

»Lukas schlägt seine Frau«, platzte es aus Klaus heraus.

»Was … wie … Lukas schlägt seine Frau. Woher weißt du das?«

»Von Lukas … er schlägt Petra seit vier Jahren! Als wir gestern nach dem Training noch im Biergarten waren, hat er uns das erzählt«, sagte Klaus und wurde dabei immer lauter.

Sybille zuckte zusammen, weil sie ihren Ehemann nur selten so aufgebracht erlebte. Selbstverständlich war er auch schon mal unzufrieden oder so, aber dies hier war anders. »Seit vier Jahren, sagst du …?«, fragte sie und blickte Klaus eindringlich an. »… Du bist ziemlich aufgebracht.«

»Ja, bin ich … ich kann es einfach nicht fassen …«, räumte Klaus ein. »… Ich habe Lukas gestern immer und immer wieder gefragt, wie er es fertigbringt, Petra zu schlagen. Logisch, bin ich aufgebracht … ich kann es einfach nicht begreifen«, antwortete Klaus und brachte sich dabei noch mehr in Rage. Er schüttelte wieder seinen Kopf.

Sybille wusste nicht so recht, was sie sagen sollte. Konnte sie Klaus *jetzt* eröffnen, schon länger Bescheid zu wissen?

Wäre das gut?

Sie wusste es nicht und mochte jetzt auch keine Entscheidung darüber treffen. Also sagte sie: »Das tut mir leid … besonders für Petra.«

»Ja, mir auch … was mache ich denn jetzt bloß?«

»Ich weiß es nicht …«, sagte Sybille. »… Ich denke, ich werde uns jetzt erst einmal einen Kaffee kochen … Oder lieber einen Tee?«

»Kaffee ist gut, glaube ich.«

Sybille nickte, stand auf und ging ins Haus.

Samstag, der 12.08.2017, abends

Harald saß auf dem Sofa vor der Sportschau, die kaum Spannendes zu bieten hatte. Die Bundesliga war diese Woche zu seinem Leidwesen noch in der Sommerpause. Andere Sportarten gaben für einen Fußball-Verrückten wie ihn keinen gleichwertigen Ersatz ab. Wie gestern, nach Lukas' Geständnis, fiel es ihm immer noch schwer, sich zu bewegen.

Nach diesem unglaublichen Bekenntnis hatte er gebetet, nicht in den Mittelpunkt der Szenerie zu geraten.

Und so war es auch.

Nach Minuten des Schweigens, das Klaus mehrmals nur kurz mit derselben Frage unterbrach, hatten sie ihre Biere bezahlt und sich ohne eine wirkliche Verabschiedung getrennt.

Harald hatte nichts dagegen, dass Martina und die Kinder nicht da waren. Denn er hatte Schwierigkeiten mit der unsäglichen Situation, in die ihn Lukas gebracht hatte. Sein Freund machte da ein Fass auf. Wie kam er nur darauf, im Biergarten, in dem sie nach dem Training doch nur ein wenig plaudern wollten, so was zu erzählen? Harald konnte sich beim besten Willen nicht erklären, warum Lukas mit so einer Information um die Ecke kam.

19

Er starrte vor sich hin; durch den Fernseher hindurch. In einem ›hellen‹ Moment nahm er die Fernbedienung und schaltete die Glotze ab. Er richtete sich auf, platzierte seine Ellenbogen auf seinen Knien und schaute auf den Boden. Ihm fiel das nächste Training ein. Der Gedanke, dort auf Lukas zu treffen, ließ ihn frösteln. Vielleicht sollte er dem Training erst einmal fernbleiben, bis sich das Thema in Luft aufgelöst hatte.

Klaus stand in seiner Werkstatt, in die er sich am späten Nachmittag zurückgezogen hatte, bereits eine ganze Weile vor der Werkbank.

Er war regelrecht geflohen. Er hatte die Idee, wenn er allein war, sein Gefühlschaos besser sortieren zu können.

Eigentlich verbrachte Klaus sein Wochenende gerne zu Hause mit Sybille. Doch jetzt war durch Lukas' Geständnis alles anders.

Sein Freund, ein Schläger? Das konnte doch nicht sein. Der Lukas, mit dem er, zusammen mit Harald, in die Grundschule gegangen war … der sollte seit vier Jahren seine Frau schlagen?

Klaus nahm das Stück Holz, welches er herausgesucht hatte, von der Werkbank. Er schaute es lange an, drehte es mehrmals in seinen Händen und beschäftigte sich ausgiebig mit der Oberfläche. »Seit vier Jahren …« Er legte das Holzstück zurück auf die Werkbank, drehte sich um und lehnte sich an. Dann versuchte er, sich einen Reim auf Lukas' Verhalten zu machen.

Lukas hatte es selbst erzählt. Gestern, nach dem Training. Er schlug Petra demnach seit vier Jahren!

»Wieso hat er das erzählt?«, fragte er sich.

Nach mehreren Minuten drehte er sich wieder zur Werkbank und nahm das Stück Holz erneut in die Hand.

Klaus sah Lukas vor sich, wie er irgendwie auch stolz erzählte, eine Beratung aufsuchen zu wollen, um sein Gewaltverhalten in den Griff zu bekommen. Es schien, Lukas wollte dafür anerkennende Worte von Harald oder ihm selbst hören.

Vor sich hin starrend hielt er das Holz mit seinen beiden Händen. Ohne es zu merken, erhöhte er den Druck seines Griffs.

»Verdammt noch mal!« Klaus ließ das Stück Holz mit einem lauten Knallen auf die Werkbank fallen. Er ging zum Tor seiner Werkstatt, öffnete es und schaute draußen nach links und rechts. Es war extrem warm. Die Sonne blendete ihn.

»Was mache ich hier eigentlich?«, fragte er sich nach einer Weile, da er nichts und niemanden sehen konnte. Er zog sich wieder in die Werkstatt zurück und dabei das Tor zu, sodass es mit einem lauten Scheppern ins Schloss fiel.

Klaus zuckte zusammen und haderte mit sich selbst. Er ging zurück zur Werkbank. Dort blieb er stehen, schaute sich auf ihr um. Wieder nahm er das Holzstück in die Hand. Er blieb allerdings nach wie vor ohne Eingebung, die er sich insgeheim wohl wünschte. Schließlich räumte er das Holzstück in die Kiste, aus der er es vor einer halben Stunde hervorgekramt hatte.

Wie sollte er sich auch auf irgendetwas konzentrieren? Er lehnte häusliche Gewalt ab. Es war für ihn unvorstellbar, seine Hand gegen seine Ehefrau zu erheben. Und nun schlug sein Freund, von dem er angenommen hatte, zivilisiert zu sein, seine Ehefrau.

»Mann, Lukas«, schrie Klaus. »Was soll der Scheiß?«

»Zum Glück keiner hier«, dachte er und fasste einen Entschluss. Er schaute sich noch einmal um. Soweit schien alles in Ordnung. Er ging in den Bürobereich, streifte seine Jacke über, schnappte sich seine Fahrradtasche und verließ die Werkstatt. Nachdem er die Tür abgeschlossen und seine Tasche auf dem Gepäckträger untergebracht hatte, fuhr er los; zurück nach Hause zu Sybille.

Sie hatte sich, sehr zu seiner Erleichterung, am Nachmittag lediglich darauf beschränkt, einen Kaffee zu kochen, ohne ihn weiter zu fragen oder zu bedrängen.

Klaus merkte, während er durch Walle radelte, dass er mit ihr reden sollte, um so vielleicht die eigenen Gefühle ordnen zu können. Er konnte und wollte den Konflikten, die sich sicherlich ergeben würden, auch in ihm selbst, nicht aus dem Wege gehen.

Lukas saß mit seiner Familie am gläsernen Esstisch. Er versuchte, sich auf das Abendessen zu konzentrieren und es zu genießen.

Petra hatte wieder mit viel Aufwand gekocht, wie sie es immer machte, seitdem sie einen schlagenden Ehemann zu bekochen hatte.

Ihre Tochter Lydia saß links neben ihr, war zum Essen ausnahmsweise zu Hause, wollte allerdings anschließend zu Freunden auf eine Party. Ihr Sohn Peer saß ihr gegenüber.

Lydia und auch ihr Bruder wussten den Aufwand, den sich ihre Mutter gemacht hatte, an diesem Abend durchaus zu schätzen. Dementsprechend hatten sie sich einen Nachschlag auf ihren Teller gefüllt.

Petra beobachtete ihren Ehemann und fragte sich bereits, warum er so vor sich hin starrte, traute sich allerdings nicht, ihn zu fragen. Seit gestern Abend hatte er auffällig wenig mit ihr gesprochen. Sie hatte den Eindruck, er sei noch verschwiegener und angespannter als sonst.

Lukas merkte, dass seine Ehefrau mehr mit ihm als mit ihrem Teller beschäftigt war. Er zwang sich dazu, das wirklich gelungene Essen so unauffällig wie möglich zu sich zu nehmen. Ob es jetzt besser war, ein Gespräch zu eröffnen oder weiter zu schweigen, wusste er nicht.

»Schmeckt es euch?«, fragte Petra und nahm Lukas damit seine Entscheidung ab.

Die beiden Kinder nickten, während sie kauten.

Immerhin brachte es Lukas fertig, zu antworten. »Ja … es schmeckt sehr gut.«

Sybille hatte Klaus' Entscheidung, in seine Werkstatt fahren zu wollen, nur zu gerne zur Kenntnis genommen. Sie hatte Klaus nicht weiter bedrängt. Denn sie wusste nicht, wie sie ihm erklären sollte, schon länger von Lukas' Schlägen zu wissen.

Bereits vor einigen Monaten hatte sie aus ihren Beobachtungen und dem Verhalten Petras geschlossen, irgendetwas zwischen ihr und Lukas stimme nicht. Bei ihren Treffen mit Martina war Petra das ein oder andere Mal auffällig geschminkt. Sybille wurde dadurch stutzig und befürchtete, Lukas könnte Petra schlagen. Also fasste sie irgendwann den Mut und teilte Petra ihren Verdacht mit.

Petra hatte zunächst abgewiegelt und beteuert, es sei alles in bester Ordnung. Sybille war jedoch nicht überzeugt. Also wiederholte sie ihre Frage. Petra erzählte ihr dann unter Tränen, von Lukas seit circa vier Jahren geschlagen zu werden.

Sybille hörte, wie jemand die Haustür aufschloss.

Kurze Zeit später stand Klaus in der Küchentür.

»Du bist schon wieder da?«

Klaus machte ein mürrisches Gesicht. »Ja, in der Werkstatt komme ich nicht weiter«, sagte er und zog seine Jacke aus.

Sybille kümmerte sich bereits um das Abendessen. Ihr wurde klar, bald eine Entscheidung treffen zu müssen.

Nachdem Klaus seine Jacke weggehängt hatte, kam er zurück in die Küche. »Hast du eine Idee, wie ich mich am besten verhalte?«

Sybille, die gerade Karotten schälte, blickte auf und zögerte. Sich zu Klaus drehend, sagte sie dann: »Klaus. Ich muss dir etwas sagen.«

»Aha … und was?«

»Ich weiß schon etwas länger, dass Lukas Petra schlägt.«

»Bitte was?«

Sybille richtete sich auf und verschränkte ihre Arme. »Ich weiß, das kommt jetzt etwas unerwartet. Doch Petra wirkte auf mich schon seit vielen Monaten bedrückt und unglücklich«, sagte sie und ging Richtung Küchentisch. »Außerdem war sie bei unseren Treffen mit Martina ein- oder zweimal auffällig stark geschminkt und dann habe ich eins und eins zusammengezählt.« Sybille setzte sich, Klaus beobachtend, langsam hin.

Klaus blieb in der Küchentür stehen und sagte nichts. Ihm stand vom Fahrrad fahren bereits der Schweiß auf der Stirn.

Nach einer Weile schüttelte er den Kopf. »Wieso hast Du mir nichts davon gesagt?«

»Ich habe Petra vor einiger Zeit darauf angesprochen. Und sie hat dann angefangen, zu weinen. Sie war völlig aufgelöst und hat mir dann widerwillig erzählt, Lukas schlage sie schon seit mehreren Jahren.«

»Du hättest mich darüber informieren können … nein, sollen … vielleicht sogar müssen«, stellte Klaus fest.

Sybille merkte Unbehagen, weil ihr aufging, wie recht Klaus hatte. »Ja, das wäre wohl klug gewesen, doch das ging nicht. Ich hatte Petra immerhin versprochen, niemandem davon zu erzählen; auch *dir* nicht.«

»Du hast es Petra versprochen?« Klaus konnte das nicht einfach so hinnehmen. »Ja, aber wieso? … Als dein Ehemann hätte ich das von dir erfahren *müssen*.«

Sybille schaute Klaus an und zog es vor, nichts zu sagen.

»Ich verstehe dich nicht, Sybille. Lukas ist mein Freund … mein Freund … verstehst du? Und ich muss es von ihm selbst erfahren, obwohl du seit Monaten eingeweiht bist?«, fragte Klaus.

Sybille wurde kleiner auf ihrem Stuhl, als würden Klaus' Worte sie erdrücken. »Ja … ich …«

Klaus nickte stumm und sah Sybille einige Sekunden an. Er konnte nicht fassen, wie Sybille darüber seit Monaten schweigen konnte. Er schüttelte sich innerlich, um diesen Umstand zu verarbeiten. Da er schließlich auch Sybilles Not erkannte und nicht ignorieren wollte, ging er auf sie zu und öffnete trotz seiner Unzufriedenheit seine Arme.

Sybille schnellte in die Höhe und drückte sich an ihn. »Tut mir leid«, flüsterte sie in sein linkes Ohr.

So hielten sie sich lange fest.

Dann brauchte Sybille doch eine Ablenkung. Deshalb schlug sie Klaus vor, nachdem sie voneinander gelassen hatten, ihr bei der Zubereitung des Abendessens zu helfen.

Klaus ging auf ihren Vorschlag allerdings erst nach einigem Zögern und mit recht großen Bauschmerzen ein.

Keine Stunde später hatten sie ein Drei-Gänge-Menü auf den Esstisch gebracht. Sie saßen bereits bei der Nachspeise.

»Dein Tiramisu ist mal wieder besonders lecker«, sagte Klaus und schob einen Löffel Nachtisch in seinen Mund.

Sybille lächelte Klaus zu und entgegnete: »Das freut mich. Lass uns jetzt bitte über die neue Situation sprechen, die sich durch Lukas' Geständnis ergeben hat!«

Klaus legte seinen Löffel auf den Tisch und senkte nachdenklich seinen Kopf.

»Klaus …«, sprach Sybille ihren Ehemann erneut und fragend an.

Nach einigen Sekunden hob und schüttelte Klaus seinen Kopf. »… Ganz ehrlich, Sybille. Dein Schweigen diesbezüglich kann ich nicht mal eben so abschütteln.«

Klaus nahm seinen Löffel und wandte sich wieder seinem Nachtisch zu. »Und dein Tiramisu ändert daran nur ein wenig«, ergänzte er und lächelte Sybille verschmitzt an, nachdem er genüsslich einen weiteren Löffel in seinen Mund befördert hatte.

Durch Sybille strömte eine riesige Welle der Erleichterung. »Ich kann dich wirklich verstehen, wenn ich mir vorstelle, wie es andersherum für *mich* wäre. Entschuldige bitte! Ich habe ziemlichen Mist gebaut.«

Klaus schaute auf seinen Nachtisch und rührte sich einen Moment nicht. Dann sagte er: »Also gut! Entschuldigung angenommen. Dann haken wir das jetzt ab.«

»Das können wir gerne machen. Ich möchte dir allerdings noch erklären, warum ich diesen Fehler gemacht habe.«

Klaus leerte seine Schale und schob sie beiseite. Er rümpfte seine Nase. »Vielleicht später, okay? Ich weiß … du hattest deine Gründe und dabei sollten wir es jetzt erst einmal belassen.«

»Na schön. Wie du meinst«, sagte Sybille und löffelte ihre Schale aus und schob sie ebenfalls weg.

»Ich bin hin- und hergerissen«, sagte Klaus. »Auf der einen Seite möchte ich mit Lukas nichts mehr zu tun haben. Andererseits brauche ich von ihm Antworten. Die ist er mir als sein Freund schließlich schuldig.«

»Kann ich sehr gut nachvollziehen … Lukas ist ein Schläger … Nein! … nicht nur ein Schläger … er ist einer, der seine Frau verprügelt. Seine Frau, die er angeblich liebt.« Sybille nahm die Löffel aus den Schalen und stellte sie zusammen. »Glaubt du allen Ernstes, dass Lukas Antworten hat?«

»Na ja …«, dachte Klaus laut nach, »… Ich begreife einfach nicht, wie er es fertigbringt, Petra das anzutun. Ich dachte und war mir immer sicher, er würde sie über alles lieben.«

»Und du denkst, er liebt sie nicht mehr …?«, hakte Sybille nach, »… Oder dass er sie nie geliebt hat?«

Klaus atmete mehrmals tief ein und wieder aus. »Ich weiß es nicht … Ich dachte, ich kenne Lukas gut … jetzt muss ich feststellen, dass dies überhaupt nicht so ist.« Klaus rutschte auf seinem Stuhl hin und her. »Ist es möglich, jemanden zu schlagen, den man liebt? … Offenbar ja …«

»Für mich ist das nicht vorstellbar«, sagte Sybille. »Aber das muss nichts heißen.«

»Ich kann mir das auch überhaupt nicht vorstellen. Vielleicht wäre es richtig, den Kontakt zu Lukas abzubrechen. Der hat sie doch nicht mehr alle.« Klaus schob seinen Stuhl unwirsch nach hinten, stand auf und nahm die beiden Schalen vom Tisch. »Dieser blöde Arsch«, fluchte er, während er den Geschirrspüler öffnete und Schalen und Löffel darin verschwinden ließ.

Sybille erschrak. Sie beobachtete ihren Mann beim Einräumen. Als er damit fertig war, sagte sie: »Sag mal! Hast du eigentlich eine Ahnung, ob Petra von Lukas' Geständnis weiß?«

Klaus schaute sich um. »Nein! Habe ich nicht. Darüber haben wir noch gar nicht sprechen können. Soll ich Lukas fragen? Ich rufe ihn an, wenn du möchtest«, stellte Klaus in Aussicht. »Dann kann ich ihm auch gleich noch ein paar Takte erzählen …«

»Ich weiß nicht so recht«, dachte Sybille laut nach.

Petra saß derweil im Wohnzimmer und konnte nur einigermaßen konzentriert in ihrem Buch lesen, weil Lukas nicht im Haus war.

Er hatte sich dazu entschlossen, noch eine Runde laufen zu gehen.

Sie fröstelte, als sie an seine baldige Rückkehr dachte. Sie konnte sich nicht erklären, was mit Lukas los war. Seit gestern Abend hatte er kaum ein Wort gesagt, war noch angespannter als sonst und für Petra weniger berechenbar denn je.

Das Klingeln des Telefons nahm sie zunächst nicht wahr. In ihre Gedanken und Gefühle versunken kam es wie aus einem Tunnel langsam näher an sie heran, bis sie endlich begriff, dass jemand anrief.

Sie legte ihr Buch aufs Sofa, während sie aufstand, und holte sich das Mobilteil des Telefons. »Bei Schmalbach«, meldete sie sich, nachdem sie den Anruf entgegengenommen hatte.

»Äh … Hallo Petra! Hier ist Klaus … wie geht es dir?«

»Soweit ganz gut. Lukas ist nicht da.«

»Oh. Das ist …« Klaus unterbrach seinen Satz und schaute Sybille an, die neben ihm stand. »Lukas ist nicht da«, sagte er bei zugehaltenem Mikrofon des Telefons.

Sybille hob entrüstet die Arme: »Und?«

»Hallo …«, rief Petra.

»… Ja, Petra …« Klaus begriff, dass er mit der Situation allein umgehen musste. »… Ich melde mich morgen wieder.«

»Ist in Ordnung«, sagte Petra. Sie stellte das Telefon in die Basis, nachdem sich Klaus mit einem ›Tschüss, Petra‹ verabschiedet hatte.

Langsam ging sie zurück ins Wohnzimmer und setzte sich wieder aufs Sofa. »Wieso ruft Klaus um diese Uhrzeit bei uns an?«, fragte sie sich. Sie dachte an Lukas und sein auffällig verändertes Verhalten. Die Sache war eindeutig. Am gestrigen Abend musste etwas Entscheidendes vorgefallen sein. Petra ließ sich zunächst auf dem Sofa zurückfallen. Dabei berührte sie mit ihrer Hand ihr Buch. Sie schaute es an. Indem sie sich wieder aufsetzte, griff sie danach und nahm es dann in beide Hände. Nach einem kurzen Augenblick legte sie es mit einem leisen Kopfschütteln wieder weg.

Durch Klaus' Anruf aufgewühlt war sie unzufrieden damit, dass Peer doch bei einem Freund übernachtete und ihre beiden Kinder somit nicht zu Hause waren.

Das Wohnzimmer kam ihr auf einmal unglaublich groß vor; kaum auszuhalten, diese Leere. Sie ging in die vor zwei Monaten aufwendig renovierte Küche und brachte Wasser zum Kochen. Sie nahm ihre Lieblingstasse und einen Teebeutel aus dem Hängeschrank und brühte sich einen Beruhigungstee auf. Petra musste unbedingt wissen, was um Himmels willen gestern zwischen den drei Freunden vorgefallen war. Allerdings konnte sie sich absolut nicht vorstellen, Lukas zu fragen. Nach zwei Minuten entfernte sie den Teebeutel, nahm ihren Tee und setzte sich an den Küchentisch, nachdem sie ihre Tasse auf ihm abgestellt hatte. »Was mache ich jetzt bloß?«

Sonntag, der 13.08.2017, morgens

Martina saß etwa zur selben Zeit mit einer Tasse Kaffee und einem Toast mit Honig auf der Terrasse. Der Sonntagmorgen setzte das fort, was in den letzten Tagen begonnen hatte. Die Sonne brannte bereits früh vom wolkenlosen Himmel, sodass wieder ein heißer Spätsommertag zu erwarten war.

Notgedrungen war Martina früh aufgestanden, da sie bereits um halb acht nicht mehr schlafen konnte. Ihre Familie lag noch in den Federn. Sie genoss den familienfreien Morgen. Zum wiederholten Mal konnte sie sich sehr gut vorstellen, allein zu leben.

Schon lange war ihr nicht mehr klar, was sie bei ihrer Familie hielt. Die Liebe zu ihrem Mann hatte sich im Laufe der Jahre verflüchtigt. Ihre Kinder spielten in ihrem Leben zunehmend keine Rolle mehr. Das bedauerte sie zwar, hatte allerdings kaum noch Kraft übrig, dies zu ändern.

Denn allein die Beziehung zu Harald kostete sie schon seit Jahren den letzten Nerv. Seit dem gestrigen Abend hatte sich daran nichts zum Guten verändert.

Martina war sich nicht sicher, ob sie mit einem Menschen verheiratet war.

Harald zeigte sich schon seit Jahren nicht mehr. Er war erneut die Karriereleiter hochgestiegen. Als Leiter der Entwicklungsabteilung hatte er seit einigen Monaten auch die Mitverantwortung für die Strategie des Unternehmens. Seitdem verlor er aus ihrer Sicht mehr und mehr seine Offenheit und Zugewandtheit.

Wie es ihrem Ehemann ging, wusste Martina nicht. Er erzählte nichts. Sie wusste auch nicht, ob ihm neben seiner Arbeit irgendjemand oder irgendetwas wichtig war. Ihr Eindruck war, ihren Ehemann an seinen Arbeitgeber verloren zu haben. Ihre Versuche, mit Harald über sein verändertes Verhalten zu sprechen, führten für sie in eine zunehmende Entfremdung von ihrem Ehemann. Dadurch war sie in ihrer Ehe viel zu oft einsam.

Keine Frage! Harald hatte sicherlich viel Aufwand betrieben, um ihre Familie finanziell auf gesunde Füße zu stellen. Dafür war sie ihm *sehr* dankbar. Denn andernfalls könnte sie kaum auf dieser Terrasse sitzen. Es war bereits recht warm. Und dennoch erreichte sie aus ihrem Garten eine frische Brise, erfüllt von Düften, die sie daran erinnerten, nicht nur Rosen im Garten zu haben. Die Nähe zur Natur ließ sie kurz lächeln, als sie von ihrem Kaffee trank. Gerade hatte sich eine Blaumeise auf einer der Stuhllehnen niedergelassen und lenkte Martina ein wenig von ihren Gedanken ab. Der Vogel vergegenwärtigte ihr auch, wie dankbar sie Harald einerseits *tatsächlich* war. Andererseits wäre sie bereit, auf Materielles zu verzichten, wenn Harald weniger verschlossen wäre.

Zu ihrer Überraschung ging die Terrassentür auf und, während die Blaumeise davonflog, hörte sie Harald ›Guten Morgen‹ sagen.

Harald störte sie.

Dennoch sagte sie: »Guten Morgen.«

Harald nahm sich den Stuhl, auf dem eben noch die Blaumeise zu Gast war. Er stellte ihn an das andere Ende des Tisches und ließ sich auf ihn fallen. »Das wird ein wundervoller Tag heute«, sagte er und nahm seine Hände hinter den Kopf.

Da Martina nicht wusste, was sie sagen sollte, nahm sie Harald schweigend in den Blick.

Dieser starrte vor sich hin und gab sich große Mühe, den Eindruck zu erwecken, Martinas Blick nicht zu bemerken. Denn obwohl er alles andere als entspannt war, wollte er sich seiner Frau gegenüber keine Blöße geben. Seine Anspannung nahm dadurch rapide zu. Und er merkte, sich in einer unangenehmen Situation zu befinden, in die er sich selbst hinein manövriert hatte.

Martina kannte dieses Verhalten nur zu gut. Sie merkte wieder diese Einsamkeit, die jetzt wieder ihren gesamten Körper einnahm. Sie verspürte den unfassbar starken Drang, aufzuspringen und wegzulaufen.

Doch Harald kam ihr zuvor. *Er* sprang auf. »Frühstück?«

Um ihn für den Moment loszuwerden, schaute Martina Harald, der in seinem neusten Jogginganzug am Tisch stand, an und nickte stumm.

Erst gegen elf Uhr stellte Klaus sein Fahrrad wieder zurück in den Schuppen. Denn Sybille und er hatten am Samstagabend noch recht lange fern gesehen und deshalb ein wenig länger geschlafen als sonst.

Nachdem sie von der Spätsommersonne geweckt worden waren, hatte sich Klaus schnell sein Fahrrad geschnappt, um beim Bäcker Brötchen zu besorgen. Für ihn gehörte zum sonntäglichen Frühstück ein Brötchen unbedingt dazu.

Als er ins Haus kam, konnte er schon den durch den Flur wabernden Kaffeeduft wahrnehmen. Er lächelte in Erwartung eines gemütlichen Frühstücks mit seiner Ehefrau.

Sybille hatte Klaus' Abwesenheit genutzt und schnell geduscht. Den Frühstückstisch hatte sie umfänglich gedeckt. Mit noch nassen Haaren saß sie inzwischen auf der Terrasse und nippte an ihrem ersten Kaffee.

Sie hatten das Thema *Lukas* im beiderseitigen Einvernehmen auf Eis gelegt; auch mit der Hoffnung, heute zu irgendwelchen tragfähigen Entscheidungen zu gelangen.

Nachdem sein Freund zum Zeitpunkt seines Anrufs nicht zu Hause war, ging Klaus die Lust, es noch einmal zu versuchen, doch ziemlich verloren. Denn er glaubte selbst nicht mehr so recht daran, dass Lukas ergiebige Antworten würde liefern können.

Klaus fand Sybille hinterm Haus. »Hallo Liebes«, sagte er mit einem Lächeln und beförderte die Brötchen in die für sie vorgesehene Aufbewahrung. Er setzte sich auf seinen angestammten Platz, schenkte sich Kaffee und Milch ein und schnitt sich ein Krosses auf. Während Sybille sich weiter in aller Ruhe mit ihrem Kaffee beschäftigte, belegte Klaus sein Brötchen mit Schnittkäse und nahm sich vom Spezialrührei, welches nur Sybille zubereiten konnte.

Obwohl beide in diesen Zeiten alles andere als unbeteiligt waren, hatten sie sich für den Moment ohne Worte darauf verständigt, diesen auch ohne Worte zu genießen.

Die Sonne stand bereits hoch am Himmel und brachte die Luft zum Flimmern. Es war vollends windstill und für den Spätsommer unfassbar klare Luft. Besonders Klaus wünschte sich einen ähnlich klaren Kopf. Er musste sich selbst zur Ordnung rufen, damit er sich nicht wieder Gedanken machte, die ihn nicht weiterbrachten.

Er wurde jäh aus seinem Kosmos gerissen, denn vom Nachbargrundstück ihres Reihenhauses drang der an einem Sonntag unerwünschte Lärm eines Rasenmähers an sein Ohr.

Als hätte Sybille eine ungute Vorahnung, verzog sie ihr Gesicht und schaute Klaus eindringlich an. »Nicht aufregen, Klaus! Das lohnt sich nicht.«

Klaus ließ aufgrund dieser Ruhestörung, für die sich der Nachbar entschieden hatte, sein Brötchen auf den Teller fallen und schaute Sybille an. Anschließend ließ er sich, seine Arme auf die Lehnen legend, in seinen Stuhl zurücksinken. »Nicht aufregen? Es ist Sonntag, verflucht noch eins. Wie soll ich mich da nicht aufregen?«, fragte er deshalb Sybille etwas ungehalten.

Da der Nachbar mit seinem Aufsitzmäher scheinbar sein Grundstück rauf und runter fuhr, nahm die Geräuschkulisse in Wellen zu und wieder ab.

»Indem du mir etwas Gutes tust und mir noch einen Kaffee einschenkst«, antwortete sie und lächelte Klaus an.

Klaus war beeindruckt, wie es Sybille immer wieder gelang, ihn von seinem Ärger wegzubringen. Auch jetzt konnte er nicht verhindern, sich zu amüsieren. Er lächelte, stand auf, nahm die Kaffeekanne und schenkte Sybille mit Hingabe Kaffee nach. Nachdem er Milch dazugegeben hatte, küsste er Sybille zärtlich, und sagte anschließend: »Danke! Was würde ich bloß ohne dich machen?«

»Dich mit dem Nachbarn prügeln?«, vermutete Sybille.

Klaus konnte sich ein Lachen nicht verkneifen. »Ja! Das ist nicht ausgeschlossen. Doch es gibt andere Personen, die eine Tracht Prügel eventuell mehr verdient hätten«, mutmaßte Klaus, zwinkerte Sybille zu und setze sich wieder auf seinen Stuhl.

»Wolltest du heute nicht eine dieser Personen anrufen?«, nahm Sybille Klaus' Anspielung auf und drehte sich zu ihrem Mann, indem sie sich mit ihrem linken Arm auf ihre Stuhllehne stützte.

»Richtig. Das habe ich gestern am Telefon zu Petra gesagt.« Er schnappte sich die Kaffeekanne und füllte seine Tasse.

Sybille machte es sich in ihrem Stuhl wieder bequem.

Klaus stellte die Kanne zurück auf den Tisch, goss in aller Ruhe Milch dazu. »Und das war ziemlich voreilig, ganz und gar nicht gut überlegt.«

»Wieso?«, fragte Sybille.

»Ach … Ich weiß auch nicht.« Klaus nahm einen Schluck Kaffee und hörte wieder den Rasenmäher. Stirnrunzelnd sagte er: »Ich kenne Lukas, wie du weißt, seit einer Ewigkeit. Wir sind zusammen in die Grundschule gegangen, haben gemeinsam Abenteuer erlebt, sind zusammen erwachsen geworden. Und ich muss befürchten, Lukas überhaupt nicht zu kennen.«

»Warum solltest du befürchten, Lukas nicht zu kennen?«, fragte Sybille, während sie, angelehnt in den Himmel schauend, die Bewegungen einer kleinen Wolke beobachtete. »… Weil er Petra schlägt? Oder dir davon erzählt hat? Oder liegt es daran, dass er dir *jetzt* erzählt hat, eine Beratung in Anspruch zu nehmen?«

»Boa … so viele Fragen, auf die ich kaum eine Antwort habe«, sagte Klaus mit vollem Mund.

Als er zu Ende gekaut hatte, unternahm er dennoch einen Versuch, Sybilles Fragen zu beantworten. »Alles … alles beschäftigt mich und ich ärgere mich genau darüber … seit *vier* Jahren … *vier* Jahre … und ich habe von alldem nichts mitbekommen. Lukas hat mir in all den Jahren etwas vorgetäuscht. Wenn ich daran denke, dass wir uns schon seit Monaten freitags im Fitnessstudio treffen und er immer ein auf ›alles in Ordnung und seine Ehe läuft gut‹ gemacht hat … und ich kann und möchte mir gar nicht vorstellen, wie es Petra seit Jahren gehen muss.«

»Ja, das ist wirklich unvorstellbar. Inzwischen frage ich mich auch, wie ich das all die Monate für mich behalten konnte, ohne dir davon zu erzählen«, sagte Sybille, ihren Kopf zu Klaus drehend. »Außerdem weiß ich überhaupt nicht, wie ich Petra beim nächsten Mal begegnen soll.«

Klaus schaute Sybille an und wusste nichts zu sagen. Beiläufig stellte er fest, dass ihr Nachbar das Mähen offenbar abgeschlossen hatte.

Er dachte wieder an Lukas' Geständnis, schaute dabei auf seinen Teller, auf dem noch sein halbes Brötchen lag.

»Du, Klaus.«

Klaus reagierte nicht.

»Klaus!«, rief Sybille.

»Schon gut«, antwortete Klaus und schaute sie mit verkniffenen Augen an. »Was gibt es denn?«

»Ich muss wissen, ob Petra von Lukas' Geständnis weiß. Nur dann kann ich mir vorstellen, mit der aktuellen Situation einigermaßen umgehen zu können.«

»Dann muss ich Lukas ja doch noch anrufen«, sagte Klaus und griff nach seinem Brötchen.

»Es wäre für alle Beteiligten gut, wenn damit endlich offen umgegangen würde, denke ich«, versuchte Sybille ihrem Ehemann ihr eigenes Bedürfnis schmackhaft zu machen. Sie setzte sich aufrecht hin und blickte ernst.

Klaus merkte Unbehagen. Es hatte ihn nicht wirklich gestört, Lukas nicht zu erreichen. Allerdings war ihm auch klar, Geheimnistuerei dürfe jetzt keine Rolle spielen. Folglich legte er das Brötchen zurück und trank seinen Kaffee aus.

»Also gut!«

Klaus stand nicht nur wegen der gnadenlosen Spätsommerhitze der Schweiß auf der Stirn. Er hatte enormen Respekt davor, mit Lukas zu sprechen.

Lukas saß im Wohnzimmer, das aufgrund seiner Größe auch als Esszimmer fungierte, auf dem ledernen Ecksofa. Er hatte unruhig geschlafen, war mehrmals aufgewacht und somit ziemlich unausgeschlafen. Er hatte sich auch deshalb betont lässig auf dem Sofa niedergelassen und seine Füße auf dem Couchtisch abgelegt.

Lukas bevorzugte moderne Möbel mit glatten Oberflächen, hatte für den Essbereich den großen Glastisch vorgeschlagen und dann schnell gekauft.

Im Wohnbereich befanden sich drei Vitrinen aus Glas, in denen unter anderem Pokale ihren Platz hatten, sowie ein weißes Sideboard. Auch der Couchtisch vor dem Ledersofa war aus Glas. Auf den Tischen und Sideboard standen Blumen der Saison in schlichten Porzellanvasen.

Lukas brauchte dieses aufgeräumte und saubere Ambiente im Moment mehr denn je.

Petra kümmerte sich wie immer bereits ohne Worte um das Mittagessen, womit Lukas mehr als nur einverstanden war. Lukas konnte ihre vorbereitenden Tätigkeiten aus der Küche hören.

Am Vorabend hatte sie ihm erzählt, Klaus habe angerufen.

Seitdem fragte er sich, welchen Grund Klaus für seinen Anruf haben konnte. Petra konnte ihm zu Klaus' Gründen nichts sagen. Ihm war aufgefallen, wie wortkarg sie morgens beim Frühstück war und dass sie nur das Nötigste sagte.

Die Kinder würden erfreulicherweise erst im Laufe des Nachmittags nach Hause kommen. Er war schließlich bereits angespannt genug und die Kinder würden ihn nur stören.

Zum wiederholten Male stellte sich Lukas die Frage, ob Klaus sich heute, wie angedeutet, noch einmal melden würde, als das Telefon einen Anruf meldete. Er arbeitete sich vom Sofa runter und ging in den Flur. Auf dem Weg zum Telefon rief er in Richtung Küche: »Ich gehe schon.« Er beeilte sich, das Mobilteil aus der Basisstation zu nehmen und den Anruf entgegenzunehmen.

»Lukas Schmalbach, am Apparat«, meldete er sich schließlich mit einer gewissen Anspannung.

»Mahlzeit, Lukas. Hier ist Klaus.«

»Klaus … Hallo.«

Es entstand eine kurze Pause, die Klaus nach ein paar Sekunden beendete. »Wie du vielleicht von Petra gehört hast, habe ich gestern schon mal angerufen«, leitete Klaus das Gespräch ein.

»Ja! Davon hat sie mir erzählt«, antwortete Lukas und bewegte sich Richtung Sofa, da er Petra in der Wohnzimmertür stehen sah. »Es ist Klaus«, flüsterte er ihr bei abgedecktem Telefon zu. Während Petra dann wieder in der Küche verschwand, da sie Lukas nicht unter Stress setzen wollte, setzte sich Lukas auf die kurze Seite des Ecksofas.

Dabei sagte Klaus: »Ich rufe dich an, weil Sybille … äh … weil wir wissen wollen, ob Petra von deinem Geständnis weiß.« Klaus hatte allen Mut zusammengenommen, um direkt zur momentan wichtigsten Frage zu kommen. Die folgende Pause erschien Klaus unendlich lang und er war sich recht sicher, in der Telefonleitung ein Knistern zu hören.

»… Warum ist das wichtig?«, fragte Lukas.

»Warum das wichtig ist?«, wiederholte Klaus seine Frage, denn er traute seinen Ohren nicht.

»Ja! Warum wollt ihr wissen, ob Petra Bescheid weiß?«

Klaus erkannte, so nicht weiterzukommen. »Okay, Lukas! … Pass auf! … Wir möchten, dass Petra das weiß. Wenn sie es bereits von dir erfahren hat; gut. Wenn nicht, dann erzähl es ihr bitte!« Klaus musste all seine Sinne beisammen nehmen, um das Anliegen seines Anrufs, und das von Sybille, an den Mann zu bringen.

»Moment … ähm … was soll das, mich so unter Druck zu setzen?« Lukas hatte das Sofa längst verlassen und lief im Wohnzimmer umher.

»Du hast mich gehört, Lukas?«, fragte Klaus lieber, als auf Lukas' erneute Frage einzugehen.

»Ja … äh …«

»… Gut. Wir gehen davon aus, dass Petra spätestens … sagen wir am Mittwoch Bescheid weiß«, hielt Klaus fest und dabei zitterten ihm die Knie.

»Wieso Mittwoch?«

»Lukas! Grüß Petra von uns! … und einen schönen Sonntag. Bis dann!«, sagte Klaus und beendete das Telefonat.

Petra hatte ihre Kochaktivitäten eingestellt, um das Telefonat zwischen Lukas und Klaus vom Flur aus mitzuhören. Sie hatte etwas von ›unter Druck setzen‹ und ›Mittwoch‹ mitbekommen und befand sich mittlerweile wieder in der Küche, weil das Gespräch offensichtlich beendet war.

Inzwischen waren mehr als fünf Minuten vergangen und Lukas ließ sich nicht in der Küche blicken. Also ging sie leise Richtung Wohnzimmer. Da sie nichts hörte, öffnete sie die Tür und ging hinein.

Lukas war nicht anwesend.

Sie schaute sich um und sah ihn.

Im Garten, auf der Terrasse. Dort saß er, mit dem Rücken zum Haus, in einer Rauchwolke. Er bemerkte sie nicht.

Für Petra war offensichtlich, irgendetwas stimmte nicht. Lukas machte ihr Angst, wenn er so war wie jetzt, denn dann war es für sie unmöglich, seine Gemütslage zu erfassen.

Konnte sie ihn jetzt ansprechen? Wäre das klug oder gefährlich? Sie wusste es nicht. Also ging sie leise zurück in die Küche und machte sich wieder an die Arbeit, damit das Mittagessen pünktlich auf dem Tisch stand.

Mit dem Telefon in der Hand verharrte Klaus noch lange und konnte nichts tun. Sybille, die, neben ihm stehend, mitgehört hatte, war ebenfalls wie versteinert.

Endlich stellte Klaus das Telefon in die Basisstation. Wortlos ging er ins Wohnzimmer und dann Richtung Sofa, wobei er Sybille stehen ließ.

Sybille schaute ihm kurz hinterher und folgte ihm.

»Was war das denn?«, fragte Klaus, während er auf dem Sofa Platz nahm, mehr sich selbst als Sybille. »Eines ist wohl klar. Petra ist nicht im Bilde, oder?«, fragte er, Sybille anschauend, die sich auf den Sessel fallen ließ.

»Ziemlich klar«, sagte sie und erwiderte Klaus' Blick mit einem Kopfschütteln. »Warum hat der Petra nichts gesagt?«

Klaus wendete seinen Blick von Sybille ab und starrte vor sich hin auf den Boden.

»Wieso lässt der Petra im Unklaren?«, wiederholte Sybille ihre Frage.

Unentwegt seinen Kopf schüttelnd und seinen Blick weiterhin auf den Boden gerichtet, sagte Klaus: »Ich weiß es nicht …«

Etwas später schaute er abrupt auf. »Oh Mann. Ich glaube, ich habe Mist gebaut. Ich mache mir Sorgen um Petra.«

»Nicht nur du, Klaus! Der ist ja vollkommen unberechenbar. Ich kann den überhaupt nicht verstehen. Wieso macht der euch gegenüber ein solches Geständnis, um dann Petra darüber im Unklaren zu lassen?«

»Keine Ahnung … ehrlich, Sybille. … null Plan«, gab Klaus zu.

Während Sybille und Klaus ihre Erfahrungen mit Lukas machen mussten, hatte Harald die Angelegenheiten um Lukas herum bereits in den Hintergrund verdrängt. Er ahnte nicht, dass Lukas' Geständnis auch ohne sein Zutun erste Auswirkungen auf seine Freundschaften mit Lukas und Klaus entfaltete.

Im Laufe des Tages konnte er sich ein wenig beruhigen. Dazu trug zu einem recht großen Teil bei, dass er am Morgen mit seiner Familie ein recht entspanntes Frühstück verbringen durfte.

Martina war nicht *ganz* so wortkarg wie zuletzt. Offenbar hatte ihr der gestrige Ausflug in die Stadt und der Kinobesuch mit Solveig und Lasse gutgetan.

Harald hatte die Vorbereitungen für das Frühstück übernommen und sich aus seiner Sicht selbst erheblich übertroffen. Er hatte Orangen ausgepresst. Tomaten mit Mozzarella verfeinert mit Basilikumblättern und Balsamico Creme hatte er zubereitet. Es gab Rührei mit und ohne Frühstücksspeck sowie Schnittlauch. Außerdem hatte Harald jeweils eine Platte mit Käse und Wurstaufschnitt sowie Tee und Kaffee auf den Frühstückstisch gebracht.

Aufgrund des wunderbaren Wetters hatten sie draußen auf der Terrasse ihres Hauses in Arsten sitzen und die klare Luft dieses Spätsommertages genießen können. Vielleicht konnte Harald auch deshalb die früh-morgendliche, unangenehme Situation mit Martina ganz gut hinter sich lassen.

Inzwischen war es kurz vor eins. Harald saß mit seinem vierzehnjährigen Sohn Lasse zusammen, der zu seiner Freude wie seine siebzehnjährige Schwester das Gymnasium besuchte. Es war Harald wichtig, dass beide Kinder das Abitur machten, denn nur dann hatten sie nach seiner Auffassung Chancen auf eine sichere Zukunft. Er stellte sich vor, dass sowohl Solveig als auch Lasse nach dem Abitur in irgendeiner Form studieren sollten.

Solveig hatte sich erstaunlicherweise bereit erklärt, Martina bei der Zubereitung des Mittagessens zu unterstützen. Aus Haralds Sicht war es zwar grundsätzlich Martinas Aufgabe, doch hatte er nichts dagegen, wenn Solveig ihr ab und zu zur Hand ging. So hatte er die seltene Gelegenheit, mit Lasse unter Männern zu sprechen.

Lasse war ein guter Schüler, soviel bekam Harald durchaus mit, allerdings auch ein wenig bequem; und das in vielerlei Hinsicht.

Jetzt saß sein Sohn an der anderen Stirnseite des Gartentisches und war in sein Tablet vertieft.

»Wie geht es Dir eigentlich so?«, fragte Harald und schaute seinen Sohn an.

Entgegen der Erwartung seines Vaters reagierte Lasse in keiner Weise auf dessen Frage, sondern blickte weiterhin konzentriert auf sein Tablet.

»Lasse! Ich habe dich etwas gefragt.«

»Ja, ganz gut«, murmelte Lasse nach kurzer Zeit, ohne seinen Blick vom Tablet zu lösen.

»Was machst du denn da so wichtiges?«

»Mhm?«

»Was du da machst, habe ich gefragt!«

»Ich spiele«, antwortete Lasse kurz und knapp, ohne seinen Vater anzuschauen.

»Leg das jetzt bitte mal weg! Ich rede mit dir.«

Lasse stöhnte und schaute seinen Vater mit ernster Miene an. »Ich möchte jetzt nicht reden, sondern spielen.«

»Hör mal zu, Lasse! …«, forderte Harald seinen Sohn auf. »… Wir können selten so zusammen sitzen … ich möchte gerne etwas von dir erfahren … ist das zu viel verlangt, oder was?«, fragte Harald und richtete sich in seinem Stuhl auf.

Lasse zögerte keinen einzigen Moment. Er sprang direkt auf und verließ ruhigen Schrittes die Terrasse, ohne seinen Vater dabei eines Blickes zu würdigen. Sein Tablet nahm er selbstverständlich mit.

»Lasse! … Lasse!« Harald schaute seinem Sohn hinterher. Als dieser im Wohnzimmer verschwunden war, klebte sein Blick lange an der Terrassentür, die seinen Sohn wie ein schwarzes Loch verschluckt hatte. Schließlich wendete er seinen Blick von der Tür ab. Obwohl ihm sein Sohn keine Freude bereitete, blieb er sitzen und gab sich Mühe, sich wieder zu entspannen. Er setzte sich gerade hin; mit dem Rücken angelehnt. Immer noch rang er mit der Verlockung, aufzustehen und seinem Sohn zu folgen. Harald zwang sich, davon abzusehen. Mit geschlossenen Augen versuchte er sich darauf zu konzentrieren, auf der Terrasse zu sein; den Garten um sich herum. Doch immer wieder sah er Lasse, wie er durch die Tür verschwand. Er öffnete bald wieder seine Augen und schaute sich um. Er betrachtete den Rasen, die Sträucher und Blumen. Und wieder schweiften seine Gedanken ab.

»Irgendwann werde ich ihn zur Rede stellen«, dachte Harald, als sich Solveig auf der Terrasse blicken ließ.

»Ich soll von Mama ausrichten, dass ihr zum Essen kommen sollt«, sagte sie. »Wo ist Lasse?«

»Ich vermute auf seinem Zimmer«, antwortete Harald und richtete sich in seinem Gartenstuhl auf.

»Alles klar«, bestätigte Solveig und verschwand auch schon wieder im Haus.

Harald wäre es recht gewesen, draußen zu essen, doch wollte er jetzt partout keine Diskussionen. Er hatte inzwischen reichlich Appetit und freute sich auf das gemeinsame Essen; wenn auch Lasse ihn eben gerade ein wenig auf die Palme gebracht hatte. Er ging ins Haus und als er in die Küche kam, war der Tisch bereits gedeckt und das Essen auf dem Tisch.

Solveig und Martina saßen auf ihren Plätzen und warteten scheinbar auf Lasse und ihn.

»Lasse hat keinen Hunger«, sagte Solveig, als Harald Platz nahm.

Harald sackte innerlich zusammen. Dann sah er seine Ehefrau an. »Das war ja klar«, sagte er und machte Anstalten, aufzustehen.

»Lass es, Harald!«, versuchte Martina ihn zu stoppen, traute es sich nur, weil Solveig anwesend war. Mit gequälter Miene schaute sie zu Harald, der sich bereits in der Küchentür befand.

Harald schaute sich um und wirkte alles andere als freundlich und entspannt, als er widersprach. »Nein! Ich erwarte, dass wir heute zu viert das Mittagessen einnehmen!«

Schon war Harald aus der Küche verschwunden.

Martina und Solveig konnten ihn die Treppe hoch stampfen hören und hatten kein gutes Gefühl.

Harald hastete die Treppe hinauf und den Flur entlang. Dabei stöhnte er. Vor Lasses Tür angekommen betrat er ohne Rücksicht auf Verluste dessen Zimmer.

Lasse saß auf seinem Sofa mit Kopfhörer und Tablet und schien immer noch zu spielen.

»Würdest du dich bequemen, mit uns zu essen?«, sprach Harald seinen Sohn an.

Lasse war von seinem Vater nicht nur jetzt ziemlich genervt. Er ging ihm in letzter Zeit so richtig auf den Sender. Die Art und Weise, wie sein Vater ihn ansprach, war nicht zum ersten Mal nicht nach seinen Wünschen. Also ignorierte er ihn.

Harald wurde es schlichtweg zu bunt. Also riss er Lasse den Kopfhörer vom Kopf und fauchte: »Essen!«

Lasse sprang direkt auf und fragte schreiend: »Sag mal, geht's noch?«

Vater und Sohn standen sich Gesicht zu Gesicht gegenüber, denn Lasse war mit seinen vierzehn Jahren fast genauso groß wie sein Vater.

»Ich habe Solveig bereits gesagt, dass ich keinen Hunger habe. Mir ist der Appetit vergangen«, sagte Lasse.

»Dir ist der Appetit vergangen?«

»Ja, weil du in letzter Zeit nur noch ätzend bist!«

Harald merkte ob dieses vermeintlichen Angriffs Ärger bei sich aufsteigen. »Ich habe dich vorhin freundlich gefragt, wie es dir geht«, versuchte Harald sich und seinen Sohn zu beschwichtigen.

»Und ich wollte spielen und nicht reden! Und dann wurdest du wieder total unfreundlich! Also bin ich abgehauen.«

Harald wusste nichts Schlaues mehr zu entgegnen und das nervte ihn noch mehr als sein Sohn. Nach kurzem Zögern verließ er ohne ein weiteres Wort das Zimmer und trottete zurück ins Erdgeschoss.

Martina und Solveig hatten mit dem Essen gewartet, um Harald nicht zusätzlich zu verärgern. Als Harald wieder Platz genommen hatte, begannen sie ohne Lasse mit dem Essen.

Sonntag, der 13.08.2017, abends

Lukas war der Grillmeister. Er befand sich im hinteren Bereich des Gartens, während seine Familie auf der Terrasse am Tisch saß. Sie warteten auf die ersten Würste und Steaks, die sich seit einiger Zeit auf dem Gasgrill befanden, den Lukas unter der Woche gekauft hatte.

Als ›Familienoberhaupt‹ hatte Lukas darauf bestanden, dass sie ihn an diesem Sonntagabend einweihten. Er brauchte noch ein wenig spezielle Normalität, bevor er ab morgen wieder in eine andere Welt eintrat, in der es um Zahlen, Bilanzen und vermeintliche Steuerhinterziehung ging. Jetzt wollte er noch nicht daran denken, doch es fiel ihm schwer.

Trotz aller Bemühungen musste er an das Telefonat mit Klaus denken, nach dem er wie vor den Kopf gestoßen war. Er hatte danach lange, sehr lange, auf der Terrasse gesessen, da er wie gelähmt gewesen war. Lukas konnte nicht begreifen, dass Klaus und Sybille von ihm verlangten, Petra von seinem Geständnis zu erzählen. Und das mit einer Frist.

›Das ist ja wohl immer noch meine Entscheidung, wann ich meiner Frau etwas erzähle‹, hatte er mehrfach gedacht.

Während Lukas über den Rasen schlenderte und dabei seine Familie ab und an beobachtete, regte er sich wieder auf. Dieser Sonntag, ein Sonntag mit so angenehmen Temperaturen, hatte durch Klaus eine unangenehme Wende genommen. Er brauchte sein Wochenende. Und zwar ein Wochenende *ohne* irgendwelche Überraschungen. Schließlich hatte er einen sehr verantwortungsvollen Job, der ihm alles abverlangte. Es ging immerhin um Steuern, die dem Staat zustanden und das Gemeinwohl sichern sollten. Da durften ihm keine Fehler unterlaufen.

Mittags hatte sich Petra zunächst nicht blicken lassen, bis sie ihn gegen ein Uhr darauf aufmerksam gemacht hatte, essen zu können. Auf der einen Seite hatte er sich gefreut, weil Petra gekocht hatte. Auf der anderen Seite ärgerte er sich immer noch, weil sie sich vorher nicht um ihn gekümmert und ihn nicht gefragt hatte, wie es ihm ging.

Das Mittagessen hatten sie gemeinsam eingenommen; ohne die Kinder. Lukas hatte sich lobend über eines seiner Lieblingsgerichte, Lasagne, zu dem es einen grünen Salat gab, geäußert und Petra hatte sich *artig* bei ihm bedankt.

Wieder einmal hatte Petra bei ihm mit ihrem unterwürfigen Verhalten Anspannung verursacht. Das konnte er nur schwer aushalten. Während des Mittagessens hatte er gedacht, wie gut es war, wenn er am Dienstag seinen ersten Beratungstermin wahrnahm.

In Petras Anwesenheit war Lukas zusätzlich unter Druck geraten. Denn er hatte sich während des Essens gefragt, ob er Petra von seinem Geständnis erzählen sollte. Er hatte sich allerdings dagegen entschieden, da er nicht wusste, wie sie darauf reagieren würde.

Petra hatte derweil über ihre Kinder gesprochen und wie sehr sie sich auf deren Rückkehr am Nachmittag freute. Sie hatte jedoch mit keinem einzigen Wort erwähnt, dass es ihr gefiel, mit ihm gemeinsam zu Mittag zu essen.

48

Um sich von all diesen Gedanken abzulenken, bewegte sich Lukas auf den Grill zu, der in der Nähe der Terrasse stand. Als er das Grillgut prüfte und wendete, hörte er Peer sagen: »Das war echt super. Wir haben gestern den ganzen Abend Fortnite gespielt.«

»Ihr habt *was* gespielt?«, fragte Lydia ihren Bruder.

»Fortnite. Sag bloß, du kennst Fortnite nicht«, sagte Peer und lachte.

Lukas hingegen hatte von diesem Spiel sehr wohl gehört. Er wurde neugierig. An Peer gewandt fragte er: »Ihr habt also den ganzen Abend Fortnite gespielt? Und wie lange, wenn ich fragen darf?«

Peer erstarrte innerlich. Er blickte Hilfe suchend erst seine Mutter und dann seine Schwester an. Alle drei wechselten daraufhin schnelle Blicke.

Seine Schwester erkannte die Not ihres Bruders. »Können wir endlich essen? … Ich habe einen Mordshunger!«

Lukas traf diese Frage unerwartet und er wusste einen Moment lang nicht, wie er reagieren sollte. Ihm wurde dennoch recht schnell bewusst, dass er sich entscheiden musste; zwischen einem gemeinsamen und eher entspannten Abendessen oder einem unkontrollierbaren Verlauf des Abends.

»Äh … alles klar … ich schaue noch einmal nach dem Fleisch«, sagte er schließlich in die Runde und machte auf dem Absatz kehrt.

Während Lukas zum Grill ging, schauten sich Petra, Lydia und Peer an und atmeten tief durch.

Lukas erreichte den Grill und stellte sich so auf, dass er seine Familie stets im Blick hatte. Es gefiel ihm ganz und gar nicht, im Moment keine Antwort von seinem Sohn zu erhalten. Er nahm sich deshalb vor, seine Frage beizeiten zu wiederholen und eine Antwort zu verlangen.

Inzwischen mussten die Würste und Steaks tatsächlich vom Grill. Also verfrachtete er sie auf den Teller, den er bereitgestellt hatte. Anschließend legte er Würste und Steaks nach und begab sich mit einem Lächeln und dem Grillgut an den Tisch zurück.

Entscheidung

Entscheidung beinhaltet ein
Risiko, das auf dem Mut
beruht, frei zu sein.
- Paul Tillich -

Dienstag, der 15.08.2017, spätnachmittags

Es war kurz nach fünf und Lukas war mal wieder als Einziger noch im Amt. Seine Kolleginnen und Kollegen hatten sich längst in den Feierabend geflüchtet.

Die Arbeitswoche war für Lukas bis jetzt ohne nennenswerte Probleme verlaufen. Und dennoch war er absolut nicht locker. Schließlich war es nicht seine verdammte Idee gewesen, eine Beratung zu beginnen. Petra hatte ihm vor einigen Wochen mitgeteilt, Sybille von seinen Schlägen erzählt zu haben. Wenn er nicht endlich etwas unternehme, würde sie ihn mit Sybilles Hilfe verlassen.

Er sollte eine Beratung aufsuchen. Er fand das immer noch ungeheuerlich. Auch deshalb sah er es nicht wirklich ein, sich bei einem wildfremden Menschen auf den Stuhl zu setzen und sich beraten zu lassen. Doch wenn er Petra und seine Familie nicht verlieren wollte, dann kam er an dem Erstgespräch wohl nicht vorbei.

Dies galt umso mehr, weil er Petra gleich vom für heute vereinbarten Termin erzählt hatte. Morgens hatte sie ihn zudem mehrmals gefragt, ob er mit der Beratung beginne.

Außerdem wussten Harald und Klaus aufgrund seines schwachen Moments am Freitag neben Sybille ebenfalls Bescheid. Und er hatte seinen Freunden zu seinem jetzigen Ärger auch noch erzählt, eine Beratung beginnen zu wollen.

Wie würde er vor Harald und Klaus dastehen, wenn er jetzt einen Rückzieher machte und riskierte, dass ihm wieder die Sicherung durchbrannte?

»Was bin ich nur für ein Mann? Ein richtiger Mann schlägt doch nicht seine Frau«, dachte er, im Amt an seinem Schreibtisch sitzend.

Um achtzehn Uhr sollte dieses Erstgespräch stattfinden.

Lukas war deshalb schon den ganzen Tag angespannt. Einzig die unerwartete Abwesenheit seines Chefs ließ den Arbeitstag für Lukas halbwegs erträglich sein.

Der Berater hatte ihm am Telefon gesagt, das Erstgespräch sei für beide Seiten da, um herauszubekommen, ob eine Zusammenarbeit möglich und sinnvoll war. Lukas wusste nicht, ob ihm diese Information den schweren Gang in diese für ihn unkontrollierbare Situation leichter machen würde. Es bedeutete ja auch, dass der Berater seinerseits einen Einstieg in die Beratung für nicht sinnvoll erachten konnte. Mit dieser Erkenntnis wurde er noch aufgeregter und angespannter, als er es den vorherigen Tag war.

Da er sich auf nichts mehr konzentrieren konnte und er noch ein wenig Zeit hatte, entschied er sich, in die Teestube zu gehen, sich einen Tee zu machen und zu schauen, wie er sich entscheiden würde.

Derweil saß Petra allein auf der Terrasse. Das warme Wetter hatte sich fortgesetzt, allerdings war es heute deutlich schwüler als an den vergangenen Tagen. Im Haus war es unerträglich warm, sodass sie sich auf der Terrasse unterm Sonnenschirm wesentlich besser aufgehoben fühlte. Für den Abend waren Gewitter angesagt. Eine aufkommende Brise schien die Wettervorhersage zu bestätigen.

Petra war in Gedanken zu ihrem eigenen Ärger schon wieder bei ihrem Ehemann.

Aus ihrer Sicht hatte sie ihm deutlich vermittelt, was sie sich von ihm wünschte. Dennoch war sie sich nicht sicher, ob Lukas zu seinem Termin gehen würde. Eine echte Bereitschaft, an sich zu arbeiten, konnte sie bei ihm nicht erkennen.

Auch Sybilles Wissen um Lukas' Übergriffe konnte daran nichts ändern, so glaubte sie. Sybille wusste ja auch nur, dass Lukas sie schlug, weil sie nicht locker gelassen hatte. Die Situation zu Hause mit Lukas war dadurch keinesfalls einfacher geworden.

Und dennoch hoffte Petra. Sie hoffte, Lukas sei irgendwie dennoch gezwungen, trotz seiner Unbelehrbarkeit und seiner starren Sichtweise auf sich selbst, regelmäßig zu diesem Berater zu gehen.

Lydia und Peer waren zu Hause. Ihre Kinder, vor allem ihre Tochter, gaben ihr manchmal ein wenig Sicherheit in ihrem Zuhause, in dem es für sie seit Jahren nicht mehr sicher war. Lydia hatte ihr schon mehrmals nahegelegt, ihren Mann zu verlassen, sie gedrängt, endlich konsequent zu sein. Da ihre

Freundin Sybille im Bilde war, fühlte sich Petra manchmal nicht mehr ganz so allein und gleichzeitig ein wenig erleichtert.

Vor einigen Wochen hatte sie die Gunst der Stunde genutzt und Lukas gleich klaren Wein eingeschenkt und ihm unmissverständlich klargemacht, keinen weiteren Übergriff hinnehmen zu wollen.

Aus all diesen Gedanken, die ihr wild durch den Kopf schwirrten, wurde sie von ihrer Tochter, die auf der Terrasse erschien, gerissen. »Mama, geht es dir gut?«

»Ja, wieso fragst du?«, wollte Petra etwas erstaunt wissen.

»Heute ist doch der Termin, oder?«

»Ja, um achtzehn Uhr.«

»Und glaubst du, Papa geht da hin?«

Petra wusste nicht, was sie sagen sollte. Sie war gerührt, weil sich ihre Tochter offenbar Sorgen um sie machte. »Ich bin mir nicht sicher. Du kennst deinen Vater.«

»Ja, ich kenne ihn. Er hat immer wieder dir die Schuld dafür gegeben, dass er ein Schläger ist. Warum sollte der also jetzt eine Beratung aufsuchen?« Lydia wünschte sich wieder, sie hätte ihre Mutter überzeugen können, diesen ungastlichen Ort zu verlassen. Doch irgendwas hatte ihre Mutter bis jetzt daran gehindert.

Petra merkte indes wieder diese Ohnmacht. In all den Jahren war es ihr nicht gelungen, diese Übergriffe ihres Mannes zu verhindern, obwohl sie sich soviel Mühe gegeben hatte. Und jetzt saß sie hier und konnte nichts anderes tun, als zu hoffen. Zu hoffen, dass ihr Ehemann sich entgegen ihrer Befürchtung bewegte.

»Wie meinen Sie das?«

»Sie haben mir gerade erzählt, derzeit mit Ihrer Frau zusammenzuleben. Im Interesse der Sicherheit Ihrer Frau ist es ratsam, sie wohnen momentan nicht zusammen«, antwortete Herr Freimann, der Lukas in seinem Beratungsraum in der östlichen Vorstadt gegenüber saß.

Lukas war sich immer noch nicht sicher, ob er richtig gehört hatte.

Er hatte sich vor einer guten Stunde einen Tee gemacht und die Minuten im Amt verstreichen lassen. Da er sich auf keinen Fall vorwerfen lassen wollte, weder von Petra noch von Harald oder Klaus, er habe keinen Mumm in den Knochen, hatte er sich um siebzehn Uhr fünfunddreißig widerwillig auf den Weg zu seinem Erstgespräch gemacht.

Auf seiner kurzen Fahrt von der Innenstadt zur Beratung war Lukas am alten Postamt vorbeigefahren und hatte dabei völlig unvermittelt an frühere Zeiten mit Petra gedacht. Nach einer störungsfreien Fahrt hatte er erfreulicherweise schnell einen Parkplatz gefunden. Er hatte noch versucht, sich im Auto selbst zu beruhigen, seine Anspannung jedoch nicht auflösen können.

Um siebzehn Uhr fünfundfünfzig, nach seiner Meinung zum perfekten Zeitpunkt, hatte er geklingelt. Kurz darauf hatte ihm Herr Freimann geöffnet, ihn begrüßt und ihn in den Beratungsraum, der eine angenehme Größe hatte und für Lukas erholsam übersichtlich eingerichtet war, geführt.

Auf ihren Plätzen angekommen, hatte Herr Freimann einiges zu den Rahmenbedingungen seiner Beratungstätigkeit erzählt. Als Berater unterliege er einer Verschwiegenheitspflicht, die nicht einer Schweigepflicht gleich käme. Die Termine dauerten jeweils fünfzig Minuten und sollten zu Anfang möglichst wöchentlich, mindestens alle zwei Wochen, stattfinden. Die Erfahrung habe gezeigt, dass ein Beratungsprozess durchschnittlich ein Jahr dauerte.

Lukas begeisterte die Aussicht, mit Herrn Freimann eventuell ein Jahr zu tun zu haben, wenig. Nachdem er versichert hatte, derzeit weder akut psychisch krank noch suchtkrank zu sein, hatte Herr Freimann Lukas nach dem Grund für seinen Anruf gefragt.

Zögerlich hatte Lukas Herrn Freimann berichtet, seine Frau nicht verlieren zu wollen und auf ihr Drängen hier beim Erstgespräch zu sein. Auf Nachfrage hatte Lukas dann widerwillig eingeräumt, Petra seit Jahren immer wieder mal zu schlagen. Die Frage, ob Petra und er zusammenwohnten, hatte Lukas bejaht. Herr Freimann hatte Lukas deshalb nahegelegt, sich eine andere Bleibe zu suchen, da ihm als Berater auch zufiele, die Sicherheit seiner Frau sicherzustellen.

Herr Freimann hatte ihm also so richtig einen eingeschenkt, so schien es Lukas, und er merkte den unbändigen Wunsch, sofort aufzustehen und den ›ungastlichen‹ Ort zu verlassen.

Er schnappte nach Luft und fragte dann mit einer gehörigen Portion Ärger in seiner Stimme: »Wie stellen Sie sich das vor?«

»Nach meinem Eindruck werden Sie jetzt ärgerlich«, entgegnete Herr Freimann betont ruhig.

»Natürlich bin ich ärgerlich. Ich habe keine Ahnung, wie Sie auf diese Idee kommen«, antwortete Lukas mit nicht minder lauter Stimme.

»Und deshalb sind Sie jetzt ärgerlich.«

Lukas fixierte eines der Fenster, durch das vor kurzem noch Licht in den Raum flutete. Der Blick nach draußen war inzwischen durch erste Regentropfen an der Scheibe beeinträchtigt. Es drang ein Grollen an Lukas' Ohr. Er konnte nicht mehr klar denken, denn auch in seinem Kopf polterte es.

»Herr Schmalbach!«

Lukas musste sich zwingen, Herrn Freimann zu antworten. »Ja, … äh … Ich möchte meine Frau nicht verlieren«, sagte er, obwohl er bereits vollkommen bedient war.

»Das heißt, Sie glauben, ihre Frau auch zu verlieren, wenn Sie vorübergehend in ein Hotel oder eine Pension ziehen?«

»Ja.«

»Und Sie schlagen ihre Frau. Und es stellt sich die Frage, was Sie zu tun bereit sind, um daran etwas zu ändern.«

Lukas konnte sich nicht vorstellen, nicht bei seiner Frau und seinen Kindern zu leben. Das konnte alles Mögliche zur Folge haben. Vielleicht würde sie seine Abwesenheit nutzen und mit den Kindern ausziehen.

Während Lukas nach einer passenden Antwort suchte, verließ Herr Freimann seinen Platz, machte die Deckenbeleuchtung an und kehrte zu seinem Stuhl zurück.

»Ich bin ja heute hier bei Ihnen.«

»Ja, Herr Schmalbach. Das ist ein erster Schritt Ihrerseits. Die weitere Verantwortung liegt ebenfalls bei Ihnen. Die Entscheidung, ob Sie in ein Hotel oder eine Pension ziehen, kann ich Ihnen nicht abnehmen.«

Herr Freimann machte auf Lukas einen sehr entspannten und gleichzeitig bestimmten Eindruck.

Lukas war wenig begeistert und wurde durch einen neuerlichen, lauten Donnerschlag, der ihn zusammen zucken ließ, abgelenkt. Er nahm wieder das Fenster in den Blick.

Natürlich hatte Herr Freimann recht mit seinem Hinweis auf seine eigene Verantwortung. Und genau das wurmte ihn. Wieder ein kräftiger Blitz und kurz danach ein Donnerschlag. Das Wetter passte recht gut zu Lukas' Gemütslage.

»Herr Schmalbach, Sie wirken jetzt recht nachdenklich.«

Klaus hatte eigentlich Feierabend. Dennoch war er nach wie vor in seiner Werkstatt, da sein Anrufbeantworter mehrere Anrufe signalisiert hatte.

Schon mehrmals hatte er sich gefragt, ob es nicht sinnvoll sei, sich ein Handy für die Firma anzuschaffen. Doch bis jetzt hatte er sich immer dagegen entschieden.

Der Start in die neue Woche war für Klaus alles andere als erfreulich. Als er am Montagmorgen in die Firma gekommen war, hatte sich eine Nachricht seines Lehrlings auf dem Anrufbeantworter befunden, mit der Karl ihm mitteilte, es gehe ihm nicht gut, er sei also krank.

Wohl oder übel musste sich Klaus also damit abfinden, mit seinem neuen Lehrling einen Griff ins Klo gemacht zu haben. Seitdem dieser am ersten August seine Lehre aufgenommen hatte, war er nur wenige Tage zur Arbeit erschienen. Deshalb hatte sich Klaus mehrmals gefragt, was nur mit der Jugend von heute los war.

Inzwischen hatte er zwei Rückrufe erledigt.

Er schüttelte den Kopf, während er die letzte Nachricht abhörte. Einen Freund, der seine Frau schlug, konnte er überhaupt nicht gebrauchen. Schon gar nicht in diesen Tagen. Wie er mit seinem Lehrling zukünftig umgehen sollte, war für Klaus momentan auch deshalb Schnuppe. Er hatte einen Auftrag zu erledigen. Die Arztpraxis wollte schließlich so schnell wie möglich wieder Patienten empfangen.

Gott sei Dank war Hinnerk, sein einziger Angestellter, noch von der alten Garde. Er war zuverlässig, konnte anpacken und sprach kein Wort zu viel. Das gefiel Klaus. Auch am Montagmorgen war Hinnerk wie gewohnt pünktlich und gut gelaunt in der Werkstatt aufgetaucht.

Nach einem kurzen Austausch über den neuen Auftrag hatten sie das Material auf den Wagen geladen und sich auf den Weg gemacht.

Der Tag in der Arztpraxis war ohne besondere Vorkommnisse verlaufen. So kamen sie mit ihren Arbeiten sehr gut voran, obwohl Karl immer noch krank war.

Vor einer knappen halben Stunde hatte sich Hinnerk, nachdem sie noch gemeinsam das Werkzeug geordnet hatten, von Klaus verabschiedet. Eigentlich bestand Klaus darauf, das Werkzeug vor Ort zu sortieren. Doch manchmal war diesbezüglich eben der Wurm drin.

Sie waren noch gerade so vor Beginn des Gewitters wieder zur Werkstatt gelangt. Inzwischen schüttete es aus Kübeln. Blitze erhellten die Werkstatt und Getöse war im Raum, sodass Klaus die letzte Nachricht nicht verstehen konnte. Er wartete ab und startete sie erneut. Das Gewitter gönnte sich zu Klaus' Freude eine kurze Pause. So konnte er feststellen, dass die Nachricht lediglich einer dieser überflüssigen Werbeanrufe war.

Klaus machte sich daran, sich auf seine Heimfahrt vorzubereiten. Er überlegte kurz, seine Ehefrau anzurufen, doch er verwarf den Gedanken. Je eher er loskam, desto schneller war er bei ihr.

Als er zu seinem Fahrrad ging, dachte er verrückter Weise an Lukas. Er fragte sich, ob er Petra wohl schon informiert hatte. War dies nicht der Fall, hatte er ein Problem, denn er musste sich dann, angesichts der von ihm gesetzten Frist, etwas einfallen lassen. Lukas hatte noch bis morgen Zeit, Petra in Kenntnis zu setzen. Doch was sollte er tun, wenn Lukas auf Stur schaltete? Es ergäbe sich eine verdammt unangenehme Situation. Klaus wünschte sich, das Ultimatum nicht aufgestellt zu haben. Andererseits hatten sie schon viel zu lange mit Petra und Lukas verkehrt, ohne wirklich zu wissen, was bei den beiden im Verborgenen schon seit Jahren immer wieder vorgefallen war. Dies musste sich dringend ändern und dazu gehörte auch, dass alle dieselben Informationen hatten.

Das Wetter passte vollkommen zu seiner Gemütslage, denn bei diesen Gedanken wurde ihm heiß und kalt. Spätestens am Freitagabend würde er Lukas beim Training sehen und dann mussten die Karten so oder so auf den Tisch.

Nach ungefähr fünfzehn Minuten fuhr Klaus völlig durchnässt an die vordere Pforte ihres Grundstücks. Er war erleichtert, endlich zu Hause zu sein. Als er die Pforte öffnete, konnte er Sybille im Küchenfenster sehen. Wahrscheinlich fragte sie sich schon, wo er so lange blieb. Klaus schob sein Fahrrad Richtung Schuppen, als ein Blitz direkt über ihrem Haus alles so hell ausleuchtete wie das Flutlicht das Weserstadion während der Abendspiele. Er war dankbar, den Schuppen aufschließen und sein Fahrrad abstellen zu können. Als er aus dem Schuppen ins Haus kam, stand Sybille, ganz offensichtlich auf ihn wartend, im Flur. »Wo warst du denn? Ich habe mir Sorgen gemacht.«

Klaus konnte Sybille gut verstehen. »Ja, das habe ich mir bereits gedacht, als ich dich eben gesehen habe. Es tut mir leid. Ich hätte dich besser angerufen.«

»Und dann fährst du auch noch durchs Gewitter …« Sybille war fest entschlossen gewesen, ihrem Ehemann eine Standpauke zu halten. Doch das war nicht mehr angezeigt, denn er hatte ja schnell erfasst, wie es ihr ging. »… Na gut. Ich bin erleichtert, dich wohlbehalten wiederzuhaben.«

»Und ich freue mich, dich zu sehen. Jetzt muss ich aber erst einmal unter die Dusche springen, denke ich.«

Sybille schaute Klaus von oben bis unten an und sagte wohlwollend: »Unbedingt! Anschließend können wir essen, wenn du magst.«

Klaus lächelte und fragte: »Wie ist es dir denn heute in der Schule ergangen?«

»Das erzähle ich dir beim Essen. Es gibt heute übrigens Kohlrouladen.«

»Mmh … das klingt wie Musik in meinen Ohren.« Klaus huschte mit einem Lächeln an Sybille vorbei und stieg die recht steile Wendeltreppe nach oben in den ersten Stock.

Bald darauf saßen sie, Klaus frisch gestriegelt und gebügelt, in der Küche vor ihren Kohlrouladen.

»Oh Mann … die sehen verdammt noch mal total lecker aus. Vielen Dank! Ich wünsche uns guten Appetit«, sagte Klaus und schnappte sich Messer und Gabel.

Sybille lächelte und tat es ihrem Ehemann gleich.

Klaus war Sybille unendlich dankbar, nach einem zufriedenstellenden, aber auch anstrengenden Arbeitstag von ihr ein handfestes Abendessen zu bekommen. Seine Dankbarkeit war umso größer, als Sybille ebenfalls einen schwierigen Job zu meistern hatte.

Ohne weitere Worte widmeten sie ihre Aufmerksamkeit erst einmal den Kohlrouladen.

Nach einer Weile sagte Klaus: »Erzähl doch mal, wie es heute in der Schule war!«

Sybille war als Lehrerin an einem Gymnasium tätig. Sie unterrichtete Deutsch und Französisch in der Mittelstufe und Oberstufe. Obwohl sie für die Sekundarstufe II studiert hatte, kam sie immer wieder auch in der Sekundarstufe I zum Einsatz, denn es fehlten Lehrer an allen Ecken und Enden. Nicht nur die mangelhafte Besetzung freier Stellen, sondern auch der hohe Krankenstand machten den Schulalltag für Sybille inzwischen immer wieder mal zu einem Abenteuer ohne einen verlässlichen Tagesablauf.

»Tja, wo soll ich da bloß anfangen?«, fragte sich Sybille und schob sich erst einmal eine Kartoffel mit viel Soße in den Mund.

Sie war entgegen dem allgemeinen Trend durchaus ein Fan traditioneller Gerichte. Sie mochte die Konsistenz einer Kartoffel mit Soße und genoss ihren ersten Happen in vollen Zügen, während sie nach einem Anfang ihrer Geschichte suchte.

Draußen blitzte und donnerte es immer noch, allerdings nur noch in der Ferne. Der Regen hatte bereits deutlich nachgelassen.

»Der Tag begann zunächst eigentlich recht entspannt, obwohl ich heute, wie schon so oft, in der neunten Klasse unterrichtet habe …«, leitete Sybille ihren Bericht ein. »… Die Schüler sind am Stoff ziemlich interessiert. Das liegt wohl auch an dem Buch, in dem wir lesen.«

»Welches Buch lest ihr denn?«

»1984 von George Orwell. Gestern haben wir die ersten Seiten gelesen und heute über Gedankenpolizei und Gedankenverbrecher gesprochen.«

»Oh ja, heute so aktuell wie damals. Ich habe das Buch während meiner Lehre mit großem Interesse gelesen. Ah … dein Tag war also zunächst entspannt?«

»Richtig … das setzte sich auch fort bis in die fünfte Stunde, in der ich einen Grundkurs Deutsch der elften Klasse unterrichte. Plötzlich wurde es im Nachbarraum laut. Meine Schüler und ich hörten lautes Schreien und ohrenbetäubendes Gepolter und Krachen.« Sybille holte tief Luft. Sie hatte Gabel und Messer beiseite gelegt. »Aufgeschreckt bin ich zur Tür und dann in den Flur … und konnte Lasse sehen, wie er an mir vorbei den Flur hoch und anschließend die Treppe hinunterlief!«

»Der Lasse?« Klaus nahm die letzte Kartoffel mit dem Rest Soße zu sich.

»Ja, der Lasse … der Sohn von Martina und Harald.«

Sybille schien nach Klaus' Eindruck alles noch einmal zu erleben. Seine Kartoffel kauend, fragte er: »Und?«

»Wie sich herausgestellt hat, ist er im Streit mit Herrn Oberreiter, seinem Klassenlehrer, ausgeflippt und hat einen Stuhl nach ihm geworfen. Nachdem er noch gegen zwei Tische getreten hatte, ist er aus der Klasse gestürmt und an mir vorbei. Danach ist er nicht mehr aufgetaucht.«

»Wow! Ist deinem Kollegen was passiert?«

»Herr Oberreiter hat noch mal Glück gehabt. Der Stuhl hat ihn nur leicht an der Schulter getroffen.«

»Das ist 'ne heftige Nummer! … Wissen Martina und Harald schon davon?«

»Unsere Schulleitung hat bei ihnen angerufen und meines Wissens auch mit Martina gesprochen. Ob Lasse dann zu Hause aufgetaucht ist, kann ich nicht sagen. Wie du dir denken kannst, war der Rest des Schultages dann irgendwie gelaufen.«

Klaus nickte nachdenklich. »Und weißt du, wobei es in dem Streit zwischen Lasse und seinem Lehrer ging?«

Sybille nahm ihr Besteck, schnitt ihre restliche Kohlroulade in kleine Stücke und sagte währenddessen: »Ich konnte nur kurz mit Herrn Oberreiter sprechen … irgendwie ging es wohl darum, dass Lasse sein Handy ausmachen sollte.« Anschließend nahm sie ein Stück Kohlroulade zu sich.

»Und?«

»Mhm …« Sybille kaute zu Ende. »… Tja … er wollte nicht. Er hat sich strikt geweigert. Es wundert mich schon sehr, dass Lasse sich so aufmüpfig verhalten hat. Das hatte ich von ihm gar nicht erwartet.«

»Ja … wirklich merkwürdig …«, stimmte Klaus grübelnd zu, »… Willst du Martina eigentlich noch anrufen?«

Sybille belud ihre Gabel mit dem letzten Stück Kartoffel und Kohlroulade. »Daran habe ich noch gar nicht gedacht.« Nachdem sie ihre Mahlzeit beendet hatte, legte sie Messer und Gabel auf ihren Teller.

»Mich würde allerdings schon interessieren, ob Lasse wieder zu Hause ist und warum er sich so verhalten hat«, sagte Klaus und räumte das Geschirr und Besteck zusammen.

»Ja, mich auch. Ich bin mir allerdings nicht sicher, ob ich heute anrufen sollte.«

»Kann ich verstehen … möchtest du auch noch einen Latte Macchiato trinken?«

»Oh ja, sehr gerne.« Sybille lächelte dankbar.

Klaus räumte den Tisch ab und befüllte den Geschirrspüler. Anschließend brachte er den Espressokocher sowie einen kleinen Topf mit Milch auf den Gasherd und drehte sich dann zu Sybille um. »*Ich* könnte anrufen …«, sagte er kurze Zeit später und warf anschließend einen flüchtigen Blick auf die Milch, die selbstverständlich nicht anbrennen sollte. Der Espressokocher fing wenig später zu brodeln an. Klaus nahm die dampfende Milch vom Herd und stellte die Flamme ab. Er goss die Milch in einen Milchaufschäumer und fügte dann braunen Zucker hinzu. Da Sybille nichts sagte, schaute er sich wieder zu ihr um.

Sie blickte ihn an und zuckte mit den Schultern. »Du kannst es gerne versuchen, doch was machst du, wenn Harald am Telefon ist?«

»Gute Frage!«, gab Klaus zu und begann, die Milch aufzuschäumen. Nachdem er fertig war, nahm er zwei Gläser aus dem Schrank. Er schaltete die zweite Flamme ab und schenkte den Espresso ein. Dann gab er den Milchschaum in die Gläser und stellte diese auf den Tisch. Nachdem er zwei Löffel aus der Schublade geholt hatte, setzte er sich wieder zu Sybille.

Inzwischen hatte es gänzlich aufgehört zu regnen und das Gewitter war nicht mehr zu sehen und zu hören.

»Ich finde leider keine befriedigende Antwort auf deine Frage …«, räumte Klaus ein und nahm vorsichtig einen Schluck von seinem Latte Macchiato.

Während Sybille und Klaus ihr Heißgetränk genossen, konnte sich Martina nicht in ähnlicher Weise entspannen. Denn Lasse war bis jetzt noch nicht nach Hause gekommen.

Sie hatte Harald direkt nach dem Anruf der Schulleiterin angerufen. Ihr Ehemann hatte sich am Telefon mächtig aufgeregt. Er könne jetzt nichts machen, da er arbeiten müsse. Wichtige Sitzungen würden anstehen.

Martina war durch Haralds Verhalten nicht sonderlich überrascht. Denn nach ihrem Eindruck interessierte er sich wenig bis gar nicht für seinen Sohn.

Sie wusste nicht, wo sich Lasse befand und sie hatte auch keine Erklärung, warum ihr Ehemann noch nicht wieder da war.

Es war inzwischen sieben Uhr durch. Sie wartete im Wohnzimmer darauf, dass der eine oder andere die Haustür aufschließen würde. Harald und Lasse waren weder telefonisch noch per Sprachnachricht erreichbar.

Obwohl sich das Gewitter inzwischen verzogen hatte, stand ihr ein weiteres Gewitter noch in irgendeiner Weise bevor. Da war sich Martina ziemlich sicher.

Sie hatte die Idee, Lasses Verhalten in der Schule könne im Zusammenhang mit seinem Vater stehen.

Denn Harald war nach dem Mittagessen nicht davon abzubringen gewesen, doch noch einmal mit Lasse zu sprechen. Martina wunderte sich immer noch über dieses ›Engagement‹ ihres Mannes. Mit der Art und Weise, die er an den Tag legte, konnte sie, wie so oft in letzter Zeit, überhaupt nichts anfangen.

Lasse war ganz offensichtlich ebenfalls nicht erfreut gewesen, denn Haralds Kontaktaufnahme war kläglich gescheitert. Er und sein Vater hatten sich wieder angeschrien und Martina war froh gewesen, dass es nicht zu Handgreiflichkeiten gekommen war.

Zutiefst bestürzt war sie vor allem, weil Lasse seinem Klassenlehrer gegenüber jegliche Kontrolle verloren zu haben schien. Er hatte tatsächlich einen *Stuhl* geworfen und seinen Klassenlehrer damit, Gott sei Dank, nur leicht verletzt. Das würde auf jeden Fall noch Folgen haben. Vielleicht würde es eine Lehrerkonferenz und einen Verweis oder ähnliches geben.

Es war gegen sechs Uhr und Lasse hing mit Boris in dessen Zimmer ab.

Lasse hatte die Schnauze so was von voll, als er aus dem Klassenzimmer gerannt war und die Schule und das Schulgelände Hals über Kopf verlassen hatte. Er hatte keinen Bock mehr, gesagt zu bekommen, was er tun und was er lassen sollte; weder von Herrn Oberreiter noch von seinem Vater.

Die sollten sich erst einmal um ihr eigenes, verkacktes Leben kümmern, bevor sie ihm irgendwelche Ansagen machten oder ihm Ratschläge gaben, nach denen er nicht gefragt hatte.

Er war so unfassbar wütend und konnte sich erst einigermaßen beruhigen, nachdem er sein Fahrrad aufgeschlossen hatte und mehrere Hundert Meter Richtung Innenstadt gefahren war.

Er hatte sich ziemlich schnell gefragt, wie es seinem Lehrer wohl ging, denn er wollte ihn keinesfalls verletzen. Also hatte er einem Klassenkameraden per SMS geschrieben und erleichtert gelesen, sein Klassenlehrer sei nur leicht verletzt.

Mehr und mehr wurde ihm bewusst, was er da angerichtet hatte. Auch deshalb wusste er nicht, wie er sich verhalten sollte, und hatte sich nicht vorstellen können, nach Hause zu fahren.

Also war er erst einmal weiter in die Innenstadt gefahren und hatte sich in mehreren Kaufhäusern herumgetrieben. Später hatte er einen Döner an der Schlachte, der Flaniermeile Bremens, die direkt an der Weser lag, gegessen.

Seine Mutter hatte mehrmals versucht, ihn per Telefon und SMS zu erreichen, doch hatte er ihre Versuche beiseitegeschoben. So war er auch mit seinem Vater verfahren.

Am späten Nachmittag hatte er seinen Kumpel Boris erreicht, der zum Glück Zeit für ihn erübrigen wollte.

Zunächst hatten sie sich auf dem Skatepark am Schlachthof mit anderen Jugendlichen getroffen.

Irgendwann hatte Boris die Idee, Lasse könnte noch mit zu ihm kommen. Da Lasse Boris' Vorschlag gefallen hatte, waren sie zu ihm gefahren, hatten ein wenig an der Playstation gespielt und sich danach über die neusten Spiele und Gaming-PCs unterhalten.

Es klopfte an der Zimmertür.

Boris' Mutter kam herein, nachdem Boris sie dazu aufgefordert hatte.

Lasse mochte Boris' Mutter, denn sie war nicht so übertrieben auf ihr Äußeres bedacht. Sie war immer freundlich und hielt keine Vorträge; zumindest nicht, wenn er bei Boris war.

»Möchtet ihr etwas essen?«, wollte sie wissen.

Boris und Lasse schauten sich kurz an und wurden sich einig, eine Kleinigkeit zu essen, könne nicht schaden. »Ja, das wäre super!«, ließ Boris seine Mutter wissen.

»Okay, dann mache ich Spaghetti Bolognese?«

Beide nickten lächelnd.

Boris' Mutter verließ, ebenfalls lächelnd, das Zimmer und schloss die Tür.

»Deine Mutter ist echt in Ordnung«, sagte Lasse und blieb nachdenklich sitzen. Ihm wurde klar, wie sehr ihm die Zeit davon gelaufen war. Er wusste auch jetzt nicht, ob er nach Hause fahren sollte. Er schob sich zurück auf Boris' Bett, mit seinem Rücken an die Wand, und schwieg.

Boris blieb auf der Bettkante sitzen. Er war ungefähr ein Jahr älter als Lasse und hatte sowohl zu seiner Mutter als auch zu seinem Vater ein entspannteres Verhältnis als Lasse zu seinen Eltern.

»Ja, das stimmt. Meine Mutter ist echt gut drauf.« Boris wartete, ob Lasse etwas sagen würde. Er merkte, wie Lasse sich innerhalb weniger Minuten verändert hatte. Da dieser nicht den Eindruck hinterließ, etwas sagen zu wollen, fragte Boris: »Ist bei dir alles in Ordnung?«

Lasse sagte nichts.

Auch Boris schwieg. Er wartete ab.

Nach einer für Boris halben Ewigkeit sagte Lasse: »Nee, nicht wirklich. Ich hab ziemlichen Mist gebaut und weiß nicht, wie ich da wieder rauskommen kann.«

Lasse war froh, mit seiner Situation nicht mehr allein zu sein. Er hatte das dringende Bedürfnis, sich mitzuteilen.

»Ich habe heute Morgen einen Stuhl nach meinem Klassenlehrer geworfen.«

Boris war ziemlich erschrocken, sagte aber nichts.

Lasse schaute Boris an und hatte auf einmal so ein komisches Gefühl. Auf der einen Seite haderte er mit seiner Situation in der Schule und zu Hause. Andererseits war er sehr froh, Boris seinen Freund nennen zu dürfen. »Danach habe ich auch noch gegen zwei Tische getreten und bin dann abgehauen.«

Boris überlegte, ob er etwas sagen sollte. Er wollte Lasse möglichst nicht vor den Kopf stoßen. Da er es für keine gute Idee hielt, Lasse irgendwelche Ratschläge zu geben, fragte er: »Kann ich irgendwas tun?«

Lasse schaute Boris ratlos an. »Danke. Ich glaube nicht.«

»Okay.«

Boris hatte den Drang, seine Mutter zu informieren, doch nicht ohne Lasses Zustimmung. Sie saßen einige Minuten auf dem Bett und hingen ihren Gedanken nach.

Lasse wusste, er sollte zumindest seine Mutter informieren, doch ihm fehlte dazu irgendwie der Mut.

Dann hörten sie Boris' Mutter durch die Zimmertür. »Ihr könnt essen. Die Spaghetti sind fertig.«

Für beide war dies die Lösung für ihre schwierige Situation. Denn sie konnten sich erst einmal ablenken, indem sie sich den Bauch vollschlugen. Sie lächelten sich an und bewegten sich nacheinander vom Bett und verließen das Zimmer.

Als sie in die Küche kamen, schlug ihnen der leckere Geruch der Bolognese entgegen.

Boris' Mutter lächelte. »Nehmt Platz und bedient euch!«

Dieser Aufforderung kamen sie gerne nach. Nachdem sie ihren Platz gefunden hatten, nahmen sie sich Spaghetti und anschließend jeder zwei große Kellen Fleischsoße.

Boris' Mutter hatte auch noch Parmesan auf den Tisch gestellt, den Lasse so sehr liebte. Auch Boris war dem Parmesan nicht abgeneigt, wie Lasse feststellen konnte.

»Guten Appetit! …«, sagten die beiden Freunde im Chor, »… Und vielen Dank«, fügte Lasse mit einem schüchternen Lächeln hinzu.

»Wo ist Dad?«

»Oh … dein Vater kommt heute später. Er muss noch ein paar Sachen auf der Arbeit erledigen.«

Die Jungen begannen mit dem Essen. Schnell waren sie voll und ganz in die Spaghetti Bolognese vertieft.

»Das schmeckt super, Mama. Iss doch was mit!«, forderte Boris seine Mutter nach kurzer Zeit auf. Ihm war es wichtig, seine Mutter mit am Tisch zu haben. Vielleicht konnte er Lasse so dazu bewegen, ihr alles zu erzählen.

Doch seine Mutter zögerte. Sie wollte den Jungs nichts wegnehmen. Sie trat oft zurück, wenn es um das Wohl ihres Sohnes und ihres Mannes ging.

»Mama, bitte!«

Boris’ Mutter ließ sich, zu seiner Erleichterung, doch noch überreden. »Na schön … eine kleine Portion.« Sie holte einen kleinen Teller aus dem Küchenschrank, stellte diesen auf den Tisch und nahm mit einem verlegenen Lächeln Platz.

Boris kam ihr zu Hilfe, indem er ihr Spaghetti und Soße auf den Teller füllte. »Guten Appetit!«

»Ja und nochmals vielen Dank«, stimmte Lasse mit ein.

»Möchtet ihr was trinken?«

»Schon gut, Mama. Ich hole uns Cola.«

Boris fischte drei Gläser aus dem Schrank, der hinter ihm stand, und reichte zwei davon weiter an seine Mutter und Lasse. Dann stand er auf und holte das Süßgetränk aus dem Kühlschrank. Er stellte es auf den Tisch, nachdem er wieder Platz genommen hatte.

Als wenig später ihre Gläser gefüllt waren, ließen sich alle drei erst einmal ohne Worte die Nudeln schmecken. Dabei schaute Boris abwechselnd Lasse und seine Mutter an. Er hoffte, Lasse auf diese Weise zum Reden zu bringen.

Lasse bemerkte dies recht bald und brauchte nicht allzu lang, um zu begreifen, dass er am Zug war. Er konnte letztendlich nicht noch länger warten, denn inzwischen war es schon nach sieben. »Frau Gieselmann.«

Boris' Mutter schaute Lasse neugierig an. »Ja?«

»Ich habe ein Problem und ich brauche Ihre Hilfe.«

Einen kurzen Moment hielt Boris' Mutter inne. Dann legte sie ihr Besteck beiseite und signalisierte Lasse, indem sie ihn ansah, ihre volle Aufmerksamkeit.

»Ich habe Schwierigkeiten in der Schule. Meine Eltern … äh, meine Mutter, meine ich, sollte wissen, dass ich hier bei Ihnen bin.«

Zur Verarbeitung der Information benötige Boris' Mutter einen kurzen Augenblick. »Und ich soll ihr Bescheid geben?«

Lasse nickte und schaute auf den Rest seiner Spaghetti.

»Dann rufe ich sie sofort an. Soll ich ihr sonst noch etwas sagen?«

Lasse überlegte nur kurz. »Mir geht es soweit gut. Und ich komme in circa einer halben Stunde nach Hause.«

Das Ultimatum

Will man jemand einen
Gefallen erweisen, so ist
es besser, dies ohne
Aufforderung zu tun.
- Niccolò Machiavelli -

Mittwoch, der 16.08.2017, morgens

In seinen Morgenmantel gehüllt saß Lukas in der Küche. Obwohl die Küche alles andere als groß war, hatte sie aufgrund ihrer klaren Gestaltung, für die er selbst verantwortlich zeichnete, und ihren deshalb glatten Oberflächen auf Lukas eine beruhigende Wirkung.

Lukas hatte keine besonders hilfreiche Nacht hinter sich gebracht. Er wartete auf die Kaffeemaschine, die ihm einen starken Kaffee zusammen brauen sollte. Es war noch richtig früh, für einen Arbeitstag wie heute letztendlich viel zu früh.

Doch was sollte er machen?

Es hatte keinen Sinn gemacht, noch länger im Bett zu liegen und die Decke anzustarren. Das Besondere dieses Tages konnte er dadurch nicht weg bekommen und wieder einschlafen schon gar nicht. Also hatte er das Bett verlassen, in dem seine Ehefrau scheinbar noch seelenruhig schlief.

Ihn trieb nun das Ultimatum um, welches er Klaus und Sybille zu verdanken hatte. Auch mit seinem Erstgespräch war er beschäftigt. Noch immer mochte er nicht glauben, dass Herr Freimann ihn aufgefordert hatte, ein Zimmer in einem Hotel oder einer Pension zu beziehen.

Das würde ihn eine Stange Geld kosten.

Und er müsste seine Familie zurücklassen.

Natürlich machte er sich auch Gedanken darüber, Petra zu verlieren. Was für eine Frage? Er liebte sie doch. Selbstverständlich wollte er sie nicht verlieren. Aber der Gedanke daran, was Petra während seiner Abwesenheit alles planen und umsetzen könnte, ließ ihn wütend werden.

Petra hatte ihm das alles eingebrockt. Seine Ehefrau hatte Sybille gegenüber aus dem Nähkästchen geplaudert und danach Druck gemacht.

Er konnte doch nicht in ein Hotel gehen. Wie würde das aussehen?

Die Kaffeemaschine hatte zu röcheln aufgehört und zischte vor sich hin, stellte Lukas fest. Er schenkte sich Kaffee ein und nahm sich Milch aus dem Kühlschrank.

Lukas dachte wieder an sein Erstgespräch.

Laut Herr Freimann sei eine Zusammenarbeit von seiner Seite aus möglich, da Lukas im Laufe des Gesprächs nachdenklich geworden war. Darauf konnte sich Lukas keinen Reim machen, wusste nicht, ob er das gut oder schlecht finden sollte. Herr Freimann hatte ihm angeboten, für die nächste Woche einen weiteren Termin zu vereinbaren und Lukas hatte das mehr oder weniger über sich ergehen lassen.

So war er für den nächsten Dienstag zur selben Zeit mit Herrn Freimann verabredet. Ob er den Termin wahrnehmen würde, konnte Lukas allerdings noch nicht einmal sich selbst beantworten.

Er dachte an Petra, die gestern auf ihn gewartet hatte. Lukas hatte selbstverständlich erahnt, warum. Sie wollte von ihm wissen, ob er zur Beratung war. Also hatte er ihr kurz und knapp von seinem nächsten Termin erzählt.

Lukas nahm einen Schluck Kaffee, wischte seine Gedanken beiseite und verließ mit seiner Tasse die Küche.

Es war noch ruhig im Haus. Auch von draußen war nur der ein oder andere Vogel zu hören, der wohl darauf aufmerksam machen wollte, dass mal wieder ein wunderbarer Sommertag bevorstand.

Er ging in den Flur und lauschte kurz, ob von oben etwas zu hören war.

Doch seine Familie schien immer noch zu schlafen.

Im Wohnzimmer schaute er sich um. Alles war an seinem Platz.

Petra hatte erwartungsgemäß ganze Arbeit geleistet und für eine angemessene Ordnung gesorgt.

Lukas öffnete die Terrassentür und sah ein Kaninchen auf dem Rasen, welches sich völlig versunken putzte. Er musste kurz lächeln. Die Szenerie wirkte auf ihn irgendwie beruhigend. In der Tür verharrend sah er dem Kaninchen zu. Dabei gelang es ihm für einen kurzen Moment, nicht an seine aktuelle Situation zu denken. Da es draußen noch angenehm mild war, zog es ihn nach draußen. Er setzte sich an den Gartentisch und stellte seine Tasse ab. Das Kaninchen verließ währenddessen den Rasen und ließ ihn allein zurück.

Lukas fragte sich, was passieren würde, wenn er das Ultimatum verstreichen ließ.

Was konnten Klaus und Sybille schon machen?

Doch ihm wurde klar, dass sie leider die Möglichkeit hatten, ihrerseits Petra zu informieren. Das würde er nicht verhindern können.

Lukas wurde deswegen ärgerlich. Er stand abrupt auf, weil er nur wegen Petra in dieser nervigen Lage war. Das galt auch für den Rat seines Beraters. Auch diesen hatte er Petra zu verdanken. Sie sollte sich freuen, jetzt nicht in seiner unmittelbaren Nähe zu sein. Andernfalls würde er ihr zeigen, was er von alldem hielt.

Er nippte an seinem Kaffee, während er sich im Garten umschaute. Dann verspürte Lukas den Wunsch, eine Zigarette zu rauchen.

Während Lukas damit beschäftigt war, sich eine Zigarette zu organisieren, wachte Petra langsam auf. Verstohlen schaute sie zur Seite und stellte erleichtert fest, allein im Bett zu liegen. Sie überprüfte ihren Wecker, der in diesem Moment klingelte. Es war halb sieben. Petra brachte den Wecker dauerhaft zum Schweigen. Nach und nach dämmerte ihr, dass Mittwochmorgen war; ein ganz normaler Wochentag, an dem sie ihre Alltagsroutine abzuspulen hatte.

Gegen sieben musste das Frühstück fertig sein, heute auch mit einem gekochten Ei und frischen Brötchen vom Bäcker. Sie musste sich also ein wenig sputen, wollte sie vorher noch duschen.

Petra wusste nicht, ob sie ihrem Mann Glauben schenken sollte; vor allem nicht, ob sie das konnte.

Ihr Ehemann war abends erst gegen acht Uhr nach Hause gekommen. Er konnte sich allerdings einfach irgendwo herumgetrieben haben, um den Eindruck zu erwecken, bei der Beratung gewesen zu sein. Er hatte ihr von seinem nächsten Termin erzählt, obwohl sie ihn überhaupt nicht danach gefragt hatte.

Mit diesen Gedanken stand sie schwerfällig auf, schlich ins Badezimmer und versuchte beim Duschen, wirklich wach zu werden. Nach einer kurzen Morgentoilette zog sie sich an und klopfte an die Türen ihrer Kinder. Mit ihrer Unlust kämpfend trottete sie die Treppe hinunter. Im Flur zog sie sich ihre Schuhe an und warf sich eine Trainingsjacke über. Als sie vor die Haustür kam, wunderte sie sich über die Ruhe und die milden Temperaturen. Sie machte ihr Fahrrad los und radelte Richtung Bäcker.

Hinterm Tresen fand sie wie jeden Morgen Frau Schröder vor. »Guten Morgen, Frau Schmalbach. Wie immer?« Während Petra noch nickte, füllte Frau Schröder bereits eine Tüte mit den notwendigen Brötchen. »Geht es Ihnen und Ihrer Familie gut?«

»Alles bestens«, log Petra, reichte das Geld über den Tresen und nahm die Tüte mit den Brötchen entgegen.

Als sie wenig später mit der Vorbereitung des Frühstücks beschäftigt war, kam Lukas in die Küche.

»Guten Morgen. Hast du gut geschlafen?«

Petra schaute sich um, denn sie wunderte sich über seinen freundlichen Ton, der sie gleichermaßen frösteln ließ. »Ja, habe ich … wieso fragst du?«

Lukas schaute Petra eine Weile schweigend an. Dann haderte er laut mit sich selbst: »Ja genau. Wieso frage ich eigentlich? … Das weiß ich auch nicht so genau. Denn schließlich hast du mir nicht nur dieses Ultimatum eingebrockt … auch die Ansage des Beraters, ins Hotel zu ziehen, habe ich dir zu verdanken.« Lukas ging auf Petra zu.

»Ultimatum? Hotel?« Petra bekam es mit *der* Angst zu tun, die sie schon seit Jahren begleitete. »Ich verstehe nicht.«

»Ich soll dir bis heute sagen, dass Klaus und Harald Bescheid wissen. Und ich soll laut Herrn Freimann ins Hotel oder in eine Pension ziehen.« Lukas wurde mit jedem Satz lauter und kam noch näher an Petra heran.

»Klaus und Harald wissen worüber Bescheid?« Lydia gesellte sich nach ihrer Frage zu ihrer Mutter. »Und wer ist Herr Freimann und wieso ins Hotel ziehen?«

Lukas hatte Glück, denn er war kurz davor, wieder zuzuschlagen. Er ging zur Küchentür und drehte sich um. Petra hatte ihn mit ihrer Frage wütend gemacht. Dabei wollte er einfach nur freundlich sein. Er hatte eigentlich überhaupt keinen Nerv mehr, irgendwelche Worte zu verlieren. Dennoch antwortete er: »Ist ja auch egal … also nochmal für euch beide zum Mitschreiben … Klaus und Harald wissen, dass ich … na ja … ihr wisst schon … mir manchmal die Hand ausrutscht. Und gestern hat mich der Berater Herr Freimann aufgefordert, ins Hotel zu gehen.«

Petra und Lydia schauten sich fragend an, nachdem Lukas kurzerhand aus der Küche verschwunden war.

Im Hause Middelkamp war Krisenstimmung. Martina und Harald waren in der Küche und wussten nicht, was zu tun war.

Lasse war wie von Frau Gieselmann telefonisch angekündigt eine halbe Stunde später nach Hause gekommen. Während Martina im Wesentlichen erleichtert war, hatte Harald Lasse eine Standpauke gehalten. Wenigstens hatte er dies versucht. Kaum hatte er Lasse angesprochen, war der in seinem Zimmer verschwunden und hatte sich eingesperrt.

Auch auf die Gefahr hin, den ganzen Ärger von ihm abzubekommen, hatte Martina den Mut aufgebracht, Harald ihrerseits eine Standpauke zu halten. Denn weder hatte ihr Harald eine plausible Erklärung für seine verspätete Heimkehr geliefert, noch war sie damit einverstanden, wie er mit der neuen Situation verfuhr.

Für Martinas Vorwürfe hatte Harald erwartungsgemäß kein Verständnis gezeigt.

Wie so oft war es ihnen nicht gelungen, ein nützliches Gespräch zu führen.

Harald hatte sich in sein Arbeitszimmer zurückgezogen.

Martina war wieder einmal einsam im Wohnzimmer zurückgeblieben.

Ohne Worte hatten sie später nebeneinander in ihrem Bett gelegen und waren irgendwann unzufrieden eingeschlafen.

Während Martina Bedenken hatte, Lasse in die Schule gehen zu lassen, war Harald wieder mal mehr mit sich selbst beschäftigt.

Er schaute am Küchentisch sitzend in seine Tasse und nippte an seinem Kaffee. Wenig später schaute er erneut in den Kaffee, als wäre dort die Lösung all ihrer Probleme zu finden.

Martina war zum Schreien zumute, doch wie ihr selbst klar war, konnte ihr das nicht wirklich weiterhelfen.

Sie hatte entschieden, Lasse nicht zur Schule zu drängen. Sie war bereit, ihn zu entschuldigen, wenn er nicht gehen wollte. Demzufolge hatte sie Lasse auch noch nicht geweckt und ihn erst einmal in Ruhe gelassen.

Harald war damit nicht einverstanden. »Warum weckst du Lasse nicht?«, fragte er Martina. »Ich finde das ganz und gar nicht gut. So wird er nicht lernen, die Konsequenzen für den Mist, den er verzapft hat, zu tragen«, sagte er und schaute seine Ehefrau ärgerlich an.

Martina nahm sich einen Kaffee. Anschließend ging sie zum Kühlschrank, um sich Milch zu holen. »Solange die Schule keine Aussage macht, möchte ich ihn nicht zwingen, in die Schule zu gehen. Wenn er doch hin möchte, kann er ja gehen«, gab sie ihrem Mann zu verstehen, während sie Milch in ihren Kaffee gab.

»Das heißt, er wird auch noch dafür belohnt, seinen Lehrer verletzt zu haben, oder wie?«

Martina musste an sich halten, denn Haralds Ton war bereits grenzwertig. Sie stellte die Milch wieder zurück in den Kühlschrank und setzte sich an den Tisch. »Es wäre wirklich schön, wenn du deinem Sohn nicht ständig das Leben zusätzlich schwer machen würdest. Hast du dich schon mal gefragt, warum er sich so verhalten hat?« Martina trank und wunderte sich, da der Kaffee, den Harald gekocht hatte, recht gut schmeckte.

Harald nahm seinerseits einen größeren Schluck Kaffee. »Jetzt bin ich an seinem Verhalten Schuld? Der Junge ist vierzehn Jahre alt und sollte schon wissen, wie man sich in der Schule angemessen verhält. Es mag ja sein, dass sein Klassenlehrer nicht der allerbeste Lehrer ist, aber so was geht gar nicht!« Harald stand auf und nahm die Kaffeekanne aus der Maschine.

Martina versuchte währenddessen, sich zu beruhigen. »Dieser Junge ist dein Sohn und heißt Lasse … also ehrlich … ich frage mich, was mit dir eigentlich los ist … und seit Freitagabend bist du noch merkwürdiger als sonst … kannst du mir das erklären?« Martina streckte Harald ihre Tasse entgegen und schaute ihn eindringlich an.

Harald sah sich mit einer Frage konfrontiert, die ihm überhaupt keinen Spaß bereitete. Er schenkte Martina und sich mit mürrischem Gesichtsausdruck Kaffee nach, stellte die Kanne unwirsch in die Maschine zurück und setzte sich langsam wieder an den Tisch. Anschließend nahm er in aller vermeintlichen Ruhe mehr Kaffee zu sich.

Martina war sich nicht sicher, ob sie eine Antwort erhalten würde.

»Du möchtest also wissen, was los ist?«

Harald überraschte Martina mit seiner Frage. Deshalb blickte sie Harald irritiert an und sagte: »Ja, das möchte ich zu gerne wissen.«

»Also gut. Ich werde dir sagen, was los ist.« Harald schien mit sich zu ringen, denn er nahm mehrmals ein wenig Kaffee zu sich.

Martina fasste sich derweil in Geduld.

»Lukas … äh … Lukas schlägt Petra.« Harald nahm abermals einen Schluck. Da Martina ihn ohne ein Wort weiterhin ansah, ergänzte Harald: »Und das hat er uns Freitagabend beim Bier erzählt. Das ist los!«

Martina verstand nicht so recht, was Harald da sagte und schaute ihn deshalb skeptisch an.

Harald wiederum machte Martinas Mimik nervös. »Ja … du hast richtig verstanden. Lukas hat uns am Freitag beim Bier erzählt, er würde eine Beratung beginnen, weil er ein Schläger ist, der seine Frau seit mehreren Jahren schlägt.«

»… Lukas schlägt Petra? …« Martina schüttelte ihren Kopf mehrmals und schaute Harald eindringlich an. »… Das kann ich nicht glauben. Dieser nette und freundliche Kerl? Das kann ich mir beim besten Willen nicht vorstellen. Bist du sicher?«

Harald hatte seinen Kaffee bereits wieder ausgetrunken und stand auf. Während er die Tasse in den Geschirrspüler stopfte, sagte er leicht ungehalten: »Martina! Er hat es selbst erzählt. Letzten Freitag!«

Martina hatte gehört, was Harald gesagt hatte. Dennoch hatte sie erhebliche Schwierigkeiten, die Informationen zu verarbeiten.

Für sie waren Petra und Lukas immer so etwas wie ein Vorbild, denn sie waren aus ihrer Sicht *das* Vorzeige-Ehepaar.

Er war Beamter mit einem stattlichen Einkommen und ein wirklich netter Typ. Und Petra wirkte immer so kontrolliert, als könnte ihr niemand und nichts etwas anhaben.

Für Martina war es überhaupt nicht einleuchtend, dass in dieser Ehe häusliche Gewalt eine Rolle spielen könnte. Sollte sie sich derart getäuscht haben?

Während Martina immer noch mit sich selbst beschäftigt war, hatte Harald die Küche längst verlassen.

Er konnte mit Martinas Reaktion wenig anfangen. Außerdem war es spät geworden und er hatte einen anstrengenden

Arbeitstag vor sich. Und dann war da noch die Sache mit Lasse. Harald begriff nicht, wie Lasse derart durchdrehen konnte. Als er den ersten Stock erreichte, merkte er den kurzen Impuls, in dessen Zimmer zu gehen und ihn notfalls aus seinem Bett zu zerren. Doch er musste an seinen letzten Versuch denken und schob das alles beiseite. Harald ging ins Schlafzimmer und suchte sich sein Outfit zusammen. Ein grasgrünes Hemd, eine passende Krawatte in blau-grün und seinen Sommeranzug, der in einem leichten beige daherkam.

Nachdem er sich angezogen hatte, hielt er kurz inne. Mit einem Mal spürte er eine ihm unbekannte Schwere. Er konnte sich nicht dazu durchringen, das Schlafzimmer zu verlassen und sich auf den Weg zur Arbeit zu machen.

Martina kam ins Zimmer. »Was machst du?«

Harald hatte sofort eine patzige Antwort auf der Zunge, doch irgendetwas hielt ihn zurück. Er drehte sich zu Martina um. »Warum muss alles immer so schwierig sein?«

Das Treffen

Wenn Unrecht zu Recht wird,
wird Widerstand zur Pflicht!
- Bertolt Brecht -

Freitag, der 18.08.2017, abends

Die drei Freunde hatten vor einigen Monaten die Idee, gemeinsam in einem Fitness-Center zu trainieren. So konnten sie nach ihrer Vorstellung sicherstellen, sich einmal in der Woche zu sehen. Zusätzlich waren sie so in der Lage, sich gegenseitig anzuspornen, Fett abzubauen und etwas für ihren Kreislauf zu machen. Sie hatten sich darauf geeinigt, ein Center in der City zu nutzen.

Klaus befand sich in der Umkleidekabine des Centers, in der die Luft wieder einmal nicht mehr so ganz frisch anmutete. War die Umkleide eben noch gut gefüllt, war er momentan der einzige Anwesende.

Er war mit dem Fahrrad aus Walle in die Innenstadt geradelt, hatte dabei die Überseestadt entlang der Weser hinter sich gelassen. Nach den Gewittern Mitte der Woche waren die Temperaturen jetzt deutlich erträglicher, lagen tagsüber deutlich unterhalb der dreißig Grad. Dennoch war er vom Radfahren bereits ein wenig durchgeschwitzt.

Er hatte seine Fahrradtasche dabei, aus der er ein frisches Shirt zog. Er streifte sich das Shirt über und stand dabei an einem der großen Fenster, die zur unter ihm liegenden Straßenkreuzung lagen. Der Himmel war bereits in ein zartes gelborange getaucht und machte die Szenerie auf der Kreuzung ein wenig surreal. Als Klaus sich vom Fenster abwenden wollte, sah er eine Person, die über die Schienen der Straßenbahn lief und auf ihn zukam. Es war Lukas, der offenbar mit seinem Wagen gekommen war und diesen in der gegenüberliegenden Seitenstraße geparkt hatte.

Klaus merkte so etwas wie ein inneres Zucken und war direkt angespannt. Er war sich im Vorfeld nicht sicher, ob Lukas zum Training kommen würde. Doch jetzt hatte Klaus die Gewissheit, dieser Abend würde nicht einfach werden.

In den letzten Tagen hatte sich Klaus mehrmals gewünscht, Lukas hätte sich sein Geständnis verkniffen. Dann wäre jetzt alles wie immer und er wäre jetzt entspannt. Er hatte sich dabei mehrmals gedanklich bei Petra für seinen Wunsch entschuldigt, obwohl dies kaum möglich war.

In seine Gedanken versunken zog Klaus sich weiter um. Als er sich an seinen Turnschuhen zu schaffen machte, kam Lukas in die Umkleide.

»'N Abend, Klaus.«

Klaus schaute kurz hoch. »Moin Lukas.«

Ohne weitere Worte kümmerten sich die Freunde darum, sich für das anstehende Training vorzubereiten.

Klaus legte den Schwerpunkt im Training auf seinen Kreislauf, während sich Lukas auf das Muskeltraining fixierte.

Als Klaus seine Schuhe gebunden hatte, nahm er seine Wasserflasche aus seiner Tasche. Er verfrachtete die Tasche in den Spind und sagte: »Erstaunlich, dich heute hier zu sehen. Und auch ganz schön komisch.«

Lukas war voll und ganz damit beschäftigt, seine Trainingshose anzuziehen. Als er damit fertig war, stützte er sich mit seinen Händen auf seinen Hüften ab und schaute auf den Boden. Nach kurzer Zeit nahm er Klaus in den Blick. »Mhm … ich hatte überlegt, heute nicht zu trainieren. Und nun stehe ich hier.«

Klaus wusste nicht, ob er Lukas schon jetzt auf sein Ultimatum ansprechen sollte. Um sich Zeit zu verschaffen, fragte er: »Und warum willst du doch trainieren?«

Lukas wechselte vom linken Bein auf sein rechtes und wieder auf sein linkes. Dann setzte er sich und begann, seine Turnschuhe anzuziehen. Seine Schuhe fixierend antwortete er: »Ich brauche das. Ich muss mich unbedingt ablenken.«

Mit seiner Aussage vermittelte Lukas bei Klaus den Eindruck, es sei klug, das Ultimatum erst später anzusprechen. »Kann ich verstehen«, sagte er. »Dann lass uns starten! Harald scheint ja heute nicht zu kommen. Es ist schon nach acht.«

Lukas erkannte, an Harald schon lange nicht mehr gedacht zu haben. »Richtig! Was ist mit Harald? Wollte er kommen oder nicht?«

»Kann ich nicht sagen. Ich habe mit ihm seit letztem Freitag nicht gesprochen.«

Lukas war komplett in seinen Trainingsklamotten und hielt einen Moment inne. »Mhm … dann ist das erst mal so.« Lukas schnappte seine Tasche und bugsierte sie in den Spind, sperrte diesen ab und bewegte sich Richtung Tür zum Trainingsbereich. Als er diese schon fast erreicht hatte, fiel ihm seine Trinkflasche ein. »Ach … mein Trinken.« Er ging wieder an seinen Spind und sperrte ihn wieder auf.

Klaus stand währenddessen vor seinem Spind und beobachtete Lukas. Während sein Freund seine Flasche aus seiner Tasche fummelte, hatte Klaus so eine diffuse Ahnung, es könnte sinnvoll sein, das heutige Trainieren doch einmal infrage zu stellen. »Bist du sicher, dass du heute trainieren willst?«

Lukas schaute verdutzt auf und verzog sein Gesicht. Er wusste es nicht. Wenn Klaus nicht anwesend gewesen wäre, hätte er die Frage wohl mit einem klaren *Ja* beantworten können. Doch so? »Deine Anwesenheit stört mich dabei, jetzt einfach zu trainieren«, sagte er und setzte sich vor seinem Spind auf die Bank.

»Meine Anwesenheit?«

»Ja!«

»Mhm … wenn ich mich richtig erinnere, hast *du* letzten Freitag erzählt, deine Frau zu schlagen.«

Lukas sprang auf.

Eigentlich wollte er etwas sagen, unterließ dies allerdings, da gerade zwei junge Männer in die Umkleide kamen. Anstatt dessen setzte er sich wieder vor seinen Spind und trank einen kleinen Schluck aus seiner Pulle. Lukas war wütend, denn es stimmte. Er hatte mit seinem Geständnis etwas ins Rollen gebracht, mit dem er nicht umzugehen vermochte. Alles war anders. Er hatte gedacht, das alles beiseiteschieben zu können, doch Klaus mit seinem freundlichen Gesicht machte ihn fuchsteufelswild. Er nahm noch einen Schluck Wasser und grübelte. In Anwesenheit fremder Männer wollte er nichts sagen. Er wartete, trank noch einen Schluck, während Klaus vor seinem Spind verharrte. Endlich verschwanden die beiden jungen Männer in der Dusche und konnten hoffentlich nichts mehr hören, da sie das Wasser anstellten. Nach einem weiteren Schluck antwortete Lukas: »Mit deiner Selbstgefälligkeit gehst du mir mächtig auf den Wecker, weißt du das?«

Klaus wurde hellwach, denn er konnte erkennen, wie aufgebracht Lukas war. »Vielleicht bin ich selbstgefällig. Das mag durchaus sein. Ich bin allerdings auch nicht derjenige, der seine Frau schlägt.« Klaus setzte sich wieder hin, da ihm die Reaktion durch Lukas zusetzte. Er hatte ihn bisher immer als einen beherrschten und freundlichen Kumpel begriffen. Nun hatte er es mit jemandem zu tun, der sich ganz anders verhielt, und das machte ihm zu schaffen.

Lukas sprang auf, denn er fand Klaus' Antwort ungeheuerlich. Er ging auf Klaus zu, stellte sich vor ihm auf.

Klaus, der ›unter‹ ihm saß, merkte seine eigene Bedrängnis und erhob sich so schnell, wie ihm möglich war, um mit Lukas auf Augenhöhe zu sein. Er war sich nicht sicher, ob Lukas es fertigbringen würde, ihm ebenfalls eine reinzuhauen. Er konnte sehen, wie es in Lukas arbeitete …

»Lukas! … Ich bin es! … Klaus! … Dein Freund!«

Lukas reagierte nicht auf Klaus' Hinweis, schien durch ihn hindurchzuschauen.

Klaus war auf das Schlimmste gefasst, wich deshalb langsam zurück.

Plötzlich drehte sich Lukas um und ging zurück zu seinem Spind. Mit dem Rücken zu Klaus blieb er stehen.

Im selben Moment kamen die beiden Männer, sich laut unterhaltend, aus der Dusche.

Auf Lukas schien dies zu wirken, so als würde man ihm den Weg zurück ins Hier und Jetzt und damit auch in die Umkleide weisen. Er drehte sich zu Klaus um. »Ich gehe jetzt trainieren. Du kannst mich begleiten oder es lassen. Wie du willst.« Er schnappte sich seine Flasche und verschwand durch die Tür in den Trainingsbereich.

Harald hatte durchaus allen Grund, sich körperlich abzureagieren. Dennoch war es ihm unvorstellbar, in der ›Muckibude‹ auf seine Freunde Lukas und Klaus zu treffen. Da es in seiner Familie momentan alles andere als entspannt zuging, hatte er sich letztendlich entschieden, nicht zum Training zu fahren. Martina hatte er gesagt, es würde ihm nicht gut gehen, weil er Kopfschmerzen habe.

Martina hatte sich mit seiner Erklärung zufriedengegeben.

Dieses Geständnis von Lukas hatte es in sich. Das wurde Harald zunehmend klar.

Und am Mittwochmorgen war mit ihm irgendetwas passiert. Als er Martina diese Frage gestellt hatte, hatte sie ihn lange angesehen. Und dann? Dann war sie auf ihn zugegangen. Schließlich war etwas für Harald völlig Unerwartetes passiert. Seine Frau hatte ihn mit den Worten ›Ich weiß es nicht‹ in den Arm genommen.

Er konnte sich nicht erinnern, wann er Martina zuletzt in seinen Armen hatte. Er wusste immer noch nicht, wie er das Verhalten seiner Frau einordnen sollte.

Es war inzwischen nach acht Uhr abends. Harald saß in seine Gedanken versunken im Wohnzimmer, während seine Frau im Garten Blumen goss. Die Kinder waren bei irgendwelchen Freunden oder Freundinnen.

Der Fernseher lief. Die an ihm vorbeifließenden Bilder nahm Harald allerdings so gut wie gar nicht wahr.

Harald konnte sich nicht erklären, was mit ihm los war. Seit Martina ihm am Mittwoch so anders begegnet war, wusste er noch weniger als sonst, mit ihr umzugehen. Obwohl er nicht wusste, was er davon halten sollte, hatte er Martinas Umarmung auch genossen.

Er fühlte sich ausgelaugt und brauchte an diesem Abend seine Ruhe.

Deshalb hielt er seine Entscheidung, das Training sausen zu lassen, letztendlich für richtig. Ein schlechtes Gewissen hatte er dennoch, denn es kam ihm irgendwie so vor, als Freund zu versagen.

Martina kümmerte sich im Garten indes mit Hingabe um ihre Blumen; auch, um sich abzulenken. Sie wusste, Harald befand sich im Wohnzimmer.

Seit Mittwochabend schien es ihr so, als würde sich Harald noch weiter von ihr entfernen als bisher. Dabei war dies aus ihrer Sicht kaum noch möglich. Und dennoch gelang es ihm, den Graben zwischen ihnen noch weiter auszuheben. Nachdem sie sich morgens in den Arm genommen hatten, sprach er nicht einmal mehr in Alltagsangelegenheiten mit ihr, sondern ging ihr fast ausnahmslos aus dem Weg.

Sie hatten sich wegen Lasse nicht verständigen können. Inzwischen hatte die Schule einen Termin anberaumt, an dem über Lasses Verhalten und etwaige Folgen gesprochen werden sollte. Bis zu dem Termin am kommenden Montag war Lasse vom Unterricht befreit. Harald hatte sich maßlos aufgeregt, denn nach seiner Auffassung wurde Lasse von der

Schule für sein Verhalten fatalerweise auch noch belohnt. Martina war anderer Auffassung, denn sie sah die Verantwortung auch bei Harald selbst. Zum momentanen Zeitpunkt war demzufolge nicht klar, ob sie den Termin zu dritt oder zu zweit wahrnehmen würden.

Da sich Martina nicht in der Lage sah, mit Harald das Gespräch zu suchen, nahm sie die Gießkanne und ging zum Wasserhahn, der an der Außenwand des Hauses angebracht war. Sie drehte den Hahn nur ein wenig auf, damit aus diesem nur wenig Wasser entwich. So konnte sie sicherstellen, lange aus dem Blickfeld ihres Ehemannes verschwunden zu sein. Während der Wasserhahn seiner Aufgabe nachkam, verspürte Martina noch einmal den Wunsch, mit Harald ins Gespräch zu kommen. Doch wie sollte sie ihm begegnen?

Sie hatte es bereits *so* oft versucht und damit häufig Streit heraufbeschworen. Harald hatte sich immer wieder aufgeregt, ihre Worte umgedreht, sie völlig falsch verstanden und war dann verschwunden; meistens in sein Arbeitszimmer, manchmal auch nach draußen. Wenn er das Haus verließ, kam er oft erst spät zurück. Sie hatte keine Ahnung, wo er sich dann aufhielt.

Sie dachte an die vielen Streitereien und das danach oft folgende Schweigen. Beides konnte sie kaum noch ertragen.

Während sich Martina in Gedanken mit ihrer Beziehung zu ihrem Ehemann und ihrem Sohn beschäftigte, vergaß sie die Gießkanne.

Sie lief über.

Martina stellte das Wasser ab und trug die Gießkanne eilig über den Rasen. Harald war nicht zu sehen.

Etwa zur selben Zeit waren Lukas und Klaus mehr oder weniger intensiv um ihre Fitness bemüht.

Nachdem Lukas Klaus in der Umkleide stehen lassen hatte, hatte Klaus seinem Freund irritiert hinterhergeschaut. Zunächst war er zögerlich gewesen, Lukas zu folgen. Denn er hatte eigentlich keine Lust mehr, sich mit Lukas in irgendeiner Form zu befassen.

Dann war ihm eingefallen, dass er an diesem Abend noch dringend etwas klären musste; auch für seine Frau. Er musste herausbekommen, ob Lukas Petra inzwischen von seinem Geständnis erzählt hatte.

Also ging er schweren Herzens in den Trainingsbereich, begab sich ohne Umschweife auf ein Laufband vor einem der großen Fenster und fing an zu laufen.

Die Dämmerung verdunkelte sich bereits und die Straßen unter ihm wurden nur punktuell von Laternen aus der Düsternis gezerrt. Klaus bemühte sich, seine Gedanken nicht an Lukas zu verschwenden, sondern sich nur auf sein Laufen zu konzentrieren. Doch es gelang ihm kaum. Er versuchte, sich vorzustellen, nicht auf dem Laufband zu sein, sondern irgendwo im Wald, weit weg und jenseits der sehr verkrampften Beziehung zu seinem Freund.

Zwischendurch dachte er auch an Harald, dem es gelungen war, sich auf wunderbare Weise aus der Affäre zu ziehen.

Pulsierendes Blaulicht an der gegenüberliegenden Häuserflucht, gepaart mit einer Sirene, die an sein Ohr drang, machte ihn darauf aufmerksam, in der Stadt und auf einem Laufband zu sein.

Als er wenig später nach rechts schaute, bemerkte er Lukas. Sein Freund lief erstaunlicherweise mit einem Affenzahn auf dem Laufband, als wolle er vor irgendetwas oder irgendwem davonlaufen. Klaus konnte sich nicht erinnern, Lukas in den letzten Monaten auf einem Laufband gesehen zu haben.

Die Anzeige seines Fitnessgerätes ließ ihn erkennen, bereits seit einer halben Stunde zu laufen. Also reduzierte er sein Tempo und stoppte das Laufband nach wenigen Minuten.

»Lukas!«, rief er, nachdem sich seine Atmung ein wenig normalisiert hatte. Da Lukas ihn nicht zu hören schien, verließ er sein Laufband und stellte sich vor Lukas auf.

Lukas blickte Klaus kurz an und dann durch ihn hindurch.

Klaus fragte sich wieder, wen er da eigentlich als seinen Freund bezeichnete. Wo war *der* Mensch hin, den er seit mehreren Jahrzehnten kannte? Machte es überhaupt noch Sinn, sich für diese Freundschaft einzusetzen? Klaus war sich nicht sicher.

Er nahm ruckartig seine Wasserflasche aus der Halterung des Fitnessgerätes. Nachdem er einen großen Schluck genommen hatte, setzte er sich mit einem tiefen Stöhnen auf die Fensterbank. Ab und an schaute er aus dem Augenwinkel zu seinem Freund. Ansonsten beobachtete er das sonstige Treiben im Fitnesscenter. Klaus musste registrieren, dass viele Mitglieder den Weg ins Studio gefunden hatten. Sämtliche Kardiogeräte waren besetzt. Für einen Freitagabend war das ungewöhnlich.

Es vergingen mehr als fünf Minuten.

Lukas machte keine Anstalten, vom Laufband herunterzusteigen.

Klaus beschlich eine merkwürdige Müdigkeit und demgemäß beschloss er, seine Bemühungen um Lukas einzustellen und auch sein Training zu beenden. Er hatte einfach keine Muße mehr, noch länger an diesem Ort der Anstrengung zu verweilen. Also schnappte er sich seine Wasserflasche sowie sein Handtuch und machte sich auf den Weg in den Umkleideraum.

Dort bildete sich ab, was Klaus vorher bereits beobachtet hatte. War die Umkleide vor einer Stunde noch leer, tummelte sich hier jetzt eine Unzahl der unterschiedlichsten Männer.

Die einen zogen sich um und präsentierten dabei eher beiläufig ihre tätowierten Körper. Andere stellten mehr oder weniger bewusst ihre überdimensional dicken Oberarme zur Schau. Wieder andere schlenderten allein oder zu zweit in die Dusche oder kehrten von dort zurück. Es gab Männer, die mit Föhn oder Deos herumhantieren, an diesem Abend offenbar noch großes vorhatten.

Klaus kam sich ein wenig fehl am Platze vor. Zu seiner Freude entdeckte er doch den ein oder anderen Mann, der einfach nur in ein Fitnessstudio zu gehen schien.

Es war schwierig, an den eigenen Spind zu gelangen. Der Weg dorthin glich einem Slalom auf einer zu vollen Skipiste. Die Luft war zum Schneiden; eine Mischung aus Männerschweiß und einem Nebel aus Duschgel und Deodorant. Auch in der Umkleidekabine waren die Scheiben beschlagen, die Sicht nach draußen allerdings vollkommen blockiert.

Klaus erreichte seinen Spind und überlegte, ob er sich eine Dusche geben sollte. Es war sehr wahrscheinlich, dass er warten musste und das nur mit einem Handtuch bekleidet. »Egal«, dachte er. Die Vorstellung, ungeduscht mit dem Fahrrad nach Hause zu fahren, gefiel ihm nicht. Also traf er seine Vorbereitungen.

Mit seinem Handtuch um die Hüften sowie Duschgel und Shampoo in der Hand bahnte er sich wenige Augenblicke später einen Weg zur Duschkabine. Erwartungsgemäß waren beide Duschen in Gebrauch. Er wünschte sich, vor einer guten Stunde eine andere Entscheidung getroffen zu haben. Dann wäre er jetzt bereits zu Hause bei Sybille.

Derweil fragte sich Lukas, ob er Klaus in die Umkleidekabine folgen sollte. Nachdem er sich entschieden hatte, sich neben Klaus auf das Laufband zu begeben, war er nicht in der Lage gewesen, dessen Gesprächsangebot anzunehmen. Obwohl er sich wünschte, mit seinem Freund ins Gespräch zu kommen, wusste er nicht, was er sagen sollte. Klaus war gegangen und auch deshalb hätte Lukas Verunsicherung merken müssen. Bei ihm war hingegen unbändiger Ärger aufgestiegen.

Er ärgerte sich über sich selbst, über sein Geständnis und über Klaus, der ihm dieses unsägliche Ultimatum gestellt hatte. Auch über Petra regte er sich auf, denn sie hatte ihn unter Druck gesetzt und ihn damit verleitet, sich in die aktuelle, für ihn prekäre Situation, zu begeben.

Lukas war unter Druck, denn Klaus musste unbedingt erfahren, dass er Petra inzwischen von seinem Geständnis erzählt hatte. Wenn Klaus doch nur ein Smartphone besäße, dann könnte er ihm einfach eine kurze SMS schicken und ihm mitteilen, dass er Petra bereits informiert hatte. Doch Klaus war einer von diesen ewig Gestrigen, ein Offline-Mensch, ein Smartphone-Verweigerer. Und deshalb gab es diese Möglichkeit für Lukas nicht. Lukas blickte durch die große Fensterscheibe ins Nichts und er wurde sehr wütend, denn er befand sich unter erheblichem Zugzwang.

»Wartest du?«

Klaus wusste, wer ihm diese Frage stellte. Deshalb drehte er sich ohne Zögern um und sah Lukas an.

Seine Dusche hatte Klaus erst vor wenigen Minuten beendet und sich eben erst abgetrocknet. Nur mit seinem Handtuch um die Hüften stand er vor Lukas.

Lukas schaute sich nervös um, als hinter ihm eine Spindtür zu gedonnert wurde und sagte dann: »Wir sollten reden … bei einem Bier?«

Zunächst wusste Klaus nicht, wie er antworten sollte. Er hatte sich bereits darauf gefreut, bald daheim bei Sybille zu sein. Ohne Vorwarnung stand er vor der Entscheidung zwischen einem entspannten Abend mit Sybille und einem Bier inklusive Gespräch mit Lukas, dessen Verlauf im Nebel liegen würde.

»Klaus?«

Lukas' Ungeduld machte Klaus Unbehagen. Eine Antwort erschien ihm deshalb ratsam. »Also gut … ein Bier«, löste er die aufkommende Spannung nach wenigen Sekunden auf.

Lukas nickte, drehte sich ohne ein weiteres Wort um und ließ Klaus stehen.

Verdutzt schaute Klaus seinem Freund hinterher und begann nach einem kurzen Moment sich anzuziehen.

Ob er das Richtige tat, wusste Lukas nicht. Er wusste auch nicht, ob er das Richtige tun konnte.

Es ging ihm nicht gut.

Er hoffte, eine heiße Dusche würde ihm helfen. Wenig später, er musste wie Klaus ein wenig warten, ließ er das heute einmal erfreulich heiße Wasser auf seinen Körper laufen.

Klaus hatte sich zwangsläufig mit der neuen Situation abgefunden. Er hoffte, mit Lukas jetzt doch auch hinsichtlich seines Ultimatums sprechen zu können.

Während er begann, sich umzuziehen, fiel ihm Sybille ein. Also beeilte er sich und kleidete sich schnell an, ohne sich durch die vielen, teilweise sehr lauten, Männer ablenken zu lassen. Nachdem er seine Sachen verstaut hatte, begab er sich unverzüglich in die Lobby des Studios.

Endlich war er der Umkleide entkommen.

Die Dame am Empfangsbereich wollte ihm zunächst ein Telefonat nicht erlauben. Klaus gelang es, ruhig zu bleiben und ihr die Dringlichkeit eines Anrufs bei seiner Ehefrau zu verdeutlichen. Schließlich konnte er die Dame überzeugen, sie überließ ihm das Telefon und nach wenigen Sekunden hatte er Sybille am Apparat.

»Hallo Sybille! Wider Erwarten gehe ich gleich mit Lukas doch noch ein Bierchen trinken.«

»Oh! Alles klar. Und wieso *doch* noch?«

»Ah … ich war eigentlich schon im Begriff, mich auf den Heimweg zu machen. Dann kam Lukas auf mich zu, mit den Worten ›Wir sollten reden‹. Jetzt bin ich echt gespannt, ob ich von Lukas bezüglich meines Ultimatums etwas zu hören bekomme.«

»Na … Ich wünsche dir … äh … uns viel Glück.«

»Ja … das können wir wohl beide gebrauchen … dann also bis später … wir werden nur ein Bierchen trinken … das hoffe ich jedenfalls.«

»Okay. Dann bis nachher.«

Kaum hatte Klaus das Telefon zurückgegeben, sah er Lukas auf sich zukommen. Inzwischen war es nach halb zehn.

Lukas näherte sich mit ernster Miene. »Vielen Dank fürs Warten!«

»Kein Problem … wohin?«

»An die Schlachte?«

Klaus nickte und sie machten sich auf den Weg. Der Abend empfing sie mit unfassbar milder Sommerluft. Klaus war auch deshalb damit zufrieden, das sehr spezielle Ambiente des Fitness-Centers hinter sich zu lassen.

Lukas konnte seine Anspannung hingegen für Klaus eindeutig sichtbar erst einmal nicht ablegen.

Nach wenigen Minuten kamen sie zur Schlachte.

Die Straße ›Schlachte‹ direkt an der Weser war wohl *die* Flaniermeile in Bremen. Hier gab es diverse Biergärten, also viel Bier, und mehrere Restaurants.

An einem Freitag, bei diesem Wetter, war selbstverständlich der Bär los. Sie mussten bis vor die Teerhofbrücke gehen, um einen Platz in einem der etwas weniger frequentierten Biergärten zu bekommen. Es waren Paare verschiedenen Alters unterwegs. Sie trafen auf laute, teilweise bereits nachhaltig alkoholisierte und sehr abwechslungsreich zusammengesetzte Gruppen von Männern und Frauen. Ohne Worte schoben sie sich durch die wabernde Menge. Dabei wechselten sie hin und wieder vielsagende Blicke. Die Biergärten und Restaurants waren zum Bersten gefüllt. Die Stimmung war zwar gut, aber irgendwie auch aufgekratzt.

Gegen zehn Uhr saßen die Freunde endlich in einem der Biergärten, die sie auch schon mehrmals mit Harald besucht hatten. Sie hielten sich an ihrem Weizenbier fest, kaum in der Lage, ein Gespräch aufzunehmen. Also prosteten sie sich erst einmal still und leise zu und nahmen einen ausgiebigen

Schluck; beide mit der Hoffnung, sich dadurch ein wenig beruhigen zu können.

Klaus überlegte, seitdem sie ihren Platz gefunden hatten, wie er sinnvoll ein Gespräch mit Lukas beginnen konnte. Er war sehr nervös, denn eine solche Situation war ihm noch nicht untergekommen. Schließlich schlug nicht jeder ihm bekannte Mann seine Frau. Davon ging er zumindest aus. Da Lukas sein Freund war, versuchte eine Fülle unangenehmer Gefühle im ständigen Wechsel von ihm Besitz zu ergreifen.

Lukas war, trotz seiner eigenen Initiative, alles andere als begeistert, mit Klaus in diesem Durcheinander von feiernden Menschen zu sitzen. Doch er konnte sich auch nicht vorstellen, weiterhin in diesem Schwebezustand zu verweilen. Er hielt es für notwendig, mit Klaus zumindest das ein oder andere zu besprechen; so schwer es ihm auch fiel. Also sagte er: »Mir ist erst einmal wichtig, dass du folgendes weißt. Petra habe ich von meinem Geständnis erzählt.«

Klaus hatte gerade angesetzt, noch einen Schluck zu trinken. Er stellte sein Glas wieder auf den Tisch und schaute Lukas an.

Am Nachbartisch brach ein schallendes Gelächter los, welches Klaus und Lukas kurz ablenkte.

Lukas wieder anschauend entgegnete Klaus: »Das finde ich gut.« Klaus merkte Erleichterung und dennoch konnte er zunächst nichts weiter sagen. Er überlegte angestrengt, wie er auf Lukas verbindlicher reagieren konnte.

Der griff zu seinem Bierglas, führte es dabei seinen Blick weiterhin auf Klaus gerichtet zum Mund und nahm einen großen Schluck.

Als Lukas sein Glas wieder abgestellt hatte, war Klaus zu einem Ergebnis gelangt. »Ich kann mir vorstellen, dass du momentan ziemlich gestresst bist.«

Nach seiner Aussage machte Lukas auf Klaus einen ziemlich irritierten Eindruck. Doch Lukas konnte sich erstaunlich schnell sammeln und pflichtete Klaus bei: »Ja, es ist im Moment wirklich nicht einfach für mich.«

Lukas' Bestätigung überraschte Klaus. Da sich in diesem Moment offenbar eine Unterhaltung entwickeln konnte, wurde Klaus nervöser. Ihm war sehr daran gelegen, diese Chance zu nutzen. Also achtete er darauf, ohne Vorwürfe auszukommen. »Ich habe mich in den letzten Tagen oft gefragt, wie es dazu kommen konnte, dass du Petra geschlagen hast.«

Lukas hob seinen Kopf und wirkte damit auf Klaus recht nachdenklich. Er hatte, und das ärgerte ihn selbst am meisten, keine Antworten parat.

Er wollte sich mit seinem Geständnis wohl in irgendeiner Form erleichtern. Anstatt dessen saß er am späten Freitagabend mit seinem Freund im Biergarten und hatte keine Idee, was er Klaus sagen sollte.

Er schlug seine Ehefrau. Hinterher hatte er sich immer entschuldigt und hoch und heilig versprochen, dies würde nicht mehr passieren. Doch immer wieder hatte er zugeschlagen, Petra aber manchmal auch nur bedroht.

Klaus hatte inzwischen wieder von seinem Weizenbier getrunken und stellte gerade sein Glas ab.

»Petra macht mich oft wütend.«

Klaus konnte mit Lukas' Aussage nicht viel anfangen. Zum einen machte ihn Sybille nur selten wütend. Und zum anderen würde er Sybille deshalb noch lange nicht schlagen.

»Mhm …« Etwas anderes vermochte Klaus nicht zu sagen, wollte zumindest deutlich machen, mit seiner Aufmerksamkeit hundertprozentig bei Lukas zu sein.

Unter den gegebenen Umständen war das allerdings kaum zu bewerkstelligen. Denn mit zunehmendem Alkoholpegel nahm die Lautstärke an den Nachbartischen kontinuierlich zu. Obwohl der Abend prinzipiell wunderbar war, gelang es den beiden Männern nicht, sich *wirklich* zu entspannen. Dafür lagen viel zu viele Fragen in der Luft.

Klaus schaute in sein halb geleertes Bierglas und haderte mit sich, weil es ihm nicht gelang, sich zu sortieren. Auf der einen Seite hatte er Angst, Lukas vor den Kopf zu stoßen. Andererseits wollte er den Abend auch nicht so ohne weiteres vorbeiziehen lassen.

›Petra macht mich oft wütend‹ war für Klaus eine äußerst merkwürdige Erklärung, die er nicht einfach im Raum stehenlassen wollte. Trotz seiner Bedenken sagte er: »Du sagst, weil Petra dich wütend macht, schlägst du sie?«

Lukas hatte Klaus ununterbrochen angeschaut. Nun konnte Klaus sehen, wie sich dessen Blick irgendwo im Nirwana verlor.

Das bereitete Klaus Sorgen, denn er war offenbar zu weit vorgeprescht.

»Ist hier noch frei?«

Klaus wurde von einer ungefähr dreißigjährigen Frau in seinem Unbehagen gestört. Sie stand mit ihrem Freund und einem scheinbar zu ihnen gehörenden Paar vor ihrem Tisch.

Lukas schaute ebenfalls auf und anschließend Klaus an, vorsichtig seinen Kopf schüttelnd. Er hoffte, Klaus würde die Frage verneinen.

Doch zu seinem Leidwesen hatte Klaus nichts einzuwenden. »Ja … klar … nehmt gerne Platz!«

Die beiden Freunde hatten offensichtlich nicht mitbekommen, wann ihre Tischnachbarn, drei junge Männer, gegangen waren.

Die junge Frau bedankte sich mit einem charmanten Lächeln und nahm mit den anderen am zweiten Tischende Platz.

Klaus befürchtete, seine Aussage könnte durch die Ablenkung verpuffen. Da es inzwischen nach halb elf war, wurde Klaus unruhig. Er wollte Sybille ungern zu lange warten lassen. »Hast du denn inzwischen deine Beratung begonnen?«, fragte er, um Lukas ein wenig entgegenzukommen.

Der verdrehte seine Augen und schaute gleichzeitig nach oben. Er wusste nicht, wie er auf Klaus' Frage reagieren sollte. »Dienstag hatte ich meinen ersten Termin …«, schoss es aus ihm heraus, »… Und für nächsten Dienstag ist bereits der nächste Termin vereinbart.«

»Du hörst dich nicht so an, als würde dich das freuen. Aber du musst und willst doch was tun, oder?«

Lukas musste sich im Zaum halten. Durch Klaus' Frage wurde er an seinen letzten Beratungstermin erinnert und das gefiel ihm überhaupt nicht. »Daran komme ich wohl kaum vorbei. Doch du hast recht. Die Beratung macht mir keinen Spaß«, sagte Lukas und erwartete, auf der Bank hin und her rutschend, Klaus' Reaktion.

»Na, aus mir immer noch unklaren Gründen verhältst du dich Petra gegenüber falsch, indem du sie schlägst. Wenn du die Gründe nicht kennst, ist es wohl logischerweise mit Arbeit verbunden, damit aufzuhören, oder?«

»Ich habe doch gesagt, dass Petra mich wütend macht.« Lukas machte sich auf seinem Platz gleich größer, während er seine Erklärung aufgebracht wiederholte.

»Das mag eine Erklärung sein, allerdings keine Entschuldigung«, hielt Klaus fest und schaute Lukas mit hoch gezogenen Augenbrauen erwartungsvoll an. Er war froh, dass sie endlich miteinander sprachen. Gleichzeitig war ihm bewusst, wie riskant seine Entgegnung war.

Lukas musste schlucken und das tat er auch, während er seinen Blick zur Seite auf ihre Tischnachbarn richtete. Die beiden Paare waren scheinbar bester Laune; im Gegensatz zu ihm selbst, Lukas setzte dies zu, denn ihm wurde dadurch jäh bewusst, in welch problematischer Lage er sich befand. Er schaute Klaus wieder an. »Warum sagst du das?«, fragte er und wirkte dabei auf Klaus ziemlich ungehalten.

Deshalb versuchte Klaus, von sich zu sprechen, als er antwortete. »Du hast mir ja bereits erzählt, wie schwierig es momentan für dich ist. Ich versuche immer noch zu begreifen, wie das alles passieren konnte.«

Als Lukas lange nachdachte, fiel ihm seine Ehefrau wieder ein. »Petra hat mich unter Druck gesetzt. Sie hat Sybille erzählt, dass ich sie schlage und mir gedroht, mit Sybilles Hilfe auszuziehen, wenn ich nichts unternehme.« Lukas griff zu seinem Bier.

Klaus tat es ihm gleich.

Nach einem Schluck stellten sie ihre Gläser wieder ab.

Klaus fragte, obwohl ihn Lukas' Antwort nicht zufriedenstellte: »Und dein Geständnis?«

Lukas warf abrupt und heftig seinen Kopf hin und her. »Mit meinem Geständnis lag ich definitiv daneben. Das war für mich alles andere als sinnvoll. Alles gerät dadurch außer Kontrolle …«, sagte er mehr zu sich selbst, »… Und ich weiß nicht, wie ich das alles in den Griff bekommen kann.«

»Dabei kann dir doch wahrscheinlich dein Berater behilflich sein.«

Klaus wartete sein Bierglas festhaltend länger ab. Er bekam nicht den Eindruck, seitens Lukas eine Reaktion zu bekommen. »Oder siehst du das anders?«, fragte er deshalb und schaute Lukas an, der seinen Blick erwiderte und dabei auf Klaus wenig überzeugt wirkte.

Obwohl es sein eigener Wunsch gewesen war, mit Klaus zu sprechen, wünschte sich Lukas zunehmend ein Ende ihres Treffens herbei.

Er konnte Klaus nicht sagen, warum er aus seiner Sicht keine Beratung brauchte. Er sah es halt nicht ein, einem Berater, den er nicht kannte, den das alles, die Provokationen durch Petra, manchmal allein durch ihre Anwesenheit, nichts anging, von seiner privaten Situation zu erzählen. Es kam ja auch gar nicht so oft vor. Das letzte Mal lag bereits wieder einige Wochen zurück. Und da war ihm Petra auch extrem auf die Nerven gegangen, hatte ihn aus seiner Sicht bloßgestellt. Lukas wusste nicht, ob er, mittendrin in diesem unverständlichen Gebrabbel und Gemurmel, Klaus seine Überlegungen mitteilen sollte.

Um sie herum wurde es gerade wieder sehr laut. Das half Lukas dabei, doch dafür einzutreten, das Treffen mit seinem Freund zu beenden. »Klaus. Mich stresst das hier. Deshalb möchte ich hier jetzt lieber einen Stock hinstellen.«

Die Worte seines Freundes trafen Klaus völlig unerwartet. Seine Hoffnung, ein wenig schlauer zu werden, irgendwelche erhellenden Antworten von Lukas zu erhalten, sollte sich nach dessen Vorstellung also nicht erfüllen. Er sah allerdings ein, dass an der Schlachte für ein eher ernstes Gespräch offensichtlich nicht die passende Atmosphäre herrschte.

»Mhm … mein Wunsch wäre aber, unser Gespräch fortzusetzen. Vielleicht sollten wir uns einen ruhigeren Ort suchen«, schlug er nach einigen Sekunden vor und nahm seinen letzten Schluck Bier.

Lukas hingegen wollte nicht mehr über diese schwierigen Themen sprechen. Ihm war das alles nicht mehr geheuer.

»Tut mir echt leid. Aber es geht nicht.« Lukas hatte sein Glas ebenfalls ausgetrunken und stand abrupt auf. »… Mach's gut«, stieß er nach einem kurzen Innehalten hervor und wandte sich zum Gehen.

»Lukas!«, rief Klaus seinem Freund nach.

Der drehte sich noch einmal um. »Tut mir wirklich leid … Komm gut heim und grüß Sybille!«, sagte er und verließ in schnellen Schritten den Biergarten, wodurch er für Klaus in der Menge schnell nicht mehr auszumachen war.

Fassungslosigkeit

Viele, heute befreundet,
sind uns morgen feind.
- Sophokles -

Samstag, der 19.08.2017, morgens

»Eigentlich ist dieser Morgen ein guter Morgen«, dachte Klaus im Garten sitzend, während er seinen zweiten Kaffee trank.

Die Sonne schien, die Luft war noch recht frisch und gleichzeitig wohlig mild.

Seine Ehefrau Sybille hatte ihn erst geweckt, nachdem sie ein wunderbares Frühstück auf der Terrasse hergerichtet hatte. Es gab den besagten Kaffee. Sybille hatte Eier gekocht und vorher frische Brötchen beim Bäcker besorgt.

Mit ihrem zweiten Kaffee in der Hand saßen sie, ihr Frühstück hatten sie mit viel Appetit zu sich genommen, auf ihrer Terrasse und blickten gedankenverloren vor sich hin.

Trotz des für ihn entspannten Tagesbeginns konnte Klaus nicht ausblenden, wie sehr ihn der Verlauf des Treffens mit Lukas beschäftigte.

Denn Lukas war einfach verschwunden und damit die sich bietende Chance vertan, miteinander zu sprechen.

Klaus hatte lange gebraucht, um sich damit abzufinden. Er war mit seinen Fragen zurückgeblieben und mit der Ungewissheit, ob er jemals irgendwelche Antworten bekam.

Frustriert war er nach Hause aufgebrochen. Ihre Biere hatten sie bereits bei Erhalt bezahlt, sodass er sich ohne weitere Umschweife zu seinem Fahrrad begeben konnte. Während er durch die feiernde Menge gegangen war, hatte er sich die Frage gestellt, ob er jemals wieder mit Lukas und Harald entspannt trainieren konnte. Er hatte daran größte Zweifel. Sein Fahrrad war erfreulicherweise an Ort und Stelle und unversehrt.

Er hatte versucht, seine Heimfahrt durch einen fokussierten Blick auf die Umgebung, die manchmal nur schemenhaft an ihm vorbeizog, zu genießen.

Das war misslungen.

Als er zu Hause eingetroffen war, war Sybille schon im Bett und schlief seelenruhig. Klaus hatte sich die größte Mühe gegeben, sie nicht zu wecken, und sich nach einer sehr kurzen Abendtoilette schnell ins Bett begeben. Sybille hatte sich durch ihn glücklicherweise nicht stören lassen.

»Wie war es gestern mit Lukas?«, fragte Sybille und riss ihn damit aus seinen trüben Erinnerungen.

Klaus war froh, bis jetzt ohne das leidige Thema Lukas gefrühstückt zu haben. Er atmete tief ein und aus. »Na ja … das ist eine recht gute und alles andere als einfach zu beantwortende Frage.«

»Aha …«, ließ Sybille lediglich verlauten und nippte geduldig an ihrem Kaffee. »… Das hört sich recht kompliziert an, wenn ich das mal so sagen darf«, fügte sie wenig später hinzu und sah Klaus mitleidsvoll an.

Klaus wusste nicht, ob er lachen oder weinen sollte. Denn Sybille lag mit ihren Worten und ihrem Gesichtsausdruck vollkommen richtig. Er war angestrengt; und das nicht nur gestern Abend. Sybilles Mimik hielt ihm auch vor Augen, wie sehr er durch Lukas' Verhalten in Nöte geraten war. »Ich bin tatsächlich ziemlich angestrengt …«, antwortete er deshalb, während er seinen Blick auf Sybille richtete, »… Und ich habe mal wieder keine Idee, was ich tun kann …« Klaus zögerte lange, weiterzusprechen, und fuhr fort, da Sybille schwieg. »Lukas hat mich gestern ungebeten sitzen lassen. Dann brachte er es doch tatsächlich noch fertig, mir eine gute Heimfahrt zu wünschen. Und ich soll dich grüßen.« Klaus schüttelte seinen Kopf und musste unvermittelt lachen. Er konnte immer noch nicht verstehen, wie der Abend mit Lukas solch ein jähes Ende finden konnte.

»Er hat dich sitzen lassen?«, fragte Sybille ungläubig. »Wie meinst du das?« Sybille bekam eine leise Ahnung, dass das Treffen mit Lukas anders anstrengend war, als sie angenommen hatte.

Klaus stand auf und griff zur Kaffeekanne.

»Der Kaffee ist leider alle«, stellte Sybille mit Bedauern fest. »Soll ich noch einen aufgießen?«

»Ich glaube, ich könnte noch eine Tasse vertragen«, sagte Klaus und lächelte etwas verlegen.

»Na gut.« Sybille stand auf, während sich Klaus wieder in seinen Sitz fallen ließ. Sie schnappte sich die Kanne. Bevor sie die Terrasse verließ, lächelte sie Klaus an. »Das wird wohl ein etwas längeres Gespräch.«

Nachdem Sybille im Haus verschwunden war, atmete Klaus erst einmal tief durch. Er schätzte sich glücklich, mit Sybille eine Partnerin an seiner Seite zu wissen, die nur selten nicht wusste, was zu tun war. Auch jetzt gelang es ihr, ihm Luft zu verschaffen. So konnte er noch einmal überlegen, ob und wie er ihr vom gestrigen Abend berichtete. Klaus schloss seine Augen, um sich zu entspannen. Er merkte, mit welcher Kraft die Sonne bereits sein Gesicht wärmte. Obwohl der Sommer seinem Ende entgegenging, war es immer noch geradezu unfassbar warm; bei angenehmer Luft. Klaus wünschte sich das Wochenende ohne die bleiernen Angelegenheiten, die Lukas in Sybilles und sein eigenes Leben getragen hatte. Er musste an Petra denken, die bei all dem Mist in seinen Gedanken mal wieder kaum Beachtung fand. Dies zutiefst bedauernd wünschte er sich, für Petra etwas tun zu können. Klaus wusste sehr wohl, wie schwierig das war. Würde er den Kontakt zu Lukas abbrechen, wären seine Möglichkeiten diesbezüglich sofort sehr begrenzt. Das war also im Interesse von Petra eher keine Option.

»So, mein Lieber.« Sybille trat wenige Minuten später an den Tisch und füllte Klaus' Tasse mit frischem Kaffee auf.

»Vielen, lieben Dank. Ich bin froh darüber, wie du dich um mich kümmerst.«

Sybille nahm wieder Platz und schenkte sich selbst ein. »Na, ich habe ja auch etwas davon.«

Da beide zunächst nichts weiter zu sagen wussten, schwiegen sie und besonders Klaus genoss vorsichtig den heißen Kaffee, der ihm den erhofften Trost spendete.

Sybille beobachtete ihren Mann und empfand Mitgefühl. Sie konnte sich kaum ausmalen, wie es für ihn gewesen sein mochte, von Lukas sitzen gelassen zu werden. Es machte sie ziemlich betroffen und traurig.

Nach einer für Sybille gefühlten Ewigkeit stellte Klaus seine Tasse ab, die er, in seine Gedanken versunken, geleert hatte. Dann drehte er sich zu Sybille. »Tja, ich weiß nicht, wie es mit Lukas und mir weitergehen soll. Ich bin ziemlich ratlos. Und ich habe keine Idee, ob ich mich weiter mit Lukas beschäftigen sollte.«

Sybille nahm ihren letzten Schluck Kaffee, während sie Klaus' Blick erwidernd nach einer passenden Reaktion suchte. Ihre Tasse wegstellend teilte sie Klaus schließlich ihre Gedanken mit. »Ich glaube, du wirst dich mit ihm beschäftigen, ob du willst oder nicht. Lukas ist dein Freund, Klaus. Und er verhält sich Petra gegenüber so, wie wir, und vor allem du, es nicht für möglich gehalten haben … Ich denke, du solltest mir jetzt erst einmal erzählen, wie der Abend mit Lukas im Einzelnen verlaufen ist.«

Ungefähr als Klaus begann, Sybille vom Verlauf des Abends zu berichten, war Lukas mit ganz anderen Dingen beschäftigt.

Seine Tochter Lydia hatte ihm erzählt, ihr Laptop starte nicht mehr, und er hatte sich das Gerät näher angeschaut. Tatsächlich gab das Ding keinen Mucks von sich. Lukas hatte sich also bereit erklärt, mit Lydia in die Bremer City zu fahren, um eine Lösung zu finden. Er kannte dort einen kompetenten Computerladen, der sich auch mit Laptops auskannte. Da er dort selbst bereits jahrelang Kunde war, hatte er angerufen und nach einer Schnelldiagnose gefragt.

»Nein, kein Problem, Herr Schmalbach. Bringen Sie das Gerät einfach vorbei und wir werfen noch heute einen Blick rein«, hatte Herr Wagner gesagt. Den Laptop hatte Lukas bereits dort abgegeben und sich im Voraus bedankt. Herr Wagner hatte eine gute Stunde ausgelobt, um sagen zu können, was mit dem Gerät das Problem war.

Jetzt war Lukas auf dem Weg zurück zum Wagen, in dem Lydia saß und, wie er schon von weitem erkennen konnte, mit ihrem Smartphone herumhantierte. Obwohl Lukas selbst aus beruflichen Gründen ein Smartphone nutzen musste und keinesfalls ein Technikmuffel war, wunderte er sich über seine Tochter und deren Generation. Vielleicht hätte er ihr ein solches Gerät, genau wie ihrem Bruder, erst mit sechzehn Jahren oder noch später in die Hand geben sollen.

»Ein wunderbarer Samstag«, dachte Lukas trotz aller Probleme, die ihm das Leben erschwerten, denn es war ein warmer Spätsommertag, der einem genug Luft zum Atmen ließ.

Nachdem sich Lukas in den Wagen gesetzt hatte, sagte er zu Lydia, die nur kurz aufschaute: »So, das ganze dauert jetzt erst einmal eine Stunde oder auch ein bisschen länger. Was machen wir in der Zeit?«

Wie zu erwarten war, machte Lydia keine Anstalten, auf seine Frage zu antworten. Also entschied Lukas, sich nach seinen eigenen Wünschen zu richten. Lydia hatte sich dem dann zu fügen. Er startete den Motor, verließ nach einem Blick in den Seitenspiegel die Parkbucht und fuhr dann Richtung Brill-Kreuzung. Dort wurde er kurz an den gestrigen Abend erinnert und wischte diesen sofort beiseite. Er wollte sich weder mit Klaus oder dessen Ehefrau noch mit Harald oder sonst wem beschäftigen. Es war Wochenende und er hatte ein Recht darauf, sich zu entspannen.

»Was machst du? Wohin fährst du?«

»Oh! Du lebst ja doch noch. Ich dachte, du wärst hineingekrochen, in dieses Ding.«

»Haha … sehr komisch … wirklich ausgesprochen lustig. … und wohin fährst du?«

»Lass dich einfach überraschen!«

Lydia fügte sich zu Lukas' Freude in ihr Schicksal. Er beschleunigte den Wagen, nachdem er die Kreuzung überquert hatte. Zehn Minuten später fuhr er an der Hochschule für Nautik vorbei und freute sich, in Kürze seine alte Wirkungsstätte zu erreichen.

Gegen Mittag befand sich Harald in seinem Arbeitszimmer und versuchte sich abzulenken. Martina, Solveig und Lasse waren unterwegs. Sie wollten in einem Einkaufscenter groß einkaufen und das ein oder andere Konsumgut erstehen; Martina und Solveig wahrscheinlich Klamotten und Lasse irgendein PC-Spiel.

Harald hatte erst einmal seine E-Mails gecheckt und nichts entdeckt, das ihn hätte ablenken können. Es waren neben einer Rechnung nur Werbemails in seinem Postfach.

Harald war froh, allein zu sein, denn es ging ihm nicht gut. Immer wenn er mit Martina zusammen stieß, stellte sich bei ihm ein Zustand der Anspannung ein und er konnte sich das überhaupt nicht erklären.

Während Solveig ihm wenig Kopfzerbrechen bereitete, konnte Harald inzwischen nicht mehr ignorieren, dass sein Sohn ihm sehr zu schaffen machte. Harald war es nicht gewohnt, ständig Widerworte zu bekommen. Sein Sohn forderte ihn ständig heraus und das machte Harald mittlerweile nur noch wütend.

Die neuerliche Entwicklung in der Schule mit Lasses Übergriff bereitete ihm darüber hinaus Magenschmerzen, die sich jetzt wieder, allein bei den Gedanken an Lasse, in Form eines Ziehens bemerkbar machten. Er hätte den Termin in der Schule am kommenden Montag lieber nicht wahrgenommen. Andererseits konnte er Martina nicht schon wieder mit allem, was mit den Kindern zusammenhing, allein lassen.

Harald verstand die Welt nicht mehr. In seiner Firma erlebte er sich als anerkannt und respektiert. Die Angestellten, deren Leitung er innehatte, widersprachen ihm nicht, sondern setzten um, was getan werden musste. Selbstverständlich war sein Job nicht einfach und teilweise ausnehmend anstrengend. Doch er schaukelte das Kind letztendlich zu seiner Zufriedenheit und Harald verstand umso weniger, warum nicht nur sein Magen verrückt spielte.

Er konnte sich bei Lasse nicht durchsetzen und Martina hatte sich scheinbar entschieden, auf der Seite ihres Sohnes zu stehen.

Andererseits hatten Martina und er sich vor kurzem in den Arm genommen und das passte für ihn nicht zu Martinas ansonsten reserviertem Verhalten. Er wusste nicht, wie er das alles bewerten sollte und nachdem er sich letztens nicht mehr aufzulehnen vermocht hatte, fragte er sich umso mehr, was mit ihm los war.

Da sein Computer ihm keine Hilfe war, beendete er sein E-Mail-Programm und sagte dem PC, herunterzufahren. Als dieser dem nachgekommen war, verließ er sein Arbeitszimmer und nahm die Treppe ins Erdgeschoss. Er hoffte, seine Familie würde noch lange unterwegs sein, denn er hatte keinen Nerv für wie auch immer geartete Gesellschaft. Da die drei auch etwas davon gesagt hatten, im Center zu Mittag essen zu wollen, konnte Harald annehmen, dass sie erst am frühen Nachmittag eintrudeln würden.

Unten angekommen war Harald zunächst unschlüssig, was er tun konnte und blieb deshalb im Flur stehen. Sollte er sich noch einen Kaffee kochen oder im Garten eine Zigarette rauchen?

Für ihn völlig unverständlich konnte er sich dann auf einmal nicht bewegen und war nicht in der Lage, sich für eine Handlung zu entscheiden. Ein leichter Schwindel überkam ihn und hielt ihn gefangen. So verharrte er notgedrungen im Flur. Er war gezwungen, darauf zu warten, wieder die Kontrolle über sich selbst zu bekommen. Vielleicht hatte er zu wenig getrunken. Sein Zustand dauerte einige Minuten. Er kam nur langsam wieder zu sich. Vorsichtig ging er in die Küche, holte sich eine Flasche Wasser aus dem Kühlschrank und trank.

»Was ist bloß los mit mir?«, fragte er sich und setzte sich an den Küchentisch, um zu verhindern, dass er umkippte. Er nahm mehrere Schlucke und versuchte, sich wieder zu sammeln, suchte dann nach einer Antwort, warum es ihm auf einmal derart schlecht ging und konnte keinen plausiblen Grund finden. Harald wusste nicht, wie er sich verhalten sollte. Sollte er weiterhin in der Küche sitzen bleiben oder versuchen, in den Garten an die frische Luft zu gelangen? Vielleicht war der Garten eine gute Idee. Er schnappte sich die Wasserflasche und stand langsam auf, um zu probieren, ob es ging. Da er keinen Schwindel mehr merkte, bewegte er sich langsam auf die Küchentür zu. Er blieb zwischen den Türpfosten stehen, hielt sich an ihnen fest. Als er sich sicher genug fühlte, trat er in den Flur. Alles schien so weit in Ordnung zu sein. Harald ging den Flur Richtung Wohnzimmer und kam dort recht sicher bis zum Sofa. Da ihm schon wieder die Knie weich wurden, setzte er sich auf die Armlehne und atmete tief durch. Er konnte nicht begreifen, was ihm widerfuhr, und lief Gefahr, sich darüber mächtig aufzuregen. Doch ihm wurde klar, dass das wohl kaum etwas nützen würde. Also versuchte er, weiterhin ruhig zu bleiben und ruhig zu atmen.

Hatte er sich eben noch über die Abwesenheit seiner Familie gefreut, wendete sich für ihn das Blatt. Wie gut wäre es jetzt, wenn Martina anwesend wäre und ihn ›stützen‹ könnte.

Nach einigen Minuten sah er sich in der Lage, weiterzugehen und sich in den Garten zu begeben. Er stand vorsichtig auf und ging, weil er annahm, das könnte ihm gelingen, zur Terrassentür, sperrte sie langsam auf und trat nach einer kurzen Pause durch die Tür auf die Terrasse.

»Geschafft«, dachte Harald und setzte sich nach wenigen Schritten auf den ersten Stuhl, den er zu fassen bekam.

Samstag, der 19.08.2017, früh nachmittags

Sybille hatte sich nach dem Mittagessen in ihr Arbeitszimmer zurückgezogen, um sich mit etwas anderem als diesem unmöglichen Menschen Lukas zu beschäftigen. »Ist er überhaupt ein Mensch?«, fragte sie sich mit grimmiger Miene. Sie musste einräumen, ihr Versuch der Ablenkung hatte nicht so recht funktionieren wollen. Sie schüttelte deshalb, nicht wenig Lust, dem Kerl mal so richtig die Meinung zu geigen, ihren Kopf. Dann musste sie lächeln, weil sie Klaus im Garten sah, der mit dem motorisierten Rasenmäher durch den Garten pflügte und dabei deutlich erkennen ließ, wie aufgebracht er war. Sybille konnte ihren Mann sehr gut verstehen, denn ihr ging es genauso. Es drehte sich alles nur noch um dieses Arschloch, welches nicht nur Petras Leben zur Hölle, sondern inzwischen auch das ihre und wahrscheinlich auch das von Martina und Harald mehr als anstrengend machte.

Klaus hatte ihr die Ereignisse des gestrigen Abends ausführlich geschildert und sie hatte ihn lediglich mit zwei oder drei Fragen unterbrochen, damit sie sicher sein konnte, alles richtig zu verstehen. Bei Sybille blieb am Ende großes Unverständnis darüber, warum Lukas das Gespräch selbst vorgeschlagen oder eingefordert und es dann vorzeitig abgebrochen hatte. Konnte er sich nicht vorstellen, wie sehr es für Klaus eine Zerreißprobe sein musste, sich mit ihm zu treffen und zu wissen, dass er Petra bereits seit vier Jahren schlug? Offenbar nicht, denn er brachte es allen Ernstes fertig, Klaus da so einfach sitzen zu lassen und ihm dann auch noch im Gehen Grüße an sie ausrichten zu lassen.

Sybille fragte sich mehr und mehr, ob es ratsam und richtig war, den Kontakt aufrecht zu halten. Sybille war sich uneins, denn sie hatte Petra schließlich ihre Unterstützung zugesagt, falls es notwendig würde, an ihrer Seite zu stehen. Wenn Klaus den Kontakt abbrach, wurde es für sie keineswegs einfacher, für Petra da zu sein. Sybille wurde bewusst, wie oft sie bereits an Petra gedacht hatte, ohne eine Ahnung zu haben, wie es ihr ging.

Sie nahm spontan das Mobilteil des Telefons in die Hand, welches auf ihrem Schreibtisch stand. Sie wählte Petras Festnetznummer, die im Telefonbuch des Mobilteils gespeichert war. Obwohl sie bei dem Gedanken, vielleicht Lukas am Telefon zu haben, alles andere als entspannt war, musste sie endlich wissen, wie es ihrer Freundin ging, und sich noch einmal an ihre Seite stellen. Die Verbindung wurde hergestellt und das Telefon signalisierte, dass es am anderen Ende klingelte. Das Tuten des Telefons dröhnte ihr in den Ohren, sodass sie sich zusammenreißen musste, damit sie nicht wieder auflegte. Die Sekunden verstrichen und Sybille hoffte, dass Petra endlich ran ging.

»Hier spricht Petra Schmalbach.«

»Hallo Petra! … Hier ist Sybille.« Sybille konnte nicht fassen, Petra tatsächlich zu erreichen.

»Sybille?«

»Ja … Petra … ich bin es, Sybille!«, sagte Sybille aufgeregt. »Ich bin froh, dich sprechen zu können … Ich rufe dich an, weil ich wissen muss, ob es dir gut geht.«

»Ob es mir gut geht? … Wieso? … Ja, mir geht es gut.«

Sybille kannte diese kurzen Antworten von Petra bereits und war sofort alarmiert. »Wie du dir wahrscheinlich denken kannst, sind wir in heller Aufruhr, weil Lukas ja am letzten Freitag Klaus und Harald erzählt hat, dir gegenüber handgreiflich zu sein …« Da Petra nicht reagierte, fuhr Sybille nach einer halben Ewigkeit, in der sie Petras schweren Atem hören konnte, fort. »… Und ich kann mir einigermaßen gut vorstellen, wie sehr dich die neue Situation verunsichert. Deshalb möchte ich dir sagen, dass ich für dich da bin, wenn du glaubst, meine Unterstützung zu brauchen … okay?«

»Es ist alles in Ordnung, Sybille. Lukas geht ja jetzt zu einem Berater und ich bin mir sicher, das ist jetzt vorbei.«

»Ja, aber Lukas hat doch mit der Beratung gerade erst angefangen«, sagte Sybille nach einer kurzen Bedenkzeit. »Wie kannst du dir sicher sein, dass er nach Jahren, die er dich schlägt, mal eben so damit aufhört?«

»Du … ich glaube, Lukas und Lydia kommen nach Hause … Ich muss auflegen … Mach's gut und danke!«

Bevor Sybille reagieren konnte, hatte Petra aufgelegt. Es vergingen einige Sekunden, bis Sybille begriff, wie abrupt Petra das Gespräch beendet hatte. Sie war wie gelähmt und als sie nach ihrer Fassung suchte, bemerkte sie, dass Klaus nicht mehr mit dem Rasenmäher unterwegs war. Er war aus dem Garten verschwunden.

Klaus hatte seine gesamte Wut auf Lukas in den Rasenmäher geschickt, um dem Rasen zu zeigen, wer in seinem Garten das Sagen hatte. Der Garten war zwar recht schmal, jedoch gleichzeitig fünfzehn Meter tief. Da der Garten fast nur aus Rasen bestand, hatte Klaus einiges zu tun, um am Ende mit dem ›Ergebnis‹ seiner Wut zufrieden sein zu können.

Völlig durchgeschwitzt hatte er sich nach Sybille umgeschaut und sie im Fenster des Arbeitszimmers nicht entdecken können. Er hatte den Rasenmäher in den Schuppen geräumt und sich schnaubend die Treppe nach oben gekämpft. Da er Sybille durch die Arbeitszimmertür hatte sprechen hören und sie nicht hatte stören wollen, war er ohne Umschweife im Bad und unter der Dusche verschwunden. Manchmal war es einfach nötig, irgendwas zu tun, sich körperlich abzureagieren, und dann eine heiße Dusche zu nehmen, hatte er sich gedacht, als er begann, seine Haare zu waschen. Klaus war so etwas wie ein Duschfetischist. Auch bei den Temperaturen wie an diesem Tag, es waren schon wieder achtundzwanzig Grad, ließ er sich eine heiße Dusche nicht nehmen. Während er sie in vollen Zügen genoss, dachte er darüber nach, mit wem Sybille wohl sprach.

»Klaus … bist du im Bad?« Sybille stand etwas später vor der Badezimmertür und machte Anstalten, an die Tür zu klopfen.

Klaus beeilte sich zu antworten, da Sybille recht aufgekratzt klang. »Ja! … ich dusche gerade.«

»Alles klar. Dann weiß ich Bescheid … bis gleich.«

Während Klaus sich beeilte, seine ›heiß‹ geliebte Dusche zu beenden, kämpfte Sybille im Wohnzimmer hin und her gehend nach wie vor mit ihrer Fassungslosigkeit. Auf der einen Seite wünschte sie sich, Petra würde mit ihrer Behauptung richtig liegen und Lukas seine Übergriffe ab sofort unterlassen. Andererseits hatte sie ein ungutes Gefühl. Sie hatte enorme Zweifel, denn wie sie Petra gesagt hatte, schlug Lukas sie bereits seit mehreren Jahren. Und er hatte nach Sybilles Auffassung sicher Gründe dafür. Diese Gründe konnten sich unmöglich so mir nichts, dir nichts in Luft auflösen. Sybille machte sich Sorgen um ihre Freundin und wieder merkte sie diesen Ärger, diese Wut auf Lukas, der für all diese Verwerfungen, die sich auftaten, verantwortlich war. Sie konnte mit Petra kein normales Gespräch mehr führen, offenbar noch weniger als vor diesem Geständnis. Sybille wusste nicht, wo sie sich hinpacken sollte und das erlebte sie nur äußerst selten. Grundsätzlich gelang es ihr immer, einen kühlen Kopf zu bewahren. Doch jetzt war ihr dies kaum möglich. Sybille hoffte, Klaus ließe sich bald blicken, wollte allerdings auch keine Panik machen. Deshalb zügelte sie ihr Verlangen, Klaus zur Eile zu mahnen. Sie war sich sicher, dass er sich beeilte, um zu erfahren, was los war.

»Sybille! Ist etwas passiert?«

Klaus befand sich in der Wohnzimmertür und bewegte sich dann langsam auf Sybille zu.

Sybille war doch überrascht, wie schnell Klaus es geschafft hatte, seine Dusche zu beenden und sich akkurat herzurichten. Gleichzeitig war sie froh, ihn zu sehen. »Ah … Klaus … Gut, dass du da bist … Ja … es ist in der Tat etwas passiert. Nichts Dramatisches … ach … doch, es ist schon dramatisch … Ich habe eben mit Petra gesprochen.«

»Aha!« Klaus wusste nicht, woran er war. Das passierte ihm mit Sybille sehr selten, sodass er doch ein wenig irritiert war. »Das ist doch gut, oder? Hast du sie angerufen?« Klaus stand direkt vor Sybille und schaute sie fragend an.

Sybille wandte sich ab und setzte sich langsam aufs Sofa.

Klaus folgte ihr und setzte sich neben sie, denn er bekam den Eindruck, Sybille suchte noch nach den richtigen Worten.

»Entschuldige bitte, ich musste mich erst einmal sortieren«, sagte sie nach einem Moment der Besinnung. »Also … als ich vorhin im Arbeitszimmer war, du hattest dein Rendezvous mit dem Rasen«, sagte sie kurz lächelnd, »musste ich wieder an Petra denken. Mir fiel auf, dass ich überhaupt keine Vorstellung hatte, wie es ihr geht und vor allem, ob es ihr gut geht. Also habe ich spontan ihre Nummer gewählt.«

»Und du hast sie erreicht.«

»Ja! Es dauerte sehr lange, bis Petra ans Telefon ging, und ich wurde nervöser und nervöser. Dann war sie plötzlich dran und ich habe sie gefragt, ob es ihr gut geht.«

»Und es geht ihr nicht gut«, vermutete Klaus.

»Ich denke nicht. Aber sie behauptet, es sei alles in bester Ordnung, weil, … und jetzt kommt's, … Lukas ja jetzt eine Beratung aufsucht.«

»Und dann?«

»Ich habe sie gefragt, wie sie sich sicher sein kann … und … sie hat aufgelegt. Ich konnte nichts mehr weiter sagen«, klagte Sybille. Sie schüttelte ihren Kopf und lehnte sich danach an Klaus an.

Klaus legte seinen Arm um seine Frau und in ihm begann es zu brodeln. »Das kann doch alles nicht wahr sein.«

Sybille nahm Klaus' Umarmung dankbar an und erwiderte sie, indem sie ihn mit beiden Armen fest drückte. So saßen sie auf dem Sofa und fragten sich auch, wie sie sich zukünftig verhalten sollten.

Petra hatte sich Lukas und Lydias Rückkehr nur ausgedacht. Mit ihrem Anruf hatte Sybille sie auf eine Weise mit ihrer aktuellen Situation konfrontiert, die ihr nicht gefiel, und die ihr, was wesentlich entscheidender war, nicht half. Sybille musste sich doch denken können, dass es ihr nicht gut gehen konnte. Wie konnte sie da bloß fragen, ob es ihr gut ging, und dann auch noch ihre Antwort hinterfragen? Entgegen ihrer Aussage war selbstverständlich überhaupt nichts in Ordnung. Sie wusste noch nicht einmal sicher zu sagen, ob Lukas seinen ersten Termin wahrgenommen hatte. Inwieweit ihr Ehemann mithilfe des Beraters ernsthaft daran arbeiten würde, sein Fehlverhalten zu beenden, und somit nicht mehr zuzuschlagen, stand für sie deshalb in den Sternen.

Das lag doch auf der Hand. Das musste doch für Sybille offensichtlich sein. Sybille enttäuschte Petra mit ihrem Verhalten. So sollte sich eine Freundin nicht aufführen. Sybille hatte ihr zwar erneut ihre Unterstützung zugesagt, hatte ihr aber fast nur Fragen gestellt und ihre Standardfeststellungen zum Besten gegeben. Einmal mehr wurde Petra bewusst, wie allein sie war. Sybille hatte ihr zwar Unterstützung zugesagt, falls sie ausziehen wollte, doch wohin sollte sie gehen.

In ein Frauenhaus? Für Petra war das unvorstellbar. Völlig unabhängig davon, ob sie überhaupt einen Platz finden würde, konnte sie es sich kaum ausmalen, in einem kleinen Zimmer zu hocken oder sogar mit einer anderen betroffenen Frau zusammenzuwohnen. Und schließlich hatte sie ja auch ihren Anteil an ihrer gegenwärtigen Situation. Wenn sie damals ihr Studium der Biologie beendet hätte und nicht auf Lukas' Geheiß dauerhaft zu Hause geblieben wäre, nachdem sie schwanger war, würde sie jetzt in anderen Schuhen dastehen. Und Sybille und Klaus würden sie wohl kaum beherbergen, wenn sie wirklich ausziehen wollte. Ihr Haus war nicht besonders groß und auch dort hätte sie kaum Privatsphäre. Nein! Sybille konnte ihr in letzter Konsequenz nicht helfen. Niemand konnte ihr helfen. Sie war auf sich allein gestellt. Lydia hatte ihr zwar schon oft nahe gelegt, auszuziehen, doch sie hatte dies, trotz ihrer Androhung Lukas gegenüber, nie ernsthaft in Erwägung gezogen.

Nachdem sie das Mobilteil weggestellt hatte, ging Petra in die Küche, um sich zu ihrer Ablenkung einen Tee aufzugießen. Sie war froh, weil sie heute ausnahmsweise einmal kein warmes Mittagessen zubereiten musste.

Lydia und Lukas wollten sich unterwegs irgendwo in der City einen Snack organisieren. Peer war nach dem Frühstück mit dem Fahrrad losgefahren, um sich irgendwo in der Stadt mit mehreren Kumpels zu treffen. Hinterher wollten sie aufgrund des tollen Wetters noch einmal ins Stadionbad, denn wie lange der Spätsommer noch derlei hohe Temperaturen schaffen würde, war nicht absehbar.

Petra hatte das Haus also noch einen Moment für sich. Und für diese Gelegenheiten musste sie offenbar das ein oder andere Opfer bringen. Petra schaute sich in der Küche um, während sie auf heißes Wasser wartete.

Lukas hatte darauf bestanden, die Planung für die Küche im Alleingang zu bewerkstelligen. Ihr gefiel die auf reine Funktionalität ausgerichtete Umsetzung nicht besonders. Die Küche war für sie also kein Ort geworden, an dem sie sich gerne aufhielt.

Deshalb war sie froh, als sie das Wasser endlich über den Teebeutel gießen konnte. Sie stellte den Wasserkocher in seine Halterung, schnappte sich ihre Teetasse und verließ erleichtert die Küche.

Auch das Wohnzimmer, welches sie anschließend durchquerte, sagte ihr mit seiner ledernen und gläsernen Einrichtung in keiner Weise zu. Selbst hier hatte sie sich mit einer Lebensumgebung abgefunden, die sie frösteln ließ.

Schnell öffnete sie die Tür zur Terrasse und betrat, die Tür wieder schließend, den Außenbereich ihres ziemlich großen Hauses. Sie stellte ihren Tee auf dem Gartentisch ab und spannte mit einiger Mühe den großen Sonnenschirm auf, den selbstverständlich auch Lukas ausgesucht hatte. Sie machte es sich auf einem der Stühle bequem, indem sie ihre Beine auf einen zweiten Stuhl legte, um bis zu Lydias und Lukas' Rückkehr ihre freie Zeit einigermaßen zu genießen.

Gegen vierzehn Uhr schloss Martina zufrieden mit sich und ihren beiden Kindern die Haustür auf.

Der Besuch im Einkaufscenter war summa summarum ein voller Erfolg.

Martina und Solveig war es gelungen, sich endlich einmal wieder zu zweit um ihre Garderobe zu kümmern.

Und Lasse war froh gewesen, sich allein mit den neusten PC Spielen beschäftigen zu können. Zwar konnte er Spiele nicht über Steam beziehen, da sein Vater ihm dies versagte, dennoch war er mit dem Angebot, welches er im Fachgeschäft vorfand, zufrieden. Er hatte nicht lange überlegen müssen. Schnell war seine Wahl auf ein Strategie-Spiel gefallen, welches schon seit einigen Monaten auf dem Markt war und aufgrund seiner Altersfreigabe ab zwölf Jahren keine Schwierigkeiten mit seinen Eltern verursachen würde. Seine Mutter war ohne Bedenken bereit gewesen, ihm das Spiel zu kaufen.

Nach der Befriedigung ihrer Konsumgelüste waren sie in einem türkischen Restaurant eingekehrt und hatten sich Döner Pita beziehungsweise Döner Teller schmecken lassen.

Die Gunst der Stunde ausnutzend hatte Martina noch einen Nachtisch erlaubt; ein Spaghetti-Eis für Lasse, einen Erdbeerbecher für Solveig. Sie selbst hatte sich ein Bananensplit schmecken lassen.

Danach kamen sie notgedrungen zu dem eher unangenehmen Teil des Tages; nämlich Lebensmittel und Haushaltsartikel einzukaufen.

Gemeinsam brachten sie die Lebensmittel in die Küche. Danach verschwanden die beiden Kinder, Solveig mit ihren Klamotten und Lasse mit seinem Spiel für den PC, ohne viele Worte in ihre Zimmer.

Obwohl ihr Vater nirgendwo zu sehen war, wunderten sie sich scheinbar nicht.

Martina erging es anders, denn ihr fiel auf, als Harald auch nach mehreren Minuten nicht auf sich aufmerksam machte. Sie ließ die restlichen Lebensmittel liegen und begab sich beunruhigt ins Wohnzimmer. Da sie Harald dort nicht vorfand, öffnete sie die Tür zum Garten. Harald saß am Tisch auf der Terrasse und reagierte nicht. Bei Martina stellte sich direkt ein mulmiges Gefühl ein. »Harald! Wir sind wieder da!« Martina bewegte sich auf Harald zu und um ihn herum. Mit Erleichterung stellte sie fest, dass er sie in den Blick nahm.

»Harald! Ist alles in Ordnung?«

Harald hatte lange so da gesessen und sich darauf konzentriert, nicht wieder seine Fassung zu verlieren. »Soweit ist alles gut …«, sagte er, selbst wenig überzeugt, und ergänzte, »… Ich bin froh, dass du wieder hier bist.«

Lukas war neugierig, wie es wohl sein würde, mal wieder an einer Wirkungsstätte aus seiner Zeit als Student zu sein. Wenige Minuten nachdem sie die Hochschule für Nautik passiert hatten, fuhren sie auf den großen, nicht gepflasterten Parkplatz – dort waren nicht selten Wohnmobile geparkt und dies war an diesem Tag nicht anders – in der Nähe der von Lukas angestrebten Location.

»Wir sind da«, verriet er Lydia, die während der gesamten Fahrt mit ihrem ›Spielzeug‹ beschäftigt war, mit einer recht großen Portion freudiger Erwartung.

Lukas hatte den Wagen möglichst nah an ihrem Ziel geparkt. Er stieß die Tür auf, verließ den Wagen, streckte sich mit einem lauten ›Ah‹ und schlug die Tür zu, mit der Hoffnung, Lydia wäre dieses Signal genug, um sich zu rühren und aus dem Auto zu krabbeln. Doch weit gefehlt. Lukas wurde sofort ungehalten, ging um den Wagen herum und öffnete die Beifahrertür. »Lydia! Aussteigen!«

Lydia schaute ihn entgeistert an.

»Du kannst Dein Gerät jetzt mal vergessen und aussteigen …«, sagte Lukas und fügte hinzu, »… Und mach die Tür zu, damit ich den Wagen abschließen kann!«

Lydia folgte seiner Aufforderung mit einem Stöhnen und trottete hinter ihm her, während Lukas lässig aus der Hüfte heraus den Wagen verriegelte.

Als sie den Parkplatz verließen, hatte Lukas direkt viele Begegnungen an Nachmittagen oder Abenden vor Augen, die er mit diesem Ort an der Weser verband. Er hatte, bevor er Petra kennenlernte, nicht nur das ein oder andere ›Date‹ an diesem Ort. Das Café Sand, dem sie inzwischen sehr nahe waren, war an vielen Nachmittagen oder Abenden auch Treffpunkt mit seinen Kumpels, mit denen er bei einem Weizen, oder zwei oder drei, am Deich herumhing und über das Leben fabulierte. Wie eh und je war es ein gern und viel besuchter Ausflugsort, da es ein spezielles Ambiente an der Weser bot. Es ließ einen irgendwie entrückt sein von der geschäftigen und hektischen anderen Seite der Weser; dem Viertel. War es früher nur ein Zelt gewesen, in dem an Sonntagen getanzt wurde, stand es inzwischen recht gewaltig mit seiner Verglasung direkt um die Ecke, die sie nach wenigen Minuten erreichten. Man hatte es unmittelbar am Zugangsweg zur Sielwallfähre, mit der man immer noch die Weserseite wechseln konnte, platziert. Eine Veranda an zwei Seiten und ein Pavillon sowie viele Bänke und Tische ergänzten das Café durch einen großzügigen Außenbereich, der es mit seinem Strand grundsätzlich auch ermöglichte, in der Weser zu baden.

Durch das hohe Besucheraufkommen, mit dem er trotz der Beliebtheit des Cafés nicht gerechnet hatte, war Lukas ziemlich geplättet.

»Was machen wir hier?«, fragte Lydia ihren Vater, der seine Idee, hierher zu fahren, dennoch für eine grandiose Idee hielt.

»Wir machen es uns hier an einem der Tische gemütlich, essen eine Kleinigkeit, plaudern miteinander und genießen das Leben, bis sich der Computerladen meldet«, übermittelte Lukas seinen Plan seiner Tochter mit großer Überzeugung.

Lydia schaute sich um und hinterließ bei Lukas damit eher nicht den Eindruck, seinen Plan gutzuheißen.

»Komm! An diesem Ort habe ich viele Tage während meines Studiums verbracht«, erklärte er Lydia, warum er es bevorzugte, die Wartezeit hier zu verbringen.

»Du wirst es nicht glauben, aber ich war hier auch schon mehrere Male, allerdings nicht mit dem Auto. Es ist nur ätzend voll hier und dann diese vielen Kinder.«

»Ich gebe zu, dass ich mit so vielen Leuten nicht gerechnet habe, aber wo wir schon mal hier sind.«

Lydia nahm Lukas' Worte ohne Widerrede entgegen.

Für Lukas das Zeichen, sich nach einem Tisch umzusehen. Er entdeckte einen freien Platz und gab Lydia einen kurzen Fingerzeig. Wie Lukas auf dem Weg zu ihrem Tisch feststellte, tummelten sich bereits um die Mittagszeit wirklich enorm viele Menschen an ›seinem‹ Ort.

Da waren viele Familien am Strand, mit Sonnenschirmen, und es gab eine immer wieder aufbrandende Geräuschkulisse durch schreiende und weinende Kinder. An den Tischen war das Publikum sehr gemischt. Ältere Ehepaare, sowohl jüngere Ehepaare und Paare als auch unterschiedlich große Gruppen, zusammengesetzt aus Frauen, Männern oder Frauen und Männern, hatten die Tische bevölkert, aßen, tranken oder beides, und unterhielten sich mehr oder weniger lautstark. Selbstverständlich wurde auch das altbekannte Volleyballfeld von mehreren jungen Frauen und Männern genutzt.

Sie erreichten den von Lukas auserkorenen Tisch, an dessen Ende drei junge Männer saßen. Lukas setzte sich mit einem ›Mahlzeit‹. Die Herren erwiderten seinen Gruß und hatten schnell nur noch Augen für Lydia, die gegenüber Lukas Platz nahm. Lukas dachte bei sich, wie gut ihm, *und auch Petra*, ihre Tochter gelungen war. Kein Wunder für ihn, dass die jungen Männer Lydia beobachteten und bereits tuschelten. Denn Lydia war mit ihren dunkelbraunen Haaren, ihrem gleichmäßigen Gesicht und ihren grünen Augen definitiv eine attraktive junge Dame. Dass sie beruflich mehr oder weniger in seine Fußstapfen trat, gefiel Lukas wohl auch deshalb besonders gut. Lydia war nach seinem Eindruck wieder nur mit ihrem Smartphone beschäftigt und nahm die Außenwelt kaum wahr.

»Möchtest Du etwas essen oder trinken?«, fragte er, denn er meinte sich zu erinnern, dass es sinnvoll sein könnte, ins Café zu gehen und dort zu bestellen.

»Weiß nicht«, reagierte Lydia, ohne aufzuschauen, erstaunlich schnell.

»Na gut … wenn du es weißt, kannst du mir ja Bescheid geben … ich gehe mal rein und hole mir eine Apfelschorle und schaue mal, was es hier so zu essen gibt.«

»Okay … eine Apfelschorle nehme ich auch.«

Lukas nahm Lydias Wunsch ohne Kommentar entgegen und machte sich auf den Weg ins Café. Er bestellte am Tresen zwei Apfelschorlen und fragte nach der Speisekarte. Während er, nachdem er einen großen Salat mit Putenfleisch gewählt hatte, auf die Apfelschorlen wartete, konnte er erkennen, wie sich Lydia mit mindestens einem der drei jungen Männer unterhielt. Nach einigen Minuten hatte er bezahlt, seine Apfelschorlen und die Gewissheit, dass man den Salat an den Tisch bringen wollte. Er jonglierte die Schorlen an den Passanten, auf die er im und vor dem Café stieß, vorbei und schlenderte Lydia mit den jungen Männern im Gespräch beobachtend Richtung Tisch. Lukas musste aufpassen, denn der Boden war uneben und er wollte nichts verschütten. Als er den Tisch erreichte, steckten die drei jungen Männer wieder ihre Köpfe zusammen und Lydia nahm wieder ihr Smartphone ins Visier. »Na, was habt ihr geredet?«, fragte er in die Runde und schaute erst die männliche Gruppe und dann Lydia an.

»Papa … du bist echt peinlich«, ließ Lydia ihren Vater wissen und schaute verlegen zur Seite.

Die Männergruppe hielt sich lieber bedeckt und achtete darauf, ihr Gespräch sehr leise fortzuführen.

»Mhm … wie dem auch sei. Hier! Für dich eine Apfelschorle. Gleich kommt ein großer Salat. Wenn du möchtest, kannst du davon mitessen.«

»Danke!«

Lydia schaute ihren Vater an, legte ihr Smartphone endlich einmal beiseite und nahm einen Schluck von ihrem Kaltgetränk.

Lukas tat es ihr gleich und sagte, um ein Gespräch mit seiner Tochter anzuschieben: »Ich frage mich schon länger, was du da mit dem Smartphone die ganze Zeit machst.«

»Papa … was macht man wohl mit einem Smartphone? Ich schreibe.«

»Du schreibst … und wem … oder mit wem?«

Lydia wunderte sich und hatte gleichzeitig keinen Bedarf, die Fragen ihres Vaters zu antworten. »Das ist meine Sache. Ich bin bereits volljährig, wie du vielleicht mitbekommen hast.«

Lukas setzte gerade an, seine Tochter zurechtzuweisen, als eine Dame den Salat mit zwei Bestecken an den Tisch brachte und einen guten Appetit wünschte.

Da ihr Vater abgelenkt wurde, war Lydia erleichtert.

Lukas bedankte sich und fragte seine Tochter: »Und? Möchtest du?«

»Mal sehen.«

Lukas merkte einen gehörigen Appetit und wandte sich zur Freude Lydias dem Salat zu.

Die drei jungen Männer hatten die Szene mit großem Bemühen, nicht aufzufallen, verfolgt und machten nach einigen Minuten Anstalten, den Tisch zu verlassen. Der eine, ein recht großer, schlanker mit einer Baseballkappe, blieb stehen und sagte in Richtung Lydia: »Einen schönen Tag und ich freue mich, wenn wir mal schreiben könnten.«

Lydia schaute ihn an und stellte dem jungen Mann in Aussicht: »Das bekommen wir ja vielleicht hin. Dir auch einen schönen Tag.«

Der junge Mann lächelte, nickte Lukas zu, der wie versteinert dasaß, verließ den Tisch und folgte seinen beiden Kumpels Richtung Fähre.

»Du kannst jetzt weiter essen, Papa.«

Lukas war ob der Keckheit seiner Tochter geplättet und musste sich ein paar Sekunden besinnen, um sich wieder dem Salat zuwenden zu können. Nachdem er einige weitere Gabeln mit Salat in seinen Mund bugsiert hatte, schob er Lydia den Teller zu.

Diese lächelte und nahm ihre kleine Mahlzeit auf, ließ dabei das Putenfleisch links liegen. »Mhm … der ist lecker … du solltest das Putenfleisch allerdings nicht essen, Papa«, sagte sie nach einiger Zeit und einigen Gabeln und schob den Teller zurück.

Den Rat seiner Tochter ließ Lukas unkommentiert. Denn Diskussionen über den Sinn und Unsinn vegetarischer oder in ihrem Fall veganer Ernährung hatten sie bereits zuhauf geführt. Er kümmerte sich um den Rest des Salates und beobachtete dabei seine Tochter, die schon wieder ihr Heil in ihrem Smartphone zu suchen schien.

»Papa. Ich muss etwas wissen.«

Lukas verschluckte sich fast an seiner Gabel, da er so gar nicht damit gerechnet hatte, von seiner Tochter in diesem Moment angesprochen zu werden.

Bevor er reagieren konnte, hörte er Lydia sagen: »Du hast letzten Mittwoch in der Küche erzählt, dass Klaus und Harald Bescheid wissen … meintest du damit, dass du Mama schlägst?«

Lukas war wie vor den Kopf geschlagen und seine gute Laune damit weggeblasen. Er legte seine Gabel weg, kaute seinen Bissen mit für Lydia erschreckender Akribie klein, um ihn dann hinunterzuschlucken. Anschließend nahm er die Serviette und wischte sich im Zeitlupentempo den Mund ab.

Lydia merkte, wie sie sich innerlich anspannte und Angst bekam. War sie zu weit gegangen mit ihrer Neugier? Da ihre Mutter sich nicht getraut hatte, nachzufragen, hielt sie es für eine gute Idee, an diesem für ihren Vater angenehmen Ort, ihrerseits zu fragen. Lydia rutschte nervös auf der Bank hin und her, in Erwartung dessen, was gleich kommen sollte.

»Hat deine Mutter dich geschickt?«

»Nein!«, schoss es aus Lydia heraus, ob dieser absurden Frage.

Indem er sich über den Tisch beugte, näherte sich Lukas seiner Tochter. »Gib es zu! Sie hat dich darum gebeten, etwas herauszubekommen«, blieb er hartnäckig und ungläubig.

»Papa! Hör jetzt auf mit dem Scheiß! … Ging es darum, dass du Mama schlägst?«, wurde Lydia ihrerseits bestimmter, denn sie wollte sich keinesfalls so zum Opfer machen lassen wie ihre Mutter.

Lukas tobte innerlich, wusste sich allerdings zu beherrschen; hier in der Öffentlichkeit des Cafés.

Lydia saß wieder ruhig auf ihrem Platz und wartete auf eine Antwort, nahm einen Schluck ihrer Apfelschorle.

Da Lukas keine zusätzliche Aufmerksamkeit auf sich lenken wollte, sagte er nach einer kurzen Zeit des Zusammensammelns mit gedämpfter Stimme: »Ja … darum ging es.«

Lydia war mit dieser kurzen Antwort zufrieden. Ihr wurde klar, dass sie von ihrem Vater in der Öffentlichkeit des Cafés nichts zu befürchten hatte. »Und was ist mit dem Hotel?«, wollte sie also unbedingt noch wissen, da sie sich dies seit Mittwoch immer wieder gefragt hatte.

Lukas malte sich direkt aus, wie er es Petra heimzahlen würde, ihn über seine Tochter derart zu demütigen. »Der Berater meinte, es sei gut, wenn ich in ein Hotel ziehen würde«, klärte er Lydia widerwillig auf.

Lydia war zwar auf der einen Seite recht irritiert, fasste aber andererseits bei dem Gedanken, ihr Vater wäre in einem Hotel und nicht mehr zu Hause, Mut. »Und? … gehst du?«

Samstag, der 19.08.2017, nachmittags

Martina mochte ihren Ohren nicht trauen, weil Harald ihr gesagt hatte, sich über ihre Anwesenheit zu freuen. Damit hatte er Anflüge eines Verhaltens gezeigt, das sie von Harald nur aus ihrer gemeinsamen Anfangszeit ihrer Beziehung kannte. Sie wusste nicht, wie sie Haralds Verhalten deuten sollte und war gleichzeitig im höchsten Maße irritiert. Deshalb hatte sie ihn mehrmals gefragt, ob es ihm gut ging, und Harald hatte mehr oder weniger flüchtig geantwortet, es würde schon gehen, wenn er sich noch ein wenig ausruhte. Aus seiner Sicht hatte er wahrscheinlich nur zu wenig getrunken oder ihm fehlte Schlaf.

Martina hatte sich widerwillig mit Haralds Erklärungen zufriedengeben müssen, weil sie von ihm offensichtlich im Moment nicht mehr erfahren konnte. Natürlich war sie auch erleichtert, da sich Harald zugewandter und nicht mehr ganz so verschlossen gezeigt hatte. Doch sie hatte gemerkt, dass er ihr nicht erzählen wollte oder konnte, wie es um ihn tatsächlich bestellt war. Gleichzeitig hatte sie die Hoffnung, ihr Ehemann erzählte ihr in Kürze mehr von sich.

Harald hatte sich nach einiger Zeit zurückgezogen und schlief jetzt hoffentlich.

Martina konnte sich nicht daran erinnern, wann Harald sich in den letzten Jahren eine Auszeit gegönnt hatte. Sie machte sich große Sorgen um ihren Mann und deshalb konnte sie den Nachmittag nur schwerlich genießen. Die Kinder hatten nicht viel mitbekommen, hielten sich immer noch in ihren Zimmern auf, obwohl das Wetter zu anderen Aktivitäten einlud.

Martina saß derweil mit einer Tasse Tee im Garten und versuchte, sich selbst zu beruhigen. Sie zwang sich dazu, Harald in Ruhe zu lassen, obwohl ihre Sorgen ihr etwas anderes nahelegten.

Sybille und Klaus hatten erhebliche Schwierigkeiten, sich aus ihrer Lethargie zu befreien, die sie aufgrund Sybilles unerwartet kurzem Telefonat erfasst hatte. Die Ohnmacht, mit der sie durch Lukas' Übergriffe beschäftigt waren, hatte neue Nahrung bekommen.

Nachdem sie eine ganze Weile eng umschlungen auf dem Sofa verbracht hatten, merkte Sybille vorsichtig an, sie müsse einmal wohin.

Klaus brauchte einige Sekunden, um zu begreifen, was seine Ehefrau begehrte.

Nachdem er seine Umarmung gelöst hatte, erhob sich Sybille vom Sofa und verließ das Wohnzimmer.

Klaus nahm dies zum Anlass, ebenfalls aufzustehen. Er ging in die Küche, um etwas für ihre Lebensgeister zu unternehmen. Schließlich lag noch ein recht großer Teil ihres gemeinsamen Wochenendes vor ihnen. Und er sah es verdammt noch eins nicht ein, es sich durch Lukas und seine Eskapaden kaputt machen zu lassen. Also setzte er den mit Wasser gefüllten Wasserkocher in Gang und bereitete die Kaffeekanne vor.

Als der Wasserkocher seinen Wasserdampf in die Küche spie, lugte Sybille um die Ecke. »Na, mein Lieber … nimmst du die Dinge wieder in die Hand?«

Klaus verstand Sybilles Hinweis und musste grinsen. Denn seiner Ehefrau gelang es nicht zum ersten Mal, die allgemein angespannte Atmosphäre zwischen ihnen aufzulockern, wofür er sie direkt abermals bewunderte. Er goss Wasser in den Kaffeefilter, setzte den Wasserkocher ab, drehte sich um und stützte sich an die Arbeitsplatte gelehnt mit beiden Händen ab. »Es ist wahrlich nicht leicht, damit zurechtzukommen, für Petra nichts wirklich tun zu können. Dann fange ich erst einmal damit an, etwas für uns zu machen …«, sagte er mit einem Lächeln, »… Ich hoffe, das ist auch in deinem Sinne.«

Während Klaus den Rest Wasser zugoss, pflichtete Sybille ihm bei. »Das ist wahr. Für mich ist es auch kaum auszuhalten. Aber für dich muss es ja noch um einiges schwieriger sein. Du weißt ja erst seit ein paar Tagen davon, während ich schon seit Monaten damit herumrenne.«

Klaus drehte sich um und beide schauten sich nachdenklich an.

»Absolut richtig …«, sagte Klaus, »… Du hast einen ziemlichen Vorsprung, wenn es darum geht, damit irgendwie umzugehen.«

Nach einem kurzen Augenblick mussten sie gleichzeitig lächeln.

»Das ist so absurd …«, sagte Sybille, »… Es ist mir immer noch unangenehm, dich im unklaren gelassen zu haben.«

»Ja … das war keine Glanzleistung von dir«, räumte Klaus ein und stützte sich dabei erneut ab, als würde er Halt brauchen. »Es ist für mich wirklich unglaublich schwer. Mein

Freund … mein Freund, den ich schon eine halbe Ewigkeit kenne, schlägt seine Frau.«

»Ich vermag mir kaum vorzustellen, wie es dir jetzt geht …«, sagte Sybille und schaute Klaus innig an. »… Und wir wissen noch nicht einmal, ob Lukas überhaupt ernsthaft daran interessiert ist, damit aufzuhören, Petra zu schlagen. Ich jedenfalls habe da so meine Zweifel.«

»Ja … ich weiß auch nicht so recht … ich kann mir immer noch keinen Reim darauf machen, warum er uns so großspurig davon erzählt hat, eine Beratung zu beginnen. Als wäre damit schon alles getan.«

Da der Kaffee noch durchlief, holte sich Klaus Toast aus dem Hängeschrank. »Möchtest du auch einen zum Kaffee?«

Sybille antwortete mit einem kurzen Nicken.

Klaus fütterte den Toaster.

Sybille setzte sich, Klaus' Worten nachhängend, an den Küchentisch.

Sie fragte sich, »Wie konnte ich bloß?«, während sie vor sich hinstarrte. Klaus musste damit klarkommen, dass einer seiner besten Freunde seine Frau schlug. Je länger sie darüber nachdachte, desto fürchterlicher war für sie, geschwiegen zu haben. Dies galt umso mehr, als sie merkte, selbst immer noch nicht verstanden zu haben, was da im Hause Schmalbach seit mehreren Jahren passierte. Es war für sie in keiner Weise vorstellbar, dass Lukas Petra schlug. »Wie kann das sein?«, fragte sie sich und schüttelte ihren Kopf.

»Sybille … Sybille!« Klaus musste lauter werden, um zu seiner Ehefrau durchzudringen.

Sybille schaute sich leicht irritiert um.

»Was möchtest du drauf haben? …«

»… Auf deinen Toast«, ergänzte Klaus, um keine Unklarheiten aufkommen zu lassen.

Sybille wusste gar nicht so recht, wie ihr geschah, denn sie war tief in ihre Gedanken versunken. Sie zwang sich zurück in die Wirklichkeit. »Marmelade wäre gut, denke ich.«

Klaus freute sich über Sybilles Auskunft. Er bestrich beide Toastscheiben mit Butter und Erdbeermarmelade. Nachdem Klaus den Kaffee und den Toast auf den Tisch gestellt hatte, setzte er sich zu Sybille.

Sybille blickte ihren Mann an und seufzte laut. »Ich mache mir Sorgen«, sagte sie und schnappte sich ihren Toast, in den sie wenig später hinein biss.

Klaus ging es wie Sybille und während sie ihn kauend ansah, nahm er sich *seinen* Toast. »Kann ich mir denken … mir geht es ähnlich«, sagte er und wandte sich ebenfalls seinem Toast zu.

So saßen sie stillschweigend da und kümmerten sich um ihr leibliches Wohl, denn für ihre Gemüter waren ihnen im Moment die Ideen ausgegangen.

»Der Toast war lecker«, fand Sybille als erste ein paar Worte, nachdem sie, sich schweigend gegenüber sitzend, ihren Toast verzehrt hatten.

»Ja, das war er … und er hat ein bisschen geholfen, oder?«

»Ein wenig … allerdings merke ich auch wieder, wie sehr mich das Wissen um Lukas' Verhalten hemmt … nicht nur im Umgang mit Petra vorhin beim Telefonat. Auch so im Allgemeinen … es ist immer irgendwie da.«

Klaus konnte Sybille nicht widersprechen und empfand einen Zorn auf Lukas, den er bisher nicht kannte. Am liebsten wäre er gleich zu ihm gefahren und hätte ihm dann sehr gerne gesagt, was für ein Mistkerl er ist. »Es ist richtig, was du sagst …«, stimmte er Sybille deshalb aufgebracht zu, »… Und es muss doch irgendetwas geben, das wir tun können.«

»Ich weiß momentan wirklich nicht, wie, denn wir haben ja mit mehreren Dingen zu tun«, gab Sybille zu Bedenken.

»Was meinst du mit mehreren Dingen?«, fragte Klaus.

»Wir beide wissen, dass Lukas Petra geschlagen hat …«, antwortete Sybille, »… Und er könnte es jederzeit wieder tun. Außerdem hat er euch erzählt, Petra schon seit vier Jahren zu schlagen.«

»Das ist richtig«, stimmte Klaus zu.

»Außerdem wohnen Lukas und Petra derzeit trotz allem unter einem Dach. Dann hast du letzten Freitag versucht, mit Lukas zu sprechen … ohne Erfolg. Und zu guter Letzt hat Lukas behauptet, eine Beratung zu machen … nur geht er da auch hin?«

Klaus war überrascht, womit sie laut Sybille alles zu tun hatten und so konnte man es tatsächlich sagen: Sie hatten zu tun. Ihre neue Situation kam ihm wie Arbeit vor, die keinen Spaß machte, denn sie führte augenscheinlich zu keinem Ergebnis; ganz im Gegenteil zu seiner Arbeit in der Arztpraxis, die er in der nächsten Woche wahrscheinlich abschließen konnte. »Puh … nun weiß ich, warum ich in den letzten Tagen so angestrengt bin«, schnaufte Klaus laut und verließ ruckartig den Küchentisch. Er ging zur Küchentür, drehte sich um und fragte: »Was können wir tun?«

»Ich habe Petra bereits angeboten, ihr bei einem Umzug zu helfen. Aber, verdammt noch mal, sie macht keine Anstalten«, sagte Sybille und wirkte dabei auf Klaus sehr erbost. »Ich kann sie ja nicht dazu zwingen.«

»Und Lukas können wir auch nicht dazu zwingen, Petra in Ruhe zu lassen, vielleicht seinerseits auszuziehen.«

Sybille und Klaus sahen einander an und schlugen sich innerlich mit den Gegebenheiten herum.

»Ganz ehrlich, Klaus … Ich glaube nicht, dass Lukas damit aufhört, Petra zu schlagen. Selbst, wenn er regelmäßig zur Beratung ginge …«, unterbrach Sybille die immer lauter werdende Stille in der Küche, »… Nur eine räumliche Trennung würde zumindest im Ansatz etwas ändern und Petra besser schützen.«

Klaus schüttelte verzweifelt seinen Kopf. »Verdammt noch mal!«, fluchte er, um sich gleich bei Sybille für seinen Ausbruch zu entschuldigen. »Bitte entschuldige! … Ich kenne mich selbst nicht mehr wieder.«

»Schon gut … ich verstehe dich … mir geht das Ganze auch mehr an die Nieren, als ich gedacht habe …«, sagte Sybille, um Klaus zu beruhigen. »… Ich sehe nur eine Möglichkeit«, ergänzte sie wenig später.

Klaus, eben noch sehr ungehalten, war sofort hellwach. Er wurde unruhig, denn ihm schwante nichts Gutes. »… Du meinst … doch … nicht … du willst Lukas doch nicht etwa anzeigen?«

Lukas hatte sich über seine Tochter aufgeregt und deshalb darauf bestanden, dass sie ihn in den Computerladen begleitete, um ihren reparierten Laptop selbst in Empfang zu nehmen und zu tragen.

Sie befanden sich vor dem Tresen.

Herr Wagner sagte: »Tja, Herr Schmalbach. Der Arbeitsspeicher des Laptops hatte seinen Geist aufgegeben. Ich habe das Teil entsprechend ausgetauscht. Nun ist der Laptop quasi wie neu.«

»Da wird sich meine Tochter ja freuen«, sagte Lukas mit einem ernsten Seitenblick, denn er wollte seiner Tochter auch jetzt verdeutlichen, wie genervt er von ihr war.

Lydia bekam von alledem wenig mit, denn sie machte sich Sorgen. Ihr Laptop war ihr in diesem Moment völlig egal. Sie hätte wissen müssen, dass ihr Vater mit ihrer Neugierde nicht umzugehen wusste. Lydia befürchtete, ihrer Mutter mit ihrer Frage keinen Gefallen getan zu haben.

»Was bekommen Sie, Herr Wagner?«

»Da ich den Speicher noch liegen hatte, sind Sie mit sechzig Euro dabei, Herr Schmalbach.«

»Ich zahle mit Karte«, sagte Lukas wenig begeistert.

Herr Wagner bemühte die Tastatur seines PCs und reichte Lukas dann das Lesegerät.

Nachdem Lukas seiner Pflicht als Vater Genüge getan hatte, bedankte er sich bei Herrn Wagner für die Reparatur und die schnelle Hilfe.

Lydia nahm das Gerät in Empfang und bedankte sich ebenfalls mit leiser Stimme.

»Auf Wiedersehen und ein schönes Wochenende«, sagte Lukas zum Abschluss, verließ ohne Umschweife den Laden und steuerte seinen Wagen an, der auf der anderen Straßenseite geparkt war. Er musste warten, da eine Straßenbahn mehr oder weniger auf ihn zu fuhr. Nachdem die Bahn vorbeigerauscht war, stand Lydia neben ihm. Das ärgerte Lukas. Er ließ Lydia stehen und überquerte schnellen Schrittes die Straße. Auf der anderen Seite angekommen, entriegelte er die Wagentüren, riss die Fahrertür auf und ließ sich in seinen Wagen fallen. Er verspürte den Drang, loszufahren, denn er wurde unfassbar wütend. Was bildete sich Petra ein, ihm durch seine Tochter derart zuzusetzen?

Während ihr Vater in seiner Aufregung gefangen war, musste sich Lydia überwinden, den Verkehr zu beobachten, damit sie unversehrt auf die andere Straßenseite kam. Sie sah ihren Vater, der wie versteinert dasaß und das Lenkrad mit seinen Händen fest umklammert hielt. Mit großer Anstrengung erreichte sie den Wagen, öffnete die Beifahrertür und ließ sich so unauffällig wie möglich auf den Sitz gleiten.

Kaum hatte sie die Tür geschlossen, startete ihr Vater den Motor und verließ wortlos und mit quietschenden Reifen die Parkbucht.

Lydia schwitzte während der Heimfahrt Blut und Wasser, denn ihr Vater blieb nicht nur stumm, sondern machte ihr durch seinen aggressiven Fahrstil zusätzlich Angst. Sie klammerte sich an ihrem Laptop fest und betete, diese Fahrt möge ein gutes Ende nehmen.

Nach einer gefühlten Ewigkeit brachte ihr Vater den Wagen vor ihrem Haus zum Stehen.

Lydia flüchtete nicht nur aus dem Auto, sondern auch weg von ihrem Vater, der ihr die grauenhaftesten Minuten ihres Lebens beschert hatte. Sie rannte über den Rasen, schloss fahrig die Haustür auf, knallte diese hinter sich zu, stürmte, ohne sich umzuschauen, durch den Flur, die Treppe hinauf, riss ihre Zimmertür auf, warf ihren Laptop auf ihr Bett, drückte ihre Zimmertür ins Schloss und riegelte ihr Zimmer ab.

Petra hatte den Lärm gehört und betrat soeben den Flur, als Lukas die Haustür öffnete. Sie schaute ihn entgeistert an.

»Was ist hier denn los?«

»Das fragst du noch?«, entgegnete Lukas gereizt und ließ Petra im Flur stehen. Er hechtete förmlich durch den Flur und stieg ohne ein weiteres Wort die Treppe hinauf.

In Petra zog sich alles zusammen. Deshalb vermied sie, Lukas hinterherzugehen. Sie ging ins Wohnzimmer und lief dort mehrere Minuten nervös auf und ab. Obwohl sie sich fragte, wo ihre Tochter war, traute sie sich nicht nach oben, um nachzusehen. Sie hörte von oben Gepolter und wenig später, wie die Haustür zufiel. Sie eilte an die Haustür, öffnete diese eilig und konnte sehen, dass es Lukas gewesen war, der das Haus verlassen hatte. Denn in diesem Moment überquerte er die Straße und lief nach links die Straße hinauf. Petra zog sich ins Haus zurück und schloss die Tür. Im Flur lehnte sie sich an die Wand und atmete langsam ein und aus. Weil ihr Mann kaum ein Wort verloren hatte, war Petra beunruhigt. Für den Moment war sie auch erleichtert, da er erst einmal weg war. Gleichzeitig war sie ziemlich sicher, dass zwischen ihm und ihrer Tochter irgendetwas Schlimmes vorgefallen sein musste. Also sammelte sie sich zusammen und begab sich in den ersten Stock.

Dort angekommen, rief sie: »Lydia, bist du da?«

Sie erhielt keine Antwort. Deshalb näherte sie sich Lydias Zimmertür und griff zur Türklinke. Wie sie feststellen musste, war die Tür abgeschlossen. »Lydia, mach auf! … Lydia! … Geht es dir gut?«

Petra horchte an der Tür und als sie endlich hörte, wie Lydia den Schlüssel umdrehte, drückte sie erleichtert langsam die Türklinke nach unten und öffnete die Tür.

Lydia saß, ihre Knie dicht an sich herangezogen, auf dem Bett und bewegte sich nicht.

Petra näherte sich vorsichtig und ließ sich vor Lydia auf ihre Knie nieder. »Lydia, sag mir, was passiert ist!«

Lydia begann zu weinen und schluchzte zwischendurch. »Mama, ich habe Mist gebaut.«

Petra nahm ihre Tochter in den Arm. »Wie kommst du darauf?«

Lydia schluchzte erneut, sodass ihr gesamter Körper bebte. »Ich habe Papa gefragt, ob er ins Hotel geht?«

Petra brauchte einen Moment, um die Tragweite dessen zu erfassen, was sie gerade gehört hatte. Sie konnte sich nicht erklären, wie Lydia auf die Idee gekommen war, ihrem Vater diese Frage zu stellen. Lydia musste doch wissen, dass ihr Vater ein schwieriger Mensch war. »Warum hast du das gemacht?«, fragte sie deshalb ihre Tochter, die immer noch hin und wieder schluchzte.

Lydia stellte sich selbst dieselbe Frage, denn das Verhalten ihres Vaters hatte ihr gehörige Angst gemacht. Sie löste die Umklammerung ihrer Knie und schaute ihre Mutter an. »Ich weiß auch nicht … Papa hat doch erzählt, dass der Berater ihm das gesagt hat. Also wollte ich wissen, ob Papa macht, was der Berater ihm sagt.«

Petra war zunächst sprachlos, denn sie hätte sich niemals getraut, ihrem Mann eine solche Frage zu stellen. Gleichzeitig merkte sie, dass sie sich nichts sehnlicher wünschte als ein anderes Leben; ein Leben ohne diese ständige Angst, ohne diese andauernde Bedrohung durch einen unberechenbaren Ehemann. Auch jetzt hatte sie wieder überhaupt keinen Hinweis, wie Lukas aufgestellt war, und musste dadurch mit allem rechnen. »Und hat er deine Frage beantwortet?«, wollte sie auch deshalb wissen.

»Nein, hat er nicht … er ist im Café Sand vom Tisch aufgesprungen und …«, antwortete Lydia und hielt kurz inne, weil sie das, was dann folgte, erneut erlebte, »… ist dann hineingegangen und hat dann wohl bezahlt.«

»Ihr wart im Café Sand?«

»Ja.«

Petra wunderte sich. »Wieso das?«

»Papa fuhr vom Computerladen aus dorthin und hat etwas davon erzählt, während seines Studiums oft dort gewesen zu sein.«

Petra hörte, was ihre Tochter ihr da erzählte und verstand nicht. »Und du bist mitgefahren?«

Lydia zögerte einen Moment. »… Ja … warum nicht.«

Petra war vollends verwirrt. Sie konnte weder verstehen, warum Lukas auf die Idee gekommen war, zum Café Sand zu fahren, noch was Lydia dazu bewogen hatte, dieser Idee zuzustimmen. Sie schaute Lydia entgeistert an und schüttelte den Kopf.

Lydia konnte mit den Fragen und dem Gebaren ihrer Mutter immer weniger anfangen. »Dir ist es mal wieder völlig egal, wie ich mich fühle«, fauchte sie ihre Mutter an. Sie schob sich ungestüm zur Bettkante und verließ abrupt ihr Bett. Sie machte zwei Schritte vom Bett weg, blieb mit dem Rücken zu ihrer Mutter stehen und verschränkte ihre Arme.

Petra schaute verdattert auf das leere Bett. Die Not ihrer Tochter erkannte sie jedoch nicht.

»Also gut«, sagte sie deshalb, während sie sich aus der Hocke in den Stand mühte, »… Ihr seid also ins Café Sand gefahren … du hast deinen Vater nach dem Hotel gefragt … er ist aufgesprungen … hat offenbar bezahlt … und dann?«

Lydia hörte ihrer Mutter nicht mehr zu, denn sie wollte lieber gar nichts mehr sagen und in Ruhe gelassen werden.

Petra sah nach einigen Minuten ein, dass es im Augenblick nicht sinnvoll war, bei ihrer Tochter zu bleiben. Sie schaute ihre Tochter noch einmal an und verließ dann, mit großem Bedauern, Lydia und ihr Zimmer.

Samstag, der 19.08.2017, abends

Harald wusste zunächst nicht, wo er war, als er aus einem tiefen Schlaf erwachte, der ihn weit fort gerissen hatte. Langsam gewöhnten sich seine Augen an den abgedunkelten Raum und er konnte erkennen, dass er zu Hause in seinem Ehebett war. Seine Muskeln an den Armen und Beinen schmerzten. Solche Muskelschmerzen hatte er das letzte Mal, nachdem er vor Jahren an einem Halbmarathon teilgenommen hatte. Er wunderte sich, denn seine Stirn war schweißnass, ebenso sein T-Shirt, welches er offenbar anbehalten hatte, als er sich auf das Bett gelegt hatte. Er musste sehr schnell eingeschlafen sein, denn er konnte sich an nichts weiter erinnern. Nur Martina fiel ihm wieder ein, die ihn mehrmals gefragt hatte, ob es ihm gut ging. Ihm dämmerte auch, wie er versucht hatte, Martina zu beruhigen, indem er ihr versicherte, ihm fehle lediglich Schlaf.

Er schaute auf seinen Wecker und erschrak, denn es war bereits nach halb sieben. Harald war wenig begeistert, da es für ihn bis jetzt undenkbar war, sich nachmittags hinzulegen und mehr als zwei Stunden zu schlafen. Außerdem wollte er unbedingt die Sportschau gucken, da in der Bundesliga der erste Spieltag nach der Sommerpause anstand.

146

Ruckartig richtete er sich auf und fluchte innerlich. Anschließend warf er seine Decke beiseite und quälte sich aus dem Bett, obwohl ihm sein Körper deutlich signalisierte, unbedingt liegenzubleiben. Er ging um das Bett herum zum Fenster und wuchtete unter großer Anstrengung die Vorhänge beiseite. Die Helligkeit, die ihn traf, warf ihn fast um, sodass er versuchte, sich mit seinem Arm zu schützen. Allmählich gewöhnte er sich an die neuen Lichtverhältnisse und konnte sich im Schlafzimmer umschauen. Seine Kleidung lag, achtlos Richtung Stuhl geworfen, auf diesem selbst und daneben. Harald merkte, wie kalt ihm aufgrund des nassen T-Shirts war. Er bewegte sich zur Schrankwand, die die gesamte Breite des Zimmers einnahm und ihm sein Spiegelbild anbot.

Er sah einen Mann, den er nicht zu erkennen glaubte, denn von dem Mann, der eine ganze Abteilung eines Weltkonzerns leitete, erwartete er ein anderes Abbild.

Schnell schob er die Spiegeltür beiseite und wühlte sich neue Kleidung zusammen. Er verließ mit den frischen Kleidungsstücken unter seinem Arm das Schlafzimmer und begab sich ins Bad. Unter Mühen entledigte er sich seines durchgeschwitzten T-Shirts und der restlichen Kleidung und warf diese in den Wäschekorb, der praktischerweise im Bad untergebracht war.

Das lag an Martina, die sich zu seiner Schande mehr oder weniger allein um den Haushalt kümmerte.

Mit seinen Gedanken bei Martina sperrte er das Bad ab, bestieg die Duschkabine und freute sich auf eine heiße und entspannende Dusche. Harald stellte fest, wie schwierig es denn eigentlich war, mit dem Einhandmischer die für ihn ideale

Wassertemperatur einzustellen. Nachdem es ihm endlich gelungen war, hielt er sich an der Duschstange mit dem Gesicht zur Wand fest und ließ das heiße Wasser auf seinen Kopf prasseln. So verharrte er mehrere Minuten. Er konnte sich zwischendurch vorstellen, ewig unter der Dusche zu bleiben. Die Sportschau musste demnach ausfallen. Es gab ja später auch noch das Sportstudio im Zweiten. Die Duschkabine war voller Dampf und Harald besann sich irgendwann doch darauf, die Dusche auch für seine Körperhygiene zu nutzen.

»Harald, bist du das in der Dusche?«

Martina ahnte nicht, wie sehr ihr Ehemann seine Dusche genoss und dass er sie auch deshalb nicht hören konnte. Schnell wurde Martina unruhig. Sie klopfte an die Tür und rief: »Harald! Antworte mir! … Geht es dir gut?«

Harald hatte gerade seine Haare shampooniert und massierte jetzt seinen Kopf.

Martina griff zur Türklinke und rüttelte an der Tür. Weil sie keine Antwort erhielt, schlug sie mehrmals mit ihrer Faust gegen die Tür.

»Was machst du denn da?« Solveig stand in ihrer Zimmertür, denn sie hatte das laute Rufen und Klopfen gehört.

Martina drehte sich erstaunt um. Sie verstand Solveigs Frage nicht.

»Mama! Was ist los?«

Nun begriff Martina. »Die Tür ist abgeschlossen.«

Solveig konnte mit der Antwort ihrer Mutter nur wenig anfangen. »Ja, dann ist da wohl jemand drin, oder?«

»Dein Vater macht die Tür nicht auf«, versuchte Martina sich zu erklären. »Harald! Mach doch bitte die Tür auf!«

Solveig rang mit sich, um nicht auszuflippen. Sie stellte sich neben ihre Mutter und horchte an der Tür. »Da duscht jemand«, ließ sie ihre Mutter wissen, und klopfte nach wenigen Schritten an Lasses Tür. Da dieser nicht reagierte, öffnete sie die Tür und sah Lasse auf seinem Bett liegen. »Es wird Papa sein, denn Lasse ist in seinem Zimmer«, gab sie ihrer Mutter zu verstehen, nachdem sie die Tür ihres Bruders wieder geschlossen hatte und zurück zu ihrer Mutter gegangen war.

Martina war nicht überzeugt und machte sich immer noch Sorgen um ihren Ehemann. Sie drehte sich wieder zur Tür, um erneut darum zu bitten, die Tür zu öffnen, als sich diese öffnete und Harald vor ihr stand.

»Was ist hier denn los?«

Martina fiel Harald direkt um den Hals. »Gott sei Dank!«

Harald, der nur mit einem Handtuch ›bekleidet‹ war, schaute irritiert seine Tochter an, die ihrerseits nicht zu begreifen schien, was vor sich ging.

Harald schob seine Frau nach einer Weile von sich und schaute sie an. »Gott sei Dank? … Warum?«

Martina sah Harald ungläubig an. »Na, weil du lebst, Harald.«

Harald blickte seine Ehefrau entgeistert an. Dann erahnte er, womit Martina beschäftigt war. »Natürlich lebe ich. Wie kommst du darauf, dass ich tot sein könnte?«

»Ich hatte zwei Stunden nichts von dir gehört und begann dann doch, mir Sorgen zu machen …«, sagte Martina aufgebracht. »… Also bin ich nach oben und hörte die Dusche. Ich wollte wissen, ob es dir gut geht und habe mehrmals gerufen und geklopft. Doch du hast nicht aufgemacht. Da dachte ich …«

»Ach so …«, unterbrach Harald seine Ehefrau, »… Ich habe dich nicht gehört … weil ich das Duschen so schön fand und es ja auch laut war in der Duschkabine … denke ich …«

Während Martina ihren Mann noch einmal in den Arm nahm, machte Solveig ihre Augen verdrehend auf dem Absatz kehrt und verschwand in ihrem Zimmer.

Harald war sich nicht sicher, wie er mit Martinas Befürchtungen umgehen sollte. Für ihn selbst war der Gedanke, sich etwas anzutun trotz aller derzeitigen Schwierigkeiten völlig absurd. Harald erwiderte Martinas Umarmung und verharrte, bis sie ihre regelrechte Umklammerung löste.

Dann sagte er: »Entschuldige bitte! Ich muss mich erst einmal richtig abtrocknen und mich anziehen.«

»Oh … natürlich.«

»Gehe doch schon mal nach unten! Ich ziehe mich an und komme dann nach.«

»Ja gut«, sagte Martina kleinlaut, »Ich bin im Wohnzimmer.«

»Alles klar«, sagte Harald und sah seiner Ehefrau hinterher, wie sie den Flur entlang ging und dann die Treppe nahm.

Einige Minuten später betrat Harald das Wohnzimmer, in dem Martina auf dem 3er-Sofa saß. Harald ließ sich neben ihr nieder.

»Wie kommst du darauf, ich könnte mir etwas antun?«, fragte Harald nach einem kurzen Moment des Schweigens.

Martina, immer noch von ihrer Erleichterung erfasst, hatte keine plausible Erklärung. Sie wandte sich ihrem Ehemann zu und ließ ihren Blick eine Weile auf ihm ruhen.

»Ich weiß, Harald, dass es dir nicht gut geht«, sagte sie wenig später. »Da ich allerdings keine Hinweise habe, wie es dir tatsächlich geht, ist meine Fantasie offenbar mit mir durchgegangen«, mutmaßte sie.

Harald war mit Martinas Erklärungsversuch unzufrieden. »Ich bringe mich doch nicht gleich um … nur, weil ich nicht sagen kann, wie es mir geht, … ich mag mein Leben … ich mag *unser* Leben.«

»Harald, ich freue mich über deine Worte …«, sagte Martina, »… Und ich muss leider auch sagen, dass du schon lange nicht mehr diesen Eindruck hinterlässt.«

Harald hatte erhebliche Probleme mit Martinas Behauptung. Es gelang ihm kaum, sich zu ordnen. Er zog es nach wenigen Augenblicken vor, das Sofa zu verlassen. Er rang mit sich, denn er konnte sich gut vorstellen, wie sein Verhalten auf Martina wirken musste.

Martina wunderte sich. Dennoch ließ sich nichts anmerken und wartete.

Harald entschied sich nach wenigen Minuten des Schweigens, Martina um eine Erklärung zu bitten. Er setzte sich auf den Sessel. »Ich muss zugeben, mit deiner Aussage so meine Probleme zu haben«, ließ er Martina wissen. »Und ich frage mich, was du konkret meinst.« Harald schaute Martina erwartungsvoll an.

Martina überlegte, wie sie Harald ihren Eindruck vermitteln konnte, ohne einen Streit zu verursachen.

Nach einer kurzen Besinnung sagte sie: »Meines Erachtens sollte ein Mensch, der sein Leben mag, der *unser* Leben mag, wie du sagst, entspannter und zugewandter sein, als du es nach meiner Beobachtung seit geraumer Zeit bist.«

Harald musste sich eingestehen, in letzter Zeit oft angestrengt beziehungsweise gestresst gewesen zu sein. Er schaute mehrmals im Wechsel zu Martina und seinen Händen, die auf seinen Knien lagen. Dann schüttelte er langsam seinen Kopf, da er nichts zu sagen wusste.

»Was ist? Du wirkst auf mich recht in dich gekehrt«, versuchte Martina ihrem Mann entgegenzukommen.

Harald musste Martina innerlich zustimmen und nickte deshalb einige Male. »Ich glaube, ich könnte einen Kaffee vertragen …«, sagte er. »Du auch?« Er hoffte insgeheim, aus seiner defensiven Situation heraus zu kommen, wenn er irgendetwas tun konnte. Er sah Martina an und freute sich, als sie ihm zunickte. Schnell verließ er seinen Sessel und das Wohnzimmer.

Martina fühlte mit Harald mit. Sie konnte seine Not fast riechen. Jedoch empfand sie keine Freude darüber, sich mit Harald erneut in einer prekären Situation zu befinden. Sie wünschte sich von ganzem Herzen eine andere, eine innigere Beziehung zu Harald. Doch sie merkte auch, wie überfordert sie war.

Das Wohnzimmer kam ihr in diesem Moment merkwürdig fade vor. Sie schaute sich lange um, sah die Bilder und Fotos an den Wänden. Da war der Couchtisch, die Stereoanlage und es gab die Bücherregale. All diese Dinge schienen ihr nutzlos und ein Leben zu repräsentieren, dessen sie schon lange überdrüssig war …

»So, da habe ich den Kaffee.«

Harald riss Martina nach einigen Minuten jäh aus ihrer Nachdenklichkeit. Sie entschied sich dazu, ein wenig zu schauspielern. »Na … wunderbar.«

Harald brachte den Kaffee auf den ›nutzlosen‹ Couchtisch und nahm wieder neben Martina Platz.

Sybille hatte Klaus nach seiner Frage schweigend angeschaut und dann mit ihren Schultern gezuckt.

Klaus konnte nicht glauben, dass seine Ehefrau ernsthaft in Erwägung zog, Lukas anzuzeigen. »Aber ich kann doch meinen Kumpel, entschuldige, meinen Freund, nicht bei der Polizei anschwärzen«, hatte er deshalb eingeworfen.

»Anschwärzen? Also von Anschwärzen kann ja wohl nicht die Rede sein. Dein Freund schlägt seine Frau. Er schlägt Petra, die im Übrigen meine Freundin ist. Und aufgrund des Geständnisses weiß nicht nur ich davon, sondern auch Harald. Und du! Also ehrlich, Klaus. Eine Anzeige ist absolut angebracht.«

Klaus erkannte seine Frau nicht wieder. Und mit ihrer Widerrede konnte er nur schwerlich umgehen.

Da Klaus nichts sagte, fuhr Sybille fort: »Wir alle sind also mit deinem Freund beschäftigt, der seine Frau schlägt. Und wir nehmen billigend in Kauf, dass er sie erneut schlagen könnte. Das finde ich mehr als bedenklich. Wir sollten mehr tun, als uns Sorgen um unsere Normalität zu machen.«

»Ich weiß nicht«, sagte Klaus nachdenklich, trat von der Küchentür wieder in die Küche und ließ sich erneut am Tisch nieder. Obwohl seine Frau das Notwendige und Richtige aussprach, konnte er sich beim besten Willen nicht vorstellen, seinen Freund anzuzeigen.

Für Sybille gab es keine Alternative. Sie hatte lange darüber nachgedacht und landete immer wieder bei der einzig halbwegs vernünftigen Antwort auf Lukas' und sein Fehlverhalten. Dennoch konnte sie Klaus' Bedenken nachvollziehen, da Lukas eventuell im Gefängnis landen konnte. Außerdem zweifelte Martina daran, Petras Zustimmung bekommen zu können, denn diese erduldete bereits seit vielen Jahren Lukas' Übergriffe, ohne ihn zu verlassen. Es war also zu befürchten, dass Petra die Übergriffe abstreiten würde. »Ich kann deine Bedenken durchaus verstehen, glaube mir. Aber ich mache mir ernsthafte Sorgen um Petra. Und du bist, wie mir scheint, eher um Lukas besorgt.«

»Wie bitte? Ist das dein Ernst?« Klaus musterte Sybille mit skeptischem Blick.

Sybille kam in Schwierigkeiten. »Nein, Klaus … das ist nicht mein Ernst. Ich habe ja auch gesagt, deine Bedenken nachvollziehen zu können. Doch wir haben eine Verantwortung. Und zwar für Petra. Sie ist das Opfer und Lukas der Täter, verdammt noch mal.«

Klaus verstand nicht, warum Sybille betonte, Petra sei das Opfer und Lukas der Täter, denn das war ihm bewusst. Er musste sich allerdings auch fragen, warum er nicht bereit war, Lukas anzuzeigen. »Sybille. Mir ist absolut klar, ohne Abstriche, dass Lukas der Täter ist. Und ich verabscheue, was er getan hat. Und es ist richtig. Wenn Lukas nicht Lukas wäre, hätte ich die Anzeige ziemlich sicher längst gemacht. Ich kann dir momentan wirklich nicht sagen, was mich abhält. Ehrlich.«

Sie konnten sich glücklicherweise gegenseitig versichern, wie schwierig es für sie beide war, mit Lukas und seinem gewalttätigen Verhalten umzugehen, und damit einen ernsthaften Streit verhindern.

Nachdem sie ihr Abendessen beendet und das Thema vorher mehrere Stunden hatten ruhen lassen, nahm Klaus das Gespräch im Wohnzimmer wieder auf.

»Mich lässt Lukas und der ganze Mist nicht los und ich würde dem nur zu gerne ein Ende setzen. Wenn ich sicher wäre, dass eine Anzeige dies bewirken würde, würde ich Lukas höchstpersönlich anzeigen. Nur … ich bin nicht sicher.«

»Du bist dir nicht sicher? … was lässt dich denn zweifeln?« Sybille nahm ihren Tee vom Couchtisch und hielt die Tasse, Klaus eindringlich anschauend, in der Hand.

Klaus richtete sich im Sessel auf und stützte seine Ellenbogen auf seine Knie. »Ah … schwer zu sagen … wenn ich eine Anzeige mache, dann muss die Polizei dem nachgehen. Doch Lukas wird wohl kaum frei heraus zugeben, seine Frau zu schlagen … und Petra … wie wird sie sich wohl verhalten? Was ist, wenn sie alles abstreitet und sagt, es sei alles in Ordnung und ihr Mann würde sie nicht schlagen?«

Sybille nahm einen Schluck Tee und stellte ihre Tasse zurück auf den Tisch. Sie kannte diese Überlegungen. Denn sie hatte sie bereits mehrmals angestellt und sich dabei, wie sie feststellen musste, immer wieder mit Lukas und Petra beschäftigt. In Gedanken bei Petra zu sein, war für Sybille durchaus wichtig, allerdings nicht auf diese Weise. Sie wollte für ihre Freundin etwas ändern. Darüber zu spekulieren, wie sich Lukas oder Petra bei einer Anzeige verhalten würden, machte ihr keinen Spaß und ergab für sie alles in allem keinen Sinn.

»Klaus … Lukas' und auch Petras Verhalten können wir unmöglich vorhersagen. Wenn wir uns gegen eine Anzeige entscheiden, tragen wir die aktuelle Situation inklusive der Gefahr für Petra mit. Letztendlich beziehen wir damit auch keine klare Haltung gegen Lukas' körperliche Übergriffe.«

Klaus hatte seine Tasse genommen und schlürfte an seinem Cappuccino. Er liebte Sybille über alles und bewunderte sie aufgrund ihrer oftmals schlauen Aussagen. Doch manchmal erzeugte sie mit ihren Aussagen bei ihm Sprachlosigkeit; so wie jetzt. Er konnte nicht mehr viel sagen, denn selbstverständlich sprach sie einen wesentlichen Aspekt an, der eine Anzeige notwendig erscheinen ließ. Klaus bugsierte seine Tasse auf den Tisch und lehnte sich zurück in den Sessel.

Sybille trank derweil von ihrem Tee und schien nachzudenken, stellte ihre Tasse dann wieder weg.

Klaus fragte sich, was *ihm* denn wichtig war. Und er kam zu der erneuten Erkenntnis, dass es vornehmlich um Petras Sicherheit gehen musste. Die Freundschaft zu Lukas war bereits in der Krise, wie er sich noch einmal eingestehen musste.

»Eine Anzeige würde *uns* wahrscheinlich helfen …«, bestätigte er. »… Doch Petras Sicherheit würden wir damit nicht automatisch erhöhen …«, gab er zu Bedenken, »… Petra wäre nur sicherer, wenn sie oder Lukas auszieht. Und ich finde … dann müsste, Lukas ausziehen. Denn er ist schließlich der Verursacher des ganzen Elends.«

Bei Sybille sorgte Klaus mit seinen Worten zunächst für wenig Begeisterung. Denn die Anzeige, als die für sie einzig mögliche Handlung, verlor auf einmal ihre Strahlkraft. Wenn sie sich mehr oder ausschließlich auf Petras Sicherheit konzentrieren wollten, dann musste in der Tat entweder Petra oder Lukas handeln. Und ein Auszug von Lukas war nicht nur angezeigt, weil er der Täter war, sondern auch sinnvoller, da dann nur eine Person eine andere Bleibe brauchte; und nicht drei. Lukas könnte sich für den Übergang in einem Hotel oder einer Pension einquartieren und dann eine Wohnung oder Ähnliches suchen. »Dein Hinweis auf die Sicherheit ist erschreckend wahr … ich schäme mich ein wenig, weil ich Petras Wohlergehen überhaupt nicht im Blick hatte …«, pflichtete sie Klaus deshalb nach kurzer Bedenkzeit bei und trieb ihr Zwiegespräch voran, »… Und dann wäre es folgerichtig, Lukas zum Auszug aufzufordern, oder?«

Sybille erwischte Klaus auf dem falschen Fuß, indem sie seinen Einwand konsequent weiterdachte. Das wurde ihm ohne Umschweife klar. »Lukas zum Auszug auffordern«, dachte er laut und nahm seinen Cappuccino. Nachdem er die Tasse geleert und abgestellt hatte, schaute er Sybille eindringlich an. »Tja … was soll ich sagen? … das stimmt … das wäre die notwendige Konsequenz«, sagte er dann mit Nachdruck. »Als sein Freund müsste letztendlich *ich* ihn auffordern, etwas für die Sicherheit seiner Ehefrau zu tun.« Klaus wurde sich der Tragweite des Gesagten langsam und zunehmend schmerzlich bewusst. Er bekam es mit einer schwer definierbaren Angst zu tun. »Heftig … das wäre wirklich heftig«, dachte er erneut laut nach.

Sybille stimmte zu, nachdem sie ihren Tee ausgetrunken hatte. »Ja, eine faszinierende und gleichzeitig erschreckende Vorstellung …«, sagte sie, konnte sich dabei ein Lächeln kaum verkneifen. »… Wenn ich daran denke, wie sich Lukas nach seinem Geständnis bisher verhalten hat. Das könnte wirklich unschön und heftig werden.« Sybille platzierte ihre leere Tasse auf dem Couchtisch und schlug ihre Hände vor ihr Gesicht. Sie blieb eine ganze Weile so sitzen.

Klaus sah sich bald veranlasst, sie zu fragen, ob es ihr gut ging.

Sybille wusste nicht so recht, wie es ihr ging. Sie merkte eine unangenehme Anspannung. Sie wünschte sich zu ihrer Schande schon wieder, nichts von alledem zu wissen.

»Nein!«, schoss es aus ihr heraus. »Mir geht es alles andere als gut. Eben verspürte ich erneut diesen sich mir immer wieder aufdrängenden Wunsch, nichts von allem zu wissen. Das macht mir zusätzlich zu schaffen. Und ich wünschte, du hättest Lukas bereits darum gebeten, auszuziehen. Dann hätten wir vielleicht wenigstens diesbezüglich Klarheit.«

Mit ihren Worten erzeugte Sybille bei Klaus zusätzlichen Druck. Gleichwohl konnte er noch besser erahnen, wie belastet Sybille war. Immerhin traten sie seit Tagen auf der Stelle und bekamen im Umgang mit Lukas nur wenig zustande. »Ich glaube, ich muss noch einmal in mich gehen … Lukas aufzufordern, auszuziehen …«, sagte er, »… Das ist …«

Sybille erhob sich ruckartig und verließ die Sitzgruppe. Da sie nicht wusste, was sie machen sollte, wanderte sie im Wohnzimmer auf und ab.

Klaus folgte ihr alsbald mit seinem Blick und fragte mit einer leichten Verunsicherung: »Was ist?«

Sybille blieb hinter Klaus stehen und haderte. »… Es ist mir klar, wie schwierig es für dich ist, Lukas mit einer Aufforderung zum Auszug zu konfrontieren. Doch ich wünsche mir, dass du diesen Schritt auf jeden Fall machst, denn Lukas ist *dein* Freund. Ohne eine Aufforderung von außen wird er keinesfalls auf die Idee kommen, auszuziehen …«

»… Nein … das ist richtig …«, stimmte Klaus Sybille nach einigem Zögern zu, »… Lukas begreift einfach nicht … Ich komme wohl nicht daran vorbei, Lukas aufzusuchen und mit ihm unter vier Augen zu sprechen.«

Klaus hatte kurz den Impuls, Lukas direkt anzurufen. Doch es war schon recht spät. Also verwarf er den Gedanken, denn das Gespräch mit Sybille setzte ihm bereits reichlich zu. Entsprechend befand er, es sei an der Zeit, den restlichen Abend noch halbwegs zu genießen. Er schaute Sybille an, die sich wieder Richtung Sofa begab und seinen Blick erwiderte, als sie sich aufs Sofa fallen ließ.

»Wann wirst du also mit Lukas sprechen?«, hakte Sybille nach.

»Ich hatte eben kurz den Impuls, Lukas anzurufen, doch ich denke, ich werde das morgen in Angriff nehmen und mich mit ihm verabreden. Jetzt möchte ich gerne Feierabend machen …«, brachte Klaus seine Vorstellungen zum Ausdruck und lächelte, »… Wie wäre es mit einem Glas Weißwein?«

Sybille war unglaublich froh, mit Klaus eine Einigung erzielt zu haben. Klaus' Idee sagte ihr sehr zu. Leider konnten sie nicht auf die Terrasse gehen, denn es regnete seit einiger Zeit. »Ach Klaus … sehr gerne … ich könnte jetzt auch eine Pause gebrauchen. Kümmerst du dich?«

Klaus musste schmunzeln, denn Sybilles Lächeln war wieder sehr gut dazu geeignet, ihn zum Schmelzen zu bringen. Er sprang auf und wollte, das Wohnzimmer verlassend und sich dabei umdrehend, wissen, »Halb und halb?«, und verschwand im Flur, nachdem Sybille ihm mit einem Nicken ihre Zustimmung signalisiert hatte.

Es war eine absonderliche Situation, in der sich Martina und Harald befanden.

Sie hatten sich unverhofft mit der vermeintlichen Bereitschaft Haralds beschäftigen müssen, sich etwas anzutun. Im Nachhinein war es Martina peinlich und sie fragte sich schon, wie sie dahin gekommen war, Harald einen Selbstmord zuzutrauen.

So saßen sie einige Minuten stillschweigend auf ihrem Sofa und hielten sich an ihrem Kaffee fest, den sie sich nach und nach zu Gemüte führten. Als sie mehr oder weniger gleichzeitig ihre leere Tasse weggestellt hatten, drehten sie sich zueinander und schauten sich verunsichert an.

Harald konnte sich nach wie vor nicht erklären, warum seine Frau die Befürchtung hatte, er könne sich selbst das Leben nehmen. Er erinnerte sich an Martinas Aussage, wie er seit Monaten auf sie wirkte. Und er merkte, wie ihn das mitnahm. »Dass ich in letzter Zeit nicht so auf dich gewirkt habe, als würde ich unser Leben mögen, beschäftigt mich«, räumte Harald deshalb ein.

»Das finde ich gut, denn dadurch bekomme ich den Eindruck, dass du mir zuhörst …«, freute sich Martina und lächelte. »… Aus meiner Sicht sollten wir uns grundsätzlich über unser derzeitiges Leben Gedanken machen.«

Harald konnte Martina nicht folgen. Er hatte doch wohl deutlich gemacht, ihr gemeinsames Leben zu mögen. »Ich verstehe nicht, Martina …«, merkte er deshalb an. »… Mal abgesehen davon, dass Lukas Petra schlägt, ist doch alles bestens, oder?«

Martina war überrascht, weil Harald auf die fürchterliche Situation Petras zu sprechen kam. Sie war nicht davon ausgegangen, dass sich ihr Mann gedanklich überhaupt mit Petra und Lukas beschäftigte. »Na ja … ganz offensichtlich nicht, denn dir geht es seit Tagen nicht gut, oder?«

»Das ist wahr …«, musste Harald sich selbst eingestehen. »… Ich hatte in den letzten Monaten auf der Arbeit einfach zu viel um die Ohren. Ich sollte Aufgaben mehr an meine Kollegen delegieren … darauf habe ich zu wenig geachtet.«

»Das mag sein … ich hoffe, du liegst mit deiner Einschätzung richtig«, sagte Martina, derweil sie diesbezüglich eine ganz andere Auffassung hatte.

»Mal was anderes, Harald … du hast eben von Lukas und Petra gesprochen. Hast du eigentlich nach Lukas' Geständnis schon wieder mit Lukas oder Klaus gesprochen?«

»Nein!«, antwortete Harald, »… Ich habe von beiden nichts gehört und hatte weder die Zeit noch die Nerven, mich bei ihnen zu melden. Ich wüsste bei Lukas zudem überhaupt nicht, was ich sagen sollte.«

»Das kann ich nachvollziehen. Ich habe das Ganze immer noch nicht wirklich begriffen … seit vier Jahren … und wir haben nichts gemerkt.« Martina schaute Harald an und nahm seine Hand, da sie plötzlich merkte, wie ihr alles zu viel wurde. »Wie wäre es, wenn ich uns noch ein Abendbrot mache? Vielleicht haben die Kinder ja auch noch den Wunsch, etwas zu essen?«

Harald drückte Martinas Hand, während er sie ansah. »Ich bin mir sicher.«

Verdacht

Der Argwohn ist ein gegen
alle gerichteter Verdacht,
es geschehe etwas Unrechtes.
- Theophrast -

Sonntag, der 20.08.2017, morgens

Klaus wachte mit diesem Gedanken an das bevorstehende Telefonat auf und wünschte sich, seine Bettdecke würde ihn für den Rest des Tages umklammern und im Bett festhalten.

Sybille befand sich, wie so oft, nicht mehr neben ihm. Sicherlich hatte sie bereits damit begonnen, das Frühstück vorzubereiten.

Klaus mochte nicht daran denken, welch schwierige Aufgabe noch vor ihm lag. Doch es gelang ihm nicht. Er bereute inzwischen zutiefst, im Gespräch mit Sybille zugesagt zu haben, Lukas anzurufen. Er versuchte sich zu beruhigen. Schließlich war mit einem Telefonat noch nicht verbunden, Lukas direkt zu einem Auszug aufzufordern. Das wollte er ja, Gott sei Dank, erst bei einem Treffen machen. Seine Laune besserte sich ein wenig und dies war ihm Anlass genug, aus dem Bett zu springen. Er ging an die Schlafzimmertür, öffnete sie und horchte nach unten. Klaus glaubte, Sybille in der Küche hantieren zu hören, und er freute sich ungemein auf das gemeinsame Frühstück an einem hoffentlich freundlichen Sonntagmorgen.

Sybille hatte ihre Frühstücksvorbereitungen allerdings schon längst abgeschlossen. Sie hatte sich einen Kaffee mit auf die Terrasse genommen, obwohl es regnete. Denn es war recht warm. Als sie auf die überdachte Terrasse gekommen war, hatte sie den neuen Tag mit einem Lächeln begrüßt, denn sie war sehr zufrieden. Das lag hauptsächlich an Klaus, der endlich mit Lukas telefonieren wollte. Sybille nippte an ihrem Kaffee und stellte die Tasse erneut lächelnd auf dem Tisch ab.

Lukas saß an seinem angestammten Platz und beobachtete sowohl seine Frau als auch seine Tochter.

Der Sonntag hatte nicht so begonnen, wie Lukas sich das gewünscht hatte. Denn es regnete und ab und zu ließ sich auch Donnergrollen hören. Der Tisch und die Stühle auf der Terrasse waren bereits nass, als sie heute Morgen aufgestanden waren. Selbstverständlich war Petra trotz des Regens mit dem Fahrrad los, um frische Brötchen zu besorgen. Das Angebot von Peer, das zu übernehmen, hatte sie ausgeschlagen. »Merkwürdig«, hatte Lukas gedacht, sich allerdings nichts anmerken lassen.

Er starrte auf seine Hände, die auf der kalten Glasplatte des Tisches lagen. Peer hatte das gemeinsame Frühstück bereits verlassen und war wohl auf seinem Zimmer. Seine Frau und seine Tochter unterhielten sich über einen jungen Mann. Jetzt hörte er Lydia sagen: »Mama, sei bitte nicht so neugierig! Ich weiß nicht, ob und wann wir uns wiedersehen.« Beide erweckten bei Lukas den Eindruck, sie würden so tun, als wäre am gestrigen Tag nichts Erwähnenswertes passiert. Es wurmte ihn erheblich, von beiden ein Theater vorgespielt zu bekommen. Um dem Treiben ein Ende zu setzen, fragte er in den Raum: »Ist noch Kaffee da?«

»In der Küche.«

»Du hast dich also nicht weiter verabredet?«, wollte Petra nach ihrer kurzen Antwort von Lydia erfahren. Petra war neugierig, da ihre Tochter bis dato an Jungen kaum Interesse gezeigt hatte. Jetzt war da dieser junge Mann, der scheinbar Lydias Aufmerksamkeit erregt hatte.

Lydia antwortete, doch bei Lukas kamen ihre Worte nicht mehr an. Er hörte nicht zu, da ihn die kurze Antwort seiner Ehefrau aus der Bahn warf. Er geriet direkt in ein Vakuum, welches ihn seiner Sinne beraubte. Nach einer Weile legte er wie in Trance bedächtig seine Handflächen auf den Tisch. Wenig später beugte er sich langsam nach vorn. Er verlagerte sein Gewicht auf seine Hände und drückte sich aus seiner sitzenden Position heraus. Als Lukas stand, drehte er sich allmählich um, dabei den Stuhl beiseite schiebend, und verließ leise den Tisch. Das Interieur im Wohnzimmer wischte wie in Zeitlupe an ihm vorbei, als er sich Richtung Flur bewegte. Als er in den Flur trat, kam ihm dieser wie eine Röhre vor, deren runde Wände sich zusammenzuziehen schienen. Lukas hielt sich an den Türrahmen fest, um sein Gleichgewicht nicht zu verlieren. Nach einer halben Ewigkeit, sich auch an den Wänden abstützend, in der Küche angekommen, entdeckte er alsbald die Kaffeemaschine, die ein leises Zischen von sich gab und deren Kanne noch Kaffee beinhaltete. Der Geruch des

Kaffees katapultierte Lukas erstaunlich schnell zurück in sein gegenwärtiges Dasein. Er suchte und fand bald einen Becher, den er mit Kaffee füllte. Dann nahm er sich Milch aus dem Kühlschrank und setzte sich an den Küchentisch.

Lydia dachte, sie hätte ihrer Mutter ausreichend verdeutlicht, deren Neugierde nicht zu begrüßen. Doch sie ließ mit ihren Fragen nicht locker. Das gefiel Lydia ganz und gar nicht. »Mama! Hör jetzt endlich auf!«, unternahm sie einen letzten, lautstarken Versuch, ihre Mutter dazu zu bewegen, keine weiteren Fragen zu stellen.

Petra war überrascht, ihre Tochter so aggressiv zu erleben. So hatte sie Lydia noch nicht gesehen. Mit den Worten, »Lydia, was ist in dich gefahren?«, schaute sie ihre Tochter erschrocken an.

Lydia begriff ihrerseits nicht, warum sie sich schon wieder erklären sollte. »Im Ernst?«, schrie sie, sprang abrupt auf und rannte durchs Wohnzimmer in den Flur, weiter in den ersten Stock und in ihr Zimmer. Dort verriegelte sie unverzüglich die Tür.

Lydia erwischte ihre Mutter mit ihrer Reaktion vollkommen auf dem falschen Fuß. Petra war derart irritiert, dass sie sich nicht bewegen konnte. Sie blieb am Tisch sitzen und starrte vor sich hin; ins Nichts.

Die gesamte Familie Middelkamp hatte den Morgen ein wenig vertrödelt. Es war bereits elf Uhr durch. Und die Familie konnte sich nicht einigen, ob ein Frühstück noch Sinn machte.

Am Vorabend hatten sie tatsächlich noch gemeinsam zu Abend gegessen, da sowohl Solveig als auch Lasse noch Appetit hatten. Obwohl Martina aufgrund mangelnder Planung ein wenig improvisieren musste, hatte sie es fertiggebracht, eine leckere Pasta mit einem leckeren, grünen Salat zu zaubern. Nach dem recht entspannten Abendessen hatte Solveig wenig überraschend verlauten lassen, sie wolle noch ausgehen, und war dann recht bald verschwunden. Lasse hatte beim Essen etwas unwillig versichert, bei ihm in der Schule sei so weit alles in Ordnung. In der nächsten Woche solle er sich das erste Mal mit dem Sozialarbeiter treffen. Dieser wolle mit ihm über mögliche Einrichtungen sprechen, in denen er seine Sozialstunden ableisten konnte. Anschließend war Lasse wieder auf seinem Zimmer verschwunden. Harald hatte dann den Fehler gemacht, sich doch noch das Sportstudio zu Gemüte zu führen. Seine recht gute Laune hatte dadurch einen erheblichen Dämpfer bekommen, weil Werder eins zu null in Hoffenheim verloren hatte. Er hatte sich danach gefragt, warum er davon ausgegangen war, Werder könnte dort etwas reißen.

Harald hatte diesen Dämpfer über Nacht jedoch halbwegs verarbeitet. Er rang sich schließlich zu einer Entscheidung durch. »Ich fahre mal eben zum Bäcker und besorge uns eine Tüte Brötchen«, rief er Richtung Küche, in der Martina zugange war, während er sich die nötigen Klamotten anzog.

»Bist du sicher?«, fragte Martina aus der Küche rufend, wahrscheinlich auch, weil es regnete.

»Ja, bin ich. Bis gleich«, antwortete Harald. Er nahm seinen Schlüssel vom Board und seine Fahrradtasche aus dem Schrank, nachdem er sein Portemonnaie eingesteckt hatte. Dann verließ er das Haus durch die Hintertür. Er holte sein Rad aus dem Schuppen, hängte die Tasche an und radelte los. Während er durch die Straßen fuhr, sprühte ihm der Regen Wasser ins Gesicht. Harald wurde auf einmal deutlich, wie lange er schon nicht mehr mit dem Fahrrad gefahren war. Der Regen machte ihm nichts aus. Im Gegenteil durchfuhr ihn eine merkwürdige Lebendigkeit, die er schon lange nicht mehr erlebt hatte, sodass er lächeln musste. Er radelte durch ihm bekannte Straßen und grüßte mit ›Moin‹, als er einem älteren Herrn, der seinen Terrier ausführte, begegnete. Nach knapp fünf Minuten erreichte Harald sein Ziel. Er wunderte sich über sich selbst. »Warum habe ich nicht den Wagen genommen?«, fragte er sich, als er die Stufen zur Bäckerei hochstieg. Im Laden war es gerappelt voll, doch Harald machte sich nichts daraus, wie er selbst feststellen konnte. Er beobachtete das Treiben vor und hinter dem Tresen. So bekam er nicht mit, als er angesprochen wurde.

»Herr Middelkamp! Was kann ich für Sie tun?«, wiederholte Frau Hanke ihre Frage.

»… Äh … Hallo … Bitte geben Sie mir zwölf Brötchen!«

»Und welche sollen es sein?«

»Sechs Krosse … zwei Weltmeister …«

»Und?«

»Äh … Und zwei Mehrkorn und zwei Croissants, bitte!«

Nachdem Frau Hanke das Gewünschte beisammen hatte, sagte sie, »So, bitte sehr …«, und reichte die Tüte über den Tresen, »… Schön, Sie wieder einmal zu sehen, Herr Middelkamp … ist lange her … geht es Ihnen gut?«

Harald war etwas verblüfft. »Oh ja, danke, mir geht es sehr gut. Was bekommen Sie für die Brötchen?«

»Acht Euro und vierzig Cents, Herr Middelkamp.«

Harald fand in seiner Geldbörse einen Zwanzig-Euro-Schein und reichte diesen über den Tresen. Frau Hanke gab ihm sein Wechselgeld. »Nochmals vielen Dank. Einen schönen Sonntag wünsche ich Ihnen.«

»Danke, Frau Hanke! … Ihnen auch.«

Harald verließ zufrieden die Bäckerei, verstaute die Tüte in der Fahrradtasche und machte sich bei mäßigem Regen auf den Rückweg. Während er gemächlich in die Pedale trat, fiel ihm auf, dass er sich nicht erinnern konnte, in den letzten Monaten beim Bäcker gewesen zu sein. Und dennoch erinnerte sich Frau Hanke an seinen Namen. Harald fand das beeindruckend. Ohne besondere Vorkommnisse erreichte Harald sein Zuhause und brachte sein Rad im Schuppen unter. Nachdem er die Tasche vom Fahrrad genommen und den Schuppen wieder verschlossen hatte, ging er ins Haus. Und er freute sich direkt wie ein Schneekönig, denn er konnte riechen, dass Martina das Frühstück machte. Es roch bereits nach frischem Kaffee. Harald entledigte sich seiner nassen Kleider und schlüpfte in seine Latschen. Er fummelte die Brötchen aus der Tasche und bewegte sich Richtung Küche. Martina saß dort am Tisch und schien auf irgendwas oder irgendwen zu warten.

»Da bist du ja.« Martina sprang auf. »So! Dann mache ich jetzt noch ein Rührei … oder?«, schlug sie vor.

»Unbedingt. Mit Speck?«

»Kein Problem. Du kannst den Kaffee schon mal ins Esszimmer bringen. Du weißt ja, wo die Warmhaltekanne ist.« Martina ging an den Kühlschrank, holte den Speck heraus.

Harald ließ sich nichts anmerken, obwohl er nicht wusste, wo sich die Kanne befand.

Martina nahm sich eine der vielen Bratpfannen aus dem Eckunterschrank, platzierte sie auf dem Herd und gab dem

Herd Zunder. Harald überlegte noch, wo er die Kanne suchen sollte.

Martina drapierte den Speck in die Pfanne. Der Speck machte sich nach kurzer Zeit durch erstes Zischen und Brutzeln bemerkbar. »Harald … was stehst du hier so rum? … der Kaffee wird dadurch nicht wärmer, oder?«

Harald wurde klar, dass es albern war. »Martina … ich muss leider zugeben … ich weiß nicht, wo die Kanne ist.«

»Wieso weißt du nicht, wo die Kanne ist? Du hast doch erst vor kurzem ein Frühstück gemacht.«

Das stimmte. »Eigenartig«, dachte Harald. »Keine Ahnung. Vielleicht werde ich schon senil.«

»Da oben im Schrank«, wies Martina Harald mit einem Nicken in die richtige Richtung.

Harald öffnete die entsprechende Tür und war zufrieden. »Danke …« Er schnappte sich die Kanne, rannte um Martina herum, öffnete die Kanne, spülte sie aus, goss den Kaffee hinein und schraubte den Deckel fest zu. Martina schaute ihn kurz mit einem Schmunzeln an. Derweil brutzelte der Speck recht ordentlich. Während Harald die Küche verließ, stellte Martina die Flamme runter. Sie ging an den Kühlschrank und holte sechs Eier heraus, die sie nach und nach in eine Schüssel entließ, die sie vorher bereitgestellt hatte. Martina verquirlte die Eier daraufhin mit ein wenig Wasser und gab sie, nachdem sie den Speck auf Küchenkrepp untergebracht hatte, in die Pfanne und drehte die Flamme auf.

»Kann ich noch was tun?«, wollte Harald wissen, der inzwischen gemütlich am Türpfosten lehnte.

»Durchaus«, antwortete Martina, sich kurz zu ihrem Mann umdrehend. »… Besteck fehlt noch … und Servietten wären fein … ach ja … und du könntest den Kindern sagen, dass sie zum Frühstück kommen sollen.«

Harald war froh, zu wissen, wo er das Besteck finden konnte. Schwieriger wurde es mit den Servietten. »Die Servietten finde ich wo?«

»In der Schublade«, gab Martina wieder einen Hinweis mit einem Nicken.

Harald nahm einige Servietten aus der besagten Schublade, schnappte sich dann das Besteck, welches er auf dem Tisch zwischengeparkt hatte, und verschwand wieder Richtung Esszimmer.

Nachdem Martina das Rührei und den Speck in separate Schüsseln gefüllt hatte, brachte sie beides ins Esszimmer, setzte sich und fragte sich bald, wo Harald und der Rest ihrer Familie blieben.

Harald war nach oben gegangen und hatte an Solveigs Tür geklopft. Diese hatte ihn hereingebeten und ihm zugesagt, augenblicklich zu kommen, nachdem er seine Tochter ins Bild gesetzt hatte. Auch Lasse erlaubte ihm einzutreten, war an einem Frühstück allerdings nicht interessiert. Harald bedauerte dies nach einigem Zögern mit einem ›Na gut‹, denn er wollte sich jeglichen Stress mit seinem Sohn lieber erst einmal ersparen.

Als er das Esszimmer erreichte, saßen Solveig und Martina schon am Tisch und empfingen ihn mit einem Lächeln. Harald konnte sich nicht erinnern, in der letzten Zeit ein Lächeln seiner Tochter gesehen zu haben.

»Wo ist Lasse?«, wollte Martina wissen.

»Der kommt nicht … hat keine Lust auf Frühstück …«

»Da kommt er doch«, ließ Solveig alle wissen.

Lasse setzte sich ohne ein Wort auf seinen Platz und Martina staunte nicht schlecht – und Harald auch.

Sybille musste einräumen, zunehmend nervöser zu werden. Sie hatte vermieden, Klaus zu fragen, wann er denn telefonieren wollte. Inzwischen steuerten sie jedoch auf die Mittagszeit zu.

Sie befand sich in der Küche und war mit den Vorbereitungen für das Mittagessen beschäftigt. Da sie sich nicht so recht auf die Zubereitung konzentrieren konnte, sollte es heute Bratwürste mit Kartoffelsalat geben. Das Wetter ließ, für sie nicht schlimm, das Grillen nicht zu. Also würden die Bratwürste heute aus der Pfanne kommen. Sybille war im Begriff, die Kartoffeln aufzusetzen, als Klaus in die Küche kam.

»So … ich denke, es ist an der Zeit, den Anruf zu wagen«, versuchte Klaus, sich selbst Mut zuzusprechen, denn er war aufgeregt; und das nicht zu knapp.

Sybille war einerseits erfreut, dass es losgehen sollte, merkte allerdings auch, wie sich in ihr so einiges zusammenzog. »Willst du es also jetzt angehen? … das finde ich gut und beunruhigend zugleich, wenn du mich fragst«, klärte sie Klaus über ihren Gemütszustand auf.

»Mir geht es ähnlich … und es nützt nichts … ich kann und will auch nicht länger warten.«

Sybille ging auf Klaus zu. »Dann wünsche ich dir viel Kraft und vor allem Ruhe«, sagte sie und nahm Klaus in den Arm.

Klaus erwiderte ihre Umarmung. »Danke! Kann ich echt ge-

brauchen.« Nach einigen Sekunden lösten sie ihre Umarmung
und Klaus verließ die Küche.

Sybille schaute ihm noch lange nach, bevor sie sich den Kartoffeln zuwandte; auch, um sich abzulenken.

Für Lukas war nicht zu überhören gewesen, dass Petra und
Lydia sich in den Haaren lagen. Er hatte mitbekommen, wie
Lydia die Treppe hinauf rannte und ihre Tür zuknallte. Ohne
große Beteiligung hatte er das zur Kenntnis genommen und
war mit seinem Kaffee in der Küche sitzen geblieben. Als er
ausgetrunken hatte, hatte er sich gefragt, was er tun sollte.

Nach langem Nachsinnen war er zu dem Ergebnis gelangt,
es sei wohl das Beste, sich vor dem Mittagessen noch ein wenig auszupowern. Das Donnergrollen hatte sich angenehmer
Weise verzogen. Also verließ er ruhigen Schrittes die Küche
und stieg die Treppe nach oben.

Aus Lydias Zimmer war nichts zu hören.

Lukas suchte sein Arbeitszimmer auf und traf die erforderlichen Vorbereitungen. Nachdem er sich seinen Jogginganzug
und seine Joggingschuhe angezogen hatte, holte er seine Fitnessuhr aus der Schublade und legte sie an. Es war ihm stets
wichtig, seine Laufzeiten zu dokumentieren. Zu guter Letzt
legte er sich noch seinen Laufgürtel an. Danach verließ er sein
Arbeitszimmer und ging die Treppe hinunter in die Küche, in
der er sich die Flasche mit Wasser. Ohne Wasser ging Lukas
grundsätzlich nicht laufen. Er brachte die Flasche an ihren
Platz, ging dann in den Flur und schnappte sich seinen Schlüssel vom Schlüsselbrett. »So, dann mal los!«, dachte er, bevor er
die Haustür öffnete. Er tauchte in die feuchte Spätsommerluft
ein und drückte die Tür ins Schloss.

Petra hatte selbstverständlich mitbekommen, als Lukas mal wieder das Weite suchte. Damit war sie abermals auf sich allein gestellt, obwohl ihre Tochter und ihr Sohn im Haus waren. Einmal mehr war es an ihr, den Esstisch so herzurichten, wie es ihr Mann verlangte. Widerwillig erhob sie sich und ging in die Küche, um sich das Tablett zu holen. Als sie den Flur erreichte, holte sie das Klingeln des Telefons aus ihrem Selbstmitleid. Zögerlich brachte sie das Tablett zurück in die Küche. Sie hoffte inständig, das Telefon würde schnell Ruhe geben. Da dies nicht der Fall war, kehrte sie in den Flur zurück und nahm lustlos den Hörer ab.

»Hier spricht Petra Schmalbach.«

»Hallo Petra … ich hoffe, ich störe nicht … Klaus am Apparat.«

»Na ja … was soll ich sagen, Klaus?«

Klaus konnte durchs Telefon merken, dass es Petra nicht besonders ging und er verfluchte sich. »Ich würde gerne mit Lukas sprechen, wenn das möglich ist«, lenkte er ab, da er nicht wusste, was er Petra sagen sollte.

Bei Petra machte sich sofort eine gewisse Anspannung bemerkbar. »Was möchtest du denn von Lukas?«

»Ich würde ihn gerne sprechen.«

»Ja, aber warum?«, wollte Petra wissen.

Da er Petra dazu eigentlich nichts sagen wollte, kam Klaus ins Schwitzen. Er wusste nicht, was er machen sollte. Doch es half nichts. Letztendlich kam er an Petra nicht vorbei, wenn er ihr nichts sagen würde. »Petra … ich möchte mich aufgrund deiner Situation mit Lukas treffen.«

Etwas Ähnliches hatte Petra befürchtet. Sie war überhaupt nicht damit einverstanden, dass Klaus wieder einen Versuch unternahm, sich einzumischen. »Klaus, ganz ehrlich … ich weiß das wirklich zu schätzen … aber ich halte das für keine gute Idee.«

Klaus war sofort klar, dass sein sogenannter Versuch gescheitert war. Er nahm den Hörer vom Ohr, indem er seinen Arm sinken ließ, und schaute sich kurz um. Er nahm den Hörer wieder an sein Ohr. »Petra … wir machen uns große Sorgen um deine Gesundheit. Deshalb möchte ich gerne mit Lukas sprechen, um an sein Gewissen zu appellieren.«

»Wie gesagt, Klaus … ich kann das nicht gutheißen …«

Klaus wollte das nicht hören. Gleichzeitig wurde ihm klar, wie aussichtslos jedes weitere Wort war. »Vielleicht kannst du dich ja wenigstens dazu durchringen, Lukas über meinen Anruf zu informieren.«

»Ich glaube nicht. Bis dann, Klaus.«

Petra hatte aufgelegt.

Klaus wusste nicht, wo er sich hinpacken sollte. Er verspürte den kaum zu bändigenden Wunsch, den Telefonhörer an die Wand zu schmeißen. Er schrie. Einmal. Er schrie ein zweites Mal. Er kannte sich selbst nicht mehr. Sybille stand vor ihm. Er sah Sybille an, während sie ihn anblickte. Klaus schüttelte seinen Kopf. Er hob seinen Arm und fixierte den Hörer. Schließlich stellte er ihn wie in Zeitlupe in die Station und schaute wieder Sybille an.

»Was ist passiert?«, fragte sie und berührte Klaus am Arm.

Klaus brauchte eine Weile.

»Ich hatte Petra am Telefon. Ich konnte nicht mit Lukas sprechen. Das ist passiert.«

Langsam setzte sich Klaus in Bewegung und ließ Sybille, die ihm ungläubig hinterherschaute, an Ort und Stelle stehen.

»Klaus!«

Klaus verließ den Flur und ging ins Wohnzimmer.

»Klaus, ist alles in Ordnung?« Sybille war kaum in der Lage, Klaus' Verhalten auszuhalten.

Während für seine Frau und Familie Prange die Gegenwart mehr und mehr zu einem Alptraum wurde, lief Lukas mit zunehmender Begeisterung durch den sauerstoffreichen Stadtwald. Es störte ihn nicht, auf einer Finnbahn zu laufen, die nicht mehr im besten Zustand war. Der Regen war abgeklungen und die Luft war nicht nur äußerst sauerstoffhaltig, sondern gleichzeitig durch den Regen wunderbar reingewaschen. Zudem waren nur sehr wenige andere Personen auf der Finnbahn unterwegs, sodass er fast ungestört seine Bahnen ziehen konnte.

Lukas befand sich inzwischen in seiner vierten Runde auf der gut anderthalb Kilometer langen Laufstrecke und war ausnehmend froh, im Stadtwald zu sein und nicht zu Hause bei seiner Frau und seinen Kindern. Hier, beim Laufen, konnte er sich wunderbar ablenken.

Er verließ gerade einen von großen Laubbäumen überdachten Abschnitt und kam auf einen Grünstreifen, der ihm freie Sicht nach links und rechts gewährte. Die Sonne hatte sich Lücken in den Wolken gesucht und welche gefunden. Lukas wurde warm und er war froh, nach wenigen Schritten wieder in den Wald hineinlaufen zu können.

Seine Augen mussten sich kurz an die neuen Lichtverhältnisse gewöhnen. Und dann sah er ihn: einen anderen Jogger. Sehr weit vor ihm. Es waren sicherlich an die hundert Meter. Lukas spornte das an, schneller zu laufen. Er schaute auf seine Uhr und erkannte, dass noch was gehen musste. Also erhöhte er seine Schrittfrequenz und wenig später auch seine Schrittweite.

Meter um Meter brachte er sich näher an den anderen heran. Bald würde er dessen Atem hören können. Zehn Meter … neun Meter … acht Meter … Lukas zählte weiter die Meter runter … sechs Meter … fünf Meter … seine Lunge meldete sich … drei Meter … zwei Meter. Lukas fieberte seinem Überholvorgang entgegen. Zwei Meter … zwei Meter … gleich war es so weit. Zwei Meter … zwei Meter … drei Meter … drei Meter … vier Meter … der andere wurde schneller … fünf Meter, sechs Meter … das konnte nicht sein … acht Meter … neun Meter … zehn Meter … zwölf Meter.

Der andere entfernte sich weiter und weiter.

Lukas versuchte, dem anderen zu folgen. Doch er bekam nicht genügend Luft.

Der andere lief in eine Baumgruppe hinein und verschwand im Dickicht.

Das durfte nicht sein.

»Dieses Arschloch«, dachte Lukas. Er lief einige Meter weiter. Doch es war aussichtslos. Notgedrungen reduzierte er seine Schrittzahl. »Dieses verdammte Arschloch«, fluchte er innerlich und verließ nach wenigen zusätzlichen Schritten die Finnbahn. Schließlich trudelte er auf dem parallel verlaufenden Fußweg aus. Vorsichtig sah er sich um, ob jemand in der Nähe war und diesen Vorgang beobachtet hatte – scheinbar nicht.

Das Mittagessen war für heute gestrichen. Noch immer saßen Martina, Solveig und Harald beim Frühstück.

Martina bedauerte sehr, Lasse nicht dabei zu haben. Sie wünschte sich so sehr, Lasse und Harald hätten ein entspanntes Verhältnis miteinander. Doch scheinbar war mittlerweile nicht nur Lasse dazu nicht mehr in der Lage.

Harald war mit sich ganz zufrieden. Er hatte sich durchgerungen, eine Entscheidung zu treffen, und war zum Bäcker gefahren – mit dem Fahrrad. Jetzt saß er mit seinen beiden Frauen immer noch im Esszimmer und erfreute sich daran, keine Eile zu haben. Endlich konnte er sich einmal entspannen. Demzufolge war er optimistisch, seine Symptome vollends los zu sein. Das hatte wahrscheinlich auch damit zu tun, nicht mit seinem Sohn konfrontiert zu sein. Dessen war sich Harald durchaus bewusst. Er schaute Martina und Solveig an und befand, die Ähnlichkeit der beiden war frappierend. Harald war froh, die beiden in seiner Nähe zu haben.

In diesem Moment griff Martina nach der Warmhaltekanne; ganz offensichtlich, um sich noch einen Kaffee einzuschenken.

»Leider alle … soll ich noch einen machen?«, bot Harald seine Hilfe an.

Martina sah Harald an, die Kanne bereits in der Hand haltend. »Ich weiß nicht recht … ist denn noch Zeit für einen Kaffee, oder haben wir was vor?«, fragte Martina, und stellte die Kanne wieder an ihren Platz.

Die drei schauten sich an und Solveig sagte: »Ich bin nachher, so gegen halb vier, mit Geraldine verabredet.«

»Geraldine? … ein außergewöhnlicher Name … kenne ich die junge Dame?«, zeigte sich Harald ungewöhnlich neugierig.

Solveig war ebenso überrascht wie ihre Mutter. »Papa. Geraldine solltest du eigentlich kennen … du hast sie mindestens schon dreimal gesehen, als sie bei uns war.«

Martina schaute Harald mit gerunzelter Stirn an, gab allerdings keinen Ton von sich.

Harald ärgerte sich ein wenig über sich selbst. »Ist sie diejenige mit den roten Haaren?«, wagte er zu raten.

»Das ist richtig. Sie ist, das sei noch mal eben erwähnt, meine beste Freundin. So, jetzt weißt du es.«

»Alles klar. Danke! Und wo trefft ihr euch?«

Martina fragte sich, was ihr Mann da machte. Wollte er jetzt den interessierten Vater spielen, oder war er tatsächlich interessiert? Sie war sich nicht sicher.

»Ich fahre zu ihr. Wir wollen ein bisschen chillen.«

»Ihr wollt chillen?«

»Papa! … ja … chillen! … abhängen und quatschen.«

»Ah, ich verstehe.« Harald wunderte sich über sich selbst und zog es vor, das Thema zu wechseln, da es ihm nicht mehr so ganz geheuer war. »Dann ist noch Zeit für einen Kaffee – denke ich.« Er lächelte die beiden im Wechsel an und schob seinen Stuhl zurück. Er griff zur Kanne, nahm sie vom Tisch und war sich der Beobachtung seiner Tochter und seiner Ehefrau gewiss. Unter den skeptischen Augen seiner fast vollständigen Familie erhob er sich und ging schnellen Fußes quer durch das Wohnzimmer und verschwand im Flur.

Nach dem desolaten Telefonat mit Petra brauchte Klaus eine halbe Ewigkeit, um mit seinen diversen Gefühlen dahingehend umzugehen, seine Frau nicht zu lange hängen zu lassen.

Sybille war ihrem Mann ins Wohnzimmer gefolgt und völlig überfordert, da sie ihren Mann so noch nicht erlebt hatte. Sie hatte sich nach einer Weile entschieden, in die Küche zurückzukehren und erst einmal einen Kaffee zu machen, den sie Klaus dann auf den Couchtisch gestellt hatte. Anschließend hatte sie sich auf den Sessel gesetzt und darauf gewartet, dass Klaus wieder zu sich kam. Da Sybille noch keine Informationen zum Verlauf des Telefonats hatte, versuchte sie, sich zu beruhigen. Selbstverständlich hatte sie auch sich selbst einen Kaffee eingeschenkt. Ihre Tasse hielt sie in ihren beiden Händen und nahm hin und wieder einen Schluck.

»Ist der eigentlich nicht klar, wie schwer es für mich war, bei ihnen anzurufen?«, fragte Klaus völlig überraschend.

Bei Sybille löste Klaus' Frage eine ziemliche Verwirrung aus, da die Antwort auf der Hand lag. Petra war mit sich selbst beschäftigt und hatte gleichzeitig eine Heidenangst vor ihrem Mann. Dadurch konnte sie sich mit ihren Mitmenschen nicht beschäftigen. »Klaus …«, sprach Sybille ihren Mann vorsichtig an.

Missmutig nahm Klaus seine Ehefrau in den Blick.

»Darf ich etwas sagen?«, fragte sie ihn und wartete auf ein Zeichen.

Klaus war bedient. Er hatte seinen gesamten Mut zusammengenommen, damit er sein Vorhaben in die Tat umsetzen konnte. Und dann das. Er trank einen Schluck. »Erst einmal vielen Dank für den Kaffee … eine gute Idee …«, lies er Sybille wissen, um die Atmosphäre zwischen ihnen ein wenig zu beschwichtigen. »… Und selbstverständlich darfst du etwas sagen. Nur zu!«

Sybille hatte ihre Zweifel. Klaus wirkte auf sie ungehalten und das machte es ihr nicht leicht. »Ich bin mir ziemlich sicher, dass Petras ablehnende Haltung nichts mit dir zu tun hat. Sie ist schlichtweg in einer fürchterlichen Lage und hat Angst davor, ihr Mann könnte wieder zuschlagen. Ich weiß, das klingt wenig logisch. Denn dann müsste sie doch eigentlich umso mehr ein Interesse daran haben, Lukas loszuwerden; und sei es nur dadurch, dass er in ein Hotel oder dergleichen zieht.«

»Richtig, Sybille. Das klingt nicht nur nicht logisch, sondern es ist für mich gleichzeitig nicht nachvollziehbar. Wir machen uns hier seit Tagen einen Kopf und überlegen hin und her … das müssen wir doch gar nicht machen. Und dann wimmelt sie mich am Telefon ab. Wie ein Schuljunge kam ich mir vor, dem man nicht gestattet, mit einem Freund zu sprechen … also ehrlich.«

Sybille verstand, warum Klaus für seine Verhältnisse ziemlich ärgerlich war. Er wollte etwas tun und konnte nicht. Sie selbst war ebenfalls nicht begeistert, da Petra aus ihrer Sicht einen Fehler machte. Im Nachhinein war es allerdings auch ein Fehler, Lukas über Festnetz erreichen zu wollen. Nur wollte sie Klaus in diesem Moment nicht zusätzlich ärgern. »Ich kann deinen Ärger verstehen, Klaus. Wir sollten daraus etwas lernen; nämlich, dass bei einem Anruf über Festnetz immer die Gefahr besteht, Petra am Telefon zu haben. Ich habe mit ihr telefoniert und bin mächtig aufgelaufen. Du hast ebenfalls eine frustrierende Erfahrung mit Petra gemacht. Da können wir erst mal nichts weiter machen.«

Klaus nahm einen weiteren Schluck von seinem Kaffee und stellte die Tasse weg. »Ja, frustrierend ist das auch. Und ich bin auch ziemlich müde, mich fast ohne Unterbrechung mit Lukas und Petra zu beschäftigen. Mir ist jetzt endgültig der ›Spaß‹ abhandengekommen. Dieser Schwebezustand, gepaart mit unserer ständigen Sorge um Petras Gesundheit, ist echt zermürbend.«

Sybille ging es ähnlich. Viel Lust, sich mit den beiden zu beschäftigen, verspürte sie im Moment auch nicht mehr. Es blieben ihre Ohnmacht und ihre Hilflosigkeit, sowie der Mangel an Handlungsalternativen. Sie wusste nicht, ob Lukas privat ein Smartphone nutzte. Wenn dies der Fall war, blieb, ihn mobil anzurufen. Dann wäre die Chance, Lukas selbst an die ›Strippe‹ zu bekommen, deutlich höher. Doch Sybille traute sich nicht, diese Möglichkeit ins ›Spiel‹ zu bringen. Also saßen sie zunächst im Wohnzimmer und tranken ohne weitere Worte ihren Kaffee.

Nach einer Weile sagte Klaus: »Nochmals vielen Dank, für den Kaffee! Ich denke, ich werde mich mal ein wenig aufs Ohr hauen. Ich bin wirklich kaputt. Das war alles fürchterlich anstrengend und ich brauche mal eine Pause, denke ich.«

Sybille hatte vollstes Verständnis für ihren Mann. »Kein Problem. Ein wenig Schlaf kann Wunder wirken. Dann können wir den Kartoffelsalat ja heute Abend essen. Wenn er länger durchziehen kann, wird er sicherlich noch einmal besser schmecken.«

»Oh ja«, konnte Klaus noch sagen. Er lächelte müde, leerte seine Tasse und erhob sich vom Sofa. »Ich denke, es wäre gut, wenn du mich nach ungefähr einer Stunde wecken würdest«, sagte er im Gehen und verließ, ohne sich noch einmal umzuschauen, das Wohnzimmer. Sybille blieb traurig und nachdenklich zurück.

Es war bereits kurz nach drei Uhr und Sybille musste Klaus bald wecken, wollte sie seinem Wunsch entsprechen. Doch sie zögerte, denn sie hatte den Eindruck, Klaus war erheblich mehr belastet und angestrengt, als er sich ihr gegenüber den Anschein geben wollte.

Da sich der Himmel aufgeklart hatte und seit geraumer Zeit ein milchiges Blau zeigte, saß sie momentan im Garten und versuchte, sich zu entspannen. Natürlich war es alles andere als ein Vergnügen, nur wenig Einfluss nehmen zu können. Doch sagte sie sich auch, dass dies eben manchmal zum Leben dazugehörte. Gleichzeitig gab es auch andere Menschen, mit denen sie sich beschäftigen konnte. Und ihr fiel auf, lange nicht mit ihren Eltern gesprochen zu haben. Also holte sie sich das Telefon und wählte die Nummer, während sie sich wieder auf ihrem Gartenstuhl niederließ. Nach dreimaligem Klingeln kam sie durch.

»Neudecker.«

»Hallo Mama … Sybille ist hier.«

»Sybille? Ist was passiert?«

Sybille schmunzelte. »Mama, ich freue mich auch … und nein, es ist nichts passiert.«

»Und warum rufst du an?«

»Mir ist aufgefallen, dass wir einige Zeit nicht gesprochen haben. Also dachte ich, ich rufe mal durch, um zu hören, wie es euch denn so geht.«

»Wie es uns geht? Och … uns geht es soweit ganz gut … das Übliche. Dein Vater hat mit seinen Knien zu tun. Und ich … die üblichen Maleschen. Heute merke ich meinen Rücken weniger, als dies normalerweise der Fall ist.«

Sybille hatte vergessen, wie Gespräche mit ihrer Mutter oftmals abliefen. Sie bereute ein wenig, bei ihren Eltern angerufen zu haben. Sie wusste nicht, was sie sagen sollte und wartete ab, ob ihre Mutter noch etwas zu berichten hatte.

»Da fällt mir ein. Dein Bruder war gestern bei uns zum Kaffee.«

Sybille war erstaunt, dass ihr Bruder sich bei ihren Eltern blicken ließ. Das hatte doch hoffentlich nicht zu bedeuten, dass er mal wieder Geld brauchte.

»Und was wollte er?«

»Er wollte uns einfach mal besuchen«, wurde Sybilles Mutter ein wenig schnippisch.

»Er wollte euch besuchen … war Regina denn auch dabei?«

»Regina? … Nein! … Regina war nicht dabei. Wie kommst du da drauf?«, wollte Sybilles Mutter nach kurzem Zögern wissen.

Sybille merkte, wie sich das Gespräch in eine unerquickliche Richtung zu entwickeln schien, als sie ein Geräusch hörte. Die Terrassentür ging auf und Klaus trat durch die Tür.

»Nur so. Ich dachte, es wäre doch schön, wenn ihr Regina mal wieder zu Gesicht bekämt«, redete sie sich heraus und beobachtete Klaus, der sich zu ihr setzte. Sie hielt das Mikrofon des Telefons zu und gab ihm mit den Worten ›meine Mutter‹ einen Hinweis. Klaus nickte und verzog ein wenig seine Augenbrauen.

»Ja, das wäre schon schön«, gab ihre Mutter zu.

Sybille merkte den Drang, das Telefonat zu beenden. »Alles klar, Mama. Also geht es euch im Großen und Ganzen ganz gut, oder?«

»Ja, Sybille. So ist es.«

»Na gut, Mama. Dann will ich auch nicht weiter stören. Ich wünsche euch noch einen schönen Sonntag. Grüß Papa von mir!«

»Ja, das mache ich. Bis dann. Tschüss.«

»Tschüss, Mama. Bis bald.« Sybille legte auf. Sie holte tief Luft und atmete mit einem ›Puh‹ wieder aus. »Geschafft.«

»So schlimm?«, fragte Klaus.

»Ich habe vergessen, wie unerquicklich die Gespräche mit meiner Mutter sein können. Es geht immer nur um ihre körperlichen Probleme, die natürlich auch immer dieselben sind. Einfach langweilig …«, sagte Sybille, »… Und traurig … und du? Konntest du ein wenig schlafen?«

»Aber nur ein wenig …«, musste Klaus zugeben. »So richtig abschalten konnte ich nicht … das geht mir wohl alles doch zu nah. Geht es deinen Eltern denn gut?«

»Scheinbar ja. Zumindest habe ich nichts anderes erfahren. Nur, dass mein Bruder gestern bei ihnen war … ich denke, der wollte wieder Geld haben – das Übliche.«

Klaus nickte wissend und kam dann auf ihre Situation zurück. »Ich habe nachgedacht. Ich denke, ich werde Lukas eine E-Mail schreiben. Dann kann ich jedenfalls sicher sein, dass ich nicht ausgebremst werde. Ich werde ihn auch nicht um ein Treffen bitten, sondern ihn mit der Nachricht dazu auffordern, auszuziehen, sich eine Pension zu nehmen. Zusätzlich kann ich ihm noch sagen, dass ich für ein Gespräch immer bereit bin. Mehr kann ich momentan nicht tun, denke ich.«

Sybille war sich sicher, dass Klaus gar nicht geschlafen hatte und machte sich Sorgen um ihn. »Geschlafen hast du wohl eher gar nicht – so scheint es mir.«

»Ein bisschen gedöst habe ich. Schlafen würde ich das nicht nennen«, klagte Klaus.

»Wieso rufst du Lukas nicht mobil an?«, fragte Sybille.

»Mhm … tja, das hatte ich gar nicht auf dem Zettel. Ist die mobile Nummer von Lukas denn im Telefon gespeichert?«

»Hast du die nicht auf deinem Computer?«, wunderte sich Sybille.

»Auf meinem Computer?«, fragte Klaus erstaunt.

»Ja, wieso nicht?«

Klaus hatte keine Argumente, war sich allerdings ziemlich sicher, die mobile Nummer von Lukas nicht auf seinem PC gespeichert zu haben. »Ich kann nachschauen … vorher werfe ich aber einen Blick in das Telefonbuch im Telefon.« Klaus stand direkt auf und ging ins Haus und nahm das Telefon aus der Halterung. Im Telefon waren nur wenige Einträge gespeichert. Er fand zwar einen Eintrag von Lukas, allerdings keine Mobilnummer.

Er ging zurück Richtung Terrasse und schaute durch die Terrassentür. »Im Telefon ist nichts gespeichert …«, rief er Sybille zu, »… Ich schaue im Computer nach.«

Sybille nickte kurz.

Klaus ging durchs Wohnzimmer, den Flur und die Treppe hinauf. Im Arbeitszimmer ließ er seinen Rechner hochfahren und merkte dabei leichte Unzufriedenheit, weil er sich fast sicher war, dort keine Mobilnummer finden zu können. Im Adressbuch des E-Mail-Programms fand er recht schnell den Eintrag für Lukas. Doch auch da war, neben der E-Mail-

Adresse, nur der Festnetzanschluss vermerkt. »Wieso habe ich eigentlich keine Mobilnummer von Lukas gespeichert?«, fragte er sich etwas ungehalten. Es blieb also tatsächlich nur, Lukas eine E-Mail zukommen zu lassen. Klaus ließ den Rechner deshalb an. Er fluchte innerlich ein wenig, während er die Treppe hinunterging, denn er hätte sich den Aufwand sparen können.

Als er die Terrasse erreichte und Sybille ihn sah, warf er seine Hände nach oben und ließ sie an seine Seiten fallen. »Keine Mobilnummer«, sagte er und setzte sich erschöpft hin.

»Tja, dann also eine E-Mail?«

»Ja, die E-Mail-Adresse ist auf meinem Rechner gespeichert. Ich muss die heute noch schreiben und abschicken. Sonst drehe ich am Ende noch durch. Vorher könnte ich noch einen Kaffee vertragen. Soll ich einen machen?«

»Das würde ich ziemlich gut finden.«

Die Finnbahn war für Lukas von jetzt auf gleich nicht mehr attraktiv. Er überlegte, ob er darauf warten sollte, bis er an dieser Stelle wieder auf seinen ›Peiniger‹ traf. Doch einerseits war es nicht gewiss, dass dieser noch eine weitere Runde lief. Andererseits konnte er dem anderen ja keine reinhauen. Lukas ging also strammen Schrittes den Weg entlang der Finnbahn zurück zum Startpunkt und überquerte dann an der nächsten Ampel die Parkallee, um heim zu gehen. Nach unzähligen Minuten erreichte er die Haustür und schloss diese mit mächtig Wut im Bauch auf. Ohne Zögern hastete er die Treppe hinauf ins Schlafzimmer und warf seine Klamotten in die Ecke. Nachdem er sich frisches Unterzeug aus dem Schrank gefischt hatte, eilte er ins Bad und riegelte ab. Er wollte auf keinen Fall gestört werden.

Derweil war Petra damit beschäftigt, den neuerlichen Anruf von Klaus zu verarbeiten. Was bildete sich der Kerl nur ein, sich in ihr Leben einmischen zu wollen. Dazu hatte er überhaupt kein Recht. Über diese ganzen Vorgänge konnte sie wieder mit keinem Menschen reden. Sie konnte doch Lukas nicht sagen, dass Klaus schon wieder angerufen hatte. In ihr stieg eine unbändige Wut auf, die sie nicht kannte. Lydia konnte sie nicht ansprechen und Peer schon mal gar nicht. Der himmelte seinen Vater an, obwohl er ein Schläger war. Sie war auf sich allein gestellt und hatte keine Idee, was sie mit ihrer Zeit anfangen sollte.

Sie saß in diesem Wohnzimmer und hätte am liebsten den ganzen Scheiß vor die Tür geworfen. Doch was dann folgen würde, konnte sich Petra in etwa ausmalen. Sie wunderte sich auch ein wenig darüber, dass Lukas noch nicht wieder aufgetaucht war. Es musste etwas Unvorhersehbares vorgefallen sein. Die dreiviertel Stunde war lange vorbei. Petra wurde unruhig und es zog sie vom Sofa. Sie wunderte sich über den Sonnenschein im Garten. Hatte es heute Morgen nicht geregnet? Petra verließ das Wohnzimmer und ging an den Fuß der Treppe im Flur. Sie konnte nichts hören. Dennoch hatte sie ein undefinierbares Gefühl, dass Lukas im Haus war. Sie ging leise die Treppe hinauf und horchte. Hörte sie etwas aus dem Bad? Sie näherte sich der Tür und lauschte intensiv. Da lief eindeutig die Dusche. Petra klopfte an Lydias Tür. Keine Antwort. Sie erfasste die Türklinke und drückte sie nach unten. Abgeschlossen. Sie machte dasselbe mit Peers Türklinke. Die Tür ging auf und sie konnte Peer vor dem PC sehen – was sonst. Es musste sich also um Lukas handeln, der da im Bad duschte – ihr Gefühl hatte sie nicht getäuscht. Petra geriet in

Panik. Ihr wurde kalt und sie beeilte sich, das Stockwerk zu verlassen. Sie begab sich in die Küche und setzte Wasser für einen Tee auf. Sie musste sich beruhigen. Irgendetwas war passiert. Das spürte sie.

Lukas stand immer noch unter der Dusche und versuchte, klarzukommen. Er bekam dieses Jogger-Arschloch nicht aus dem Kopf. Schon lange hatte man ihn nicht mehr auf diese Weise vorgeführt. Er konnte sich innerlich nur bedanken, weil niemand davon Wind bekommen hatte. Seine Haut war schon ganz runzlig vom langen Duschen. Es wurde also Zeit, die Dusche zu verlassen. Schließlich konnte er sich nicht den Rest seines Lebens in der Dusche einigeln. Er drehte den Warmwasserhahn zu und gab sich dem Schmerz durch das kalte Wasser hin. Dabei biss er auf die Zähne, damit er nicht schreien konnte. Lukas stellte auch das kalte Wasser ab und griff aus der Dusche nach seinem Handtuch, welches er vorher auf der Heizung geparkt hatte. Er rubbelte seinen Kopf trocken, stieg aus der Duschkabine heraus und trocknete seinen restlichen Körper ab. Dann streifte er sich schnell sein frisches T-Shirt über und zog sich ungeduldig seine frische Unterhose an. Kurz die Haare in Form gebracht, wanderte er ins Schlafzimmer hinüber und suchte sich legere Kleidung, die er anlegte. Dann fragte er sich doch einmal, was eigentlich mit seiner Familie war. Er ging die Treppe hinunter und dann ins Wohnzimmer. Als er weiter hineinging, konnte er Petra auf der Terrasse ausmachen.

Sie saß dort und bewegte sich nicht.

Er näherte sich der Terrassentür und konnte sehen, dass sie eine Tasse Tee neben sich stehen hatte – mal wieder ein Tee. In Lukas kochte wieder diese Wut hoch.

Er entschied sich dennoch, auf die Terrasse zu gehen und sich Petra zu nähern.

Petra bemerkte ihn und drehte sich nach ihm um. Ihr Blick ließ nicht erkennen, dass sie sich freute, ihn zu sehen.

Lukas wurde noch wütender. Er setzte sich auf die andere Seite des Tisches und wunderte sich darüber, wie warm es schon wieder war. »Was soll es heute zu essen geben?«, fragte er, um ein langes Schweigen zu vermeiden.

Petra brauchte lange, um ihm zu antworten, denn eigentlich hatte sie überhaupt keine Lust, auf diese Frage einzugehen. Sie wusste allerdings auch, es könnte gefährlich sein, die Frage nicht zu beantworten. »Ich habe Frikadellen mit Pommes und dazu Salat vorgesehen.«

Frikadellen hatten sie tatsächlich lange nicht gegessen, sodass Lukas recht zufrieden mit Petras Planung war. »Das hört sich gut an. Ich freue mich schon sehr darauf. Was hast du so gemacht?«

»Nichts Besonderes.«

»Konntest du dich mit Lydia aussprechen?«

Petra war sofort hellwach, denn es irritierte sie, von Lukas diese Frage serviert zu bekommen. »Nein! Wir haben kein Wort gesprochen. Und du? Wie war das Joggen?«

»Wie immer. War schöne Luft im Bürgerpark.«

»Das freut mich.« Petra drehte sich zum Tisch, um sich den Tee zu nehmen, und traf auf Lukas' Blick, der ihr ziemlich merkwürdig vorkam. Sie führte die Tasse zu ihrem Mund und trank. Nachdem sie die Tasse wieder weggestellt hatte, sagte sie: »Ich werde mich gleich mal in die Küche begeben und mit den Vorbereitungen für das Essen beginnen. Hast du bezüglich des Salates noch was zu sagen?«

»Mit Schafskäse wäre gut – wenn noch welcher da ist.«

»Ist gut.« Petra konnte nicht mehr in der Nähe dieses Menschen bleiben. Sie stand auf, nahm ihre Tasse, die noch halb voll war, und ging mit schnurgeradem Blick zur Terrassentür, verließ die Terrasse und zog die Tür hinter sich zu.

Sonntag, der 20.08.2017, abends

Klaus hatte noch eine Kanne Kaffee aufgebrüht und diese mit ein paar Keksen im Wohnzimmer serviert. Ihm wurde dabei bewusst, dass er mit seinen Eltern ebenfalls schon eine Ewigkeit nicht mehr telefoniert hatte – von einem Besuch ganz zu schweigen. Er nahm sich vor, Sybille und sich selbst dort so bald als möglich für einen Besuch anzukündigen.

Sie sprachen über dies und das, vermieden das leidige Thema. Als sie die Kanne Kaffee geleert und die Kekse verzehrt hatten, sagte Klaus: »So! Ich werde jetzt nach oben gehen und dann meine Nachricht an Lukas schreiben. Ich hoffe, das ist dir recht.«

Für Sybille war es mehr als einleuchtend, warum Klaus nicht mehr länger warten wollte. Auch für sich selbst wünschte sie sich, dass Lukas von Klaus endlich eine klare Aufforderung zum Auszug bekam.

»Selbstverständlich. Es ist für uns beide gut, wenn du die E-Mail jetzt schreibst und abschickst, denke ich«

»Gut. Also dann.« Klaus stand auf. »Soll ich das noch abräumen?«

»Nein. Schon gut. Ich mache das. Gutes Gelingen«, gab sie Klaus endgültig grünes Licht.

Klaus machte auf dem Absatz kehrt und beeilte sich, nach oben an seinen PC zu kommen. Er weckte seinen Computer auf. Anschließend gab er seinem E-Mail-Programm den Befehl, zu starten. Er schaute in seine Kontaktliste und war erleichtert, als er auch eine *private* E-Mail-Adresse fand.

Nach einem kurzen Innehalten begann er zu schreiben. Nach mehrfachem Überarbeiten schrieb Klaus an Lukas:

Lieber Lukas,

wahrscheinlich ist dir nicht klar, wie sehr mich dein Geständnis vom vorletzten Freitag immer noch beschäftigt. Da ich dich heute telefonisch nicht erreichen konnte, schreibe ich dir jetzt diese Nachricht mit einem konkreten Anliegen.

Wie du hoffentlich mitbekommen hast, machen wir uns Sorgen. Wir machen uns große Sorgen, dass du erneut zuschlagen könntest. Demzufolge machen wir uns auch große Sorgen um Petras Gesundheit.

Als dein Freund wähle ich diesen Weg, dich nochmals an deine Verantwortung zu erinnern. Du bist als der Ehemann von Petra dafür verantwortlich, dass sie keinen körperlichen und psychischen Schaden nimmt.

Es ist also jetzt dringend geboten, dass du alles unternimmst, das Risiko eines erneuten Übergriffs durch dich so klein wie möglich zu halten.

Deshalb möchte ich als dein Freund dich als mein Freund dringend dazu auffordern, für den Moment aus eurem gemeinsamen Haus auszuziehen, und in eine Pension oder ein Hotel zu ziehen.

192

Du magst meine Nachricht für vorlaut und anmaßend halten. Das sei dir zugestanden. Und es ist meine Aufgabe als dein Freund, dir zu sagen, was ich zu sagen habe. Dazu sind Freunde nun einmal da.

Solltest du irgendwann den Wunsch haben, dich mit jemandem auszutauschen, sei gewiss, dass ich dir jederzeit zur Verfügung stehe.

Lieber Lukas,

bedenke meine Nachricht und handle weise!

Dein Freund Klaus

Klaus las sich seine Worte mehrmals durch und war mit dem Ergebnis zufrieden. Er dachte darüber nach, die E-Mail Sybille zum Lesen zu zeigen, doch letztendlich sah er davon ab. Nachdem er seine Nachricht ein letztes Mal langsam und gewissenhaft durchgelesen hatte, löste er mit der Maus das Versenden aus.

Nun lag es also an Lukas, ob er die E-Mail zur Kenntnis nahm und Klaus' Aufforderung folgte. Klaus konnte jetzt nur noch hoffen. Er wartete einen Moment ab, ob es in irgendeiner Form eine Fehlermeldung gab, die bedeuten konnte, dass seine E-Mail nicht ankam. Zu seiner Erleichterung war dies nicht der Fall. Er beendete das E-Mail-Programm und gab seinem PC zu verstehen, herunterzufahren. Als der PC sich ausgeschaltet hatte, verließ Klaus zufrieden das Arbeitszimmer und ging hinunter ins Erdgeschoss.

Martina saß im Wohnzimmer auf dem Sofa und wartete auf Harald. Sie wollte ihn dazu anhalten, möglichst einen Arzt aufzusuchen und sich krankschreiben zu lassen. Sie war sich sicher, Harald benötigte dringend eine Auszeit von seiner Sechzig-Stunden-Woche. Ihr war klar, dass Harald den Zusammenhang mit Lukas' Geständnis nicht sehen wollte – vielleicht konnte er auch nicht.

Harald saß oben im Arbeitszimmer. Er wollte, sehr zu ihrem Bedauern, seine E-Mails checken.

Martina sah nicht ein, warum dies an einem Sonntag nötig war. Sie hatte sich entschieden, an diesem Abend nicht zu kochen. Wieder den halben Abend in der Küche zu stehen, kam für sie nicht infrage. Wenn es gewünscht war, konnte sie noch eine Pizza oder Pommes in den Ofen schieben.

Sie dachte mit einem Lächeln an ihr Zusammensitzen mit Solveig und Harald. Erst am frühen Nachmittag hatten sie die Frühstückstafel aufgelöst.

Solveig war nicht da, denn sie war gemäß ihrer Ankündigung gegen drei Uhr mit dem Fahrrad losgefahren, um ihre Freundin zu besuchen. Lasse hatte sich zu ihrem Bedauern nicht blicken lassen. Harald hatte ihr beim Abräumen des Esstisches geholfen. Sie konnte kaum sagen, wann Harald sich das letzte Mal im Haushalt eingebracht hatte; mit der einen Ausnahme vor einiger Zeit. Es waren halt eben diese kleinen Gesten, die einem als Ehefrau zeigten, wie zugewandt der Ehemann ist.

Da ihr ein wenig langweilig war, schaltete sie die Stereoanlage an. Während sie eine CD einwarf, wurde ihr gewahr, wie lange sie schon keine Musik mehr gehört hatte. Sie nahm wieder auf dem Sofa Platz und lauschte.

Das Debüt-Album von Lisa Stansfield löste in ihr immer noch, nach so vielen Jahren, eine gewisse Leichtigkeit aus. Ihr wurde schmerzlich bewusst, wie weit weg sie oft von diesem Gefühl war, und es beschlich sie eine Traurigkeit, die sie im Alltag oft beiseite schob. ›This is the right time‹, schallte es aus den Lautsprechern und Martina fasste neuen Mut.

»Du hörst Musik?« Harald war offensichtlich fertig mit seinen E-Mails.

»Ja … komisch, oder?«

Harald setzte sich zu Martina. »Komisch? … nein, finde ich nicht. Musik kann helfen, sich zu entspannen.«

Martina nahm die Vorlage gerne an. »Gut, dass du das sagst. Entspannung ist wirklich extrem wichtig und ich habe den Eindruck, du solltest dir mehr Entspannung und Erholung gönnen«, sagte sie, nachdem sie die Musik leise gestellt hatte.

Harald schaute Martina an und runzelte seine Stirn. »Wieso habe ich den Eindruck, du möchtest etwas von mir?«

»Wahrscheinlich, weil es so ist. Ich wünsche mir von dir, dass du zum Arzt gehst und dich krankschreiben lässt. Du bist erschöpft und völlig überarbeitet. Zu unser aller Leidwesen, wenn ich das mal so sagen darf.«

Martina erwischte Harald trotz seines richtigen Eindrucks komplett auf dem falschen Fuß. Er musste schlucken. »Ich soll zum Arzt gehen? … mich krankschreiben lassen?«

Martina nickte und schaute Harald eindringlich an.

Harald erwiderte zunächst ihren Blick, um dann einen Moment ins Leere zu schauen. »Das kommt überhaupt nicht infrage.«

»Warum nicht? Ich halte das für absolut notwendig. Ich wünsche mir für dich ein weniger fremdbestimmtes Leben.«

Harald bekam es mit der Angst zu tun. »Was soll das jetzt wieder heißen? Meine Arbeit ermöglicht mir doch genau das. Wir haben ein schönes Haus, müssen nicht jeden Cent umdrehen, können in den Urlaub fahren …«

»Das ist richtig, nur zu welchem Preis?«

Harald sprang auf und zeigte sich so, wie Martina ihn seit Monaten, nein, seit Jahren erlebte. »Nein! Auf keinen Fall. Mir geht es schon deutlich besser. Wir hatten heute ein entspanntes Frühstück … warum musst du das gleich wieder kaputtmachen?« Harald konnte nicht verstehen, warum Martina ihm seine Arbeit wegnehmen wollte. Er fuchtelte wild mit seinen Armen herum. »Ich habe einen verantwortungsvollen Job, der mir Spaß macht und mit dem ich etwas bewegen kann. Ich lasse mir das nicht kaputtmachen; auch nicht von dir.« Harald riss die Terrassentür auf und flüchtete in den Garten.

Martina war klar, es würde keinen Sinn machen, Harald weiterhin zu bedrängen. Nur eines nahm sie sich vor. Sie würde nicht aufgeben. Sie wünschte sich einen Ehemann, der nicht nur für die Arbeit lebte, sondern auch für seine Kinder, seine Ehefrau und seine Ehe; und ganz wichtig, für sich selbst.

Lukas hatte mit Argwohn zur Kenntnis genommen, auf welche Weise Petra ihn auf der Terrasse sitzen gelassen hatte. Für ihn war es eindeutig. Seine Frau wollte ihn loswerden und benutzte dafür auch seine Tochter. Er blieb noch einige Zeit auf der Terrasse und begab sich dann ins Wohnzimmer und dort aufs Sofa, nachdem er den Fernseher angeschaltet hatte. Er ließ den Fernseher, auf die Sportschau wartend, laufen. Schließlich war die Bundesliga wieder am Start. Bei dem ganzen Ärger mit seiner Tochter hatte er völlig verdrängt, dass Werder am Vortag in Hoffenheim gespielt hatte.

Leider musste er dann – einen Tag später – zur Kenntnis nehmen, dass Werder verloren hatte. Obwohl klar war, dass es in dieser Saison schwierig werden würde, regte ihn die Niederlage in Hoffenheim auf. Er verspürte Lust auf eine Zigarette und ging deshalb zur Schrankwand. In einer der Schubladen musste noch eine Schachtel sein.

Als er die Schublade öffnete, kam Lydia ins Wohnzimmer und war sichtlich erschrocken. Sie hatte nicht damit gerechnet, ihren Vater anzutreffen. »Papa. Was machst du denn hier?«

»Ich wohne hier«, antwortete Lukas sofort ungehalten.

»So meine ich das doch gar nicht.«

»Und wie meinst du es dann?«

Lydia haderte mit sich selbst. Sie hätte überhaupt nichts sagen sollen. Ihr Vater war ihr inzwischen sehr unangenehm und sie hatte keine Lust, ihm irgendetwas zu erklären. Deshalb blieb sie still und verließ das Wohnzimmer. Ihre Mutter würde sie sicherlich in der Küche finden. Ihr Ärger auf sie hatte sich ein wenig gelegt. Und sie wollte gerne wissen, wie es ihr jetzt ging.

Und so war es auch. Ihre Mutter war wie jeden Abend damit beschäftigt, dem Herrn des Hauses eine vernünftige Mahlzeit zum Abendessen zuzubereiten.

»Hallo Mama«, sagte Lydia, als sie in die Küche kam.

Petra blickte sich überrascht um und freute sich, ihre Tochter zu sehen. »Lydia!«

Lydia suchte sich einen Platz am Küchentisch und ließ sich auf einen der Stühle fallen. »Mal wieder kochen für den Herrn Papa?«, fragte sie zynisch.

»Lydia …«, flüsterte Petra, »… Er könnte dich hören.«

»Na und. Soll er doch!«

»Scheinbar bist du mir nicht mehr böse auf mich. Es tut mir leid. Ich weiß auch nicht, warum ich so neugierig war. Du bist schließlich schon erwachsen.«

»Nein, ich bin nicht mehr böse. Soll ich dir helfen?«

Petra freute sich über Lydias Angebot. »Das ist lieb von dir. Aber es geht schon …«

Lydia überraschte die Antwort ihrer Mutter kaum, denn in den letzten Jahren hatte sie einen wahren Kontrollwahn entwickelt. Lydia machte das gleichzeitig traurig. »Und dennoch könnte ich dir helfen, oder?«

Petra schaute ihre Tochter irritiert an. »Wenn du meinst … du könntest den Salat putzen und dann die Tomaten und den Schafskäse klein schneiden …«

»Mache ich …«, sagte Lydia. »Wo sind die Sachen? Im Kühlschrank?«

»Ja, richtig, es ist alles im Kühlschrank.«

Lydia verließ den Tisch und holte den Salat, den Schafskäse und die Tomaten nach und nach aus dem Kühlschrank. Dann wandte sie sich zunächst dem Salat zu. »Mama, ich glaube, ich habe dich das in letzter Zeit schon sehr oft gefragt … aber egal … wie geht es dir eigentlich?«

Petra stiegen Tränen in die Augen, aber vornehmlich, weil sie gerade mit den Zwiebeln für die Frikadellen herumhantierte. »Wie soll es mir schon gehen, Lydia? …«, fragte Petra und schaute sich erst nach der Küchentür um, bevor sie mit leiser Stimme weitersprach, »… Da Klaus und Harald Bescheid wissen, ist es für mich nicht leichter geworden.«

»Wie das?«, fragte Lydia weiter.

Petra war sich unsicher, ob sie Lydia von Klaus' Anruf erzählen sollte. Lukas durfte davon keinesfalls etwas erfahren. »Das ist so mein Eindruck in den letzten Tagen. Dein Vater scheint noch angespannter zu sein.«

»Ja, das stimmt wohl. Mein Ausflug ins Café Sand mit ihm endete alles andere als schön für mich. Papa macht mir richtig Angst.«

»Du hast ihn wirklich gefragt, ob er ins Hotel geht?«

Lydia nickte nur, während sie den Salat zupfte. Petra konnte noch immer nicht fassen, dass ihre Tochter den Mut für eine solch gewagte Frage aufgebracht hatte. »Ganz schön mutig«, sagte sie und gab die Zwiebelwürfel zum Hackfleisch.

»Aber auch nicht so klug, oder?«

Petra zuckte mit den Schultern, wahrend sie an den Kühlschrank ging, um ein Ei zu holen. »Weiß nicht. Ich hätte nichts dagegen.«

»Wogegen hättest du nichts?« Lukas stand in der Küchentür und schaute Petra und dann Lydia merkwürdig lächelnd an.

Petra und Lydia waren wie vor den Kopf gestoßen. Wieder hatte sich der Kerl angeschlichen. Petra fand schneller die Fassung wieder. »Ich hätte nichts dagegen, wenn Lydia den jungen Mann einmal einladen würde.«

»Habt ihr euch also wieder vertragen, ja?«

»Wir hatten uns gar nicht gestritten. Wir waren beide einfach ein wenig angestrengt.«

Lukas war sich sicher, einem Komplott ausgeliefert zu sein. Man wollte ihn loswerden, wobei dies für Lukas mit *ihm* nichts zu tun haben konnte. »Na gut … dann will ich euch nicht weiter stören …« Lukas verschwand so unauffällig wie er aufgetaucht war.

Petra und Lydia schauten sich entgeistert an und Lydia sagte: »Der tickt doch nicht mehr ganz richtig, oder?«

Petra konnte nicht widersprechen, war allerdings gleichzeitig angespannter als noch vor einer viertel Stunde.

Petra und Lydia hatten indessen keine Ahnung, womit Lukas beschäftigt war.

»Das Verhalten deines Vaters bestätigt wieder meinen Eindruck. Mit seinem Geständnis hat er uns allen keinen Gefallen getan«, sagte Petra und widmete ihre Aufmerksamkeit wieder dem Hackfleisch. Lydia begann kopfschüttelnd damit, die Tomaten kleinzuschneiden.

Verantwortung

Dienstag, der 22.08.2017, abends

»Äh … guten Abend, Herr Schmalbach … und herzlich willkommen … wir treffen uns heute zu Ihrem ersten Beratungstermin … Ich freue mich, Sie zu sehen … was bringen Sie heute mit?«

Im Erstgespräch hatte Herr Freimann auch davon gesprochen, wie die Beratungen ablaufen würden. Danach entschied Lukas grundsätzlich selbst, ob und worüber gesprochen wurde. Dennoch hatte Lukas eine solche Frage nicht erwartet. Was war das überhaupt für eine Frage? War das so 'n Berater-Ding? »Was bringen Sie heute mit?«, wiederholte Lukas gedanklich die Frage seines Beraters. Lukas zuckte mit den Schultern. »Wie meinen Sie das?«

»… Vielleicht sind Sie noch mit unserem letzten Gespräch beschäftigt oder mit etwas anderem.«

Lukas hatte nicht darüber nachgedacht, ob und wie er seinen ersten Beratungstermin für sich nutzen wollte oder sollte. Schließlich war er nicht freiwillig zu diesem Folgetermin erschienen, sondern nur, weil er sein Gesicht wahren wollte; und dies vornehmlich seinen Kumpels gegenüber. Es gefiel ihm ganz und gar nicht, dass Herr Freimann ihn unter Zugzwang setzen wollte. Er schaute an Herrn Freimann vorbei aus dem Fenster und schwieg.

»Sie schauen aus dem Fenster«, sagte Herr Freimann nach einigen Minuten.

Damit sprach er das Offensichtliche an. Lukas verstand nicht, was das sollte. »Das sehen Sie doch, oder?«

»Ja … das sehe ich und ich wundere mich. Sie schauen aus dem Fenster und Sie sagen nichts.« Herr Freimann beobachtete Lukas und ließ die Sekunden verstreichen.

Lukas bereute bereits zutiefst, hergefahren zu sein, und in diesem Raum zu sitzen. Er konnte nichts damit anfangen, dass Herr Freimann kaum etwas sagte und augenscheinlich nicht bereit war, seinen Job zu machen. Lukas wollte hören, wie es ihm aus dessen Sicht gelingen konnte, nicht mehr zuzuschlagen. Also entgegnete er nach ein paar Minuten: »Sie sind der Fachmann. Sagen *Sie* mir, wie ich nicht mehr zuschlage!«

Herr Freimann hörte Lukas' Aufforderung, nickte und ließ wieder einige Sekunden verstreichen. Dann sagte er: »Sie möchten, dass ich für Sie die Verantwortung übernehme. Doch dazu bin ich nicht in der Lage, denn Ihre Verantwortung liegt bei Ihnen.« Er wartete, ob Lukas etwas sagen würde, und ergänzte dann: »Sie haben die Verantwortung und sollten sich entscheiden, ob Sie diese übernehmen möchten.«

Während sich Lukas mit den Worten seines Beraters herumschlug, saßen Martina und Harald in ihrem Wohnzimmer und ließen irgendeine Vorabend-Serie an sich vorüberziehen.

Harald hatte sich nicht auf seine Arbeit konzentrieren können und war deshalb vorzeitig nach Hause aufgebrochen.

Beide waren auf ihre Weise mit dem gestrigen Gespräch in der Schule beschäftigt. Während Martina sich vornehmlich Sorgen um ihren Sohn machte, war Harald aufgrund der Unterstellungen, mit denen man ihn konfrontiert hatte, immer noch stocksauer.

Harald hatte im Vorfeld wenig Lust verspürt, sich mit der Schule, oder besser gesagt, mit Lehrern und Leuten vom Jugendamt zu beschäftigen.

Doch Martina hatte ihm in den Ohren gelegen, es würde schließlich auch um *seinen* Sohn gehen.

Also hatte er sich widerwillig pünktlich zum Termin in der Schule eingefunden, obwohl es nicht so einfach war, sich seiner Verpflichtungen durch die Arbeit zu entledigen. Der Termin hatte um sechzehn Uhr begonnen und tatsächlich fast eineinhalb Stunden gedauert.

Martina war indessen froh, dass Lasses Lehrer damit einverstanden war, wenn sich Lasse zur Wiedergutmachung seines gewalttätigen Verhaltens irgendwo in einer Einrichtung sozial engagieren würde. Dann wollte er von einer Anzeige absehen.

Die Schulleitung und auch das Jugendamt hatten dann allerdings Harald derart zugesetzt, dass er massiven Aufwand hatte betreiben müssen, um nicht völlig auszurasten. Sie hatten doch tatsächlich verlauten lassen, irgendetwas müsse bei ihnen zu Hause offensichtlich schieflaufen. Sie hätten absolut nicht damit gerechnet, dass sich Lasse derart vergessen würde. Besonders die Dame vom Jugendamt hatte darüber spekuliert, ob Lasse von Harald vielleicht auch mal geschlagen wurde.

Harald hatte dies selbstverständlich weit von sich gewiesen und von Martina nur insoweit Unterstützung bekommen, als sie das verneint, allerdings gleichzeitig eingeräumt hatte, das Verhältnis zwischen ihm und Lasse sei sehr belastet. Lasse war stumm wie ein Fisch geblieben, als man von ihm dazu etwas hören wollte. Am Ende des Gesprächs war die Schulleitung, auch durch den Einsatz Herr Oberreiters, doch noch bereit gewesen, Lasse eine Chance zu geben. Somit konnte er für den Moment weiterhin die Schule besuchen. Allerdings sollte er sich nicht nur in einer entsprechenden Einrichtung engagieren, sondern auch zu regelmäßigen Terminen beim Sozialarbeiter der Schule erscheinen.

Harald hatte Martina auf dem Nachhauseweg schwere Vorwürfe gemacht, während Lasse stillschweigend auf dem Rücksitz saß. Wie sie darauf käme, vor der Schulleitung und dem Jugendamt ihre Familien internen Angelegenheiten auszuplaudern, hatte Harald aufgebracht wissen wollen.

Martina hatte längst Haralds mangelnde Beziehung zu Lasse als eigentliche Ursache für dessen Verhalten ausgemacht.

Harald war sich hingegen sicher, dass Martina Lasse daran hinderte, ein richtiger Mann zu werden, weil sie ihm grundsätzlich die Verantwortung für sein Tun absprach.

Damit hatten sie keine gute Voraussetzung für ein weiterführendes Gespräch, zumal sie schon lange kaum miteinander reden konnten.

Martina erinnerte sich wieder an die Frage, die ihr Harald jüngst gestellt hatte und die sie kurzentschlossen mit einer Umarmung beantwortet hatte. Deshalb sagte sie: »Ich wünsche mir wie du, es wäre alles viel, viel einfacher … doch das scheint derzeit nicht der Fall zu sein … was können wir also tun? … Hast du nicht irgendeine Idee?«

Harald brauchte seine Zeit, um zu begreifen, dass Martina ihm eine Frage gestellt hatte. Denn aus seiner Sicht hörte er von ihr nur Zurechtweisungen und Vorwürfe. Er richtete sich auf dem Sofa auf und schaute Martina an, nachdem er den Fernseher ausgeschaltet hatte. »Habe ich dich richtig verstanden? Du fragst mich, ob ich eine Idee habe?«

Martina nickte. »Ja, das war meine Frage.« Sie schaute ihren Mann erwartungsvoll an, sodass Harald etwas unter Druck geriet.

Er hatte nur sehr wenig Übung darin, eine Frage seiner Ehefrau zu beantworten, wenn es um mehr zwischenmenschliche Belange ging. Er könnte ihr aus dem Stegreif zu allen möglichen technischen Fragestellungen eine Antwort geben. Doch jetzt ging es um etwas ganz anderes. Trotz aller Bedenken sagte er mit zitternder Stimme: »Nein! Eine Idee habe ich nicht. Ich weiß derzeit nur eines. Ich möchte, dass alles nicht mehr so kompliziert ist.«

Martina hatte einerseits nicht damit gerechnet, von Harald überhaupt eine annehmbare Antwort in einem erträglichen Tonfall zu erhalten. Die Art und Weise, wie Harald ihre Frage beantwortet hatte, machte sie zunächst sprachlos. Zugleich merkte sie, wie ihr warm ums Herz wurde, denn sie bekam zu ihrer Freude den Eindruck, endlich den Harald neben sich sitzen zu haben, in den sie sich vor vielen Jahren verliebt hatte.

Andererseits wurde ihr klar, dass sich für sie beide eine Chance auftat, ihr gemeinsames Leben in andere Bahnen zu lenken, und das machte sie nervös. Sie hatte die Hoffnung doch bereits begraben, jemals wieder mit Harald eine enge und entspannte Beziehung führen zu können.

Harald beäugte Martina und wusste nicht, wie er ihr Verhalten deuten sollte. Sie wirkte anders auf ihn, als er es aufgrund seiner eben gemachten Aussage erwartet hatte.

Sie sah ihn entspannt an. Und wenig später lächelte sie sogar. Harald rutschte auf seinem Platz hin und her, denn er hatte keine Idee. Und er hatte dieses merkwürdige Gefühl.

Als Martina und Harald mit ihren ›angenehmen‹ Gefühlen konfrontiert waren, hatte Lukas keine gute Zeit. Er schaute wieder aus dem Fenster und wünschte sich Herr Freimann zum Teufel. Immer dieses unmögliche Gebrabbel von Verantwortung. Wenn Petra ihn nicht immer wieder provozieren würde, müsste er erst gar nicht mit dieser ›Schlauwurst‹ in diesem Raum sitzen und sich zum Affen machen.

Herr Freimann merkte, wie es bei seinem Klienten arbeitete, und er konnte sehen, wie dieser mit seiner Beherrschung kämpfte. »Also Herr Schmalbach. Ich mache Ihnen folgenden Vorschlag. Ich möchte mit Ihnen gerne einen Blick auf Ihre aktuelle Situation werfen, wenn es Ihnen recht ist.«

Lukas war bereits voll und ganz in seinem Ärger aufgegangen, sodass er die Worte seines Gegenübers zunächst nicht wahrnahm.

»Herr Schmalbach … Herr Schmalbach! …« Herr Freimann war gezwungen, seinen Klienten noch lauter anzusprechen. »… Herr Schmalbach! … Lassen Sie uns einen Blick auf Ihre aktuelle Situation werfen!«

Lukas begriff nicht, wovon der Berater sprach und merkte wieder diesen Ärger aufsteigen. »Meine aktuelle Situation ist, dass ich hier bei Ihnen auf diesem Stuhl sitze und nicht weiß, was das alles soll.«

»Das heißt, Sie wissen nicht, warum Sie hier bei mir sind?«

Lukas konnte Herr Freimanns Begriffsstutzigkeit kaum ertragen. »Sie erzählen mir etwas von Verantwortung … Ich bin doch hier! … Bei Ihnen! … Sie sind der Fachmann!«, schrie Lukas und rührte mit den Armen herum.

»Ich kann Sie verstehen, Herr Schmalbach«, sagte Herr Freimann. »Sie wünschen sich eine schnelle Lösung. Und die soll *ich* Ihnen liefern. Doch so funktioniert das leider nicht. Von mir erhalten sie, wenn Sie das wünschen, Unterstützung dabei, Ihr Gewaltverhalten dauerhaft zu beenden. Sie schlagen Ihre Frau, weil Sie sich dazu entscheiden. Wenn Sie sich zukünftig dagegen entscheiden möchten, dann benötigen Sie eine klare Haltung gegen Gewalt. Nur … mir ist derzeit nicht klar, ob sie Gewalt tatsächlich ablehnen.«

Mit seiner Ausführung brachte es Herr Freimann fertig, dass Lukas der Atem stockte. So hatte mit ihm noch niemand gesprochen. Lukas wurde jedoch recht bald deutlich, wie wenig er sich darüber im Klaren war, ob er Gewalt vorbehaltlos ablehnte.

Einige Minuten vergingen, in denen die beiden Männer kein Wort sprachen.

Lukas hatte mit sich zu tun.

Herr Freimann unterbrach deshalb die Stille. »Ich möchte Ihnen noch einmal vorschlagen, dass wir heute die verbleibende Zeit dafür nutzen, zunächst einmal miteinander ins Gespräch zu kommen. Dazu möchte ich gerne mit Ihnen anhand eines Modells über die unterschiedlichen Bereiche Ihres eigenen Lebens sprechen.«

Sybille saß oben unterm Dach in ihrem Arbeitszimmer und hatte sich die Klausuren des Deutsch Grundkurses der zwölften Klasse vorgenommen. Obwohl sie wenig Lust verspürte, die teilweise mit Rechtschreibfehlern übersäten Auslassungen der Schüler zu lesen und zu korrigieren, kam sie daran nicht vorbei. Die Schüler hatten Anspruch auf eine Rückmeldung, wenn es auch Kräfte da draußen gab, die Noten ganz und gar abschaffen wollten. Sybille hielt Noten für ein probates Mittel, den Schülern ohne viele Worte mitzuteilen, inwieweit sie sich mit dem Fach Deutsch versöhnt hatten oder auch nicht.

Offenbar hatte Klaus heute einen anstrengenden Tag, dachte sie, nachdem sie die Haustür gehört hatte, die aufgeschlossen wurde und kurz danach ins Schloss fiel. Es war ihr nur zu Recht, abgelenkt zu werden. Also rückte sie ihren schweren Stuhl zurück und verließ die Stätte der Arbeit. Während sie die Treppe hinunterstieg, rief sie: »Klaus! Bist du das?«

Da niemand antwortete, schaute sie in die Küche. Doch dort war Klaus nicht. Also beeilte sie sich, ins Wohnzimmer zu kommen, und fand ihn, auf dem Sofa sitzend, vor. »Klaus. Ist was passiert?«

Klaus hatte seinen Kopf mit seinen Händen abgestützt und sagte weiterhin nichts.

Sybille wollte sich bereits Sorgen machen, als Klaus doch etwas verlauten ließ.

»Ah … nichts Dramatisches. Ich war heute völlig allein. Der olle Lehrling ist wieder mal nicht aufgetaucht. Und Hinnerk hat sich heute Morgen, als ich in der Werkstatt war, krankgemeldet. Er hat sich wohl eine Grippe angelacht … jetzt bin ich komplett gar.«

»Ach herrje … das ist ja furchtbar. Kann ich was tun?«

»Unbedingt«, sagte Klaus, während er nach kurzem Zögern aufstand. »Du kannst mir einen anständigen Kaffee machen. Ich hatte seit heute Morgen noch keinen brauchbaren … nur Plörre aus dem Automaten.«

»Kein Problem. Es gibt auch etwas zum Essen.«

»Ich habe nichts anderes erwartet …«, sagte Klaus mit einem Lächeln. »… Ich springe erst mal unter die Dusche, um wach zu werden.«

Klaus schleppte sich an Sybille vorbei aus dem Wohnzimmer, in den Flur und die Treppe hinauf.

Sybille war ausgesprochen erleichtert, weil nichts wirklich Schlimmes geschehen war. Sie machte sich ohne Umschweife daran, den Kaffee aufzubrühen. Danach schob sie die Lasagne, die sie bereits vor einer Stunde vorbereitet hatte, in den Ofen. Sie wusste, wie sehr Klaus sich darauf freute, nach einem solchen Tag eine handfeste Mahlzeit zu bekommen. Es bereitete ihr halt wirklich Vergnügen, zu kochen. Und da sie Teilzeit arbeitete, hatte sie schließlich genügend Zeit, sich um das Einkaufen und Kochen zu kümmern.

Die Klausuren würde sie an diesem Abend kaum vollständig korrigieren können. Also ließ sie gedanklich von ihnen ab und begab sich in den Garten. Sie konnte nicht fassen, an diesem späten Augusttag um diese Uhrzeit noch von derart wohliger Wärme empfangen zu werden. Es war noch recht hell und es lag eine angenehme Stille über ihrem Garten. Sybille nahm sich einen Gartenstuhl und platzierte ihn auf dem Rasen jenseits der Terrasse. Dann setzte sie sich und zog ihre Latschen aus, um den kühlen Rasen mit ihren Füßen spüren zu können.

Komischerweise musste sie nach einigen Minuten an Lasse denken. Das lag wohl daran, dass sie am Morgen Herr Oberreiter getroffen hatte. Ihr Kollege hatte ihr im Vertrauen erzählt, Lasse würde trotz seines Übergriffs noch eine Chance bekommen; allerdings nur mit einigen Auflagen. Er sollte demnach fünfzig Sozialstunden leisten und sich außerdem regelmäßig beim Sozialarbeiter der Schule einfinden. Sybille hatte sich zwar auf der einen Seite gefreut, denn ein Schulwechsel war nicht wirklich eine hilfreiche Sache. Andererseits hatte Lasse immerhin einen Stuhl auf seinen Lehrer geworfen. Ihm musste aus ihrer Sicht demnach verdeutlicht werden, eine solche Grenze nicht überschreiten zu dürfen. Da konnten Sozialstunden eine gute Maßnahme sein. Über die näheren Umstände und das Gespräch durfte Herr Oberreiter selbstverständlich keine Details preisgeben. »Schade«, dachte Sybille, denn sie hätte schon gerne gewusst, was da bei Familie Middelkamp los war.

Vielleicht sollte sie Martina anrufen und einmal nachfragen, wie es ihr ging. Seit Lukas' Geständnis hatten sie gar nicht mehr miteinander gesprochen. Leider wusste sie auch nicht, ob Martina darüber informiert war. Das machte es nicht einfach, sie anzurufen. Sie musste direkt wieder an die beiden unbefriedigenden Telefonate mit Petra denken. Ihr blieb nichts anderes übrig, als zu hoffen, mit Martina ein aufschlussreicheres Gespräch führen zu können.

»Ich glaube, die Lasagne ist so weit. Sieht ziemlich lecker aus«, sagte Klaus und stand mit seiner noch halb gefüllten Kaffeetasse in der Terrassentür.

Die Lasagne im Ofen hatte Sybille zu ihrem eigenen Erstaunen vollends ausgeblendet. Auch deshalb schätzte sie sich glücklich, einen Ehemann zu haben, der nicht nur für seine Arbeit brannte, sondern auch für seine Ehe, seine

Ehefrau und ihr gemeinsames leibliches Wohl. Und sie war auch ein wenig irritiert, denn es musste bereits mindestens eine halbe Stunde vergangen sein, seitdem sie sich in den Garten begeben hatte. »Kannst du sie aus dem Ofen holen? Ich finde, wir sollten hier draußen essen.«

»Ja, mache ich. Jetzt bin ich wieder einsatzfähig. Der Kaffee hat echt geholfen.«

»Das freut mich. Hast du eigentlich irgendwas von Harald gehört?«

Klaus hielt kurz inne und stellte fest: »Kein einziges Wort … ich hole uns mal eben das Essen.«

Klaus verschwand im Haus.

Sybille wunderte sich schon ein wenig über Harald. Er war zwar noch nie der große Redner gewesen, allerdings hatte er sich vor dem Geständnis mindestens einmal die Woche bei Klaus gemeldet. Offensichtlich war auch er aufgrund des Geständnisses auf irgendeine Weise mit sich selbst beschäftigt.

»Da bin ich wieder.« Klaus stellte die reichlich mit der Appetit anregenden Lasagne gefüllten Teller auf den Tisch.

»Hol bitte noch den Salat und bring uns ein Bierchen mit!«

Klaus blickte Sybille überrascht an. »Salat? Bierchen?«

»Ja, der Salat ist im Kühlschrank. Und ich finde, wir haben uns ein Bierchen verdient. Denke bitte auch an das Besteck!«

Klaus war selig, weil Sybille mal wieder alles im Griff hatte, und eilte ins Haus zurück. Sybille war froh darüber, einen Mann zu haben, der auch einfach mal ohne Zögern das machte, wozu sie ihn aufforderte.

Wenig später kam Klaus zurück, platzierte ein Tablett auf dem Tisch, brachte den Salat, Salatschalen, das Bier, Gläser und Besteck an seinen Platz.

Nachdem er sich hingesetzt hatte, wünschte er Sybille und sich selbst einen gesegneten Appetit. »Vielen Dank, Sybille. Es ist toll, wie du das alles immer so gut hinbekommst.«

»Dito«, sagte Sybille und beide wandten sich ihrem Essen zu.

Klaus hatte wie immer reichlich Appetit nach seinem Tagewerk und musste sich zügeln, damit er die Lasagne dem Aufwand entsprechend, den Sybille sicherlich während der Zubereitung hatte, würdigen konnte. Nachdem er sich sowohl die Lasagne als auch den Salat mehrmals hatte schmecken lassen, nahm er einen ausgiebigen Schluck vom Bier und grunzte vor sich hin.

Sybille freute sich sehr, weil es ihrem Mann zu schmecken schien. Ihr selbst sagte die Lasagne auch sehr zu. Sie hatte sich mal wieder selbst übertroffen. Nach einer Weile sagte sie: »Ich habe vorhin an Lasse und dann auch an Harald gedacht«, und trank dann von ihrem Bier.

»Ja, richtig, du hattest mich gefragt, ob Harald sich gemeldet hat«, erinnerte sich Klaus. »Wie schon gesagt, habe ich von ihm überhaupt nichts gehört, seitdem Lukas mit seinem Geständnis um die Ecke gekommen ist.«

Sybille nahm ihren letzten Bissen und kaute in aller Seelenruhe zu Ende. »Ich würde sehr gerne mit Martina sprechen … wenn wir schon mit Petra und Lukas nicht weiter kommen … aber da ich nicht weiß, ob sie im Bilde ist, du weißt schon, bin ich nicht sicher, ob das so gut wäre.«

Klaus wusste ebenso wenig wie Sybille, ob es ratsam war, Martina anzurufen. Andererseits waren Martina und Sybille befreundet. Da sollte auch unter den aktuellen Umständen ein Gespräch möglich, ja vielleicht sogar angezeigt sein. Er leerte sein Bier und fragte mehr als zu antworten: »Na ja, wenn du mit ihr telefonieren möchtest, dann solltest du das tun. Es kann ja nicht sinnvoll sein, unser gesamtes Handeln Lukas' Geständnis unterzuordnen, oder?«

Sybille nickte nachdenklich. »Ja, das ist schon wahr. Ich bin mir einfach nicht sicher.« Sie fröstelte und das lag nicht nur an ihrer Unsicherheit und der aufkommenden Abendbrise. Die Arbeit lenkte sie zwar immer ein wenig ab, doch in ruhigen Momenten musste sie an Petra denken, die all die Jahre die Schläge ihres Ehemannes ertrug. Und auch jetzt war Petra keinesfalls vor Lukas' körperlichen Übergriffen sicher. Zumal Klaus' Versuch, mit Lukas zu sprechen, kläglich gescheitert war. Was konnte sie nur tun?

»Klaus! …«, sprach sie ihren Ehemann an, »… Das mit Martina lässt mir jetzt doch irgendwie keine Ruhe … ich glaube, ich werde jetzt doch endlich versuchen, sie anzurufen. Vielleicht kann ich mich mit ihr darüber austauschen, wie es uns geht.«

Klaus nickte. »Ich verstehe … Ich hole mir noch einen kleinen Nachschlag.«

»Okay. Dann bis gleich.« Sybille lächelte Klaus noch einmal zu und verließ den Garten.

Martina hatte lange nach einem Weg gesucht, die sich Harald und ihr bietende Chance beim Schopfe zu packen. Sie sehnte sich so sehr nach einer engeren Beziehung zu Harald. Doch daran zu glauben, fiel ihr schon seit Jahren zunehmend schwerer. Sie berührte Harald mit ihrer linken Hand an seinem rechten Arm. »Ganz ehrlich, Harald! Das möchte ich auch. Dann sollten wir sehen, wie wir das gemeinsam hinkriegen.«

Harald merkte schon wieder dieses Ziehen in seinem Magen. Inzwischen wusste er, dass er in Stress geriet, wenn sich sein Magen ›meldete‹, und das gefiel ihm ganz und gar nicht. Obwohl er das Verhalten seiner Ehefrau nicht wirklich einzuordnen vermochte, war es ihm nicht möglich, sich ihrem Vorschlag zu verweigern. »Ich bin gestresst«, sagte er, während er Martina aufmerksam beobachtete.

»Du bist gestresst? … warum? … oder wodurch?«, fragte Martina, da sie so etwas durch Haralds Zustand am letzten Samstag zwar geahnt hatte, sich aber keinesfalls sicher war.

»Ich habe keine Ahnung. Ich habe seit einigen Monaten immer wieder mal ein Ziehen im Magen. Jetzt habe ich es auch.«

»Jetzt gerade?« Martina richtete sich reflexartig auf dem Sofa auf.

Harald schaute Martina wieder eindringlich an und nickte verhalten.

Martina konnte sich keinen Reim darauf machen, inwiefern Harald in diesem Moment gestresst sein konnte. Und ihr Mann schaute ihr erneut so unverblümt in die Augen. Es war lange her, ihn so zu erleben. Während sie damit beschäftigt war, das Verhalten ihres Mannes einzuordnen, und überlegte, wie sie sich verhalten sollte, lenkte sie das Telefon mit seinem wenig angenehmen Klingelton ab.

Harald zuckte und machte Anstalten, aufzuspringen.

Doch Martina hielt ihn sanft am Arm fest.

Harald schaute sie an und unternahm einen zweiten Versuch, das Sofa zu verlassen.

»Bitte! … Lass es klingeln! … Bitte, Harald!«

Harald merkte wieder seinen Magen und zögerte nur kurz, bevor er sich wieder ins Sofa sinken ließ.

Klaus war seiner Idee gefolgt und hatte sich noch etwas von der Lasagne geholt. Obwohl er sich fest vorgenommen hatte, mehr auf sein Gewicht zu achten, konnte er es nicht bei einem Teller belassen.

Sybille betrat die Terrasse. »Merkwürdig. Bei Martina und Harald geht niemand ans Telefon«, sagte sie und setzte sich nachdenklich an den Tisch.

Klaus schaute seine Ehefrau an und mutmaßte: »Vielleicht sind die beiden unterwegs.«

Die Mutmaßung ihres Ehemannes stellte Sybille nicht wirklich zufrieden. »Glaube ich nicht. Es ist mitten in der Woche.«

Klaus ließ den vorletzten Bissen in seinen Mund wandern und zerkleinerte ihn. Er sah seine Frau an, die ihm recht hilflos vorkam. Schließlich sagte er: »Schade, dass du sie nicht erreichen konntest.«

»Ja, das stimmt. Ich finde das ziemlich seltsam. Da habe ich mich schon dazu durchgerungen, sie anzurufen … und dann so was.«

Klaus konnte sehr gut nachvollziehen, warum Sybille ungehalten war. Lukas' Geständnis verursachte nicht nur bei ihnen beiden eine große Verunsicherung, sondern schien alle ziemlich zu überfordern. Allerdings wusste er nicht sicher zu sagen, ob darin auch begründet war, dass weder Martina noch Harald ans Telefon gingen.

Die Abendbrise hatte sich inzwischen gelegt. Es war nach wie vor sehr mild an diesem Spätsommerabend.

»Es gibt sicherlich eine relativ einfache Erklärung.«

»Mir wäre lieber, ich hätte Martina sprechen können.« Sybille sah ihren Ehemann betreten an.

Klaus nickte, während er seinen Teller leerte.

Sprachlosigkeit bemächtigte sich des Ehepaares und so verloren sie sich erst einmal in ihren Gedanken.

Mittwoch, der 23.08.2017, morgens

Klaus konnte nicht fassen, dass sich sein Lehrling an diesem Morgen blicken ließ. Das war mal ein unerwarteter Lichtblick, nachdem Sybille und er gestern, nach einem Abend ohne einen Lösungsansatz, unverrichteter Dinge ins Bett gegangen waren.

Karl packte fleißig mit an.

Und Klaus war deshalb umso froher, als Hinnerk für die gesamte Woche krankgeschrieben war.

»Karl … kann ich damit rechnen, dass du von nun an in deine Lehre mit Haut und Haaren voll und ganz einsteigst?«, fragte er, um möglichst zu erfahren, worauf er sich mit ihm einzustellen hatte.

Gerade hatte Karl in der Werkstatt einen weiteren Balken vom Stapel genommen. Er verharrte kurz. Dann drehte er sich zu Klaus um und schaute ihn nachdenklich an. Nach wenigen Sekunden ließ er Klaus wissen: »… Ich glaube schon …«, und lächelte dabei ein wenig verlegen. Dann setzte er seinen Weg mit dem Balken fort und lud diesen auf den Transporter, auf dem bereits über dreißig Balken ihren Platz gefunden hatten, während Klaus verdutzt hinter ihm her sah.

Bevor sie in die Arztpraxis fahren konnten, mussten sie das Material zu einem Hotel fahren und dort in einem Lager unterbringen. Mit der Arztpraxis ging es trotz aller Widrigkeiten für Klaus gut voran und er wollte deshalb schon jetzt damit beginnen, das Material für den nächsten Auftrag an Ort und Stelle zu bringen. Klaus traute dem Frieden nicht, wunderte sich allerdings sehr über Karl, der beherzt anpackte und offenbar etwas gut machen wollte. Klaus fragte sich, ob man Karl irgendwie ausgetauscht hatte und musste kurz an ›Men in Black‹ denken.

Gleichwohl hing er gedanklich am gestrigen Abend mit Sybille fest. Durch ihre gemeinsame Sprachlosigkeit, die ihm wieder gewahr wurde, merkte er sein dringendes Bedürfnis, mit Harald zu sprechen. Harald war schließlich sein Freund.

Nein!

Er war nicht nur ein Kumpel.

Er war wirklich sein Freund.

Und deshalb wollte Klaus den Kontakt zu Harald nicht abreißen lassen; schon gar nicht aufgrund Lukas' Fehlverhalten. Natürlich wusste er nicht, ob es Harald genauso ging. Das wurmte ihn zusätzlich. Wahrscheinlich war Harald in keiner Weise begeistert, denn Klaus wusste, dass Harald schon ein wenig zwanghaft war und feste und geplante Abläufe bevorzugte. Sein Fernbleiben am letzten Freitag ließ Klaus annehmen, dass sein Freund wohl auf seine besondere Weise mit dem Geständnis umging. Umso mehr war er daran interessiert, Harald am Freitag beim Training zu sehen.

»Chef!«

Klaus schaute seinen Lehrling entgeistert an.

»Wir sollten uns auf den Weg machen, oder?«

Klaus konnte kaum begreifen, was ihm gerade widerfuhr. Dennoch geriet ihm ein Lächeln ins Gesicht. »Ja, Karl. Das sollten wir … auf gehts!«

Für Lukas begann der neue Tag, wie auch die vorherigen Tage mit nur einem einzigen Gedanken. Petra hatte Lydia dazu angestachelt, ihn mit diesen Fragen zu quälen.

Es war inzwischen zwölf Uhr durch. Lukas befand sich auf dem Weg in den Hemelinger Hafen. An diesem Morgen hatte es hier offenbar einigermaßen ergiebig geregnet, denn die Straßen glänzten in der Sonne, die inzwischen wieder mit erstaunlicher Wucht schien.

Lukas ärgerte sich. Denn im Gegenlicht konnte er die Straße kaum erkennen. Und er ärgerte sich über Petra. Was fiel ihr ein, seine Tochter auf ihn anzusetzen? Wie kam Lydia darauf, ihn zu fragen, ob er in ein Hotel gehen würde?

Das ging sie ganz und gar überhaupt nichts an. Dahinter konnte nur Petra stecken. Dementsprechend hatte er sich mit der Frage nach einem etwaigen Hotel auch nicht weiter beschäftigt.

Lukas musste sich extrem zusammenreißen, um sich auf seine Autofahrt konzentrieren zu können.

Sein Chef hatte ihn darum gebeten, die Firma noch einmal aufzusuchen. Denn nach dessen Auffassung stimmte dort irgendetwas nicht. Er hatte allerdings keine konkreten Anhaltspunkte, sondern mehr so ein Gefühl. Und dennoch war es Lukas nicht gelungen, die Bitte seines Chefs abzuwehren.

Er war auf dem Autobahnzubringer unterwegs und fragte sich, was ihn in dieser Firma erwarten würde. Einige Minuten später verließ er den Zubringer und fuhr in das Hafengebiet hinein. Er war froh, weil er ein modernes Navi im Wagen hatte, denn so konnte er davon ausgehen, die Firma schnell zu finden. Lukas bog nach links ab und sah in absehbarer Ferne ein großes Firmenschild, welches ihm erfreulicherweise zusätzlich den Weg wies. Er steuerte seinen BMW auf das recht große Firmengrundstück und parkte vor einem Gebäude, welches offensichtlich die Büros beherbergte.

»Guten Tag. Mein Name ist Schmalbach. Ich komme von der Finanzbehörde und würde gerne mit Herrn Klosterkamp sprechen«, teilte er der Dame am Empfang sein Anliegen mit.

»Ich gebe Herrn Klosterkamp Bescheid. Einen Moment, bitte!«

Lukas bedankte sich, machte es sich in der vorhandenen Sitzgruppe gemütlich und schaute sich um. Die Empfangshalle, ja man musste schon von einer Halle sprechen, war holzvertäfelt. An den Wänden hingen auffällig große Ölbilder. Lukas dachte sich seinen Teil aufgrund dieser opulenten Ausstattung.

»Guten Tag, Herr Schmalbach. Ich bin Herr Klosterkamp«, sprach ihn nach wenigen Minuten ein Herr an, der sich angeschlichen zu haben schien.

Lukas beeilte sich, aus dem Sessel zu kommen, und streckte dem Herrn seine linke Hand entgegen. »Guten Tag. Ich bin hier bei Ihnen, um mir noch einmal ihre Bücher anzuschauen.«

Der Herr wirkte sichtlich verunsichert und dadurch nahm Lukas' Aufmerksamkeit erheblich zu.

Zögernd nahm Herr Klosterkamp Lukas' Hand und schüttelte sie mit einem flauschigen Griff.

Dadurch wurde Lukas vollends wachsam. Männer ohne festen Handschlag machten ihm stets Kopfschmerzen. Er folgte Herrn Klosterkamp nach dessen Aufforderung ohne Zögern.

Lukas fiel auf, dass der Herr nichts dazu gesagt hatte, unerwartet Besuch durch die Finanzbehörde zu erhalten.

Normalerweise waren Firmen beziehungsweise deren Ge-
schäftsführer deswegen extrem ungehalten.

Sie gingen über einen ebenfalls holzvertäfelten Flur, von
dem diverse, recht großzügige, Büroräume mit Glastüren zu
erreichen waren. Am Ende befand sich eine große hölzerne
Flügeltür, die Herr Klosterkamp öffnete.

Lukas betrat den Raum und sah einen riesigen Schreibtisch
aus Glas. Die gesamte Wand dahinter nahm ein offenbar auf
Maß gefertigtes Bücherregal ein. Das Zimmer war lichtdurch-
flutet, denn das Fenster war so breit und hoch wie der Raum.
Davor standen mehrere hohe, palmenartige, Gewächse in großen Tontöpfen. Der Boden war mit teuer aussehendem Stab-
parkett belegt.

Herr Klosterkamp wies Lukas einen Platz an.

Lukas setzte sich vor den Schreibtisch, sein Gegenüber dabei beobachtend.

»Also, Herr Schmalbach. Wie kann ich Ihnen denn behilflich sein?«, fragte Herr Klosterkamp kurz darauf übertrieben
freundlich, wie Lukas befand, versäumte allerdings, ihm einen
Kaffee anzubieten.

»Nun, Herr Klosterkamp … ich benötige, wie bereits angedeutet, nochmals einige Ihrer Bücher.«

»Einige unserer Bücher, sagen Sie. Aber die konnten Sie
doch bereits einsehen«, entgegnete Herr Klosterkamp sichtlich
nervös.

Lukas wurde deshalb nur umso neugieriger und aus dem
für ihn zunächst lästigen Ausflug wurde unverhofft ein spannendes und unterhaltsames Unterfangen.

Wider Erwarten wurde die Tür nach einem kurzen Klopfen geöffnet und nach einem Wink ihres Chefs trat dessen Sekretärin ein und brachte Kaffee.

»Danke, Frau Franzen«, ließ sich der Herr erst zu einer Wertschätzung herab, als die Dame schon wieder durch die Tür verschwunden war und diese hinter sich schloss.

Die beiden Männer schauten sich schweigend an, bis es Lukas zu bunt wurde.

»Die Bücher?« Lukas gab Milch in seinen Kaffee, rührte ihn um und nahm einen Schluck. Er war gespannt auf die ausstehende Reaktion. Er begann, wirklich Spaß an der Sache zu haben.

Herr Klosterkamp schnellte aus seinem pompösen Schreibtischstuhl hoch und schlenderte an das großflächige Fenster seines Büros.

Nachdem Lukas ihm kurz hinterher gesehen hatte, wandte er sich seinem Kaffee zu, um das Gehabe, welches ihm bekannt vorkam, geflissentlich zu ignorieren.

Langsam drehte sich Herr Klosterkamp um. »Herr Schmalbach.«

»Herr Klosterkamp.« Lukas nippte wieder an seinem Kaffee; ohne eine weitere Reaktion.

»Ich kann durchaus verstehen, dass Sie wohl nur Ihren Job machen. Dennoch werde ich mich bei Ihrem Chef über Ihr schikanöses Verhalten beschweren.«

Lukas ließ die Tasse zurück auf den Schreibtisch wandern und stand auf. Er blieb am Stuhl stehen und musterte den Herrn eine Weile von oben bis unten.

»Die Bücher! Und ich brauche einen Platz, an dem ich sie in Ruhe inspizieren kann. Vielen Dank, Herr Klosterkamp.«

»Wie Sie wollen.« Der Herr kehrte gemächlich zu seinem Schreibtisch zurück und setzte sich. Dann wählte er an seinem Telefon eine Nummer.

»… Frau Franzen. Bitte geben Sie Herrn Schmalbach die gewünschten Bücher und einen besonders ruhigen Platz, ja. Danke!«

Nach einer Minute klopfte es abermals an der Tür und Frau Franzen trat ein. »Herr Schmalbach. Bitte kommen Sie!«

Lukas nickte dem Herrn zu, trank mit aller Ruhe im Stehen seinen Kaffee aus und machte sich auf den Weg zur Tür. Bevor er jedoch den Raum verließ, drehte er sich noch einmal um. »Vielen Dank. Ich wünsche Ihnen einen besonders schönen Tag.«

Während Lukas mit großer Freude seiner beruflichen Bestimmung folgte, saß Harald im Wohnzimmer auf dem Sofa.

Martina hatte ihn abermals dazu ermutigt.

Es war ihm sehr schwergefallen, seinen Arbeitgeber anzurufen. So richtig begreifen konnte er nicht, jetzt zum wiederholten Male so angeschlagen zu sein. Er hatte sich doch am Sonntag noch so wohlgefühlt und war symptomlos gewesen. Allerdings hatte er gleich am Montag auch den Ärger in der Schule ertragen müssen – vornehmlich mit dem Jugendamt.

Auch jetzt kam es ihm komisch vor, dass er morgens seiner Firma telefonisch mitgeteilt hatte, nicht arbeiten zu können. Harald konnte sich nicht erinnern, jemals während seiner diversen Arbeitsverhältnisse krank gewesen zu sein.

Jetzt war er dennoch halbwegs froh, diese Woche nicht mehr arbeiten zu müssen. Denn seine körperlichen Symptome ließen sich nicht weiterhin ignorieren. Eine für Harald unerklärliche Erschöpfung hielt ihn auf dem Sofa fest, welches er nur zu gerne verlassen wollte, um in den Garten zu gehen.

Er erinnerte sich an den gestrigen Anruf und an Martinas Bitte, nicht ans Telefon zu gehen. Letztendlich war er ihrer Aufforderung gefolgt. Aus unerfindlichen Gründen konnte er nur schwer ertragen, nicht zu wissen, wer angerufen hatte. Harald hatte bereits am Vortag kurz an seine Freunde gedacht. Vielleicht hatte einer der beiden versucht, ihn zu erreichen. Ihm wurde klar, dass sie seit jenem Abend nicht mehr miteinander gesprochen hatten. Und bis zu diesem Moment hatte er keinen weiteren Gedanken an diese ›Sache‹ mit Lukas verschwendet.

Jetzt war das komischerweise anders. Für Lukas' Verhalten hatte er nach wie vor überhaupt kein Verständnis; ganz im Gegenteil. Und dann auch noch davon zu erzählen, während sie im Biergarten saßen.

Er käme niemals auf die Idee, seiner Frau Schaden zuzufügen. Dafür liebte er sie viel zu sehr. Das wurde ihm auf dem Sofa mit seiner aktuellen Situation hadernd auf einmal bewusst.

Harald liebte Martina, dachte an sie und freute sich auf ihre Rückkehr vom Einkaufen.

Dann hörte er, wie an der Haustür herumhantiert wurde und ihm ging gleich das Herz auf. Das schien ja an Telepathie zu grenzen.

»Mama, bist du da?«, hörte er seinen Sohn rufen, der selbstverständlich nicht auf die Idee kam, nur sein Vater könnte anwesend sein. Dabei musste er eigentlich mitbekommen haben, dass sein Vater im Begriff gewesen war, sich krankzumelden, bevor er das Haus Richtung Schule verließ.

»Mama!«

»Deine Mutter ist noch nicht wieder da. Sie wollte nach der Arbeit noch einkaufen.«

Lasse kam ins Wohnzimmer und schaute Harald ungläubig an. »Was machst du denn hier?«

»Ich sitze auf dem Sofa und wundere mich ebenso, dich zu sehen wie du mich. Ich bin krankgeschrieben.«

Lasse blieb auf halber Strecke zu seinem Vater stehen, als wollte er auf Nummer sicher gehen.

Auf Harald wirkte er zum ersten Mal seit langer Zeit in seiner Gegenwart sprachlos; sehr zu seiner Freude, die er sich allerdings nicht anmerken ließ.

»Krankgeschrieben?«

»Yep! Erst einmal diese Woche … und dann muss ich mal sehen.« Für Harald wurde offensichtlich, dass es für Lasse überhaupt nicht vorstellbar war, sein Vater könnte krank und demzufolge krankgeschrieben sein.

»Und warum bist du krankgeschrieben?«

Lasse überraschte seinen Vater mit seiner Nachfrage, sodass Harald erst einmal sprachlos war. Er konnte ja im Grunde auch nichts Näheres sagen.

Harald nahm allen Mut zusammen. »Ich bin seit einigen Tagen ziemlich erschöpft und das ist heute auch noch so. Deshalb habe ich heute Morgen meinen Arbeitgeber angerufen, mich dort krankgemeldet und bin dann zum Arzt gegangen. Der hat entschieden, mir bis einschließlich Freitag eine Krankmeldung auszustellen, da ich seiner Meinung nach ein wenig Ruhe brauche.« Harald konnte sehen, wie wenig Lasse mit seinen Worten anfangen konnte, denn er verzog auf sehr spezielle Weise sein Gesicht.

»Na, dann gehe ich jetzt mal auf mein Zimmer …«, ließ Lasse Harald nach einer kurzen Bedenkzeit wissen und fragte dann noch, »… Weißt du, wann Mama kommt?«

»Sie müsste gleich wieder da sein, denke ich.«

Lasse machte auf dem Absatz kehrt und verschwand durch die Tür.

Harald fiel auf, dass sein Sohn erneut nach seiner Mutter fragte, und hoffte deshalb, es gab keine neuen Probleme in der Schule.

Das Gespräch mit seinem Sohn und dessen Fragen wühlten ihn doch ein wenig auf. Deswegen erhob er sich vom Sofa, um einmal in den Garten zu schauen. In diesem Moment hörte er erneut etwas an der Eingangstür, schaute demzufolge durch die offene Wohnzimmertür und sah Martina schwer bepackt eintreten. Er machte sich auf den Weg, ihr entgegen. »Kann ich was tun?«

Martina stöhnte und schnaufte: »Ja … du könntest den Einkauf auspacken.«

Harald nahm ihr ohne Worte die drei Einkaufstüten ab und schleppte sie in die Küche, obwohl ihm dies nicht leicht fiel.

»Endlich zu Hause«, dachte Martina, während sie die Haustür ins Schloss drückte. Da sie recht verschwitzt war, rief sie Harald hinterher: »Ich glaube, ich werde mal eben kurz duschen.«

Klaus wollte immer noch dringend mit Harald sprechen. Deshalb begab er sich nach einer kurzen Dusche, mit der er sich den Schmutz des erstaunlich gewinnbringenden Arbeitstages, Karl hatte sich von einer ganz anderen Seite gezeigt, abwusch, direkt zum Telefon und wählte Haralds Nummer. Nach zweimaligem Klingeln nahm jemand ab.

»Hier ist Martina Middelkamp.«

»Guten Abend, Martina, Klaus ist am Apparat … ist Harald zu sprechen?«

»Leider hast du Pech. Denn Harald macht momentan einen Spaziergang.«

»Einen Spaziergang?«

»Ja. Er brauchte ein wenig frische Luft.«

»Geht es Harald gut?«, wollte Klaus wissen.

»Ja! Harald geht es den Umständen entsprechend. Aber dazu sollte dir Harald gegebenenfalls selbst etwas sagen. Ich richte ihm aus, dass du angerufen hast.«

»Oh ja, das wäre gut. Martina … wie geht es dir denn so?«

»Wie es mir geht? … ganz ehrlich Klaus … so genau weiß ich das gar nicht. Mich hat die Information, Lukas sei ein Schläger, derart umgeworfen, dass ich das zunächst nicht glauben wollte. Irgendwie ist es bei mir immer noch nicht wirklich angekommen, fürchte ich. Lukas ist schließlich ein netter Kerl, oder?«

Klaus war ob der Auskunftsfreude Martinas schwer irritiert und wünschte sich daher ein schnelles Ende des Gesprächs herbei. Er musste aufpassen, wie er auf ihre Frage diplomatisch reagieren konnte. »Ich bin auch immer noch damit beschäftigt, zu verarbeiten, dass Lukas Petra schlägt. Ich würde mich außerordentlich freuen, wenn Harald mich anrufen könnte. Es wäre mir wirklich wichtig.«

»Kein Problem. Wie gesagt … ich informiere Harald und er wird sich dann wohl bei dir melden, schätze und hoffe ich. Mach's gut, Klaus.«

»Du auch, Martina. Tschüss! Und danke!«

»Tschüss!«

Martina hatte aufgelegt und Klaus musste sich erst einmal setzen. Er brachte das Telefon weg und ließ sich auf dem Sofa nieder, atmete tief ein und lange aus, wie es ihm Sybille öfter geraten hatte. Klaus hatte nicht damit gerechnet, dass Martina derart offen über die neue Entwicklung sprechen würde. Andererseits war er irgendwie auch erleichtert, denn damit wurde das Thema hoffentlich nicht mehr so unter Verschluss gehalten. Er hoffte, noch an diesem Abend mit Harald telefonieren zu können. Und er verspürte ein wenig Appetit. Das lag wohl auch an dem Duft, der ihm die Nase kitzelte. Sybille hatte sich wie fast jeden Abend daran gemacht, ihnen ein formidables Abendessen zu kochen. Um seine Neugierde zu befriedigen, ging Klaus Richtung Küche und lehnte sich an deren Türpfosten.

Sybille war voll und ganz in ihrem Element.

Das war für Klaus unübersehbar. Er konnte sie noch eine Weile beobachten, bevor sie ihn bemerkte und sich zu ihm umdrehte.

»Wie lange stehst du da schon so?«, fragte sie mit ihrem besonderen Lächeln, welches Klaus auch jetzt direkt zu verzaubern vermochte.

»Och … schon eine ganze Weile.«

»So, so … eine ganze Weile, ja? Magst du mir noch ein wenig zur Hand gehen, während du mir erzählst, wie dein Telefonat mit Harald war?«

»Kein Problem. Was soll ich machen?«

»Du könntest beispielsweise die Zutaten für den Salat klein schneiden. Dann kann ich mich um das Curry kümmern.«

Klaus schnappte sich Tomaten, Gurke und Co. und setzte sich ans Fenster, nachdem er sich ein Schneidebrett und ein brauchbares Messer organisiert hatte. Dann begann er mit seiner Zuarbeit.

»Harald war leider nicht da.«

»Oh … dann hast du mit Martina gesprochen?«

»Ja, habe ich und das Gespräch war zwar kurz, aber auch bemerkenswert. Harald wird hoffentlich zurückrufen. Martina jedenfalls hat ganz offen zu erkennen gegeben, dass sie um Lukas' Schlagen weiß und es wohl immer noch nicht begreifen kann. Und sie hält Lukas offenbar für einen netten Kerl.«

»Aha, wie kommst du darauf?«

»Sie hat ihr Unverständnis dahingehend erklärt, dass Lukas doch ein netter Kerl sei, oder?«

Sybille ließ von ihrer Arbeit am Curry ab und lehnte sich nachdenklich an die Arbeitsplatte.

»Na ja … ich fand Lukas ja schon immer ein wenig merkwürdig. Als netten Kerl würde ich ihn eher nicht bezeichnen.« Sybille wandte sich wieder dem Curry zu, um es geschmacklich zu optimieren.

»Wie kommt das?«, fragte Klaus überrascht und unterbrach seine Zuarbeit.

Sybille drehte sich wieder zu Klaus und wurde im Ansatz ihrer Antwort gestört, denn das Telefon klingelte.

»Das könnte Harald sein«, mutmaßte Klaus und sprang vom Tisch auf, um dann mit für sein Alter erstaunlicher Geschwindigkeit die Küche Richtung Wohnzimmer zu verlassen. Sybille hatte ihren Ehemann lange nicht so flink erlebt. Sie widmete sich wieder dem Essen und schaute einmal nach dem Reis, der leise vor sich hin köchelte, und rührte ihn mit Bedacht um. Als Klaus nicht sofort wieder erschien, musste sie davon ausgehen, dass es tatsächlich Harald war, der anrief. Also setzte sie sich langsam an Klaus' Platz und übernahm seine Zuarbeit.

Während sie die Zuarbeit beendete, fragte sie sich schon, worüber Klaus und Harald so lange sprachen, denn es waren inzwischen fast zehn Minuten verstrichen. Klaus' Stimme konnte sie nur selten vernehmen. Anscheinend verlief das Gespräch recht ruhig. Nachdem sie die Zutaten für den Salat in eine Schüssel gegeben hatte, schaute sich noch einmal nach dem Curry und dem Reis. Das Essen war so weit. Also sammelte sie die Zutaten für das Salatdressing zusammen und begann, diese in geeigneter Reihenfolge miteinander zu verrühren.

»So, da bin ich wieder«, machte sich Klaus gleich bemerkbar, nachdem er die Küche wieder betreten hatte. »Und ich sehe, du hast meine Arbeit schon zu Ende gebracht.«

Lukas war wieder einmal nicht da, weil er meinte, er müsse noch eine Runde joggen.

Petra war am frühen Abend überrascht gewesen, weil Lukas nach der Arbeit so übertrieben gute Laune zu haben schien. Sie hatte sich keinen Reim auf sein Verhalten machen können und war deshalb sehr schnell sehr vorsichtig geworden. Lukas hatte erstaunlicherweise von seiner Arbeit berichtet, was er normalerweise nie machte. Er hatte den Hemelinger Hafen erwähnt und dass ihm der Tag eine Menge Freude bereitet hatte. Petra konnte mit diesen Informationen selbstverständlich nicht so viel anfangen und fragte sich, was mit ihrem Mann nun schon wieder los war. Nachdem Lukas seinen Jogging-Ausflug angekündigt hatte und alsbald verschwunden war, kam kurze Zeit später ihre Tochter nach Hause.

Freudig begrüßte Lydia ihre Mutter und erzählte ihr, sie habe den jungen Mann getroffen, der ihr im Café Sand begegnet war. Sie machte auf Petra einen aufgeregten Eindruck und auf ihre Nachfrage hin bestätigte Lydia ihr, dass sie den jungen Mann sehr nett findet. Danach verschwand sie in ihr Zimmer. Ihr Bruder war schon länger wieder da, hatte nach der Schule ein bisschen die Zeit vergessen und das Mittagessen mehr oder weniger verpasst. Er war wohl wieder mit seinem PC-Spiel beschäftigt. Petra hatte schon länger erhebliche Zweifel, ob es so eine gute Idee war, ihm ständig diese PC-Spiele zu kaufen.

Nach dem kurzen Gespräch mit ihrer Tochter eilte Petra in die Küche, um sich mit dem Abendessen zu beschäftigen, welches ja, wie an jedem Abend, pünktlich auf dem Tisch sein musste. Obwohl sie überhaupt keine Lust hatte, machte sie sich an die Arbeit, denn schließlich hatte Lukas ausnahmsweise mal recht gute Laune und die wollte sie nicht gefährden. Tatsächlich war sie es oft Leid, sich immer wieder mit der Frage zu beschäftigen, was sie kochen konnte und Petra wurde, während sie die Kartoffeln aufsetze, unendlich schwer ums Herz. Sie ließ sich auf einen der Küchenstühle fallen und stütze ihren Kopf mit ihren Händen. So saß sie einige Minuten, ohne sich zu bewegen, und hatte, für sie fast unerträglich, unglaublich viel Watte im Kopf. Als der Deckel des Kochtopfs zu klappern begann, mühte sie sich zum Herd und regelte ihn herunter. Inzwischen war es nach sieben und Lukas damit bereits eine halbe Stunde unterwegs. Er musste bald wiederkommen, ungefähr in einer viertel Stunde. Demzufolge musste sie ein wenig aufs Tempo drücken, dachte sie bei sich und hasste sich für diesen Gedanken. Sie konnte ihrem Mann auch ein 5-Gänge-Menü präsentieren, und das sieben Tage die Woche, und dennoch würde er sie irgendwann wieder schlagen.

Trotz seiner nahezu traumatischen Erfahrung hatte sich Lukas wieder auf die Finnbahn getraut, weil er während seines Arbeitstages eine Menge Vergnügen gehabt hatte.

Die Vermutungen seines Chefs hatten sich bestätigt. In der Buchhaltung tauchten Posten auf, die auf recht geschickte Weise bestimmte Einkünfte verschleiern sollten. Man musste allerdings schon sehr erfahren sein, um diese entdecken zu können – oder einen Tipp bekommen. Während sein Berufsleben ihm leicht vorkam und ihm alle, mit denen er zu tun hatte, wohlgesonnen schienen, machte ihm seine Situation zu Hause mehr als nur Kopfzerbrechen.

Während er sich auf seiner dritten Runde befand und in die Baumgruppe verschwand, die auch dieses Arschloch von Jogger verschluckt hatte, dachte er wieder an seine beiden ›Frauen‹ und ihn erfasste eine heftige Welle undefinierbarer, auch körperlicher Empfindungen.

Deshalb forcierte er sein Tempo, achtete allerdings mithilfe seiner Uhr darauf, nicht wieder über seine Leistungsgrenze zu gehen. Er wollte diesmal unbedingt mindestens sechs Runden laufen. Dann hätte er auch einen anständigen Appetit, wenn es die Frikadellen mit Pommes gab.

Die Welle, die ihn erfasst hatte, verschwand, nachdem er gut hundert Meter mit erhöhtem Tempo gelaufen war, nach und nach. Lukas reduzierte seine Geschwindigkeit und lief bald zum wiederholten Mal auf den Startbereich der Finnbahn zu. Dort tummelten sich an diesem Abend doch so einige Personen. Unter anderem sah er eine ältere Dame, die Aufwärmübungen machte, die aus Lukas' Sicht nicht mehr so ganz den heutigen Erkenntnissen der modernen Sportmedizin genügten. Ein junger Mann mit Kopfhörer näherte sich langsam, wollte offensichtlich seinen Lauf beginnen, und nickte Lukas zu. Lukas nickte gönnerhaft zurück und läutete innerlich seine vierte Runde ein.

Ohne besondere Vorkommnisse absolvierte er seine sechs Runden und überlegte kurz vor dem Ziel, ob er noch eine siebte dranhängen sollte. Er schaute auf seine Uhr und sah, es sei Zeit, sich auf den Heimweg zu machen. Also verließ er nach einer kurzen Pause die Finnbahn und joggte, sein Tempo allmählich wieder reduzierend, an die Hauptstraße. Nachdem er die Straße überquert hatte, nahm er wieder Tempo auf und steigerte dies bis zur Haustür. Nach Luft schnappend, schloss er diese auf und drückte sie ins Schloss, nachdem er seinen Schlüssel ans Schlüsselbrett gehängt hatte.

»Bin wieder da!«, rief er, im Flur stehend, und wollte damit signalisieren, es sollte in einer viertel Stunde Essen geben. Da er keine Reaktion bekam, ging er leicht ärgerlich Richtung Küche. Die Küche war leer. Es roch nach Frikadellen, die sich in einer Pfanne mit Deckel, und nach Pommes, die sich im Ofen befanden. Eine Schüssel mit Salat stand auf der Arbeitsplatte. Es war merkwürdig ruhig im Haus. Er musste wissen, was los war. Also verließ er die Küche und ging ins Wohnzimmer. Da niemand da war, schaute er in den Garten. Dort saßen Petra und Lydia allem Anschein nach in wunderbarer Eintracht. Lukas öffnete die Tür. »Ich bin zurück. In einer viertel Stunde können wir essen.«

Petra und Lydia schauten sich nur kurz um, beachteten Lukas allerdings nicht weiter.

Lukas wurde fuchsteufelswild, schloss die Tür und stürmte Richtung Bad im ersten Stock.

Lydia war ihrer Mutter erfreulicherweise wieder zur Seite gesprungen. Petra musste sich eingestehen, dass sie das Essen ohne ihre Tochter wohl eher nicht rechtzeitig zustande bekommen hätte. Sie hatten Lukas' Rückkehr ohne Begeisterung zur Kenntnis genommen und begaben sich bald, nachdem Lukas verschwunden war, in die Küche. Dort kümmerten sie sich gemeinsam um die Vorbereitung des Abendessens. Als Lukas nach unten kam, saßen sie bereits am Esstisch. Auch Peer hatte sich aufgerafft und saß mit am Tisch.

»Da bist du ja«, sagte Petra.

Lukas schaute sich kurz um und nahm dann wortlos Platz.

»Na, dann lasst es euch schmecken!«, forderte Petra ihre Familie auf. »Und vielen Dank, Lydia, für deine Unterstützung.«

Lydia lächelte kurz und wartete, bis sich die anderen Pommes genommen hatten. Dann nahm sie selbst Pommes und anschließend ein bisschen Salat.

Die Männer ließen die Frikadellen nicht liegen; auch Petra nicht.

Nach einer Weile sagte Lukas zu Peer: »Sag mal, Peer! … wie hieß das Spiel noch, von dem du vor einiger Zeit geschwärmt hast?«

Peer rechnete längst nicht mehr damit, von seinem Vater auf dieses Spiel angesprochen zu werden. Demzufolge war er wenig begeistert, jetzt beim Abendessen auf Fortnite, immer noch eines seiner Lieblingsspiele, angesprochen zu werden. »Fortnite? Meinst du das?«, fragte er deshalb zögerlich.

»Ja, genau. Fortnite.« Lukas schaute Peer eindringlich an. »Wenn ich mich recht erinnere, hattest du das Spiel den ganzen Abend bei deinem Kumpel gespielt, oder?«

Auch Petra und Lydia fragten sich, was das jetzt sollte.

»Ja, wieso?«

»Wir konnten das damals nicht zu Ende besprechen. Du sollst wissen, meine Begeisterung hält sich diesbezüglich mehr als in Grenzen.«

»Das ist mir klar«, gab Peer klein bei.

»Gut. Also. Ich habe ein Auge auf dich. Das solltest du wissen.«

Petra musste enorm schlucken, um nicht direkt auszuflippen. Sie war zwar mit Lukas grundsätzlich einer Meinung. Aber diese Art. Sie konnte sich vorstellen, wie es Peer jetzt ging. Sie konnte sehen, wie dieser mit sich rang, nicht aufzuspringen. »Sag mal, Lukas! Was soll das jetzt?«, fragte Petra, da sie das unmöglich so stehenlassen konnte.

»Ja, was soll das?«, stimmte Lydia mit ein, bevor Lukas reagieren konnte.

Lukas legte betont langsam sein Besteck beiseite. »Ihr fragt, was das soll?« Petra, Lydia und Peer schauten ihren Mann beziehungsweise Vater angespannt an.

»Ich bin Peers Vater und ich bin verantwortlich. Und ich achte darauf, dass diese Spiele ihn nicht schädigen.«

»Das meine ich nicht …«, sagte Petra, »… Es geht um deine Bemerkung mit ein Auge auf ihn haben.«

In aller Ruhe nahm sich Lukas noch ein paar Pommes und zwei Frikadellen.

»Ganz ehrlich. Ich bin euch allen keine Rechenschaft schuldig. Es kann nicht sein, dass du, Peer, meine Verbote umgehst, indem du bei einem Kumpel das Spiel dann den ganzen Abend spielst. Ich werde mich mit den Eltern deines Kumpels unterhalten. Und jetzt möchte ich gerne in Ruhe zu Ende essen. Geht das?«, erklärte sich Lukas und wurde dabei zunehmend lauter.

Wieder einmal durfte Lukas' Familie die Erfahrung machen, kein normales Gespräch mit ihm führen zu können. Unverrichteter Dinge konzentrierten sie sich auf ihr Essen, Peer verließ nach einigen Happen den Tisch. Petra und Lydia schauten sich auch deshalb mit vielsagenden Blicken an.

Harald hatte es außerordentlich gefreut, mit Klaus zu telefonieren. Wenn er auch wenig zu seinem eigenen Gesundheitszustand sagen konnte, war es dennoch schön, sich mit Klaus endlich mal wieder zu unterhalten. Erfreulich war für Harald vor allem, wie verständnisvoll sein Freund mit der Ungewissheit umging, ob sie sich am kommenden Freitag zum Training treffen würden.

Klaus hatte deutlich gemacht, sich sehr zu freuen, wenn sie gemeinsam trainieren konnten, aber gleichzeitig keinen Druck erzeugt. Darüber hinaus war er ziemlich sicher, Lukas werde nicht zum Training kommen.

Harald hatte dazu überhaupt keine Meinung, denn er hatte genau wie Klaus überhaupt keine Erfahrung mit Männern, die ihre Frauen schlagen.

Das Abendessen lag bereits hinter ihnen. Harald hätte Lasse zu gerne gefragt, wie es ihm ging, doch er war sich sicher, es sei besser, dies auf später zu verschieben. Harald hatte nicht nur begriffen, momentan keine Aufregung vertragen zu können, sondern auch, mit Lasse ein Beziehungsproblem zu haben.

Martina war indessen guter Laune, weil sie mit der gesamten Familie ein Abendessen ohne nennenswerte Probleme verbracht hatten. Das war jetzt bereits das zweite Mal.

Martina konnte beobachten, wie sich ihr Mann endlich einmal ein wenig entspannte und nicht mehr ganz so garstig und zugeknöpft war wie sonst. Das gab ihr Zuversicht. Allerdings befürchtete sie auch, Harald würde genau deshalb schon bald wieder seine Arbeit aufnehmen wollen. Sie wusste, sie konnte das nicht verhindern, allerdings nahm sie sich vor, weiterhin auf Harald einzuwirken. Martina hatte erkannt, Harald trotz allem immer noch zu lieben, und wollte ihn deshalb nicht endgültig verlieren.

Der Abend neigte sich dem Ende zu. Der Fernseher lief, hatte allerdings nichts Interessantes zu bieten. »Willst du eigentlich Freitag zum Training gehen?«, fragte Martina ihren Mann, der ihr gegenüber sitzend in einer Zeitschrift blätterte und angenehmer Weise nicht vor seinem PC hing.

Harald schaute nachdenklich auf. »Ob ich zum Training möchte? … Ja unbedingt. Klaus ist mein Freund und ich würde ihn wirklich gerne treffen. Außerdem käme ich dann mal raus«, sagte er und lächelte dann verschmitzt. »Ich denke, es ist ja wohl erlaubt, dass ich trotz Krankschreibung ins Studio gehe, oder?«

»Du bist krankgeschrieben, Papa?«

Solveig betrat das Wohnzimmer und setzte sich auf das Zweier-Sofa neben ihren Vater.

Harald schaute zunächst Martina und dann Solveig an.

»Hat Lasse dir nicht erzählt, dass ich krankgeschrieben bin?«

»Nein! Hat er nicht«, stellte Solveig fest. »Wieso bist du krankgeschrieben?«, wollte Solveig deshalb wissen.

Harald schaute wieder Martina an, die sich allerdings nicht rührte. »Wie soll ich sagen? Mir geht es seit Tagen nicht besonders gut. Ich bin erschöpft und ich weiß nicht, warum. Ich denke, es könnte vielleicht damit zu tun haben, was bei Lukas und Petra passiert.«

Martina mutete diese Annahme merkwürdig an. Sie wollte dazu etwas sagen, doch Solveig kam ihr zuvor.

»Bei Lukas und Petra? Was meinst du?«

Harald wurde klar, dass Solveig noch nichts davon wissen konnte und zögerte, zu antworten.

»Na … jetzt ist es egal«, mischte sich Martina ein, »… Solveig … Lukas schlägt Petra … das bedeutet, häusliche Gewalt ist dort schon länger Teil des Alltags.«

Solveig schaute erst Martina und dann Harald ungläubig an. »Ist das euer Ernst?«

»Ja! Und mich scheint das doch mehr mitzunehmen, als ich mir eingestehen wollte«, kam Harald auf seine eigene Situation zurück.

Martina rang mit sich, denn sie teilte Haralds Auffassung nicht. Vielmehr hatte sie die Idee, Harald sei in irgendeiner Weise durch Lukas' Geständnis auf sich selbst zurückgeworfen und entwickelte deshalb Symptome. Sie mochte allerdings vor Solveig nicht davon sprechen.

Solveig schüttelte derweil ihren Kopf. »Und was macht ihr? … Macht ihr etwas dagegen?«

Martina und Harald schauten sich an und suchten nach einer passenden Antwort.

Martina konnte als Erste etwas sagen. »Solveig … ganz ehrlich … ich bin immer noch fassungslos … ich kann das immer noch nicht begreifen.«

»Ja wie? … Was soll das bedeuten? … Ihr sitzt hier auf dem Sofa und unterhaltet euch worüber?«

»Solveig …«, sprang Harald Martina zur Seite, »… Wir sind momentan dabei, uns über *uns* zu unterhalten, wenn du verstehst, was ich damit meine.«

»Über euch?«

»Ja, Solveig, über *uns* …«, bestätigte Martina, »… Und deshalb wäre es schön, wenn du uns alleine lassen könntest. Über Lukas und Petra werden wir später nachdenken.«

Solveig war wenig begeistert. Da sie allerdings feststellen musste, dass sich ihre Eltern offensichtlich einmal einig waren, verließ sie mit einem ›Na schön‹ den Platz an der Seite ihres Vaters und anschließend das Wohnzimmer.

Es war spät geworden und draußen inzwischen stockdunkel. Petra brachte ihre letzten Aufräumarbeiten in der Küche zu Ende. Von Peer bekam sie nichts mehr zu sehen. Ihr Sohn war unbestreitbar durch und durch bedient.

Lydia hatte ihr beim Abräumen des Tisches geholfen und sich dann auf ihr Zimmer zurückgezogen. Sie wollte noch mit einer Freundin skypen und recht früh zu Bett gehen.

Lukas hatte während des Essens und auch danach keinen Ton mehr von sich gegeben. Er hatte sich kurz und knapp für das Essen bedankt und war dann in den Garten gegangen, um eine Zigarette zu rauchen.

Während sie die Arbeitsplatte abwischte, dachte sie an das Abendessen und wurde unzufrieden. Sie konnte mal wieder nicht die Klappe halten. Lukas war auch ohne ihre Bemerkungen gehörig unter Druck und sein Verhalten war für Petra auch ohne ihr Zutun beängstigend. Umso mehr musste sie darauf achten, die Küche picobello zu hinterlassen. Petra wusste nicht, wo sich ihr Mann in diesem Moment aufhielt. Sie überprüfte die Arbeitsplatte und befand, diese sei in dem Zustand, der angezeigt war. Der Geschirrspüler hatte seine Arbeit vor einiger Zeit beendet. Petra konnte damit beginnen, Geschirr und Besteck an seinen Platz zu räumen. Sie sammelte Messer, Gabeln und Löffel ein und brachte sie in den entsprechenden Fächern der Schublade unter, als sie ein Geräusch vernahm. Sie schaute sich um und horchte einige Sekunden. Doch es war nichts mehr zu hören. »Jetzt drehe ich wohl endgültig durch«, mutmaßte sie und wandte sich den Tellern zu. Diese hatten ihren festen Platz und durften auf keinen Fall irgendwo anders herumstehen. Sie stellte die letzten Teller in den Schrank und Lukas stand, aus dem Nichts erschienen, neben ihr. Sie drehte sich zu ihm um und schon ließ sie ein Schmerz in ihrem Bauch zusammensacken. Petra stöhnte vor Schmerz, auf ihren Knien vor Lukas kauernd.

»So. Das passiert, wenn man mich vor meinen Kindern bloßstellt. Damit du's weißt. … Und wenn man insgeheim daran arbeitet, mich loszuwerden.«

Es war kurz Ruhe. Dann verschwanden Lukas' Schuhe aus Petras Blickfeld. Er war wieder weg.

Petra hielt sich ihren Bauch und wimmerte. Ihr blieb vom Schmerz die Luft weg und ihr wurde schwarz vor Augen. »Wieder einmal hatte sie ihren Mann so weit getrieben«, dachte sie und begann zu weinen.

»Mama!« Lydia kam in die Küche, um sich etwas zum Trinken zu holen. »Was ist mit dir? … Hat er dich wieder geschlagen?«

Petra wusste nicht, wie lange sie sich bereits am Boden befand. Sie konnte sich nicht bewegen.

Lydia kam ihr zu Hilfe und legte ihren Arm um ihre Mutter.

Petra fing wieder an zu weinen.

»Herr Schmalbach!«

Lukas glaubte zu träumen, als er irgendjemand seinen Namen rufen hörte.

»Herr Schmalbach! Machen Sie bitte die Tür auf!«

Lukas war sich sicher, einen bösen Traum zu haben. Nun hörte er auch noch ein fürchterliches Klopfen.

»Herr Schmalbach! Hier spricht die Polizei. Machen Sie bitte sofort die Tür auf!«

Polizei? Lukas hatte sich bereits im Tiefschlaf befunden, doch dieses Wort ließ ihn relativ schnell wach werden.

»Bitte machen Sie auf! Ansonsten kommen wir rein.«

Lukas war jetzt hellwach und konnte nicht glauben, was er annehmen musste.

»Einen Moment!«

Wenig später öffnete Lukas die Schlafzimmertür. Vor ihm stand ein Polizeibeamter, hinter ihm eine Polizeibeamtin.

»Herr Schmalbach. Bitte ziehen Sie sich etwas an! Sie müssen uns zur Wache begleiten.«

Lukas traute seinen Ohren nicht. »Ja … wieso?«

»Über die Gründe sprechen wir auf der Wache. Bitte seien Sie vernünftig, ziehen Sie sich etwas an und kommen Sie mit uns! Und packen Sie sich eine Tasche mit Kleidung. Denken Sie auch an Ihr Portemonnaie und Ausweise!«

Lukas konnte nicht glauben, was ihm passierte. Ihm war allerdings sofort klar, wie wenig Sinn es hatte, jetzt einen Aufstand zu machen. »Wenn Sie meinen … einen Moment.«

Lukas wollte die Tür schließen.

»Die Tür muss offen bleiben. Sie können sie anlehnen.«

Lukas entledigte sich wie in Trance seines Schlafanzuges. Nach und nach zog er sich an und war nach wenigen Minuten fertig. Er ging zur Tür.

»Warum soll ich eine Tasche packen?«, fragte er den Beamten. »Das verstehe ich nicht.«

»Sie werden für die nächsten zehn Tage weg gewiesen. Das bedeutet, Sie werden woanders übernachten müssen, beispielsweise in einer Pension oder auch in einem Hotel.«

»Zehn Tage woanders übernachten?«, fragte Lukas. »Aber wie kommen Sie da drauf? Mit welchem Recht …«

»Herr Schmalbach … kümmern Sie sich um Ihre Tasche! Besprochen wird alles Weitere auf der Wache.«

Lukas folgte widerwillig der Aufforderung des Beamten. Er musste zunächst überlegen, wo sich seine Sporttasche befand. Als er sie gefunden hatte, packte er sie mit den Kleidungsstücken, die ihm einfielen. Nach zehn Minuten war er so weit. »Was geht hier bloß ab?«, fragte er sich, als er an die Tür ging.

»So, Herr Schmalbach. Wenn Sie so weit sind, fahren wir jetzt zur Wache.«

»Wenn ich so weit bin?«

Der Beamte bekam von seiner Kollegin einen Hinweis. »Haben Sie an eine Zahnbürste und so weiter gedacht?«

»… Äh … nein.« Lukas ging ins Bad.

Der Beamte folgte ihm an die Tür.

Lukas warf seine Zahnbürste, Zahnpasta, ein Handtuch und Duschgel in die Tasche. Er verließ das Bad und nickte nur. Er schaute sich im Flur um und sah seinen Sohn, der verstohlen aus seinem Zimmer schaute. Ansonsten war der Flur bis auf die beiden Beamten leer.

Der Beamte schob ihn in Richtung Treppe. Auf dem Weg nach unten war niemand zu sehen; weder seine Ehefrau noch seine Tochter. Wenige Minuten später drückte die Polizeibeamtin seinen Kopf nach unten, während er in den Polizeiwagen stieg, der mit Blaulicht und einem weiteren Polizeiwagen vor dem Haus stand.

Wer ist Lukas?

*Wirklich gute Freunde sind
Menschen, die uns ganz genau
kennen, und trotzdem zu uns halten.*
- Marie von Ebner-Eschenbach -

Freitag, der 25.08.2017, morgens

An diesem Freitagmorgen war Klaus durchaus guter Dinge, denn es war zu erwarten, dass er und seine Kollegen die Arbeiten in der Arztpraxis zum Mittag abschließen konnten. Unter der Woche ging es mit den Arbeiten wider Erwarten sehr gut voran, obwohl Hinnerk nicht zur Verfügung stand.

Klaus nippte, mit Sybille am Küchentisch sitzend, an seinem Kaffee und dachte an seinen Lehrling Karl, der sich als wahres Naturtalent entpuppte. Klaus konnte kaum fassen, wie sehr ihm Karl unter der Woche eine Hilfe war. Zusätzlich hatte sich Hinnerk gestern Abend auch noch als wieder einsatzfähig zurückgemeldet. Sie waren also zu dritt und mit soviel Manpower sollten die restlichen Arbeiten ein Klacks sein.

Andererseits war Klaus sehr gespannt, ob er Harald abends beim Training sehen würde. Nach dem Telefonat mit Harald hatte Klaus einen wagen Einblick in dessen Gesundheitszustand. Er fand, Harald hatte ihm erstaunlich offen erzählt, wie angeschlagen er derzeit war und dabei auch seine Krankschreibung erwähnt. Harald hatte auch beklagt, für seine Erschöpfung momentan keine Erklärung bieten zu können, und betont, durchaus Lust auf ein gemeinsames Training zu haben. Klaus konnte verstehen, dass Harald keine feste Zusage geben konnte, da er nicht wusste, wie es ihm am Trainingstag ging.

Hinsichtlich seines Privatlebens musste er sich also überraschen lassen, während seine Selbständigkeit zumindest heute mehr Gewissheiten zu bieten schien. So saß er also recht zwiegespalten in der Küche und schaute Sybille dabei zu, wie sie sich ihre Brote für die Schule fertig machte.

Sybille mochte indessen ungern an ihren bevorstehenden Arbeitstag denken. Momentan war irgendwie der Wurm drin. Viele ihrer Schülerinnen und Schüler kamen scheinbar nach den Sommerferien nicht im Schulbetrieb an. Sie waren oft unkonzentriert, ließen sich schnell ablenken und wirkten oft, als wären sie irgendwo anders. Das wirkte sich unterschwellig auf Sybilles Motivation aus.

Die fertigen Brote ließ sie in ihrer Brotdose verschwinden und diese in ihrer Tasche.

»So, das wäre erledigt … ganz ehrlich, Klaus, heute hält sich meine Lust in Grenzen … ich werde drei Kreuze machen, wenn nachher Feierabend ist.«

»Wie kommt das? Du bist doch gerne Lehrerin, oder?«

»Das ist wahr … nur momentan ist die Arbeitsatmosphäre in der Schule eher bescheiden. Für mich noch ein Rätsel sind viele Schüler kaum bei der Sache. Ich frage mich schon, was da so in der ein oder anderen Familie während der Sommerferien gelaufen ist.«

Klaus konnte sich nicht erinnern, Sybille hinsichtlich der Schule jemals so unzufrieden erlebt zu haben. »Ist es nach den Ferien nicht grundsätzlich erst mal schwieriger?«

»Schwieriger ist es immer, doch momentan ist es auf irgendeine Weise anders.«

Harald hatte so gut wie lange nicht geschlafen und atmete auf, weil er keinen Arbeitstag mehr vor der Brust hatte. Während Martina arbeiten musste, konnte er sich bereits im Wochenende befindend mit etwas anderem beschäftigen als mit Strategien zur Absatzsteigerung oder mit der Produktentwicklung. Es gab nur ein Problem. Was konnte dieses andere sein?

Über diese Frage sann Harald nach, während er, das Haus hatte er für sich, und den Garten auch, mit seinem Kaffee auf der Terrasse stand. Heute war der dritte Tag seiner Krankschreibung und es ging ihm deutlich besser. Besonders die letzte Nacht war, das musste Harald zugeben, wirklich erholsam. Er kam gut in den Schlaf, wachte während der Nacht nicht auf und war wirklich ausgeruht. Das hatte er lange nicht. Harald war zuversichtlich, nächste Woche auf der Arbeit wieder durchstarten zu können.

Als er noch einen Schluck Kaffee nahm, fiel ihm ein, dass Freitag war. Abends lag das Training an. Harald fühlte sich fit genug und hatte auch Lust, sich mit Klaus zu treffen. Er mochte Klaus wirklich sehr, denn Klaus war jemand, der nicht nur verlässlich war, sondern die Dinge auch mit dem gesunden Menschenverstand beurteilte. Dabei neigte er nicht zu überstürzten Handlungen, sondern blieb besonnen. Gleichzeitig war er offen für die Sichtweisen seiner Mitmenschen. Harald wurde klar, wie wichtig es ihm war, Klaus als Freund zu behalten. Daran sollte auch Lukas nichts ändern können, indem er sich völlig inakzeptabel verhielt.

Es hätte ein schöner Freitag sein können. Das Wochenende stand vor der Tür und die Sonne hatte eine Hochnebeldecke beiseite geschoben. Nun war sie damit beschäftigt, die Temperaturen so weit nach oben zu bringen, wie es die Wettervorhersage, die er im Radio gehört hatte, verlangte. Doch die Aussichten für die nächsten Tage waren für Lukas kaum zu begreifen. Man hatte ihm verboten, in sein Haus zurückzukehren.

Die Polizei sollte auf keinen Fall seinen Alltag kaputt machen. Also war er, wie jeden Tag, zur Arbeit gefahren. Allerdings musste er dazu, wie auch gestern, auf Bus und Bahn ausweichen, was ihn doch einigermaßen wurmte. Es war ihm noch nicht gelungen, seinen Wagen zu sich zu holen. Der stand ungenutzt vor seinem Haus.

Lukas saß in seinem Büro und packte eines der beiden Brötchen aus, die er sich bei einem Bäcker am Bahnhof besorgt hatte; eins mit Ei und eins mit Hackepeter. Während er in sein Ei-Brötchen biss, fragte er sich, wem er diesen ganzen Schlamassel zu verdanken hatte. War es Petra oder Lydia? Peer konnte es auf keinen Fall sein. Lukas dachte darüber nach und war sich ziemlich sicher, seine Tochter sei für seine Situation verantwortlich. Sie war schließlich durch Petra beeinflusst. Petra hatte in den letzten Tagen alles daran gesetzt, Lydia auf ihre Seite zu ziehen. Aus welchem anderen Grund sollte Lydia ihn fragen, ob er ins Hotel ging? Lukas nahm einen Schluck Tee, damit das Brötchen besser rutschte. »Ich muss unbedingt den Wagen haben«, dachte er, als er einen weiteren Bissen nahm. Schließlich hatte er auch dafür gearbeitet, einen vorzeigbaren Wagen fahren zu können. Da konnte es nicht sein, dass dieser herumstand oder ›besser‹, von Lydia missbraucht wurde. Lukas schaute auf die große Uhr mit Ziffernblatt an der Wand. Seine Frühstückspause endete schneller, als es ihm lieb war. Er musste sich mit dem Brötchen beeilen.

Freitag, der 25.08.2017, mittags

Klaus hatte beschlossen, etwas eher ins Wochenende zu gehen, denn sie waren zu dritt ein sehr effektives Team. Tatsächlich war es ihnen gelungen, die Arztpraxis fertigzustellen. Vor wenigen Minuten hatte Klaus die Übergabe an seinen Auftraggeber vollzogen. Klaus war sehr zufrieden, als er das Gebäude mit seinen beiden Männern verließ. Er hatte sich nicht träumen lassen, noch einmal einen derart motivierten Lehrling anlernen zu dürfen.

Karl hatte eine wunderbare Auffassungsgabe und war gleichzeitig sehr mutig, sich auszuprobieren. Klaus konnte beobachten, wie Karl jeden Tag dazulernte.

Es gab allerdings noch einen anderen Grund für den früheren Feierabend. Klaus wollte Sybille überraschen. Deshalb musste er rechtzeitig in einen Supermarkt und für das Mittagessen einkaufen. Er wollte einen grünen Salat und einen Kartoffelsalat machen und dazu Würstchen grillen. Dazu musste er sich beeilen. Nachdem sie die Werkstatt erreicht hatten, mahnte er Hinnerk und Karl, die von seinem Vorhaben wussten, zur Eile an.

Nach einer viertel Stunde war sämtliches Material und Werkzeug in der Werkstatt an seinem Platz. Klaus bedankte sich und wünschte seinen beiden ›Kollegen‹ ein erholsames Wochenende.

»Dir auch, Klaus. Und viel Glück für deine Überraschung«, rief Hinnerk, als er sich in sein Auto setzte.

»Danke!«, konnte Klaus noch sagen, bevor Hinnerk mit einem Affenzahn und Karl mit dem Fahrrad ins Wochenende fuhren.

Sybille war also recht unmotiviert zur Schule aufgebrochen. Sie war selbst irritiert, denn dieses morgendliche Gefühl der Unlust, zur Arbeit aufzubrechen, kannte sie so nicht.

Sie saß im Lehrerzimmer und hatte es tatsächlich geschafft. Ihre letzte Unterrichtsstunde war vorbei. Sie war zufrieden, weil sich nur wenige Kolleginnen und Kollegen im Lehrerzimmer aufhielten.

Nachdem sie ihr Fach geleert hatte, inspizierte sie noch schnell ihre Post. Neben der Monatsabrechnung hinsichtlich ihrer Besoldung gab es mal wieder einen dieser Briefe von der Behörde. Sybille wunderte sich schon länger, weil die Behörde solche Schreiben immer noch auf Papier verschickte. Sie merkte auch, wie wenig Lust sie hatte, das Schreiben zu öffnen. Die Prospekte für irgendwelche Fortbildungen überflog sie kurz; nichts Spannendes dabei. Sie stand auf und warf sie in den Müll. Das Schreiben legte sie zurück in ihr Postfach. Ihr Wochenende war ihr heilig. »So, Feierabend«, dachte sie und nahm ihre Strickjacke vom Stuhl, nachdem sie ihre Tasche über die Schulter gehievt hatte.

»Ein schönes Wochenende allerseits«, rief sie in den Raum, als sie die Tür zum Flur öffnete.

»Dir auch, Sybille«, kam als Echo zurück. Wenig später verließ sie das Schulgebäude und eine große Last fiel von ihren Schultern.

Familie Schmalbach war es wieder nicht gelungen, den Tag halbwegs normal zu beginnen. Petra war pünktlich aufgestanden und kümmerte sich dann um das Frühstück, nachdem sie ihre Kinder geweckt hatte. Doch Peer war nicht dazu zu bewegen, aufzustehen. Lydia erschien zwar in der Küche, mochte allerdings nichts essen. Sie nahm sich einen Kaffee, setzte sich an den Küchentisch und schaute ihre Mutter immer wieder an; als wollte sie fragen: Wieso musste *ich* die Polizei rufen?

Obwohl Lydia aus ihrer Sicht keine andere Wahl mehr hatte, haderte sie mit sich. Und sie haderte mit ihrer eigenen Situation. Ihr war klar, sich in ihrer Familie keine Freunde gemacht zu haben. Und sie vermochte es nicht mehr zu ertragen und hinzunehmen, in einer Familie zu leben, in der häusliche Gewalt an der Tagesordnung war.

Als sie ihre Mutter fragte, wie es ihr ging, bekam sie außer einem Kopfschütteln keine Antwort. Das machte Lydia traurig und gleichzeitig wütend. Ihre Mutter tauchte ab und ließ sie allein mit ihrem Schmerz und ihrer Verunsicherung.

Petra befand sich immer noch in einer Art Schockstarre und konnte deshalb kaum etwas sagen. Sie schwankte zwischen Erleichterung und Wut hin und her. Sie war erleichtert, ihren Mann nicht ertragen zu müssen. Und auf Lydia war sie genau deswegen wütend.

Als klar war, Peer würde nicht zur Schule gehen, rang sich Petra dazu durch, in der Schule anzurufen und ihren Sohn zu entschuldigen. Doch zu mehr war sie dann nicht mehr in der Lage.

Lydia entschied, trotz oder wegen der neuen Situation, zur Uni zu fahren. Sie musste dringend raus aus diesem Haus.

Inzwischen war es fast zwei Uhr und Petra kümmerte sich, so gut es eben ging, um den Haushalt. Sie hatte eine Wäsche gestartet, den Geschirrspüler beladen und angeschaltet und ein wenig Staub gesaugt. Peer bekam sie nicht zu Gesicht. Auf ihr Klopfen hatte er nicht reagiert. Sie wusste nicht, was ihren Sohn umtrieb. Sie konnte nur erahnen, wie es Peer ging. Schließlich war sein Vater von der Polizei abgeholt worden.

Petra fragte sich mehrmals am Tag, wie es weitergehen sollte. Konnte es überhaupt weitergehen? Sie hatte keine Antworten. Ihre Rippe schmerzte bei jeder Bewegung und so wurde sie immer wieder daran erinnert, einen Schläger als Mann zu haben.

Sie ertappte sich mehrmals dabei, wie ihre Gedanken weg drifteten, als sie in der Küche oder im Wohnzimmer eine Pause machte.

Auch jetzt, sie saß am Esstisch und trank einen Tee, war sie geistig abwesend. Sie konnte nicht fassen, was ihr widerfuhr. Ihr Mann, ein Schläger, der damit niemals aufhören würde. Eine Tochter, die eine einsame Entscheidung trifft und die Polizei ruft. Ein Sohn, der sich nicht anders zu helfen weiß, als sich komplett zurückzuziehen.

An die Uni zu fahren, war nicht wirklich hilfreich, denn es gab aufgrund der vorlesungsfreien Zeit keine Vorgaben für ihren Tag. Sie hatte versucht, sich in der Bibliothek abzulenken; mit wenig Erfolg. Nun wartete also doch das Wochenende auf sie. Lydia wusste nicht, was sie machen sollte. »Hatte sie das Richtige getan?«, fragte sie sich immer wieder.

»Lydia!« Sie war in die Cafeteria gegangen und saß mit Astrid, einer Kommilitonin, bei einem Kaffee.

»Lydia! … Ist alles in Ordnung bei dir?«

Lydia holte sich aus ihrem Nachsinnen. Am liebsten hätte sie Astrid ihr Herz ausgeschüttet. »Ja, geht schon. Ich bin wohl nicht richtig ausgeschlafen.«

»Ja … du wirkst irgendwie leicht abwesend.«

Lydia nickte und driftete mit ihren Gedanken wieder ab. Sie merkte Wut auf ihre Mutter. Wieder hatte sie den Impuls, Astrid von ihrer Situation zu erzählen. »Bei mir zu Hause gibt es Probleme … meine Eltern haben Stress.«

Astrid hatte nicht damit gerechnet, eine derartige Information zu bekommen. »Oh, das ist nicht gut«, gab sie zu, ohne groß nachzudenken.

»Es ist kompliziert …«, fügte Lydia hinzu, »… Und ich weiß nicht, was ich machen soll. Ich verspüre wenig Lust, nach Hause zu fahren, wenn ich ehrlich bin.«

In Astrid zog sich etwas zusammen. Das hörte sich nicht gut an. »Kannst du denn irgendwo anders hin?«

Lydia schaute Astrid überrascht an. »… Das ist eine gute Frage, Astrid … darüber habe ich noch gar nicht nachgedacht.«

Klaus war zufrieden. Im Supermarkt war es nicht allzu voll gewesen, sodass er recht schnell seinen Einkauf erledigen konnte. Auch an der Kasse war er nach einer sehr kurzen Wartezeit zum Zuge gekommen.

Jetzt war er damit beschäftigt, den Grill vorzubereiten. Die Kartoffeln mussten gleich so weit sein. Einzig seine mangelnde Übung in Sachen Kochen verzögerte seine Fortschritte. Er war froh, auch an Holzkohle gedacht zu haben, denn der vorhandene Vorrat hätte nicht mehr ausgereicht.

Als der Grill damit begann, sich betriebsbereit zu glühen, ging er in die Küche und knüpfte sich den Eisbergsalat vor. Zwischendurch goss er die Kartoffeln ab. Nacheinander zerkleinerte er Tomaten, eine grüne Gurke, Radieschen und Schafskäse. Leider war er sich nicht ganz sicher, wie das Dressing ging – aber Sybille wusste das ja.

Dann begann er, die Kartoffeln zu pellen und musste sich doch wundern, wie viel Zeit allein damit wegging. Er hatte die Wahl, die Kartoffeln nur mit Öl oder mit Mayonnaise anzumachen. Er entschied sich für die Variante mit Mayonnaise, da er es ein wenig schlonzig wollte.

Als er dabei war, die Kartoffeln in Scheiben zu schneiden, hörte er die Haustür. Sybille kam nach Hause und er hoffte, sie hatte einen halbwegs brauchbaren Arbeitstag. Er schaute sich um. »Sybille!« Es dauerte ein wenig, bis sie sich in der Küchentür blicken ließ. Klaus lächelte. »Willkommen im Wochenende!«

Sybille war echt erledigt und erleichtert, endlich zu Hause zu sein. Doch was machte ihr Mann in der Küche? »Hallo, Klaus … und danke! … Was machst du da?«

Martina war von einer Versicherungsnehmerin aufgehalten worden, die sehr aufgebracht war. Denn Martinas Arbeitgeber wollte laut aktuellem Bescheid die Kosten für ihren Zahnersatz nicht komplett übernehmen. Martina hatte versucht, der Dame zu vermitteln, sie sei nicht zuständig, was sich als schwierig erwies. Da die Dame sehr verzweifelt war, hatte Martina ihr letztendlich zugesagt, sich um ihre Angelegenheit zu kümmern und sich dann bei ihr zu melden.

Deshalb kam sie eine knappe halbe Stunde später nach Hause und schloss, ein wenig abgekämpft, die Haustür auf. Sie hängte ihre Jacke an die Garderobe und schloss die Tür. Dann rief sie nach Harald. Er sollte ihr erst einmal einen anständigen Kaffee kochen. Aber Harald meldete sich nicht.

»Die Haustür war nicht verschlossen«, dachte Martina.

Wie Martina vermutete, fand sie ihren Ehemann im Garten. Er lag dort auf einer der beiden Sonnenliegen und reagierte nicht, als sie die Terrassentür öffnete.

»Harald?«

Harald zeigte eine Regung und drehte sich zu Martina um. »Martina. Schön, dich zu sehen. Kann ich was tun?«

»Ja, kannst du. Mach mir doch bitte einen vernünftigen Kaffee!«, legte Martina Harald ohne Zögern nahe.

»Sehr gerne. Wie war dein Tag?«

»Frag lieber nicht!«

»Okay.« Harald mühte sich in den Stand und lief auf Martina zu, die jedoch im Wohnzimmer verschwand. »Offenbar kein so guter Tag«, dachte Harald und eilte in die Küche.

Bald war der Kaffee durchgelaufen und Harald belud ein Tablett mit allem, was es für den Kaffee zusätzlich brauchte. Er brachte das Tablett ins Esszimmer und ging dann auf Suche nach seiner Ehefrau. Er fand sie im Bad. Sie hatte geduscht und war damit beschäftigt, ihre Haare in Form zu bringen. »Martina!« Martina blickte sich um. »Wo möchtest du Kaffee trinken? Drinnen oder draußen?«

»Ich brauche unbedingt frische Luft. Also draußen …«, antwortete sie. »… Danke!«

Harald freute und beeilte sich, auf der Terrasse alles für den Kaffee vorzubereiten. Dann setzte er sich auf seinen Platz und hoffte, nicht mehr allzu lange auf Martina warten zu müssen.

Martina wunderte sich schon ein wenig, weil Harald ungewohnt zuvorkommend war und in keiner Weise schlechte Laune zu haben schien. Konnte es sein, dass einige Tage Abstand von der Arbeit diese Wirkung hatten – schön wäre es, allerdings auch bezeichnend.

Nachdem sie mit ihrem Aussehen zufrieden war, verließ sie das Bad und ging ins Erdgeschoss. In diesem Moment öffnete jemand die Haustür. Es war Solveig, mit Lasse im Schlepptau.

»Hallo, ihr beiden. Alles klar bei euch?«, fragte sie ihre Kinder überschwänglich, sodass beide ihre Mutter irritiert anstarrten. Martina konnte dies nicht übersehen. »Wochenende?«, versuchte sie ihre Kinder aufzuklären, »… Und euer Vater hat auf der Terrasse den Kaffeetisch gedeckt«, ergänzte sie und ging dann Richtung Terrasse.

Der Arbeitstag war ohne große Überraschungen verlaufen. Lukas wäre gerne noch länger geblieben, doch hatte er schon reichlich Überstunden angehäuft. Also machte er sich auf den »Heimweg«, nachdem er sein Büro auf Vordermann gebracht hatte. Die Vorstellung, das Wochenende nicht bei seiner Familie zu verbringen, bescherte ihm eine Anspannung, die er in dieser Qualität nicht kannte. Er mochte sein zu Hause und er vermisste seine Familie.

Eine gute viertel Stunde später fuhr er mit der Straßenbahn den ›Dobben‹ entlang. An der Haltestelle ›Sielwall‹ verließ er die Linie Zehn; eigentlich um umzusteigen. Doch plötzlich verspürte er den Drang, seine Fahrt dort zu unterbrechen, wo er früher, vor und während seines Studiums, oft und viel unterwegs gewesen war.

Nach Verlassen der Bahn schaute er sich um. Als Erstes fand er einen Bäcker, der früher nicht da war. Dann stellte Lukas fest, dass das Fischgeschäft verschwunden war. Neben der Bank kannte er auf den ersten Blick nur noch ein Café und ein Fahrradgeschäft. Ihm fiel auf, wohl mindestens fünf Jahre nicht mehr im Viertel gewesen zu sein.

Er zögerte kurz und entschied dann, einen Blick ins Piano zu werfen, um dort erst einmal einen großen Milchkaffee zu trinken. Das Innere des Cafés mutete ähnlich an, wie vor zwanzig Jahren und Lukas fühlte sich gleich wohl. Zu seiner Freude war ein Tisch an einem der beiden Fenster frei. Er hätte auch draußen sitzen können, doch war es ihm wichtig, das Innere auf sich wirken zu lassen.

Als Martina die Terrasse betrat, entdeckte sie auf dem Tisch das Kaffeeservice, welches sie eigentlich nur zu besonderen Anlässen aus dem Schrank holte. »Ist heute irgendetwas Besonderes?«, fragte sie deshalb, als sie sich dem Tisch näherte.

Harald lächelte. »Es ist Wochenende und ich dachte, das wäre Anlass genug.«

Martina nahm sich einen Stuhl und setzte sich lächelnd an Haralds Seite. »Danke, Harald.«

»Sehr gerne. Darf ich dir Kaffee einschenken?«

»Bitte sehr!«

Harald stand auf, nahm sich die Kaffeekanne und füllte Martina ihre Tasse mit Kaffee. »Dein Tag war heute also nicht so erquickend?«

Während Harald die Kanne wegstellte, antwortete Martina: »Ach, es ging schon.«

Harald fragte Martina nach Milch. Sie nickte und er goss ihr Milch ein.

»Ich hatte es mit einer Dame zu tun, deren Zahnarztrechnung nicht gänzlich übernommen werden soll. Deshalb konnte ich nicht pünktlich Feierabend machen«, erklärte Martina ihrem Mann.

Harald setzte sich wieder. »Und?«

»Ich habe ihr zugesagt, mich um ihre Angelegenheit zu kümmern und damit war sie erst einmal zufrieden.«

»Kannst du denn was für sie tun?«

Martina sah ihren Mann an. »Harald, geht es dir gut?«

»Wieso?«

»Weil du so viele Fragen stellst.«

Harald nickte. »Es interessiert mich eben, warum du später gekommen bist.«

»Um auf deine Frage zurückzukommen. Ich werde versuchen, der Dame zu helfen.«

Mittlerweile war es gegen vierzehn Uhr dreißig und Harald machte auf Martina immer noch einen erstaunlich entspannten Eindruck. Inzwischen saßen sie zu dritt auf der Terrasse, denn Solveig hatte sich zu ihnen gesellt. Martina hatte Lasse gebeten, doch auch zu kommen, aber er wollte nicht.

»Wieso bist du eigentlich krankgeschrieben, Papa?«, fragte Solveig auf einmal ihren Vater und nahm sich einen Keks aus der Keksdose.

Martina schaute Harald an, doch der war erstaunlicherweise nicht nur mit seinem Kaffee beschäftigt, sondern lächelte sie zusätzlich an, als er kurz aufschaute. Martinas Eindruck schien sich zu bestätigen. Harald wirkte nicht nur ausgeruht, sondern auch gelöst. Das freute sie sehr.

»Ich könnte jetzt sagen, dass man krankgeschrieben wird, wenn man nicht arbeitsfähig ist«, machte Harald einen Versuch, das Thema schnell beiseite zu schieben.

Doch Solveig ließ sich so nicht abspeisen. »Papa, das ist mir durchaus klar. Doch warum bist *du* nicht arbeitsfähig? Ich frage auch, weil du, so glaube ich, noch nie krank warst.«

»Du hast recht, Solveig. Ich war, soweit *ich* mich erinnern kann, noch nie ernsthaft krank. Mein Hausarzt sagt, ich sei körperlich gesund. Er meint auch, ich brauche Ruhe.«

»Na ja, da könnte er schon richtig liegen. Du warst in den letzten Momenten nur schwer genießbar«, sagte Solveig und schaute dabei ihre Mutter an.

Harald haute es fast aus den Socken. Er hatte es tatsächlich mit zwei Damen zu tun, die ihm attestierten, anstrengend zu sein.

»Heute ist das anders«, ließ Solveig ihren Vater zusätzlich wissen und lächelte. Solveig war an diesem Nachmittag ausgesprochen aufgeweckt und ließ es sich deshalb nicht nehmen, eine weitere Frage zu stellen. »Wie habt ihr eigentlich davon erfahren?«, wollte sie von ihren Eltern wissen. Sie schaute anschließend zunächst Martina und dann Harald an.

Ihre Eltern wiederum wechselten schnell einige Blicke und beide konnten sehen, wie irritiert der jeweils andere war.

Harald nahm in aller Ruhe einen Schluck Kaffee, stellte seine Tasse zurück und schaute dann Solveig an. »Ich muss schon sagen … deine Neugierde ist ziemlich bemerkenswert … ich nehme an, du meinst die traurige Tatsache, dass Lukas seine Frau schlägt, richtig?«

Solveig nickte. »Ja, genau.«

Harald schaute Martina an und erklärte dann: »Als ich vorletzten Freitag mit Klaus und Lukas im Fitness-Center war, sind wir wie immer anschließend noch in einen Biergarten an der Schlachte gegangen. Aus für mich immer noch unerklärlichen Gründen hat Lukas im Biergarten gestanden, seine Frau seit vier Jahren zu schlagen.«

»Ist das dein Ernst?« Lasse stand in der Terrassentür.

Harald drehte sich zu seinem Sohn um. »Leider ja, Lasse.«

Lasse kam auf die Terrasse und setzte sich dazu.

Solveig fragte wie selbstverständlich: »Aber müsste Lukas dafür nicht ins Gefängnis?«

»Ja genau. Der muss in den Knast«, pflichtete Lasse seiner Schwester aufgebracht bei.

Martina musste insgeheim schmunzeln, erinnerte Lasse sie mit seiner Reaktion doch sehr an seinen Vater.

»Und was hast du zu Lukas gesagt?«, fragte Lasse.

Harald war klar, dass seine Antwort nicht zur Beruhigung aller Anwesenden führen würde. »Ganz ehrlich, Lasse … ich habe gar nichts gesagt …«, erklärte er und trank wieder von seinem Kaffee. »… Und ich bin nicht stolz drauf.« Er schaute Martina an, die überrascht zu sein schien.

Martina erkannte ihren Mann in der Tat kaum wieder und war gleichzeitig hocherfreut, Harald so besonnen zu erleben.

Solveig mischte sich wieder ein, nachdem sie sich noch einen Tee, von ihr selbst zubereitet, eingeschenkt hatte. »Wie? … du hast dazu nichts gesagt?«

»Nein. Habe ich nicht«, gab Harald unumwunden zu und verblüffte Martina erneut.

»Ja, aber wieso nicht?«, wollte Lasse mit zunehmender Empörung wissen.

Martina wollte Harald zur Seite springen, doch der hob kurz die Hand und sagte dann: »Das ist zweifelsfrei eine gute Frage … zum einen konnte ich nicht glauben, was ich da gehört hatte und zum anderen konnte ich eine solche Nachricht auch in keiner Weise gebrauchen.«

»Nicht gebrauchen?«, wiederholte Lasse ungläubig, schaute erst seinen Vater, dann seine Mutter und schließlich seine Schwester an.

Harald wurde erst in diesen Moment bewusst, was er gerade ausgesprochen hatte. Das machte ihn nachdenklich. Er hatte sich tatsächlich bis zu diesem Moment weder ernsthaft mit Lukas beschäftigt, noch sich irgendwelche Sorgen um Petras Gesundheit gemacht.

Martina schaute Harald an, während sie sich einen Keks nahm, und fragte sich, ob sie etwas sagen sollte.

Harald kam ihr zuvor. »Ja, Lasse … ich weiß, das ist kaum zu verstehen … und mir wird jetzt erst klar, wie sehr ich in den letzten Monaten in meinem eigenen Saft gebraten habe …«, räumte Harald mit einigen Bedenken ein, »… Und mir ist auch klar, dass ich diesbezüglich, und auch bezogen auf das ein oder andere in unserem Leben, etwas ändern sollte«, sagte er und suchte dabei Blickkontakt zu seiner Ehefrau und seinen Kindern.

Seine Familie schaute sich abwechselnd an und verstummte. Martina wusste überhaupt nicht, wie ihr geschah. Sie konnte kaum glauben, ihren Mann diese Worte sprechen zu hören.

Astrid hatte ihr einen Floh ins Ohr gesetzt, der ihr neue Handlungsoptionen aufzeigte. Selbstverständlich musste sie nicht zwingend nach Schwachhausen in dieses Haus zurückkehren. Sie hatte genügend Freundinnen, die sie fragen konnte. Und auch ihre Großeltern kamen als vorübergehende Alternative infrage.

Lydia unterhielt sich mit Astrid über Angelegenheiten des Studiums und tauschte Neuigkeiten von Mitstudentinnen und Mitstudenten aus. Die dabei verstreichende Zeit nutzte sie, um ihre Möglichkeiten abzuwägen. Als sie sich von Astrid verabschiedete und ihr ein schönes Wochenende wünschte, hatte Lydia eine Entscheidung getroffen. Sie konnte nicht auf der einen Seite ihren Vater in die Schranken weisen und auf der anderen Seite ihre Mutter und ihren Bruder allein lassen.

Von der Uni war es nicht weit, sodass sie nach einer kurzen Fahrt mit dem Fahrrad, die sie am Bürgerpark entlang führte, ihr Ziel erreichte. Gegen drei Uhr trat sie ins Haus und war ziemlich aufgeregt, in welchem Zustand sie ihre Mutter und ihren Bruder antreffen würde.

Doch Küche und Wohnzimmer waren leer. Auch im Esszimmerbereich fand sie weder ihre Mutter noch ihren Bruder. Lydia war bereits etwas verunsichert, als sie ein Geräusch hörte. Ihre Mutter stand vor ihr.

»Hallo, Mama.«

Petra erschrak, denn sie hatte nicht mit Lydia gerechnet.

»Hallo.«

Petra ging in die Küche und ließ die beiden Wasserflaschen, die sie aus dem Keller geholt hatte, im Kühlschrank verschwinden.

Lydia hatte sich darauf eingestellt, von ihrer Mutter nicht mit größter Begeisterung empfangen zu werden. Also folgte sie ihr einfach in die Küche.

»Was ist?« Petra schaute Lydia an und stemmte ihre Hände in ihre Hüften.

Lydia erwartete auch nicht, von ihrer Mutter gelobt zu werden. »Ich konnte nicht anders.«

»Selbstverständlich hättest du auch anders gekonnt ...«, widersprach Petra, »... Aber du wolltest nicht.«

»Richtig, Mama. Ich wollte nicht. Ich war und bin nicht mehr bereit, hier, in meinem Zuhause, häusliche Gewalt mitzutragen.« Lydia verschränkte ihre Arme und lehnte sich an den Türpfosten. »Papa ist ein Riesenarschloch und du reißt dir für dieses Arschloch auch noch seit Jahren den Arsch auf ... weil du immer noch glaubst, er hört dann auf, dich zu schlagen. Aber denkste. Egal, was du machst, hört er eben nicht auf.« Lydia gelang es nicht mehr so ganz, besonnen zu sprechen. »Als muss ich wohl diejenige sein, die dem ein P vorsetzt, oder?«

Petra wurde aufgrund des aggressiven Tons, den ihre Tochter entwickelte, innerlich immer kleiner. Sie setzte sich an den Küchentisch und schaute ihre Tochter mit ängstlichem Blick an.

Lydia merkte ihren Puls. Sie war ausnehmend ärgerlich. »Da du nicht in der Lage bist, deine Grenzen aufzuzeigen, mache ich das jetzt. Und da ist es mir auch völlig egal, ob du das gut findest oder nicht. So wie bisher kann und darf es jedenfalls nicht weitergehen.«

Lukas trank inzwischen seinen zweiten Milchkaffee und das trug kaum zu seiner Beruhigung bei. Er beobachtete durch das große Fenster des Cafés das Treiben im Steintor und versuchte, seine Gedanken zu sortieren.

Es war ihm wieder passiert.

Obwohl er sich fest vorgenommen hatte, Petra in Ruhe zu lassen, hatte er ihr, seiner Ehefrau, in den Bauch geboxt.

Aber sie musste sich ja auch unbedingt mit Lydia gemein machen und ihm zusetzen ihre Tochter einspannen.

Lukas überkam Leere, als er wieder das Steintor beobachtete. Es half ihm nicht, an einem Ort zu sein, an dem er sich früher viele Nächte um die Ohren gehauen hatte – auf der Suche nach Abenteuern.

Eine Straßenbahn fuhr vorbei.

Er konnte sich überhaupt nicht vorstellen, in seiner neuen Unterkunft zu sitzen und die Wand anzustarren. Er hatte ein Heim, für das er viel gearbeitet hatte. Warum sollte er dann das Wochenende in einer Pension verbringen?

Aber da gab es diese unmissverständliche Ansage der Polizei. Er durfte *sein* Haus zehn Tage lang nicht betreten. Andernfalls müssten sie ihn in Gewahrsam behalten, hatten sie ihm gesagt. Da Lukas selbstverständlich keinen Bedarf hatte, eine Nacht, oder mehrere, in einer Zelle bei der Polizei zu verbringen, konnte er zu seinem Leidwesen nichts anderes tun, als mehrmals zu versichern, sich fernzuhalten.

»Ich soll mein Haus nicht betreten«, dachte er, während er sich innerlich schüttelte, und musste dann lachen. »Das ist doch völlig absurd. Was bilden die sich eigentlich ein?«

Schließlich hatte Petra ihn mit ihren Fragen gereizt. Und sie hatte Lydia vor ihren Karren gespannt. Er hatte demnach allen Grund, sich zu wehren.

Da Lukas mit seinem lauten Lacher Blicke auf sich gelenkt hatte, brauchte er spontan einen Ortswechsel. Er wurstelte sich von seinem Tisch weg und ging vor die Tür. Mit mächtigem Unmut im Bauch fummelte er seine Zigaretten aus dem Anzug, eine aus der Packung und steckte sie an.

Er nahm einen langen und tiefen Zug.

Rauchend ging er vor dem Café auf und ab und ärgerte sich unvermittelt über Klaus und Harald. Während er sich vor das Schaufenster des Fahrradladens bewegte, fragte er sich: »Wer hat bloß die Polizei angerufen? Petra oder Lydia?«

Er blieb eine Weile vor dem Schaufenster stehen und wunderte sich über die Preise der ausgestellten Fahrräder. Nach dem Rauchen ging Lukas wieder hinein, musste dann einem jungen Mann sagen, der Platz, auf den er sich setzen wollte, sei besetzt. Da dieser widerspenstig war, wollte Lukas wissen: »Muss ich erst die Dame vom Service holen?« Lukas deutete an, dies tun zu wollen.

»Schon gut«, gab der junge Mann dann doch auf und verließ das Café, da es ansonsten keine freien Plätze gab.

Lukas nahm seinen hart wiedererkämpfen Platz ein und gab der ihn bedienenden Dame ein Zeichen, als sie in seine Richtung schaute.

»Bitte sehr?«

»Ich möchte gerne noch einen Milchkaffee. Und gibt es hier WLAN?«, fragte Lukas, da er noch ein wenig im Netz stöbern wollte.

»Ja, WLAN ist vorhanden. Ein Passwort ist nicht erforderlich. Der Milchkaffee kommt gleich«, klärte sie Lukas auf und kümmerte sich weiter um ihre anderen Gäste.

Lukas holte sein Laptop aus seiner Tasche und brachte es irgendwie auf dem überfüllten Bistrotisch unter. Erstaunlich schnell war das Gerät hochgefahren und der dritte Milchkaffee an seiner Seite. Zunächst suchte er das passende WLAN und verband seinen Laptop mit dem Internet. Dann öffnete er seinen Browser und stöberte ein wenig auf seinen bevorzugten Internetseiten. Obwohl er seine private E-Mail-Adresse so gut wie nie nutzte, öffnete er auch das Mail-Programm, denn ihm fiel ein, seine Mails lange nicht gecheckt zu haben. Erstaunlicherweise entdeckte er diverse Mails in seinem Posteingang. Er zählte an die zehn E-Mails, die er direkt löschen wollte, da es sich eh nur um Werbe-Mails handeln konnte. Doch mehr zufällig entdeckte er, dass eine dieser Nachrichten keine Werbung war, sondern von Klaus.

»Eine Nachricht von Klaus?« Lukas wusste nicht, ob er wirklich wissen wollte, was Klaus geschrieben hatte. Er konnte sich gerade noch beherrschen, die E-Mail ungelesen zu löschen. Er öffnete sie und las.

Lieber Lukas,

wahrscheinlich ist dir nicht klar, wie sehr mich dein Geständnis vom vorletzten Freitag immer noch beschäftigt. Da ich dich heute telefonisch nicht erreichen konnte, schreibe ich dir jetzt diese Nachricht mit einem konkreten Anliegen.

Wie du hoffentlich mitbekommen hast, machen wir uns Sorgen. Wir machen uns große Sorgen, dass du erneut zuschlagen könntest. Demzufolge machen wir uns auch große Sorgen um Petras Gesundheit.

Als dein Freund wähle ich diesen Weg, dich nochmals an deine Verantwortung zu erinnern. Du bist als der Ehemann von Petra dafür verantwortlich, dass sie keinen körperlichen und psychischen Schaden nimmt.

Es ist also jetzt dringend geboten, dass du alles unternimmst, das Risiko eines erneuten Übergriffs durch dich so klein wie möglich zu halten.

Deshalb möchte ich, als dein Freund, dich, als mein Freund, dringend dazu auffordern, für den Moment aus eurem gemeinsamen Haus auszuziehen, und in eine Pension oder ein Hotel zu ziehen.

Du magst meine Nachricht für vorlaut und anmaßend halten. Das sei dir zugestanden. Und es ist meine Aufgabe als dein Freund, dir zu sagen, was ich zu sagen habe. Dazu sind Freunde nun einmal da.
Solltest du irgendwann den Wunsch haben, dich mit jemandem auszutauschen, sei gewiss, dass ich dir jederzeit zur Verfügung stehe.

Lieber Lukas,

bedenke meine Nachricht und handle weise!

Dein Freund Klaus

Nachdem Lukas Klaus' Nachricht mehrmals gelesen hatte, schaute er nach, wann Klaus diese abgeschickt hatte. Sechs Tage war es bereits her. Lukas lehnte sich zurück und schaute zur Decke. Sein langjähriger Freund hatte ihn also vor fast einer Woche aufgefordert, in eine Pension oder Ähnliches zu ziehen. Und er schrieb die Nachricht angeblich, weil er ihn telefonisch nicht erreichen konnte. »Wieso weiß ich nichts von einem Anruf?«, rätselte er. Er mochte nicht glauben, was er da lesen musste. »Sie machen sich Sorgen um Petra. Und wenn er reden wollte, stünde ihm Klaus zur Verfügung«, wiederholte er die Worte seines Freundes.

Er brauchte schon wieder ›frische‹ Luft. Lukas drängelte sich genervt zwischen seinem Tisch und dem Nachbartisch hindurch und eilte kopfschüttelnd nach draußen. Er holte erneut die Zigaretten aus seinem Jackett und eine Zigarette aus der Packung. Er hielt inne. Mit der Zigarette in der Hand schaute er lange das Steintor hinauf, bevor er die Zigarette endlich ansteckte.

Harald hatte während des Kaffeesierens mit seiner Familie völlig verdrängt, abends noch etwas vorzuhaben.

Derweil war es bereits viertel nach sieben. Also wurde es Zeit, seine Sporttasche zu packen.

Er freute sich, Klaus zu sehen und war gespannt, ob Klaus mit seiner Einschätzung bezogen auf Lukas richtig lag.

Seine Familie vertrieb sich auf unterschiedliche Weise die Zeit, als Harald seine Sporttasche aus dem Schrank im Schlafzimmer holte.

Nach seiner eigenen Einschätzung war er körperlich wieder so ziemlich auf der Höhe.

In seine Sporttasche wanderten Trainingshose und Trainingsjacke, ein Sport-Shirt, seine Turnschuhe, seine Trinkflasche, eine frische Unterhose, frische Socken, ein frisches T-Shirt, sein Lieblings-Badehandtuch, ein zweites, kleineres Handtuch und seine Duschgel-Shampoo-Kombi.

Harald ging mit seiner Tasche ins Erdgeschoss und suchte Martina. Dort fand er sie jedoch nicht. Er legte seine Tasche ab und ging in den Keller, wo er auf Martina stieß, die damit beschäftigt war, Wäsche zusammenzulegen. »Martina … ich mache mich jetzt auf den Weg … wünsch mir Glück!«

Martina unterbrach ihre Tätigkeit. »Ich wünsche dir Glück … und denke daran, nicht zu viel zu machen!«

»Alles klar. Dann bis später.« Harald verließ den Keller, nahm seine Tasche, nachdem er sich seine Schuhe angezogen hatte, und seine Schlüssel.

Wenig später fuhr er über die Erdbeerbrücke und wagte einen Blick auf das Weserwehr, hinter dem der Schornstein der

Stadtwerke die Luft verpestete. Auf der anderen Seite produzierte die Sonne ihr Lichtspiel auf der Weser. Da er recht früh losgefahren war, machte ihm der Verkehr auf dem Osterdeich wenig aus. Als er am Stadion vorbeifuhr, dachte er an das kommende Spiel – die Bayern sollten sich die Ehre geben. Harald hatte Zweifel, ob Werder da was mitnehmen konnte.

Gegen viertel vor acht kam er in die Nähe des Fitness-Centers und hoffte inständig, beizeiten einen Parkplatz zu finden. Er versuchte es in einer der Seitenstraßen hinterm Brill und er hatte Glück.

Als er durch die Tür des Centers ging, war es zehn vor acht. Das beruhigte ihn, denn er hatte somit noch genügend Zeit, sich in Ruhe umzuziehen und sich mental auf das Treffen mit Klaus vorzubereiten.

Schließlich waren sie vor zwei Wochen ohne ein Wort auseinandergegangen.

Er lief durch die Lobby, grüßte den jungen Mann hinterm Tresen und öffnete wenig später die Tür zur Umkleide.

»Was ist hier denn los?«, fragte er sich, nachdem er die Tür passiert hatte. Es tummelten sich aus seiner Sicht so viele Männer wie noch nie. Harald verstand nicht so recht, wie das sein konnte. Was wollten die alle auf einem Freitagabend um diese Uhrzeit im Fitness-Center?

Es war bereits halb acht durch gewesen, als sich Klaus auf den Weg gemacht hatte. Er musste deshalb etwas heftiger in die Pedale treten, um pünktlich zu sein und Harald nicht warten zu lassen – sollte er kommen. Doch Klaus machte das nichts aus. Denn er war guter Dinge, weil ihm seine Überraschung von Sybille hoch angerechnet wurde.

268

Gegen fünf vor acht kam er in die Umkleide.

Er blieb erstaunt stehen.

Überall Männer; angezogen, halbnackt oder nackt.

Klaus brauchte einen Moment, bevor er sich damit halbwegs anfreunden konnte. Als er in eine der Spind-Reihen einbog, sah er seinen Freund Harald vor dem Fenster sitzen und sich seine Turnschuhe zubinden.

»Mensch, Harald«, sagte er mit einem breiten Grinsen. »... Lange nicht gesehen ... und doch wiedererkannt.«

»Klaus ... hallo ... da bist du ja.« Harald erhob sich und die beiden Männer begrüßten sich mit einer handfesten Umarmung, klopften sich mehrmals auf die Schulter.

»Was ist hier denn los?«, fragte Klaus, während er sich einen der wenigen, freien Spinde zu eigen machte.

»Das habe ich mich auch bereits gefragt.« Harald setzte sich wieder hin, um seinen linken Schuh zu binden.

Während Klaus seine Sportkleidung aus seiner Tasche holte, sagte er: »Mann Harald, ich freue mich wirklich, dich zu sehen.«

»Geht mir auch so. Ich meine, *dich* zu sehen«, sagte Harald mit einem Lächeln, während er seine Sachen in seinem Spind unterbrachte. Dabei musste er darauf achten, sich mit seinem Spind-Nachbarn zu arrangieren, denn es herrschte ein unfassbares Wuling um sie herum.

»Wie geht es dir?«, fragte Klaus, während er nach seiner Hose nun auch sein T-Shirt auszog.

»Mhm ... soweit ganz gut. Die drei Tage ohne Arbeit haben mir ganz gutgetan. Ich werde allerdings nur auf dem Laufband trainieren«, antwortete Harald nach kurzem Nachdenken. »... Ich bin gespannt, ob du richtig liegst.«

Klaus schaute Harald fragend an, während er sich seine Trainingssachen anzog, darauf bedacht, nicht mit anderen Männern ›anzuecken‹.

»Na ja, mit Lukas … ob er heute zum Training kommen wird«, klärte der Klaus auf und verstaute dabei seine Tasche im Spind.

Klaus war wenig begeistert, von Harald auf Lukas angesprochen zu werden. Er hoffte sehr, richtigzuliegen, denn es würde Lukas ansonsten sicherlich gelingen, ihnen den Abend erneut zu versauen. »Vielleicht ist da auch ein bisschen der Wunsch der Vater des Gedanken. Ich bin auf Lukas überhaupt nicht gut zu sprechen.«

»Kein Wunder; nach seinem Geständnis. Ich habe das in den letzten zwei Wochen mehr oder weniger verdrängt«, sagte Harald.

Klaus zog sich seine Turnschuhe an. »Das ist das eine, Harald. Doch da kam noch einiges nach«, sagte er, Harald über seine Knie nach unten gebeugt anschauend.

»Das hört sich nicht so gut an.«

Klaus stand auf, bugsierte seine Sachen in den Spind und sagte: »War es auch nicht.« Dann nahm er sich Handtuch und Wasserflasche aus seiner Tasche und ließ diese ebenfalls im Spind verschwinden. »Und scheinbar kommt Lukas nicht, denn es ist schon acht Uhr. Das sieht Lukas überhaupt nicht ähnlich.«

»Du hast recht. Er war immer überpünktlich.«

»Dann lass uns jetzt trainieren gehen, oder? Sollte er doch noch kommen, kann er ja zu uns stoßen.«

Harald nickte. »Alles klar. Dann also los!«, stimmte er zu, schnappte sich seine Flasche und sein Handtuch und die beiden Freunde verließen die Umkleide, die sich inzwischen ein bisschen geleert hatte.

Martina saß auf dem Sofa und dachte an Harald. Sie konnte verstehen, warum Harald zum Fitness-Center gefahren war. Glücklich war sie damit jedoch nicht. Denn ihr erschien es für ihren Ehemann nicht ratsam, sich mit Klaus einen ganzen Abend über Lukas zu unterhalten. Für ihn wünschte sie sich weniger Stress und mehr Ruhepausen, in denen er sich einmal nicht mit anderen Menschen oder Anforderungen von außen beschäftigen musste. Selbstverständlich bewegten sie dabei auch egoistische Motive. Ein Ehemann, der ständig gereizt war, bereitete kein Vergnügen, sondern gefährdete ihre Ehe und den Zusammenhalt in der Familie. Die Beziehung ihres Ehemanns zu ihrem Sohn beunruhigte Martina zusätzlich.

Doch Harald war trotz dieser Bedenken gefahren. Also konnte sie nur hoffen, Harald würde beim Training in jeder Hinsicht Vorsicht walten lassen.

Auf der anderen Seite der Weser befand sich Sybille in der Küche. Während sie auf ihren Kaffee wartete, versuchte Sybille, sich mit Klaus zu freuen. Er war vor dem Training ziemlich aufgeregt, seinen Freund Harald nach zwei Wochen wiederzusehen. Das war für sie nachvollziehbar. Und eigentlich sollte es ihr nichts ausmachen, am Freitagabend ohne Klaus zu sein. Schließlich war sie es seit Monaten nicht anders gewohnt.

Sybille überlegte, sich abzulenken. Sie konnte die Vokabeltests korrigieren, die oben in ihrem Arbeitszimmer warteten. Doch diesen Gedanken hielt sie gleich für völlig absurd, da sie endlich Wochenende hatte.

Mit ihrem Kaffee ging sie ins Wohnzimmer. Sie machte es sich auf dem Sofa gemütlich, ihre Tasse in der Hand. Was sollte sie mit diesem Abend anfangen? Fernsehen? In ihrem Buch lesen?

Die Minuten vergingen wie Stunden. Von ihrem Mann und Klaus kam sie in Gedanken zu Sybille. »Wie es wohl Sybille geht?«, fragte sie sich auch, weil sie mit ihrer Freundin schon lange nicht mehr gesprochen hatte.

Martina ärgerte sich; über Lukas und über sich selbst. Wie vom Blitz getroffen sprang sie vom Sofa auf und ging zum Telefon. Sie entdeckte den richtigen Eintrag und nutzte ihn.

Es klingelte.

Einmal …

Zweimal …

Dreimal …

»Hier spricht Sybille Prange.«

»Ja, und hier ist Martina Middelkamp.«

»… Martina …«

»Hallo Sybille.«

»… Ist was passiert?«

»Genau deshalb rufe ich an. Es ist was passiert. Mir ist eben klar geworden, wie bekloppt ich bin.«

»Wieso? Was meinst du?«, fragte Sybille und ging zurück zum Sofa.

»Sybille, wir haben seit über drei Wochen nicht miteinander gesprochen. Unsere Männer treffen sich zum Training, und wir? Ich habe an dich gedacht, nachdem ich an Harald und Klaus gedacht hatte …« Martina bewegte sich ebenfalls Richtung Sofa. »Verstehst du?«

Sybille setzte sich. »… Ich glaube, noch nicht so ganz …«

»Sybille … erst einmal bin ich froh, dich erreicht zu haben.«

»Ja, das stimmt. Ich freue mich auch«, gab Sybille zu.

»Bevor ich dir erkläre, was ich meine … wie geht es dir eigentlich?«

»Wie es mir geht? … Puh … eine wirklich gute Frage. Kurz und knapp beantwortet. Ich bin ziemlich angestrengt.«

»Womit wir schon wieder beim Thema sind, denke ich. Mir ist eben klar geworden, wie sehr ich mich mit Harald beschäftige, seitdem Lukas sein Geständnis gemacht hat. Hat Klaus dir erzählt, dass Harald krankgeschrieben ist?«

»Äh … kann ich nicht sagen, Martina … kann sein … ich bin mir nicht sicher.«

»Also, Harald ist krankgeschrieben. Deshalb konnte er ja für heute Abend auch nicht fest zusagen. Aber viel problematischer ist für mich, seit wann es Harald nicht gut geht.«

»Seit dem Geständnis?«, riet Sybille.

»Absolut richtig. Seitdem ist Harald erschöpft und angestrengt. Angestrengt, genau wie du.« Martina erhob sich vom Sofa und begann, durchs Wohnzimmer zu laufen.

»Und du? Bist du auch angestrengt?«

»Es geht eigentlich …«, sagte Martina. »… Ich mache mir um Harald schon länger Sorgen … und um unsere Ehe«, gab sie zu.

»Um eure Ehe?« Sybille nahm einen Schluck Kaffee.

»Ganz ehrlich, Sybille. Meine Ehe mit Harald ist für mich derzeit eine Farce.«

»Ja, aber … was meinst du mit Farce?«

»Gute Frage, Sybille. Um es kurz zu machen … Harald ist nicht mehr der, den ich geheiratet habe.«

»Und das bedeutet?«, fragte Sybille.

»Ah … er ist ständig genervt, versteht mich nicht. Ich komme kaum an ihn ran. Ich bin ziemlich unglücklich.«

»Mhm … ich hatte überhaupt keine Ahnung. Wie kann das sein, dass ich davon nichts mitbekommen habe?«

»Das kann ich dir sagen, Sybille …«, versprach Martina, »… Für Harald ist in unserer Ehe alles in Ordnung … und ich? … Ich habe dir gegenüber bisher nicht darüber gesprochen.«

Das klang für Sybille nicht nur logisch, sondern auch nachvollziehbar. Sie bedauerte, Martina nicht bei sich zu haben.

»Na ja … durch Lukas’ Geständnis ist mir eines klargeworden … meine Ehe verläuft zwar nicht nach meinen Wünschen … aber ich werde auf keinen Fall aufgeben, für eine Verbesserung einzutreten«, ergänzte Martina, während sie in die Küche ging.

»Mir fällt ein …«, sagte Sybille, »… Ich hatte mal versucht, dich anzurufen. Wart ihr nicht da?«

»Doch waren wir. Allerdings hatte ich Harald darum gebeten, nicht ran zu gehen. Harald ist leider mächtig unter Strom und kann nicht einfach mal nur eine Pause machen.« Martina öffnete den Kühlschrank und holte Weißwein heraus.

»Ich verstehe.« Sybille war derweil gelöst, da sie mit Martina nach wie vor ein entspanntes Verhältnis zu haben schien.

»Bevor ich es vergesse … von wegen bekloppt sein. Das wollte ich dir noch erklären.«

»Richtig.«

»Mir ist auch bewusst geworden, Lukas macht nicht nur Petra zum Opfer, sondern auch uns; Harald, Klaus, dich und mich. Und selbstverständlich auch Lydia und Peer; ganz wichtig«, führte Martina aus, während sie sich ein Glas aus dem Schrank holte und sich Wein einschenkte.

»Ja, weil wir uns logischerweise Sorgen um Petra machen.«

»Sorgen um Petra, ja … natürlich. Und wir ziehen uns zurück. Wir beide zum Beispiel haben seit drei Wochen nicht miteinander gesprochen. Harald hat mit Klaus vorher mindestens einmal die Woche telefoniert. Ich habe mit Petra noch gar nicht gesprochen; auch weil ich nicht weiß, ob sie das gut finden würde.«

»Eher nicht …«, entgegnete Sybille, »… Ich habe mit ihr telefoniert. Sie hat allerdings unser Gespräch abrupt beendet. Und auch Klaus wollte mit Lukas sprechen. Das hat Petra vereitelt.«

Martina sah sich bestätigt und machte sich auf den Weg zurück ins Wohnzimmer. »Mhm … das ist gar nicht gut. Petra scheint sich zu isolieren.«

»Definitiv, Martina. Klaus und ich sind dadurch ziemlich ratlos. Wie du sagst, sind wir ständig darauf bedacht, nichts falsch zu machen. Klaus war sich auch ziemlich sicher, dass Lukas heute nicht beim Training ist.«

Martina hoffte, dass Lukas nicht aufgetaucht war.

»Mal was ganz anderes, Martina. Wie geht es Lasse? Ich habe selbstverständlich mitbekommen, was los war.«

»Lasse … ja, Lasse ist ein Thema für sich …«, überlegte Martina, »… Allerdings auch zusammen mit Harald. Die beiden verstehen sich momentan überhaupt nicht. Das liegt meines Erachtens mehr an Harald als an Lasse. Der ist nicht nur angestrengt, sondern seit vielen Monaten nur noch genervt«, berichtete Martina und ließ sich im Stehen den Weißwein schmecken.

»Verstehe. Hat Lasse denn schon eine Möglichkeit für seine Sozialstunden gefunden?«

»Puh ... da erwischst du mich auf dem falschen Fuß. Lasse hat erzählt, dazu ein Gespräch mit dem Sozialarbeiter zu haben. Wieso weißt du davon?«

»Tja, es rumorte schon ganz schön im Kollegium. Lasse hat einen Lehrer angegriffen. Insofern wurde schon erklärt, unter welchen Bedingungen Lasse in der Schule bleiben darf.«

»Verstehe. Ich hoffe, Lasse nutzt seine Chance.«

»Ich hoffe das auch.« Sybille war begeistert, mal wieder mit Martina länger zu quatschen. »Martina. Toll, dass du angerufen hast ...«, lobte sie Martina, »... Es hat mir tatsächlich gefehlt, mit dir zu reden.«

»Geht mir auch so. Wir sollten sehen, uns bald zu treffen. Vielleicht ja auch mal zu viert. Gesprächsstoff haben wir ja jetzt mehr, als uns lieb sein kann«, pflichtete Martina bei. Während Sybille ihren Kaffee austrank, nahm Martina einen weiteren Schluck Wein.

Sybille stellte ihre Tasse weg. »Dann lass uns unter der Woche telefonieren! Dann können wir was verabreden. Oder warte! Du hast doch dienstags immer frei.«

»Ja, richtig!«

»Wie wäre es, wenn ich zum Kaffee vorbeikäme?«

»Gute Idee, Sybille. Wunderbar. Welche Uhrzeit?«

Sybille überlegte kurz. »... Dienstag muss ich bis ... fünfzehn Uhr dreißig müsste gehen.«

»Alles klar. Dann sprechen wir weiter.«

»Ich freue mich, Martina. Bis Dienstag.«

»Ja. Und ein schönes Wochenende.«

»Dir auch. Bis dann.«

Sie legten auf. Sybille ließ sich zurückfallen und Martina setzte sich.

Harald und Klaus sprachen anfangs deutlich weniger miteinander als ihre Frauen. Und sie wurden ein wenig ausgebremst, denn sämtliche Laufbänder waren zunächst besetzt.

Als das erste Gerät frei wurde, ließ Harald Klaus den Vortritt. Denn er war sich sicher, Klaus würde länger laufen als er selbst. Weitere Minuten vergingen, bevor auch Harald endlich auf ein Laufband kam.

Ihre Laufbänder standen nicht direkt nebeneinander, sodass sie ›einsam‹ ihre ›Strecke‹ laufen mussten.

Harald lief schnell der Schweiß in sein Gesicht, sodass er immer wieder sein Handtuch brauchte. Nach einer halben Stunde stellten sich bei ihm erste Ermüdungserscheinungen ein und er verließ deshalb sein Laufband. Vor den beschlagenen, sehr großen Fenstern befand sich eine Art Fensterbank, den Laufbändern gegenüber. Er setzte sich dort hin und hoffte, Klaus würde bald seinen Lauf beenden.

Klaus jedoch hatte ein gesteigertes Bedürfnis, sich auszupowern, und tat sich deshalb schwer damit, vorzeitig aufzuhören. »Harald!«, rief er und erklärte schwer atmend, nachdem Harald zu ihm gekommen war, »… Ich brauche noch zehn Minuten. Willst du warten oder schon duschen gehen? Ich hoffe, das ist für dich in Ordnung.«

Harald war sich unschlüssig. Nach einer kurzen Bedenkzeit sagte er: »Dann gehe ich noch solange auf ein Kardiogerät.«

Klaus nickte.

Harald eilte zu dem einzigen, freien Kardiogerät und trainierte vorsichtig weiter, bis Klaus sein Training beendet hatte.

»Sorry, Harald. Mir war es wichtig, mich zumindest ein wenig auszupowern. Es sind halt ziemlich schwere Zeiten momentan«, sagte Klaus, nachdem er mit der Dauer seines Trainings halbwegs einverstanden war.

»Schon gut. Ich verstehe dich. Gehen wir jetzt duschen? Ich glaube, ich würde es gut finden, wenn wir anschließend noch irgendwo einkehren.«

Klaus hatte darauf gehofft. »Super, Harald. Das finde ich gut. Dann lass uns gehen!«

Glücklicherweise war der ganz große Ansturm in der Umkleide vorbei. Dennoch waren auch hier die Fenster beschlagen und es herrschte eine recht aufdringliche Geräuschkulisse; von den Gerüchen ganz zu schweigen. Die Freunde suchten sich einen Platz zum Sitzen und begannen wortlos, ihre Trainingsschuhe auszuziehen.

»Willst du eigentlich nächste Woche schon wieder arbeiten?«, fragte Klaus, als er nach einer Weile seine Trainingshose auszog.

»Unbedingt …«, platzte es aus Harald heraus, »… Die drei Tage frei waren gut für mich; keine Frage. Doch nächste Woche kann es wieder losgehen«, sagte er und entledigte sich dabei seiner Unterhose. »Lukas ist also tatsächlich nicht aufgetaucht … wie du vermutet hast. Dieser Feigling«, stellte Harald fest und brachte die gebrauchten Kleidungsstücke in seiner Tasche unter.

Klaus verstaute seine Trainingsklamotten inklusive Unterhose und Handtuch ebenfalls in seiner Tasche. »Feigling? … Ja, vielleicht … und ich muss zugeben, dass Lukas mir in den letzten Tagen mehr als nur Kopfzerbrechen bereitet hat.«

Harald nickte.

Die Freunde verstauten ihre Taschen. Nachdem sie alles Nötige zusammen hatten, verschlossen sie ihre Spinde und gingen gemeinsam Richtung Dusche.

»Zum Wohl, Harald«, sagte Klaus bald darauf, während er sein Weizenbier in die Höhe hob, und lächelte dann.

»Skall«, entgegnete Harald, nachdem er sein Alster vom Tisch genommen hatte.

Die beiden Männer ließen ihre Gläser klirren und läuteten den gemütlichen Teil des Abends aufgrund des unsicheren Wetters in einer Kneipe an der Schlachte ein.

»Mächtig voll hier«, konstatierte Harald. »Ein bisschen schade, wegen des Wetters.«

»Ja, finde ich auch. Hier war ich schon ewig nicht mehr drin«, stellte Klaus fest und sah sich im Laden um.

Es war nicht nur brechend voll, sondern auch laut. Und die Luft war zum Schneiden, obwohl nicht geraucht werden durfte.

Klaus brannte eine Frage auf den Nägeln, die ihn seit Lukas' Geständnis beschäftigte. »Sag mal, Harald! Kann ich dir eine Frage stellen?«

Harald stutzte. »Ja, ich denke schon …«

»Als Lukas vor zwei Wochen gestanden hat, Petra zu schlagen …«, begann Klaus. Harald wartete ab. »… Da warst du auf einmal ganz still.«

Harald sagte zunächst nichts. »Ja?«

»Was hatte das zu bedeuten?«

»Was das zu bedeuten hatte?«, fragte Harald, auch um Zeit zu gewinnen, denn Klaus' Frage war ihm unangenehm.

»Na ja, … ich war ja ziemlich aufgebracht … ich konnte das überhaupt nicht begreifen, was Lukas uns da erzählt hat. Deshalb habe ich ja, das nehme ich zumindest an, mehrmals dieselbe Frage an ihn gerichtet.«

»Ja, das war so. Du warst … na … ich will nicht sagen, außer dir, … aber schon ganz schön heftig in deiner Art«, bestätigte Harald.

»Während du geschwiegen hast.«

Die beiden Freunde schauten sich an und für beide wurde es schwierig, besonders für Harald.

»… Ich konnte in dem Moment nichts sagen. Die Informationen von Lukas konnte ich überhaupt nicht gebrauchen. Ich mein … wir hatten gerade gemeinsam trainiert …«, versuchte Harald sich zu erklären, »… Dann sitzen wir im Biergarten, bei bestem Wetter, und dann …«, Harald schaute auf den Tisch und wieder auf, »… Und dann kommt der mit so einem …«

»Scheiß«, kam Klaus Harald zur Hilfe.

»Ganz genau. Mit so einem Scheiß«, bestätigte Harald und zeigte dabei seinen Ärger.

Die beiden Freunde lächelten sich an und griffen zu ihren Biergläsern.

»Ah. Das tut gut«, ließ Harald Klaus wissen.

Beide stellten nachdenklich ihre Gläser ab. Indem sie sich umschauten, versuchten sie, ihre Gedanken zu sortieren.

»Wie hat Martina die Nachricht eigentlich aufgenommen?«, wollte Klaus nach einer Weile wissen, da er an sie dachte.

Harald lachte. »Martina? Sie konnte es nicht glauben. Sie hält Lukas für einen netten Mann. Ich glaube, bei Martina ist das noch immer nicht richtig angekommen.«

»Kein Wunder. Und wie geht es deiner Familie ansonsten?«

»Eigentlich soweit ganz gut«, befand Harald. »Na ja, Lasse macht ein paar Probleme. Wahrscheinlich hast du erfahren, dass er sich in der Schule daneben benommen hat, oder?«

Klaus nickte. »Sybille war mehr oder weniger live dabei. Sie hat gesehen, wie Lasse über den Flur lief und dann die Treppe runter. Vorher hat sie es poltern hören.«

Harald verzog sein Gesicht. »Tja, ich frage mich schon, was mit Lasse los ist. Einen Stuhl nach einem Lehrer werfen? Das ist schon heftig, oder?«

»Absolut«, stimmte Klaus zu. »Hast du mit ihm darüber geredet?«

»Geht nicht. Ich komme mit ihm nicht zurecht«, sagte Harald und schaute Klaus zerknirscht an. »Ich bekomme von ihm nur noch Gegenwind zu spüren. Ein normales Gespräch ist zwischen uns nicht möglich.« Harald tröstete sich mit einem Schluck Alster, während Klaus ihn nachdenklich ansah. »Martina gibt mir dafür die Schuld.«

»Im Ernst?«

Harald nickte und zog dabei seine Augenbrauen nach oben.

»Na ja … also, Lasse ist ja keine acht mehr. Mit vierzehn sollte er schon in der Lage sein, sich nicht gewalttätig zu verhalten«, hielt Klaus fest. Er nahm einen Schluck. »Oder hast du ihm das beigebracht?«, fragte Klaus und lachte dann.

Harald erschrak kurz, merkte allerdings, dass Klaus einen Spaß machte. »Du wirst lachen, Klaus … ich war danach mit Martina und Lasse in der Schule …«

»Und?«

»Wenn ich daran denke, kriege ich wieder dieses Ziehen im Magen«, sagte Harald. »Da hat doch die Dame vom Jugend-

amt ohne Witz in den Raum gestellt, es könnte ja sein, dass ich
Lasse schlage.«

»Oha … das ist bedenklich … und irgendwie nachvollziehbar, oder …?«, gab Klaus zu bedenken. »… Aber sag mal,
welches Ziehen im Magen?«

Harald nahm sein Glas, schaute Klaus an. Dann trank er
und stellte das Glas weg. »Klaus … ich kann es dir nicht sagen. Ich hatte jetzt mehrere Auseinandersetzungen mit Lasse.
Da hatte ich manchmal so ein Ziehen im Magen.«

»Bist du gestresst?«, fragte Klaus.

»Lasse stresst mich. Und das nicht zu knapp«, gab Harald
schweren Herzens nach einigem Zögern zu. »Lasse hat nur
noch Widerworte. Wie gesagt, ich kann nicht mit ihm reden.
Und das Beste ist …« Harald merkte wieder das Ziehen.
»… Martina ist auf seiner Seite …«

Klaus merkte Unbehagen. »Mhm … das ist nicht so schön«,
merkte er an und nippte an seinem Bier.

»Das ist der Punkt, Klaus … Meine eigene Frau …«

Klaus wunderte sich. Die Leute konnten sagen, er könne
nicht mitreden, da er keine Kinder hatte. Dennoch sagte er:
»Ganz ehrlich, Harald. Das geht für mich gar nicht.«

»Was meinst du?«

»Es geht hier nicht um die Art und Weise, wie ihr mit eurem Sohn umgeht. Oder wie ihr ihn erzieht. Es geht darum,
dass man als Paar loyal zueinander ist.«

Harald wurde nachdenklich. »Und das bedeutet?«

»Verstehe mich nicht falsch! Ich mag Martina.« Klaus suchte
nach den richtigen Worten. »Es ist normal, wenn ihr auch mal
unterschiedliche Auffassungen hinsichtlich der Erziehung eu-
res Sohnes habt … das kommt halt vor. Aber … darüber soll-

tet ihr sprechen. Ich meine … dein Sohn scheint dir Magenschmerzen zu bereiten. Das ist nicht gut.«

Harald nickte mehrmals.

Klaus konnte allerdings nicht erkennen, dass sein Freund ihn wirklich verstand. »Wie kommst du darauf, dass Martina auf Lasses Seite ist?«, fragte er nach und griff zu seinem Bier.

»Sie hat in der Schule gesagt, unser Verhältnis sei belastet. Also, das zwischen Lasse und mir.«

Klaus veränderte seine Sitzhaltung und holte dabei tief Luft. »Puh … vor der Dame vom Jugendamt?«

Harald nahm Klaus' Reaktion als Bestätigung, berechtigterweise unzufrieden zu sein. »Das geht doch nicht, oder?«

»Na ja …«, sagte Klaus, »… Das ist schon ein wenig unglücklich. Da besteht doch die Gefahr, dass du vermeintlich irgendwie eine Mitschuld an Lasses Fehlverhalten trägst.«

»Das sehe ich auch so«, sagte Harald erleichtert.

Klaus verstand besser, warum Harald gestresst war. »Also. Das eine ist, du und Martina, ihr seid euch irgendwie nicht einig, was blöd ist und für Lasse nicht so gut. Das andere ist, Lasse wirft einen Stuhl nach seinem Lehrer. Da hat allein Lasse die Verantwortung. Genauso wie es Lukas' Verantwortung ist, wenn er Petra schlägt.«

Harald war Klaus für seine Einschätzung dankbar, denn er sah ein wenig klarer.

Die beiden Freunde kümmerten sich nachdenklich um ihre Getränke.

»Was glaubst du? … Warum schlägt Lukas Petra?«, fragte Klaus nach einer Weile.

Harald war auf Klaus' Frage nicht eingestellt. Er richtete sich auf. »… Ganz ehrlich, Klaus. Ich habe keine Idee.«

Klaus schnappte sich wieder sein Weizenbier und nahm einen langen Schluck. »Kein Problem. Ich habe nämlich auch keine Idee«, räumte er ein, nachdem er das Glas halbleer abgestellt hatte, und lächelte betreten.

»Und ganz ehrlich, Klaus. Ich habe mich mit Lukas, und dann eben auch mit Petra, überhaupt nicht mehr beschäftigt. Ich konnte und kann das immer noch nicht gebrauchen«, ließ Harald ein wenig aufgebracht verlauten.

Klaus, ein wenig irritiert, sagte: »Alles gut, Harald. Ich kann deinen Ärger begreifen. Sybille und ich laufen im Grunde genommen wie Falschgeld durch unser Leben. Wir können das auch nicht gebrauchen. Allerdings ist es leider eine Tatsache. Lukas schlägt Petra seit *vier* Jahren, *vier Jahre* wohlgemerkt. Und Petra wohnt immer noch mit Lukas unter einem Dach.« Klaus merkte, wie sehr es ihn wieder aufbrachte, einen Mann seinen Freund zu nennen, der seine Frau schlug.

Wieder entstand eine Pause, in der die beiden Männer ihren Gedanken nachhingen. Die Luft in der Kneipe wurde nicht besser und lauter wurde es anscheinend auch.

»Sybille hat im Übrigen bereits mit Petra telefoniert«, unterbrach Klaus das Schweigen, nachdem er über einige Gäste seinen Kopf geschüttelt hatte.

Harald war verblüfft. »Und?«

»Tja ... Petra hat alles schöngeredet. Lukas sei ja jetzt dabei, eine Beratung zu nutzen«, klärte Klaus seinen Freund auf und fuchtelte dabei aufgebracht mit seinen Armen herum.

»Das ist für mich ehrlich gesagt unbegreiflich.« Harald stützte seinen Kopf und schaute in sein Alster.

»Da fällt mir ein ... ich wollte mich mit Lukas verabreden und ihn auffordern, in eine Pension oder ein Hotel zu gehen.«

»Lass mich raten! Daraus ist nichts geworden.«

»Richtig. Petra hielt das für keine gute Idee und hat mich kurz und knapp abgewimmelt. Ob Lukas da war, habe ich von Petra gar nicht erst erfahren.«

»Und du konntest ihn auch nicht per Handy erreichen?«

»Ah. Das konnte ich gar nicht versuchen, weil ich seine Handynummer nicht habe.«

»Wie …«

Klaus konnte das Unverständnis in Haralds Gesichtsausdruck erkennen. »Ja, ich weiß. Ich habe mich auch gewundert, weil ich seine mobile Nummer nirgendwo gespeichert habe.«

»Ich glaube, ich müsste die haben.« Harald griff in seine Tasche und holte sein Smartphone hervor. Schnell wurde er fündig. »Ja, hier ist sie.« Harald schaute seinen Freund mit einem Lächeln an.

»Mhm …« Klaus nahm in seinem Unbehagen noch einen Schluck von seinem Weizenbier.

»Was ist?«, fragte Harald.

»Na ja … ich habe Lukas dann eine E-Mail geschrieben.«

»Hast Du?« Harald griff hastig zu seinem Alster.

»Ja, habe ich … wir, also Sybille und ich, haben uns den Kopf zermartert, weil wir uns so große Sorgen um Petra machen. Ich kam mir dann so ausgeliefert vor. Dann hatte ich die Idee, diese Mail zu schreiben. Seine Mail-Adresse habe ich auf meinem Computer gespeichert.«

Nachdem er getrunken hatte, stellte Harald sein Glas wieder auf den Tisch und schaute Klaus gedankenverloren an. »Und? Was hast du ihm geschrieben?«

»Ich habe an seine Vernunft appelliert und ihn aufgefordert, sich eine Pension oder so zu suchen.«

»Wow. Du hast ihn *wirklich* aufgefordert? … Und wann?«

Haralds Erstaunen war für Klaus unübersehbar. »Ja, letzten Sonntag … Petra ist extrem gefährdet. Lukas wird damit nicht einfach so aufhören, sie zu schlagen. Also wäre es aus unserer Sicht ein erster Schritt, wenn Lukas ausziehen würde. Dann wäre die Gefahr, dass er Petra wieder etwas antut, erst einmal geringer.«

»Das ist schon richtig …«, hielt Harald nach einigem Nachsinnen fest. »… Ja, das ist … letzten Sonntag, sagst du … und hat Lukas deine Nachricht gelesen?«

»Kann ich nicht sagen«, gab Klaus zerknirscht und unumwunden zu.

»Ganz ehrlich Klaus. Auf die Idee wäre ich überhaupt nicht gekommen. Dazu war ich viel zu sehr mit mir selbst beschäftigt«, sagte Harald und lächelte wohlwollend.

»Nett, dass du das sagst.« Klaus lächelte verlegen. »Selbst, wenn er sie gelesen hat, hat sie offenbar keine Wirkung gehabt. Oder Lukas nicht beeindruckt.« Klaus griff zu seinem Glas und machte seinem Bier den Garaus.

»Tja … Lukas ist unser Freund …«, gab Harald wenig begeistert zu bedenken, »… Daraus ergibt sich für uns irgendwie auch eine Verantwortung – sowohl für Lukas als auch für Petra; vor allem für Petra.«

Klaus nickte. »Ich bin froh, weil du das genauso siehst wie ich. Wenn wir auch noch keine wirklich gute Idee haben, was zu tun ist.«

Harald trank sein Alster aus. »Tja … die Karte, einfach die Freundschaft mit Lukas zu beenden, möchte ich ungern ziehen. Wir kennen uns seit Ewigkeiten. Ich könnte versuchen, ihn auf seinem Handy zu erreichen.«

Klaus war sich unschlüssig und sah Harald skeptisch an. »Möchtest du noch ein Alster trinken?«

»Ich könnte jetzt sagen, ich muss noch fahren …«, sagte Harald, »… Die Wahrheit ist, Martina hat mir geraten, Vorsicht walten zu lassen.«

»Verstehe. Wahrscheinlich ist das auch das Beste. Ich freue mich, weil wir uns trotz des ganzen Ärgers heute sehen.«

»Wir haben noch mal gerade so die Kurve gekriegt«, konstatierte Harald. »Lukas schlägt seine Frau. Das ist fürchterlich. *Unsere* Freundschaft sollte darunter jedoch möglichst nicht leiden.«

»Finde ich auch.« Klaus lächelte und Harald lächelte zurück. »Dann lass uns zahlen!«

»Yep … Soll ich denn versuchen, Lukas zu erreichen?«

Während sie aufstanden, sagte Klaus: »Kann ich nicht sagen.«

Einige Minuten später standen die beiden Freunde draußen an der frischen Luft.

»Vielen Dank für deine Zeit, Harald«, sagte Klaus und umarmte Harald.

»Dir auch«, entgegnete Harald, Klaus' Umarmung erwidernd. Die Männer klopften sich auf die Schulter, um sich ihrer Freundschaft zu versichern.

»Lass uns möglichst einmal die Woche telefonieren; wie gehabt«, schlug Harald vor.

»Eine gute Idee. Das machen wir.«

»Bis dann.« Harald wandte sich zum Gehen. Doch er hielt inne und wandte sich seinem Freund zu. »Eigentlich müsste ich versuchen, Lukas zu erreichen. … Mal sehen …«

Die beiden Männer sahen sich mehrere Sekunden an.

»Grüß Martina bitte von mir!«, warf Klaus seinem Freund hinterher, nachdem der sich mit einem Nicken abgewandt und mehrere Schritte zwischen sich und Klaus gebracht hatte.

»Und du Sybille!«, rief Harald zurück.

»Mach' ich. Bis bald. Und du, versuche, mit Martina zu reden!«, gab Klaus Harald noch mit auf seinen Heimweg.

Wenig später ging Harald über die Straßenbahngleise Richtung Faulenstraße. Klaus schaute ihm hinterher. Erstaunlich schnell verschwand sein Kumpel um die Häuserecke und Klaus stand allein an der Weser, die in der Dunkelheit nur schemenhaft zu erkennen war.

Abstand

Die Intelligenz ist die
Fähigkeit, die bewirkt, dass
man Abstand nimmt.
- Henry de Montherlant -

Samstag, der 26.08.2017, morgens

Lydia saß in ihrem Bett und war froh, ihren Vater weit weg zu wissen. Sie dachte an ihre Mutter und ihren Bruder und ihr war klar, beide sahen das anders.

Es war inzwischen zehn Uhr und ihre Mutter hatte sie noch nicht gesehen. Lydia überlegte, ob sie nach unten gehen sollte. Obwohl sie noch ihr Nachthemd anhatte, war ihr warm, da die Sonne bereits ihre Strahlen in ihr Zimmer schickte.

Lasse war seit dieser Nacht nicht mehr zur Schule gegangen und ging ihr aus dem Weg. Und ihre Mutter zeigte ihr recht deutlich ihre Abneigung. Deshalb hatte sie keine große Lust, sich nach unten zu begeben.

Andererseits merkte sie ihren Appetit und Lust auf einen Kaffee. Nach einem kurzen inneren Diskurs verließ sie ihr

Bett und zog sich um. Es war merkwürdig ruhig im Haus. Unten angekommen lauschte sie. Nichts war zu hören. Sie ging zur Küche. Nichts. Danach schaute sie ins sonnendurchflutete Wohnzimmer. Niemand da. Lydia kam sich verloren vor. Vorsichtig ging sie hinein. Auch im sich um die Ecke befindenden Essbereich war niemand. Die Terrassentür war verschlossen. Das Haus schien leer zu sein.

Um sicher zu sein, lief sie die Treppe hoch und klopfte an die Tür ihres Bruders. Keine Reaktion. Die Tür war nicht abgeschlossen und das Zimmer leer.

Also ging sie wieder nach unten und kümmerte sich notgedrungen um sich selbst. Lydia bereitete die Kaffeemaschine vor, um sie dann zu starten. Anschließend ließ sie den Toaster für zwei Scheiben seine Arbeit machen.

Einige Minuten später saß sie in eine Decke gehüllt mit ihrem Kaffee und ihrem Toast allein auf der Terrasse. Sie fragte sich, wie es für sie in diesem Haus weitergehen sollte.

»Ich möchte schon noch von Dir erfahren, was ihr gestern gemacht habt«, sagte Martina.

Sie waren auf dem Rückweg vom Einkaufen und fuhren mit ihrem vollgepackten Kombi auf der Habenhauser Brückenstraße über den Autobahnzubringer.

»Was gibt es da schon zu erfahren? Erst haben wir trainiert und dann waren wir noch in einer Kneipe.«

»Harald! Das sagtest du gestern Abend bereits. Ihr habt trainiert. Das liegt ja wohl auf der Hand, wenn man in einem Fitness-Center ist.«

»Wie habt ihr trainiert? Wie lange habt ihr trainiert? Wieso muss ich dir eigentlich alles aus der Nase ziehen?«

Sie standen an der Ampel zum Arsterdamm und Harald schaute Martina an.

»Warum guckst du so missmutig?«, wollte Martina wissen, da sie der Blick ihres Mannes vermuten ließ, wieder mit ihrem allseits bekannten, genervten Mann im Auto zu sitzen.

Harald setzte den Blinker und fuhr in die Kreuzung ein, da ihn die Ampel dazu einlud. »Einen Moment bitte, Martina! Ich muss mich konzentrieren.«

Martina bekam den Eindruck, Harald wollte über die Details seines Treffens mit Klaus partout nicht sprechen. Sie ließ ihn wenig begeistert gewähren und beschloss nach kurzer Überlegung, ihren Mann erst einmal nicht mit weiteren Fragen zu behelligen.

»Ihr habt also tatsächlich auch über Lasse gesprochen?«, fragte Klaus seine Ehefrau.

Sie hatten ihr Frühstück beendet und noch einen Kaffee nach gekocht. Obwohl es auf der Terrasse trotz des Sonnenscheins recht kühl war, ließen sie es sich nicht nehmen, ihren Samstag an der frischen Luft zu beginnen.

»Erstaunlich, oder? … Ja, wir haben auch über Lasse gesprochen, doch ging es letztendlich mehr um Harald und seine Schwierigkeiten mit Lasse.«

»Du hast ja gestern Abend bereits was angedeutet. Das ist wirklich erstaunlich, weil ihr euch in der letzten Zeit ja wenig über Privates unterhalten habt«, gab Sybille zu bedenken.

»So richtig verstanden habe ich das auch nicht. Also, eines ist klar. Harald ist schon ganz schön belastet. Ich mein … das bringt sein Job logischerweise mit sich. Er wird wohl kaum mit einer Vierzigstundenwoche klarkommen.«

»Wohl kaum …«, gab Sybille Klaus recht. »… Welche Art Schwierigkeiten hat Harald denn mit Lasse?«

»Scheinbar kann Harald mit Lasse nicht mehr normal reden; bekommt von ihm Widerrede.«

»Wie alt ist Lasse?«

»Gute Frage. Meines Wissens vierzehn …«, überlegte Klaus, »… Oder … ja, doch, Lasse ist vierzehn.«

»Dann ist das doch irgendwie ganz normal.«

»Absolut. Mit vierzehn ist er voll in der Pubertät. In dem Alter nerven Eltern doch nur. Also, wenn ich da an meine eigene Zeit in dem Alter denke.« Klaus lächelte in sich hinein. »Allerdings hat Harald bezüglich Lasse davon gesprochen, immer wieder ein Ziehen im Magen zu haben.«

»Ein Ziehen im Magen?«

»Ja. Wenn ich Harald richtig verstanden habe, glaubt er, das hat mit Lasse zu tun.«

Sybille nahm ihre Tasse und nippte gedankenverloren an ihrem Kaffee. »Merkwürdig«, sagte sie zwischendurch.

Nach einem weiteren Schluck stellte Sybille ihre Tasse wieder weg.

Währenddessen sagte Klaus: »Ich habe ihm angeraten, mit Lasse zu sprechen. Bedenklich finde ich allerdings auch, dass Martina laut Harald auf Lasses Seite steht.«

»Wie kommt er denn da drauf?«

»Also, ich muss sagen. Harald war erstaunlich offen. Er hat mir tatsächlich berichtet, sie waren nach diesem Vorfall zu einem Gespräch in der Schule; mit der Schulleitung, dem Lehrer und dem Jugendamt … und Lasse natürlich.« Klaus schaute nach oben und verzog sein Gesicht, denn dunkle Wolken hatten sich vor den Himmel geschoben.

Sybille folgte seinem Blick. »Mhm … es gibt doch hoffentlich keinen Regen.« Als sich beide wieder ansahen, sagte Sybille: »Genau … da wurde besprochen, dass Lasse für seinen Verbleib auf unserer Schule fünfzig Sozialstunden machen muss.«

»Ja. Das ist doch eine gute Lösung, finde ich … und jetzt kommt's …«, sagte Klaus auch mit seinem rechten Zeigefinger. »… Das Jugendamt hat bei diesem Treffen den Verdacht geäußert, Harald könnte Lasse schlagen.«

Sybille lachte laut auf. »Nee, oder?« Sie hielt kurz inne. »Oder ist da was dran?«

»Nein!«, sagte Klaus leicht entrüstet. »Harald hat nicht den Eindruck erweckt, da könnte was dran sein. Er hat sich allerdings über Martina aufgeregt. Oder anders gesagt, scheint Martina Teil des Problems zu sein.«

»Martina? Wie das, bitte schön?«, wollte Sybille sofort wissen, weil ihre Freundin scheinbar angegangen wurde.

»Martina hat im Beisein des Jugendamtes gesagt, die beiden, also Harald und Lasse, hätten Probleme.«

»Sie war also grundehrlich«, stellte Sybille fest und griff zu ihrer Tasse.

Klaus war verdutzt, denn offenbar fand Sybille das völlig normal. »Das heißt?«

»Das heißt, ich kann da überhaupt nichts Schlimmes dran finden. Martina hat lediglich beschrieben, was los ist, oder? Das Jugendamt kam doch mit dieser Idee, Harald könnte Lasse schlagen.«

Klaus sah seine Frau an. Konnte sie ernst meinen, was sie sagte? »Ganz ehrlich, Sybille … ich kann Harald verstehen … Lasse war immerhin auch anwesend. Was ist das für ein

Signal? Weil ich Probleme mit meinem Vater habe, darf ich einen Stuhl nach meinem Lehrer schmeißen?«

»Durchaus ein berechtigter Einwand. Nur … diese spezielle Herangehensweise kommt ja vom Jugendamt …«, entgegnete Sybille, trank ihren Kaffee aus und stellte die Tasse weg. »… Mit ihrer Denke suggerieren die ja auch, weil Harald schlägt, schlägt Lasse. Oder andersherum … wenn Harald nicht schlagen würde, wäre Lasse auch nicht gezwungen, einen Stuhl nach seinem Lehrer zu werfen.«

Klaus griff reflexartig zu seiner Tasse. Dabei bemerkte er, wie sich einige Regentropfen auf dem Tisch zeigten. »Mhm … ja … das ist nicht von der Hand zu weisen«, sagte er beeindruckt. »Auch da geht es, wie bei Lukas, um Verantwortung.« Klaus warf seinen Kopf in den Nacken. »Gehen wir rein?«

Sybille sagte: »Ungern. Lass uns noch einen Moment abwarten.« Sie schaute wie Klaus nach oben und hoffte, es könnte bei den wenigen Tropfen bleiben.

»Wann kommst du wieder zurück?«

»Am liebsten sofort«, sagte Lukas. »Vor allem, wenn ich von dir höre, wie sehr sich deine Mutter gehen lässt.«

Lukas und Peer saßen im Hansa-Carré in einem Café. Peer saugte an seinem Strohalm und sagte dann: »Dann komm doch nach Hause!«

Lukas konnte seinen Sohn sehr gut verstehen, denn ohne ihn schien im Hause Schmalbach das Chaos auszubrechen. »Das ist keine gute Idee. Die Polizei hat mir das für zehn Tage verboten«, erklärte er sich deshalb seinem Sohn.

»Na und? Da haben die kein Recht zu, die scheiß Bullen.«

»Bitte nicht solche Wörter, Peer. Und schon gar nicht hier.«

Peer wurde ungehalten. »Du musst nach Hause kommen, Papa.«

»Bedanke dich besser bei deiner Schwester. Sie hat schließlich die Polizei angerufen, oder?«, versuchte er seinen Sohn von sich abzulenken.

»Ich weiß nicht, wer angerufen hat. Ist mir auch egal. Die sind beide bescheuert«, ereiferte sich Peer.

Lukas musste feststellen, wie wenig sein Sohn mit der neuen Situation umzugehen vermochte. Umso mehr ärgerte er sich über seine Tochter. Immerhin hatte ihm Peer eine weitere Tasche mit Kleidung und anderen Notwendigkeiten mitgebracht. Leider war er noch nicht alt genug für den Wagen. Da seine Frau keinen Führerschein hatte, musste er wohl ausgerechnet Lydia darum bitten, ihm den Wagen zukommen zu lassen.

»Warst du eigentlich in der Schule? … nachdem … du weißt schon.«

»Nein. War ich nicht«, sagte Peer und nuckelte, inzwischen gelangweilt, an seiner Cola.

Lukas war wenig überrascht. »Nächste Woche gehst du wieder hin.«

Peer reagierte nicht.

»Hast du mich gehört?«

Peer schaute gelangweilt auf.

»Du gehst wieder hin, Peer!«, wurde Lukas etwas lauter.

Peer nickte flüchtig.

Solveig freute sich, weil ihre Eltern nach langer Zeit endlich mal wieder gemeinsam einkaufen waren. Sie konnte sich nicht erinnern, wann dies das letzte Mal so stattgefunden hatte. Sie befand sich in der Küche, als die Haustür aufgeschlossen wurde.

»Kannst du deiner Mutter bitte helfen, die Sachen hereinzutragen?«, fragte sie ihr Vater, nachdem er vor der Küche erschienen war.

Solveig nickte nur und ihr Vater verschwand. Als Solveig draußen den Wagen erreichte, konnte sie sehen, dass sie sich offenbar zu früh gefreut hatte.

Ihre Mutter schaute sie bedrückt an und öffnete dann die Heckklappe. Gemeinsam trugen sie wortlos die Einkauftüten und Einkauftaschen in die Küche.

»Danke, Solveig«, sagte ihre Mutter, als sämtliche Tüten und Taschen auf dem Boden der Küche lagen. »Vielleicht kannst du noch das Tiefgekühlte in den Kühlschrank packen.«

Martina war stinksauer auf Harald, der sie einfach so sitzen lassen hatte. »Unverschämter Kerl«, dachte sie, als sie die Lebensmittel und anderen Sachen im Kühlschrank beziehungsweise in den Küchenschränken unterbrachte, während Solveig freundlicherweise die Gefrierfächer befüllte.

Samstag, der 26.08.2017, mittags

Das Haus bereitete ihr Unbehagen. Das war in den letzten Tagen nicht besser geworden. Nachdem Lydia Kaffee und Toast auf der Terrasse zu sich genommen hatte, fragte sie sich, was sie noch in diesem Haus zu suchen hatte. Und sie fand für sich keine Antwort.

Das machte sie tief traurig und sie mochte dennoch nicht länger bleiben. Sie räumte in Windeseile den Tisch frei und verschloss dann die Terrassentür. Doch dann stellte sich ihr die Frage, wohin sie gehen konnte.

Ihr fiel nur eine einzige Person ein, in deren Nähe sie es derzeit aushalten konnte. Also nahm sie ihr Smartphone und schrieb eine SMS, mit der sie Jonas fragte, ob er Zeit hatte. Lydia war erleichtert, als Jonas ihr erfreulicherweise recht schnell antwortete. Er hatte zwar noch ein wenig zu tun, doch wenn es ihr recht war, konnten sie sich gegen drei Uhr am Bahnhof treffen.

Lydia zögerte nicht, obwohl es bis drei Uhr noch ein wenig hin war. Sie eilte in ihr Zimmer und packte ihre Tasche; und zwar so, dass sie auch ein oder zwei Nächte woanders übernachten konnte. Im Bad sammelte sie ihre wichtigsten Kosmetikartikel zusammen. Dann zog sie sich ihre Jacke über und nahm ihren Schlüssel. Schnell überprüfte sie noch, ob ihre Geldbörse alles Notwendige enthielt. Anschließend öffnete sie vorsichtig die Haustür. Da der Blick vor die Haustür für sie keine böse Überraschung parat hielt, verließ sie dieses ›schauderhafte‹ Haus und schloss die Tür mit großer Erleichterung ab.

Erfreulicherweise waren Sybille und Klaus nicht gezwungen gewesen, die Terrasse aufzugeben, denn es blieb bei ein paar wenigen Tropfen. Inzwischen saßen sie bei strahlend blauem Himmel immer noch auf der Terrasse, wobei sie den Tisch freigeräumt hatten. Außerdem hatten sie beschlossen, eine warme Mahlzeit erst am Abend einzunehmen.

Sybille begriff, wie wenig es Harald offenbar aus gesundheitlichen Gründen gebrauchen konnte, einen Freund zu haben, der seine Frau schlug. »Ich wollte dir noch erzählen, wie mein Gespräch mit Martina war«, sagte Sybille. Denn ihr fiel mit Erschrecken ein, dass sie Klaus am Vorabend nur einen recht knappen Überblick gegeben hatte, da sie müde gewesen war.

»Richtig!«, sagte Klaus. »Da bin ich aber mal gespannt.«

»Erst einmal hat sie mir erzählt, dass Harald krankgeschrieben ist.«

»Das stimmt, ja. Das hat Harald mir gegenüber auch erwähnt. Ich fand das erstaunlich.«

»Dann haben wir auch über Lasse gesprochen. Martina konnte allerdings nicht sagen, ob Lasse bereits eine Stelle für seine Sozialstunden gefunden hat …«, sagte Sybille. »… Was ich schon ein wenig merkwürdig fand«, ergänzte sie und verdrehte dabei ein wenig ihre Augen.

»Wirklich komisch.«

»Das Wichtigste war aus meiner Sicht allerdings, wie Martina über ihre Ehe mit Harald gesprochen hat.«

»Aha …« Klaus wurde neugierig.

»Martina hat es recht drastisch formuliert und ihre Ehe als Farce bezeichnet.«

»Als Farce? …«, wiederholte Klaus, »… Und warum?«

»Wir sind nicht allzu sehr ins Detail gegangen. Martina hat beklagt, dass Harald nur noch genervt sei; und das wohl schon seit Monaten.«

»Finde ich bemerkenswert, weil Harald sagt, er komme nicht an Lasse heran. Eventuell gibt es da ja irgendwie einen Zusammenhang.« Klaus bewegte sich auf seinem Stuhl hin und her.

»Ist irgendwas, Klaus?«

»Ach nichts … wo waren wir?«

»Genervter Harald, der nicht mit seinem Sohn reden kann«, erinnerte Sybille.

»Ah, genau. Ja, das ist schon interessant, oder?«

»Und auch ganz schön traurig, finde ich. Martina scheint jedenfalls ziemlich unglücklich zu sein. Ein Mann, der genervt ist. Ein schwieriges Verhältnis zwischen Vater und Sohn. Und Martina mittendrin. Na, bravo, kann ich da nur sagen«, sagte Sybille erregt.

»Du hast recht. Das macht bestimmt keinen Spaß«, sagte Klaus, während er auf Martina erneut unruhig wirkte.

»Sag mal! Du hast doch irgendetwas. Nun, sag schon!«

Klaus druckste herum, sodass Sybille ihn entsprechend eindringlich anschaute.

»Also gut«, gab Klaus auf. »Ich glaube, ich könnte eine Kleinigkeit zu essen vertragen.«

»Ganz ehrlich. Das war mir so was von klar.«

»Du kennst mich einfach zu gut«, sagte er schmunzelnd. »Aber wenn du es schon wusstest, dann …«

»… Ich wollte es von dir hören.«

Klaus lächelte. »Ich verstehe.«

»Und was bedeutet das jetzt für uns?«, wollte Sybille wissen, obwohl sie schon eine Befürchtung hatte.

»Das kommt darauf an«, äußerte sich Klaus. »Es kommt auf dich an, sollte ich besser sagen … möchtest du auch etwas essen?«

Sybille musste aufgrund Klaus' Umständlichkeit lachen und brachte Klaus damit ebenfalls zum Lachen.

Nachdem sie sich wieder beruhigt hatten, sagte Sybille: »Ich könnte auch eine Kleinigkeit vertragen.«

Petra wollte unbedingt vermeiden, ihrer Tochter schon am frühen Morgen ablehnend zu begegnen. Da sie ihrem Sohn nicht verweigern konnte, sich mit seinem Vater zu treffen, war sie letztendlich planlos mit der Straßenbahn in die Bremer Innenstadt gefahren, um sich auf welche Weise auch immer abzulenken.

Da es bald angefangen hatte, ein wenig zu regnen, hatte sie sich in ein Restaurant in der Nähe der Liebfrauenkirche zurückgezogen und ein kleines Frühstück zu sich genommen.

Irgendwann hatte sie sich allerdings eingestehen müssen, wie wenig es ihr eine Hilfe war, sich in der Innenstadt aufzuhalten. Also war sie am Domshof in die Bahn gestiegen und zurück Richtung Schwachhausen gefahren.

Gegen ein Uhr mittags schloss sie unzufrieden mit sich und ihrer Familie die Haustür auf. Nachdem sie sich ihrer Jacke und ihrer Tasche entledigt hatte, ging sie ins Wohnzimmer. Es war genauso wie die Terrasse, der Essbereich sowie die Zimmer ihrer Tochter und ihres Sohnes leer.

Harald hatte während der restlichen Heimfahrt vom Einkaufen keinen Satz mehr gesprochen. Martinas Fragen hatten ihn in Bedrängnis gebracht, weil er ungern irgendwelche Halbwahrheiten verbreiten wollte.

Ihm klingelte der Hinweis seines Freundes, mit Martina zu reden, in den Ohren. Er hatte Bedenken. Sollte er mit seiner Ehefrau über die Erziehung ihres Sohnes sprechen?

Sie saß ihm schräg gegenüber und blickte ernst vor sich hin.

Seine Bedenken nahmen zu. Harald kaute und kaute. Ihn wollte der Eindruck nicht loslassen, dass seine Ehefrau ihren Sohn zu ihrem Lieblingskind auserkoren hatte.

Martina füllte sich noch ein wenig vom Gemüseauflauf auf ihren Teller. Dabei riskierte sie einen Blick zu ihrem Ehemann. Sie war immer noch wütend auf ihn und hätte ihm am liebsten das ein oder andere gesagt. Doch ihre Kinder saßen mit am Tisch und sie wollte auch deshalb beim Mittagessen keine Probleme wälzen.

Umso weniger begeistert war sie, als sie hörte, was ihr Mann zu ihrem Sohn sagte.

»Sag mal, Lasse! Darf ich dir eine Frage stellen?«

Lasse, der, wie so oft in letzter Zeit, in sich versunken zu sein schien, erschrak ein wenig. »Wenn es sein muss.«

Harald dachte aufgrund Lasses Reaktion an Klaus und seine Worte. Er beobachtete seinen Sohn, der mit seiner Gabel auf seinem Teller irgendetwas zu suchen schien.

»Nein! Es muss nicht sein, Lasse«, sagte er deshalb nach einem kurzen Innehalten und wandte sich wieder seinem Essen zu. Als er sich eine Gabel mit Salat in den Mund führte, schaute er Martina an, die das durchaus registrierte.

Martina wunderte sich über ihren Mann und ärgerte sich gleichzeitig. Doch obwohl sie den Drang spürte, etwas zu sagen, schwieg sie lieber.

Solveig bekam von alledem nichts mit, denn sie hatte ihre eigenen Schwierigkeiten, die allerdings weniger in ihrer Familie ihren Ursprung hatten.

Martina hatte indessen schon länger den Eindruck, ihrer Tochter läge etwas auf der Seele. »Ist alles gut bei dir, Solveig?«, fragte sie, weil ihre Tochter wieder merkwürdig still war.

»Bitte?«, fragte Solveig, da sie die Frage ihrer Mutter nicht vollkommen erfasst hatte.

»Ich habe dich gefragt, ob es dir gut geht«, sagte Martina.

Solveig wollte in Ruhe gelassen werden. »Ja, Mama, alles ist gut.«

Auch Harald war die Veränderung bei seiner Tochter nicht entgangen. Deshalb mochte er nicht so recht glauben, was er von ihr hörte. Allerdings wollte er nicht weiter nach bohren und dies eher Solveigs Mutter überlassen. Martina beließ es jedoch dabei.

Sybille und Klaus waren sich schnell einig gewesen, Tomaten-Mozzarella zuzubereiten, damit sie ihre Unterhaltung entspannt auf der Terrasse fortführen konnten.

»Also ist Harald nicht nur aufgrund seines Sohnes angestrengt?«, fragte Klaus, um ihr Thema wieder aufzugreifen, und schnitt eine Tomate mit Käse durch.

»Wohl eher nicht. Martina spricht selten derart offen über ihre Ehe. Sie ist total unzufrieden, wie mir scheint. Da fällt mir ein, dass ich sie nächsten Dienstag besuchen werde.«

»Ehrlich?« Klaus schob sich die Tomate in den Mund.

»Ja, ich fahre nach der Schule direkt zu ihr. Ich weiß noch nicht, ob ich gleich morgens den Wagen nehme; hängt auch vom Wetter ab.«

»Leider kann ich nicht mitkommen.«

»Das ist vielleicht sogar ganz gut«, gab Sybille zu Bedenken und wandte sich ihrem Teller zu.

»Wieso?«

»Wenn du mitkommst, ist das natürlich sofort ein anderes Gespräch, oder?«

Klaus kaute und nickte. »… Ja, ich muss ja auch nicht bei allem dabei sein«, stimmte er Sybille zu und lächelte.

Sie kümmerten sich dann stillschweigend eine Zeit lang um ihre Tomaten-Mozzarella.

»Da fällt mir etwas ein, Klaus«, meldete sich Sybille dann zu Wort.

»Was denn?«

»Hast du von Lukas eine Antwort oder irgendeine andere Reaktion auf deine E-Mail erhalten?«

Klaus erschrak. »Ach ja … meine E-Mail …«

»Was?«, fragte Sybille wenig später, da Klaus keine Anstalten machte, ihre Frage zu beantworten.

Nachdem er sein Besteck weggelegt hatte, sagte Klaus: »Gestern hat Harald angeboten, Lukas anzurufen … beziehungsweise gefragt, ob er das machen soll.«

»Aha«, sagte Sybille und legte ihr Besteck ebenfalls beiseite.

»Ja, Harald hat mich gefragt, ob ich Lukas denn auch mobil nicht erreichen konnte, nachdem ich ihm von meinem Anruf erzählt hatte. Ich habe ihm dann gesagt, Lukas' Mobilnummer nicht zu haben, und deshalb auf die Idee mit der E-Mail gekommen zu sein.«

»Und Harald hat demnach seine Nummer?«

»So ist es. Ob er Lukas anrufen soll, konnte ich allerdings nicht sagen.« Klaus sah Sybille mit einem Gesicht wie sieben Tage Regenwetter an.

»Mhm … schwierig … kann ich verstehen. Das muss er ja letztendlich auch selbst entscheiden, oder?«, sagte Sybille und nahm ihr Besteck wieder in die Hand. »Magst Du denn mal nachschauen, ob von Lukas was gekommen ist?«

Auch Klaus griff zu seinem Besteck. »Ja … kann ich machen …«, sagte er und nahm seinen letzten Bissen zu sich. »… Ich werde das gleich mal überprüfen.«

Sybille schaute Klaus ohne Worte an.

»Was?«

»Mir wäre es schon wichtig, jetzt zu wissen, ob dein Freund geantwortet hat«, machte Sybille deutlich.

Klaus stöhnte und da er sah, wie er Sybille damit verärgerte, sagte er: »Schon gut. Ich schaue sofort nach.« Widerwillig stand er auf und verließ die Terrasse, während Sybille ihm lächelnd hinterherschaute. Oben angekommen, weckte er den Rechner aus seinem Schlaf. Vor dem PC sitzend fragte sich Klaus, warum er sich das alles antat. Er musste schon auf ›Anordnung‹ seiner Frau seine E-Mails überprüfen. Klaus öffnete mit einer leichten Unruhe sein Mail-Programm. Schnell konnte er sehen, in den letzten zwei Wochen keine Mails erhalten zu haben; nicht einmal Spam. Nach Schließen des Programms drückte er den Schalter zum Herunterfahren des Rechners und verließ recht gefrustet das Zimmer.

»Nichts!«, sagte er, wieder auf der Terrasse angekommen.

»Oh Mann«, stöhnte Sybille. »Liest der eigentlich seine privaten E-Mails nicht?«

»Kein Plan.« Klaus musste sich wieder ernsthaft fragen, was er von Lukas überhaupt wusste.

Samstag, der 26.08.2017, abends

Immerhin gab es in seinem Zimmer einen Fernseher. Lukas hatte viel Aufwand betrieben, um auf keinen Fall mitzubekommen, wie Werder gegen die Bayern aussah. Er hatte Peer strickt untersagt, ihm auch nur ansatzweise irgendwelche Hinweise zu geben.

Er schaltete die Sportschau an und hoffte mit seinem Sohn zusammen auf ein Fußballwunder. Auf dem Weg vom Hansa Carré zur Pension hatten sie Heerscharen von Fans beobachten können, die auf dem Weg zum Stadion waren. Lukas fragte sich, wie man schon zu so früher Stunde Bier trinken konnte. Genauso wenig konnte er nachvollziehen, warum so viele Frauen ganz offensichtlich Spaß daran hatten, sich ein Fußballspiel der Männer-Bundesliga anzuschauen; und das auch noch im Stadion.

Zu Anfang der Sendung mussten sie zunächst erfahren, dass der HSV am Vorabend in Köln gewonnen hatte.

»Das fängt ja gut an«, sagte er und wünschte sich umso mehr einen Sieg für Werder Bremen.

»Köln ist aber auch zu blind«, beschwerte sich Peer, der seinen Vater in die Pension begleitet hatte. Lukas gefiel das nicht besonders. Allerdings konnte er nachvollziehen, dass sein Sohn wenig Lust hatte, sich nach Hause in eine Unterzahl-Situation zu begeben. Deshalb hatte Lukas letztendlich zugestimmt.

Da es gegen die Bayern ging, erwartete Lukas den Spielbericht zu Werder erst zum Ende der Sendung. Inzwischen bekam man in der Sportschau am Samstag auch nur noch fünf Spiele zu sehen, weil ein Spiel erst um achtzehn Uhr dreißig begann. Zwei weitere Spiele wurden außerdem erst am Sonntag ausgetragen. Lukas machte das unzufrieden.

»Da gebe ich dir recht. Also wenn man zu Hause gegen den HSV verliert …«

»Ich denke, Köln wird es schwer haben, die Klasse zu halten«, fabulierte Peer wie ein Großer. »Für Werder wird es allerdings auch nicht einfach sein.«

Derlei Prognosen zu Werder wollte Lukas überhaupt nicht hören. »Das kannst du doch gar nicht wissen. Du spielst ja nicht mal selbst Fußball«, ereiferte er sich.

»Na ja, Moment mal! Ich spiele Fußball immerhin auf der PS4. Da bekomme ich schon einiges mit.«

Lukas lächelte müde. Und er konnte nicht glauben, dass Wolfsburg tatsächlich auswärts in Frankfurt gewonnen hatte.

Als die Sportschau zum ersten Mal durch Werbung unterbrochen wurde, schnappte er sich seine Zigaretten.

»Ich gehe mal eben vor die Tür. Kommst du mit?«, fragte er seinen Sohn.

»Nö, ich bleib' hier.«

»Na gut«, ließ Lukas verlauten und ging vor die Tür seiner vorübergehenden Unterkunft, um die Werbepause für sich ›sinnvoll‹ zu nutzen.

Es war das erste Mal, dass Lydia eine Wohngemeinschaft im Viertel von innen sah.

»Wow! Mit wie vielen Leuten wohnt ihr hier?«, fragte sie Jonas, der ihr gerade die Küche gezeigt hatte.

Jonas hatte nicht gewagt, davon zu träumen, Lydia bei sich in seiner WG zu Besuch zu haben. Als er sich im Café Sand von ihr verabschiedet hatte, glaubte er nicht daran, dieses hübsche ›Mädchen‹ jemals wiederzusehen.

»Mit fünf Leuten. Alles Studenten oder Azubis.«

Lydia war erfreut gewesen, als Jonas tatsächlich zur vorgesehenen Zeit am Bahnhof aufgetaucht war. Sie war sich nicht ganz sicher gewesen, denn sie kannte ihn ja überhaupt nicht. Er hatte sie vorsichtig umarmt und Lydia hatte nichts dagegen. Ganz im Gegenteil konnte sie ein wenig körperliche Wärme gut vertragen.

»Ich war schon ein wenig überrascht, als ich deine SMS bekam«, hatte Jonas gesagt und Lydia so merkwürdig angesehen.

»Ja, ich kann dich verstehen. So gut kennen wir uns nicht, oder?«, hatte Lydia eingeräumt.

Sie hatten dann den Bahnhofsvorplatz verlassen und ihre Fahrräder Richtung Bahnhofstraße geschoben.

»Was machen wir denn jetzt?«, hatte Jonas wissen wollen.

Lydia gefiel, erst einmal nicht mehr allein zu sein. »Ganz ehrlich, Jonas. Es ist mir alles recht, solange ich nicht zu Hause sein muss.«

»Alles klar. Was hältst du davon, wenn wir irgendwo eine Kleinigkeit essen?«, hatte Jonas daraufhin gefragt.

»Mhm … lass mich kurz nachdenken …«, hatte Lydia geantwortet. »… Ja … ich glaube, das ist eine gute Idee. Das sollten wir machen.«

Sie hatten sich dann darauf einigen können, doch lieber ein Eiscafé in der Innenstadt für ein Spaghetti-Eis aufzusuchen. Sie hatten danach auch noch ein Getränk zu sich genommen. Jonas hatte einen Tee und Lydia einen Latte Macchiato getrunken.

»Das heißt, in dieser Wohnung gibt es fünf Zimmer?«, fragte Lydia, nachdem sie die Küche genauer in Augenschein genommen hatte.

»Genau. Wobei die Zimmer unterschiedlich groß sind. Meins ist so mittelgroß. Entsprechend hoch oder niedrig ist dann auch die Miete; wie man es nimmt.«

»Unglaublich! Sag mal, wie spät ist es eigentlich?«

»Da hängt eine Uhr. Viertel nach sechs.«

Lydia dachte, und das war für sie ein wenig unverständlich, an ihre Mutter. Vielleicht sollte sie einmal anrufen. Jonas zeigte ihr noch die beiden Bäder der Wohnung, die für ihren Begriff unglaublich hohe Decken hatte. »Sag mal, Jonas! Wie hoch sind eigentlich die Decken?«

»Die Decken? Wenn ich richtig liege, vier Meter fünfzig.«

»Echt krass«, sagte Lydia beeindruckt und blickte noch einmal unter die Decke des zweiten Badezimmers.

Jonas freute sich insgeheim, Lydia ein wenig beeindrucken zu können. Er wohnte bereits im zweiten Jahr in der Wohngemeinschaft und fühlte sich auch deshalb so wohl, weil die Wohnung mitten im Viertel lag. Es war nur ein Katzensprung zur Sielwall-Ecke oder zum Osterdeich.

Lydias Handy klingelte und Lydia wusste ziemlich genau, wer am Telefon war. Dennoch ging sie ran.

»Ja. Hallo?«

»Lydia, gut, dass ich dich erreiche. Ich habe mir jetzt doch Sorgen gemacht.« Lydia gab Jonas ein Zeichen und zog sich vor die Eingangstür im Flur der WG zurück.

»Du hast dir Sorgen gemacht? Verstehe ich nicht … so wie du mich behandelt hast.«

»Ich glaube halt nicht, es könnte durch deinen Anruf bei der Polizei besser werden … eher im Gegenteil.«

»Mama …« Lydia suchte nach den passenden Worten. »Besser oder schlechter … darum geht es doch schon längst nicht mehr.«

»Für mich schon … dein Vater wird stinksauer sein.«

»Das ist mir verdammt noch mal scheißegal … ich möchte nicht mehr mit einem Schläger unter einem Dach wohnen«, fluchte Lydia ins Telefon, um sich dann über ihre eigene Unbeherrschtheit zu ärgern. Schließlich konnte die gesamte WG mithören. »Mama, hast du schon den Antrag gestellt?«

»Nein. Ich möchte das deinem Vater nicht antun.«

»Nicht antun? Der hat dir in den Bauch geboxt. Schon vergessen?«, erinnerte Lydia ihre Mutter und schaute wieder den Flur hoch. Jonas konnte sie nicht sehen.

Ihre Mutter sagte nichts.

»Mama, die Frist läuft bereits. Ich glaube, du hast dafür nur drei Monate Zeit.«

»Wann kommst du nach Hause?«

»Ganz ehrlich. Am liebsten würde ich erst wiederkommen, wenn du den Antrag gestellt hast ...«, sagte Lydia, »Was allerdings unrealistisch ist. Heute komme ich jedenfalls nicht. Ich schlafe woanders.«

»Lydia ...«

»... Nein, Mama. Wenn du den Antrag nicht stellst, werde ich mir ein eigenes Zimmer besorgen ... Überleg' es dir!«, machte Lydia nochmals klar, was sie von ihrer Mutter erwartete.

»Bei wem schläfst du heute Nacht?«

»Bekannte von der Uni, Mama. Ich muss jetzt auflegen. Bis dann. Ich melde mich noch mal. Und stelle den Antrag!«

»Ja, bitte! Melde dich! Tschüss, Lydia.«

»Tschüss.« Lydia hatte große Mühe, nicht laut loszuschreien. Sie konnte ihre Mutter einfach nicht verstehen. Sie lehnte sich an die Wand und blieb neben der Eingangstür stehen.

Nach einigen Augenblicken ließ sich Jonas wieder blicken und näherte sich langsam.

»Alles in Ordnung?«

Lydia schaute Jonas an. »War ich sehr laut?«

»Ziemlich.«

»Tut mir leid. Dann weißt du ja, was in meiner Familie das Problem ist«, vermutete Lydia.

Jonas nickte. »Ich glaube ja. Dein Vater schlägt deine Mutter, oder?«

Lydia nickte und bewegte sich von der Wand weg. »Ich habe meiner Mutter gesagt, dass ich heute woanders schlafe.«

»Ich verstehe«, sagte Jonas und legte vorsichtig seinen Arm um Lydia.

Petra lief fassungslos im Wohnzimmer auf und ab. Sie konnte nicht glauben, wie ihre Tochter mit ihr sprach. Sie fragte sich, wo ihr Sohn Peer war und kam zu dem Schluss, er sei bei seinem Vater; sollte er ruhig bei ihm bleiben. In diesem Moment hatte sie nichts dagegen. Zumindest hatte sie die Gewissheit, ihrer Tochter ging es soweit gut. Sie verstand nicht, warum sie sich auf der einen Seite Sorgen um sie machte und andererseits so wütend auf sie war. Würde sie ihre Ankündigung in die Tat umsetzen und sich ein eigenes Zimmer besorgen? Was meinte sie damit, ein eigenes Zimmer? Hatte sie vielleicht schon eine Möglichkeit gefunden, auszuziehen? Petra bekam es mit der Angst zu tun. Einer Angst, die mindestens genauso groß war, wie die Angst vor ihrem Ehemann.

Martina wusste selbstverständlich, wie sehr ihr Mann für den Fußball schwärmte. Dementsprechend sollte sie eigentlich entspannt sein, wenn ihr Mann vor dem Fernseher saß und die Sportschau lief. Aber sie war nicht entspannt. An diesem Abend überhaupt nicht. Denn Martina sah es nicht ein, immer nur Rücksicht zu nehmen. Was war denn mit der Rücksichtnahme auf sie? So zu tun, als wäre alles wunderbar in ihrer Ehe, konnte sie nicht ertragen.

Deshalb entschied sie kurzerhand, es sich auf dem zweiten Sofa im Wohnzimmer gemütlich zu machen. Da es grundsätzlich kein gemeinsames Abendessen gab, wenn die Bundesliga lief, fasste sie den Entschluss, sich eine kleine Brotzeit zuzubereiten. Sie schnitt sich ein paar Gurkenscheiben von der Gurke ab, die sie im Kühlschrank fand. Auch eine Tomate kam in Scheiben, zusammen mit der Gurke, auf einen Teller; alles mit ein wenig Salz und Pfeffer gewürzt. Zwei Scheiben Dinkelbrot bestrich sie hauchdünn mit Butter. Auf die eine Scheibe legte sie vegetarischen Aufschnitt und auf die Zweite eine Scheibe Gauda. Die Brotscheiben fanden ihren Platz auf einem zweiten Teller. Mit beiden Tellern und einer Gabel ging sie ins Wohnzimmer. Sie stellte die Teller auf den Couchtisch und legte die Gabel daneben. Dann nahm sie auf dem kleineren Sofa Platz. Martina war mit sich zufrieden. Sie machte es sich schön gemütlich und warf einen Blick auf die Sportschau. »Und? Haben sie Werder schon gezeigt?«

Harald war nur mäßig erfreut, seiner Frau Rede und Antwort zu stehen. »Was machst du hier?«, wollte er deshalb wissen.

»Ich sitze auf dem Sofa und esse eine Kleinigkeit.«

»Und wieso hier? Im Wohnzimmer?«

»Weil das der einzige Raum ist, in dem Sofas stehen. Ich möchte es halt auch mal gemütlich haben«, sagte Martina und lächelte süffisant. Dann nahm sie sich ihre Gabel und eine Scheibe von der Gurke.

Harald war mit einem Verhalten seiner Frau konfrontiert, das er nicht kannte. Er hatte gehofft, in Ruhe, ohne Störung, die Sportschau gucken zu können, zumal ihre beiden Kinder entweder nicht da waren oder kein Interesse an Fußball hatten. Seine Frau schien ihn stören zu wollen. »Martina. Was soll das? Ich möchte gerne in Ruhe die Sportschau anschauen. Ist das jetzt auch schon nicht mehr möglich?«

»Doch, doch … lass dich durch mich nicht stören!«, forderte sie Harald auf und biss in ihr Käsebrot.

»Ganz ehrlich, Martina. Du störst aber doch«, drückte Harald sein Unbehagen aus. »Du weißt ganz genau, wie wichtig es mir ist, die Sportschau entspannt schauen zu können. Zumal Werder heute gegen die Bayern gespielt hat.«

Martina kaute zu Ende. »Willst du damit etwa sagen, dass dich meine Anwesenheit stört?«

»Grundsätzlich nicht, aber jetzt, wenn die Sportschau läuft. Das ist doch nichts Neues für dich«, sagte Harald bereits leicht gereizt, denn die Sportschau zeigte gerade die Partie Leverkusen gegen Hoffenheim.

»Ganz ehrlich, Harald. Ich finde es erschreckend und traurig zugleich, wie schnell du dich in meiner Gegenwart aufregst. Ich sitze hier auf dem Sofa. Im Wohnzimmer. Und du? Von dir bekomme ich mal wieder zu hören, dass ich dich in Ruhe lassen soll.« Martina hatte nicht übel Lust, ihr Sofa aufzugeben. Andererseits hatte sie es satt, wieder klein beizugeben. Denn sie hatte in den letzten Tagen einige Male den Harald gesehen, in den sie sich vor Jahren verliebt hatte.

»Ja, aber …«, wollte Harald widersprechen.

»Nichts aber, Harald. Ich bin deine Ehefrau und hier nicht dein Gast, der sich anpassen muss. Es sollte dir möglich sein, ›deine‹ Sportschau zu schauen, und entspannt zu sein, obwohl ich in deiner Nähe bin. Oder besser gesagt, *weil* ich in deiner

Nähe bin.« Martina biss beherzt noch einmal in ihr Käsebrot und schob ein Stück Tomate hinterher, als wollte sie ihre Aussage bekräftigen.

Harald konnte nicht viel sagen. Und das ärgerte ihn. »Das ist nicht *meine* Sportschau, Martina. Ich interessiere mich nun mal sehr für Fußball. Ich glaube, das ist klar, oder?«

»Absolut … nicht *deine* Sportschau … okay, das war unpassend. Und ich bin *deine* Ehefrau, oder?«

Harald nickte. »Ja, das bist du … *meine* Ehefrau.« Inzwischen lief der erste Werbeblock. »Ich glaube, ich werde mir auch mal eben schnell was zu essen machen. Brauchst du noch was?«

Martina war perplex. »Ich würde noch ein Brot mit Käse nehmen.«

»Alles klar.« Harald verließ das Sofa und verschwand im Flur. Martina war stolz auf sich, denn immerhin hatte sie erreicht, dass Harald einräumte, sie sei *seine* Ehefrau. Und er war zusätzlich bereit, ihr noch ein Brot mitzubringen. Sie lehnte sich zurück und wandte sich ihrem Essen zu. Derweil endete die Werbung und der nächste Spielbericht wurde anmoderiert.

Kein Harald zu sehen.

Martina war im Begriff, nachzuschauen, da kam Harald ins Wohnzimmer. »Man man man, bis man drei Brote geschmiert hat, ist auch Weihnachten«, schimpfte er, reichte Martina ihr Brot an und schmiss sich dann aufs Sofa.

»Danke schön, Harald. Werder gegen Bayern kommt noch, richtig?«

»So ist es.« Harald bemühte sich, sich auf den laufenden Spielbericht zu konzentrieren. Augsburg lag zu Hause mit eins zu zwei gegen Gladbach zurück.

Martina konnte nicht umhin, sich zu amüsieren. Sie konnte immer noch nicht verstehen, warum viele Männer dieses Spiel so toll fanden. Da liefen viele Männer hinter einem Ball her, um ihn dann wieder wegzuschießen.

Lukas fieberte dem wirklich relevanten Spielbericht entgegen, während sein Sohn begann, sich zu langweilen.

»Papa. Ich habe Hunger.«

»Schon wieder?«, fragte Lukas und Peer war klar, sein Vater war nicht begeistert.

»Kannst du 'ne Pizza bestellen?«

Lukas mochte während der Spielberichte ungern angesprochen werden. »Sei jetzt bitte ruhig!«

Peer war zwar nicht uninteressiert, wenn es um Fußball ging. Doch diese Sportschau vermochte ihn nicht zu fesseln; viel Gerede, wenig Fußball. Ihm war klar, es war nicht ratsam, seinen Vater jetzt noch einmal anzusprechen. Er verließ den Retro-Sessel. »Papa. Ich fahre lieber nach Hause.« Sein Vater war nicht ansprechbar. Oder er tat so. Jedenfalls bekam Peer den Eindruck, in diesem Zimmer in diesem Moment überflüssig zu sein. Das machte ihn traurig. »Ich gehe jetzt«, unternahm er noch einen Versuch, schnappte sich seinen Rucksack und seine Trainingsjacke.

»Wie du willst«, ließ sein Vater doch noch verlauten.

»Tschüss«, sagte Peer, öffnete die Tür und drehte sich, in der Tür stehend, noch einmal um.

Im Fernseher war gerade ein Tor gefallen und sein Vater fluchte: »Den musst du doch mit der Mütze fangen.«

Peer drehte sich um, schloss die Tür hinter sich und fing an zu weinen.

Sybille saß immer noch im Arbeitszimmer. Nachdem klar war, Lukas hatte nicht geantwortet, wollte sie sich mit diesem Typen erst einmal nicht beschäftigen. Da sie und Klaus sich einig waren, kümmerten sie sich nach ihrem Mittagssnack um andere Belange.

Es bedurften diverse Vokabeltests im Fach Französisch noch der Korrektur. Sybille war eine der wenigen Lehrerinnen, die spontan und ohne Ankündigung, Vokabeltests schreiben ließ. Gut die Hälfte der Tests aus einer zehnten Klasse lag noch auf dem Schreibtisch. Da half es Sybille wenig, dass sie in ihren Tests lediglich zwanzig Vokabeln abfragte. Sie musste sie bearbeiten.

Sie nahm sich den nächsten Test und blickte auf die vermeintlichen Antworten des Schülers. Und sie war überrascht, denn der Schüler hatte nicht nur zu allen Vokabeln eine Antwort, sondern lag auch bei siebzehn Antworten richtig. Das hatte sie so von ihm nicht erwartet. Ihre Laune verbesserte sich unmittelbar und ihre Motivation, die restlichen Tests zu korrigieren, erhöhte sich.

Klaus hatte zwar zugestimmt, Lukas beiseite zu schieben, doch wusste er mit sich nichts anzufangen. Also saß er wie seine Freunde vor der Sportschau und verfolgte mit mäßigem Interesse, ob Werder gegen München etwas zustande gebracht hatte. Während sich nach und nach abzeichnete, dass Werder verloren hatte, schweifte Klaus mit seinen Gedanken ab.

»Was machst du vor dem Fernseher?«

Klaus hatte das Ende der Sportschau und die Tagesschau nicht mitbekommen, da er eingeschlafen war.

»Klaus?« Sybille hatte ihre Korrekturen beendet und war bereit für einen gemeinsamen Abend mit Klaus.

Klaus schnarchte.

Sie berührte ihn vorsichtig am Arm.

Ihr Ehemann wurde wach, schreckte zusammen und schaute Sybille fragend an.

»Du bist vor dem Fernseher eingeschlafen.«

Klaus setzte sich auf. »Im Ernst? … das ist ja …« Klaus wurde unzufrieden, da er äußerst ungern vor dem Fernseher einschlief. »Ich war wohl komplett weg …«, orakelte er, »… Und du? Bist du fertig mit deiner Arbeit?«

»Bin ich. Ein Schüler hat mir die Arbeit versüßt. Dadurch wurde es deutlich angenehmer«, freute sich Sybille. »Und jetzt würde ich gerne noch einen Cappuccino oder einen Latte Macchiato trinken. Hast du Lust … anders gefragt … bist du in der Lage, das zu übernehmen?«

Klaus war sofort Feuer und Flamme. »Der Abend nimmt noch eine wunderbare Wende.« Er stemmte sich aus dem Sofa und nahm Sybille kurz in den Arm. »Ich bin schon dabei«, sagte er, als er bereits den Weg zur Küche eingeschlagen hatte. Sybille setzte sich zufrieden auf das warm ›gesessene‹ Sofa.

Ausrichtung

Fortschritt besteht nicht
in der Verbesserung dessen,
was war, sondern in der Ausrichtung
auf das, was sein wird.
- Khalil Gibran -

Sonntag, der 27.08.2017, morgens

Jonas war immer noch völlig geflasht. Er befand sich unter der Dusche und ihm ging Lydia nicht mehr aus dem Kopf. Einzig sein Wissen um die fürchterliche Situation in Lydias Familie trübte seine Stimmung.

Und das leider erheblich.

Ohne Details zu kennen, merkte er, wie sehr Lydia darunter litt, einen Vater zu haben, der offenbar ihre Mutter schlug.

Lydia war so freundlich, kurz um die Ecke zu gehen und ein paar Brötchen oder Ähnliches für die WG zu besorgen. Das sollte ihr Beitrag für ein langes und entspanntes Frühstück sein. Von seinen vier Mitbewohnern waren nur zwei da. Die anderen beiden waren auf ›Heimaturlaub‹, da noch Semesterferien waren.

Lydia hatte zunächst Bedenken gehabt, sich neben Jonas auf die Matratze zu legen, die er auf einem Holzpodest positioniert hatte. Doch ihre Bedenken waren unbegründet. Jonas hatte nicht angefangen, sich ihr körperlich zu nähern. Es war ihr erstaunlich schnell gelungen, sich neben ihm zu entspannen. Also hatte sie eine erholsame Nacht und war wunderbar ausgeschlafen.

Sie schloss die Wohnungstür mit Jonas Schlüssel auf. Die Tüte mit Brötchen, Croissants und mehr brachte sie in die offene Küche, die sich ihren Platz mit dem Wohnzimmer teilte. Der Tisch war bereits gedeckt und Franja, eine der beiden anwesenden Bewohner, brachte die letzten Zutaten für das Frühstück an den Tisch.

»Wie heißt du eigentlich?«, fragte diese Lydia.

»Ich bin Lydia«, antwortete sie. »Kann ich dir noch mit irgendwas helfen?«

»Du kannst die Brötchen auspacken. Da auf der Arbeitsplatte ist ein Korb.«

Lydia kam der Empfehlung nach. »Studierst du? Und wie heißt *du* eigentlich?«

»Ich heiße Franja. Ich studiere Kulturwissenschaften. Im Herbst komme ich ins fünfte Semester. Und du?«

»Ich studiere Wirtschaftswissenschaften. Ab Herbst im dritten Semester.«

»Wirtschaftswissenschaften?«, fragte Franja erstaunt und setzte sich an den Tisch. »Ist das nicht schwierig? Ich mein, wegen Mathe.«

Aus dem hinteren Bereich des Flurs kam Jonas zweiter Mitbewohner. Es war Noah, der ebenfalls studierte. »Hallo. Ich bin Noah. Ich studiere Sport und Deutsch auf Lehramt«, beteiligte er sich an der Vorstellungsrunde und setzte sich an die Stirnseite des Tisches. »Und du heißt?«

»Lydia … wo darf ich mich hinsetzen?«

»Egal«, sagte Noah. »Jonas ist da locker.«

Lydia setzte sich neben Franja an den auffällig großen Tisch, der offenbar aus Vollholz war, und hoffte, Jonas würde gleich aus dem Bad auftauchen.

Schade! Harald wäre zu gerne wieder mit dem Fahrrad zum Bäcker gefahren. Doch es regnete wesentlich heftiger als während seiner letzten Fahrt zum Bäcker. Brauchbare Regenbekleidung besaß er schon seit Jahren nicht mehr. Er war nicht einmal sicher, ob er jemals welche besessen hatte. Mit dem Auto zu fahren, fand er irgendwie auch albern, und Martina hatte ihn darin bestärkt, das zu lassen. Also gab es Brötchen zum Aufbacken. Mit Haralds Laune war es auch aus zwei anderen Gründen nicht zum Besten bestellt. Einerseits hatte Werder sein Heimspiel gegen München null zu zwei verloren. Andererseits schwirrte ihm die Frage im Kopf herum, ob er seinen Freund Lukas wirklich anrufen sollte.

Für Martina bedeutete dies leider, dass Harald sie mal wieder mit den Frühstücksvorbereitungen allein gelassen hatte.

»Lasse, sag mal! Wie sieht es eigentlich mit deinen Sozialstunden aus?«, wollte Martina beim Frühstück wissen, da ihr Sohn sie noch immer nicht auf Stand gebracht hatte.

Lasse verzog direkt sein Gesicht.

Alle anderen bekamen das mit, denn sie waren neugierig, was Lasse zu berichten hatte.

Harald war indes überrascht. Er hatte ja schon einen Versuch gestartet, Lasse zu fragen, diesen aber abgebrochen.

Lasse war mit seinen Corn Flakes beschäftigt. Er machte nicht den Eindruck, die Frage seiner Mutter beantworten zu wollen.

Martina fand das ungeheuerlich, wohl auch, weil sie insgeheim auf Harald sauer war. Und ihr Sohn verhielt sich schon genauso wie sein Vater.

Derweil schauten sich Solveig und Harald klammheimlich an und wunderten sich nicht.

»Lasse?« Martina nahm einen Schluck Kaffee und sah dab Lasse dabei über ihre Tasse hinweg an. Da Lasse weiterhin lediglich an seinem Frühstück herumknabberte, fragte Martina: »Muss ich die Schule anrufen und dort nachfragen?«

Lasse schaute seine Mutter mit auffällig gelangweilter Miene an. »Nein. Gibt es nicht.«

Martina stellte ihre Tasse weg. »Und das heißt was?«

»Der Sozialarbeiter hat gesagt, ich soll mich um eine Stelle kümmern, bei der ich die Stunden machen kann.«

»Ha ha …« Harald konnte nicht mehr an sich halten. Er erntete von Martina einen bösen Blick, während Solveig einen massiven Drang hatte, ebenfalls zu lachen.

»Du willst mir also erzählen …«, sagte Martina, während sie sich ein Brötchen nahm, »… Der Sozialarbeiter hat dir dasselbe gesagt, was wir bei dem Treffen in der Schule besprochen haben?«

Lasse nickte.

»Und wann gedenkst du, mit deinen Sozialstunden anzufangen?«, fragte Martina bereits alles andere als entspannt.

Lasse zuckte mit den Schultern.

Martina schob ihren Stuhl nach hinten und schaute Harald dabei an. »Ich brauche mal eine Pause. Bevor ich noch irgendetwas sage, das ich später bereuen könnte.« Sie erhob sich und ging schnurstracks Richtung Terrassentür. Sie öffnete sie, obwohl es immer noch regnete, und trat hinaus.

Harald und Solveig schauten sich wieder leicht amüsiert an, während Lasse nur auf seine Schüssel blickte.

Martina kam nach kurzer Zeit wieder herein, schloss die Tür, ging durchs Wohnzimmer und verschwand im Flur.

Harald hatte seine Ehefrau bezogen auf Lasse noch nie so wütend oder aufgebracht erlebt. Er wusste nur nicht, ob er das gut finden sollte.

Sybille war bester Laune, obwohl das Wetter ihr davon abriet. Da sie ihre Vokabeltests sämtlich vom Tisch hatte, war sie ziemlich entspannt und mit sich zufrieden.

Klaus hatte sich trotz des Regens mit dem Fahrrad auf den Weg zu ihrem Lieblingsbäcker gemacht. Obwohl sie einige Bäcker zur Auswahl hatten, landeten sie immer wieder bei dem einen.

Sybille erwartete ihren Mann jederzeit zurück. Sie hatte sich freigenommen. Demzufolge oblag es allein Klaus, das Frühstück vorzubereiten. Sybille fand das herrlich und lag lang ausgestreckt auf dem Sofa und schaute an die Decke. Sie hörte dem Regen zu, der sanft an die Scheiben klopfte und ein beruhigendes Rascheln im Garten erzeugte.

Lydia fühlte sich wohl mit Jonas, Franja und Noah. Die drei waren wirklich entspannt miteinander. Das imponierte Lydia und wirkte sich positiv auf ihre Stimmung aus.

Jonas hatte ein wenig auf sich warten lassen, sah allerdings noch besser aus mit seinen langen, blonden Haaren, die er offensichtlich mit dem Föhn bearbeitet hatte. Und frisch rasiert war er auch.

Lydia dachte sich ihren Teil und war angenehm berührt.

»Da bist du ja endlich. Wir hätten gerne gewartet, allerdings wäre das Rührei dann kalt geworden«, sagte Noah.

»Schon gut«, sagte Jonas und setzte sich. »Ist denn noch Rührei da?«, fragte er in die Runde und blickte Lydia lächelnd an.

»Du hast Glück«, beruhigte ihn Franja und reichte ihm das Rührei über den Tisch.

»Wie sieht es mit einem Kaffee aus?«, fragte Jonas, während er sich ein Weltmeister-Brötchen aufschnitt.

»Gute Frage …«, gab Noah zu und schüttelte die Kanne. »… Leider schon leer.«

»Schade.«

»Ich kann noch einen machen«, schlug Noah vor.

Jonas blickte Noah an. »Das würdest du machen?«

Noah nickte.

»Sehr gerne«, freute sich Jonas.

Noah griff sich die leere Kanne und verließ den Tisch.

»Wie ist das denn nun mit Mathe in deinem Studium?«, fragte Franja. »Das muss doch sehr schwer sein«, vermutete sie und trank von ihrem Tee.

Lydia hatte gerade in ihr Marmeladenbrötchen gebissen. »Mhm …« Sie kaute gemächlich zu Ende. »… Es ist definitiv alles andere als einfach. Allerdings liegt mir die Mathematik … keine Ahnung, warum.«

»Hattest du nicht erzählt, dein Vater ist beim Finanzamt?«, fragte Jonas. »Vielleicht hast du das von ihm geerbt.«

Lydia verzog ihr Gesicht.

Jonas erschrak. »Sorry. Das war blöd.«

»Schon gut«, beruhigte ihn Lydia, während Franja zunächst Jonas und dann Lydia anschaute. »Ich habe Stress mit meinen Eltern«, erklärte sie in die Runde, als Noah wieder an den Tisch kam.

»Der Kaffee läuft jetzt durch.«

»Super. Danke, Noah!«, meldete sich Jonas kleinlaut und schaute dabei Lydia betreten an.

»Stress mit deinen Eltern? …«, fragte Franja, »… Wohnst du noch zu Hause?«

Lydia schaute Franja an und nickte. »Ja, allerdings denke ich darüber nach, auszuziehen.«

»Also, mir gefällt es sehr, hier in der WG wohnen zu können. Mit meinen Eltern käme ich nicht klar«, mischte sich Noah ein.

»Ich denke, der Kaffee ist fertig, oder?«, machte Jonas einen Versuch, vom Thema wegzukommen, weil die Runde in betretenes Schweigen verfallen war.

Noah sprang auf und ging in den Küchenbereich.

Die anderen beschäftigen sich schweigend mit ihren Brötchen oder Getränken.

Noah kam nach einer Minute zurück und stand neben Jonas mit der Kanne in der Hand.

Jonas hielt ihm seine Tasse hin und Jonas schenkte ihm ein. »Vielen Dank, Noah. Du kannst ja auch ganz schön nett sein«, sagte er, Noah lächelnd ansehend.

Noah grinste, stellte die Kanne auf den Tisch und nahm wieder Platz.

Lydia war dankbar, nicht weiter zu ihren Eltern befragt zu werden. »Wie bist du darauf gekommen, auf Lehramt zu studieren?«, nutzte sie die Gesprächspause, um ein anderes Thema anzusprechen.

Noah schenkte sich Kaffee nach. »Tja, das frage ich mich manchmal auch. Ich habe die Schule immerhin gehasst ...« Dann nahm er sich Milch. »... Und nun will ich bald auf der anderen Seite stehen? Schon strange irgendwie ...« Noah nahm sich ein Croissant. »... Aber ich denke, ich möchte es besser machen, als die meisten Lehrer, die ich hatte.«

»Das ist durchaus eine gute Motivation«, sagte Lydia. »Ich glaube, dass ich Wirtschaftswissenschaften nur studiere, weil man es von mir erwartet ... also mein Vater.« Lydia schaute in die Runde und blickte dann zu Jonas.

Jonas war überrascht, weil Lydia trotz der Umstände ihren Vater erwähnte. Gleichzeitig war er von ihr beeindruckt und erwiderte ihren Blick.

Das Wohnzimmer lag vor ihr und sie bekam erhebliche Zweifel, ob sie in dieses Haus gehörte. Es war kalt, weil funktional. Es war nicht dazu geeignet, sich heimisch zu fühlen und sich in einer wohligen Atmosphäre als angenommen zu erleben.

Peer hatte sich irgendwann am gestrigen Abend ins Haus geschlichen. Sie hatte nur zufällig bemerkt, dass er wieder da war. Auf ihre Frage, wie es bei seinem Vater war, hatte sie von ihrem Sohn allerdings keine Antwort erhalten. Obwohl ein Teil ihrer Familie wieder da war, hatte sie sich einsamer denn je gefühlt.

Die Forderungen ihrer Tochter setzten ihr immer noch zu. Sie erlebte Druck durch ihre Tochter und das mochte ihr nicht gefallen. Petra befürchtete auch, ihre Tochter machte ihre Ankündigung wahr, wenn sie diesen Antrag nicht stellte.

»Peer!« Petra stand vor der Tür ihres Sohnes, nachdem sie in den ersten Stock gegangen war. »Peer!«, wiederholte sie, gleichzeitig an seine Tür klopfend. Doch erwartungsgemäß bekam sie von ihrem Sohn keine Reaktion. Sie griff zur Türklinke und drückte diese herunter.

Als sie die Tür öffnete, schrie Peer: »Tür zu!«

Petra merkte direkt, Ärger aufsteigen. »Sag mal! Wie redest du mit deiner Mutter?«

»So, wie es mir gefällt«, schrie er weiter. »Mach die verdammte Tür zu!«, schlug es Petra entgegen und sie gab aufgrund der Aggressivität ihres Sohnes auf.

Sie schloss die Tür und verließ frustriert die obere Etage. Von ihrem Sohn war nichts zu erwarten, wurde ihr schlagartig bewusst. Im Erdgeschoss angekommen, fasste sie einen Entschluss.

Sonntag, der 27.08.2017, mittags

Er war froh, wieder einmal aus der Pension herauszukommen. In seinem Zimmer fiel ihm doch unheimlich schnell die Decke auf den Kopf.

»Haben Sie gewählt?«, fragte die junge Dame, die jetzt vor ihm an seinem Tisch stand.

»Ja, habe ich …«, sagte Lukas und nahm die Karte erneut in die Hand. »… Moment …« Lukas suchte die Seite mit den Vorspeisen. »… Ich möchte gerne einen großen gemischten Salat …« Er blätterte weiter zu den Pastagerichten. »… Und … einmal die Spaghetti con Pollo, bitte!«

»Sehr gerne. Etwas zum Trinken?«

»Ich nehme ein Alster«, ließ er die Dame wissen und legte die Karte beiseite.

»Kommt sofort«, stellte die Dame in Aussicht und verließ den Tisch.

Lukas hatte entschieden, ein nahegelegenes italienisches Restaurant aufzusuchen, das er über eine Onlinerecherche gefunden hatte.

Er hatte dafür zwar einige Minuten mehr zu Fuß absolvieren müssen, doch er hatte auch gedacht, das könnte ihm guttun.

Und so war es auch. Er fühlte sich wesentlich wacher als nach den zwei Tassen Kaffee, die er sich auf seinem Zimmer gekocht hatte.

Obwohl er nicht damit gerechnet hatte, dass Werder gegen die Bayern einen oder sogar drei Punkte mitnehmen könnte, war er gestern Abend doch ziemlich genervt gewesen. Denn Werder hatte am Ende sang- und klanglos mit null zu zwei verloren.

Während er sich im Restaurant umschaute, dachte er an die Worte seines Sohnes.

Das Restaurant war für einen Sonntagmittag recht gut gefüllt und es herrschte deshalb rege Betriebsamkeit.

Die Dame kam mit dem Alster an seinen Tisch und stellte es vor Lukas auf den Tisch, während sie sagte: »So. Ihr Alster, mein Herr.«

Lukas bedankte sich und nahm sofort einen großen Schluck. Erstaunlicherweise musste er an seine beiden Freunde denken. Dadurch fiel ihm schlagartig ein, dass vor zwei Tagen, also am Freitag, Training gewesen wäre, und er daran überhaupt nicht gedacht hatte. Hatte sich das für ihn bereits erledigt, mit dem Training? Oder war er aufgrund der vergangenen Tage einfach nur abgelenkt?

So richtig konnte er sich seine eigene Vergesslichkeit nicht erklären. Gleichzeitig sagte er sich auch, es sei momentan ohnedies unpassend, mit Klaus und Harald zu trainieren. Sein Verhältnis zu Klaus war definitiv angespannt und zu Harald hatte er momentan irgendwie überhaupt kein Verhältnis. Dabei fiel ihm auch noch die E-Mail von Klaus wieder ein, der er bisher noch keine weitere Beachtung geschenkt hatte. Vielleicht sollte er sie einfach löschen.

Als er dachte, er könne noch eine Zigarette rauchen gehen, kam eine weitere Dame und brachte ihm seine Pasta und den Salat. Sie stellte beides auf den Tisch. »Guten Appetit! Lassen Sie es sich schmecken!«

»Vielen Dank! Das werde ich«, sagte Lukas und nahm sich sein Besteck. Die Dame lächelte und ließ Lukas mit seiner Mahlzeit allein.

»Das Frühstück war gemütlich«, sagte Lydia.

Jonas und sie saßen immer noch in der Küche. Franja und Noah hatten sich auf ihre Zimmer zurückgezogen, nachdem sie gemeinsam die Küche und den Tisch aufgeräumt hatten.

»Ja, das finde ich auch«, sagte Jonas. »Die beiden sind nett, oder?«

»Ja, wirklich sehr nett. Sie haben mich toll aufgenommen. Damit hatte ich nicht gerechnet.«

»Deswegen fühle ich mich hier auch sehr wohl. Die beiden anderen sind auch nett. Natürlich gibt es manchmal auch Probleme, weil der ein oder andere sich nicht um seine Aufgaben kümmert.«

Lydia wurde nachdenklich, weil sie wieder an ihre Familie erinnert wurde.

Jonas bemerkte dies und schwieg erst einmal.

Nach der entspannten Nacht hier im Viertel bei Jonas hatte Lydia noch weniger Lust, zu Hause zu schlafen. Ihr war allerdings auch klar, es konnte sich nur um eine kurze Alternative handeln.

Jonas wusste nicht, wie er sich verhalten sollte. »Kann ich noch irgendetwas für dich tun?«, fragte er deshalb.

»Bitte?«

»Soll ich uns noch einen Kaffee oder Tee machen? Oder brauchst du sonst etwas?«

»Ich weiß nicht«, sagte Lydia und schaute Jonas an. »Erst einmal möchte ich dir danken, weil du Zeit für mich hast, obwohl ich nicht besonders gut drauf bin.« Lydia lächelte. »Und ich kann meine Mutter nicht komplett allein lassen.«

»Wenn du heute Nacht noch einmal hier schlafen möchtest, ist das kein Problem.«

Lydia freute sich auf der einen Seite. Sie mochte Jonas sehr. »Du bist wirklich freundlich. Nichtsdestotrotz komme ich mir mit alldem ein wenig verloren vor und bin auch überfordert. Ich bin mir nicht sicher, ob ich meinen Vater wieder anzeigen würde.«

Jonas musste sich schwer kontrollieren, um nicht unangemessen zu reagieren. »Du hast deinen Vater angezeigt?«, fragte er halbwegs beherrscht.

Lydia gefiel die Art, wie Jonas fragte, nicht. »Na ja … angezeigt, ist zu viel gesagt. Ich habe meine Mutter spät Abends in der Küche gefunden. Mein Vater hatte ihr in den Bauch geboxt. Daraufhin habe ich die Polizei gerufen …«, sagte sie erbost. »… Das hätte ich schon viel früher machen müssen. Meine Mutter bekommt es ja nicht hin, diesen Arsch zu verlassen.«

Lydias Energie traf Jonas mit voller Wucht. »Was meinst du mit früher machen müssen?«, fragte er angeschlagen.

Lydia erhob sich und lief in den Wohnbereich, um dort auf und ab zu gehen. »Na, früher eben«, sagte sie unwirsch.

»Heißt das …«

»Ja, genau … das heißt es. Mein Vater verprügelt meine Mutter inzwischen vier lange Jahre lang. Und sie macht einfach nichts«, schrie Lydia ihren Frust in die Wohnung und es war ihr egal, ob Jonas Mitbewohner mithörten.

Jonas war mit Lydias Aggressivität ziemlich überfordert. Deshalb sagte er lieber nichts, rutschte nur auf seinem Stuhl hin und her.

Dann schaute Lydia ihn an. »Du kannst etwas tun.« Lydia bewegte sich wieder Richtung Tisch. »Ich könnte noch einen kräftigen Kaffee vertragen«, sagte sie, während sie sich wieder hinsetzte.

Jonas ließ sich nicht ein zweites Mal sagen, er könne etwas tun. Er eilte in die Küche, füllte Wasser in die Kaffeemaschine, nahm einen Filter aus dem Schrank, setzte diesen ein, gab Kaffee hinein und startete die Maschine. Dann nahm er wieder am Tisch Platz.

Sie schauten sich lange nachdenklich an.

»Du bist allein mit alldem. Das ist nicht gut«, sagte Jonas. »Gibt es nicht irgendjemanden, der dir helfen kann?«

Lydia schaute auf. »Was macht der Kaffee?«

Jonas überprüfte die Maschine. »Noch ein oder zwei Minuten, schätze ich«, sagte er und setzte sich wieder.

»Danke, Jonas. Entschuldige bitte mein Geschreie!«

Jonas winkte ab. »Schon gut. Ich habe mich nur ein wenig erschrocken. Fällt dir denn jemand ein, der irgendwie eine Hilfe sein kann?«, hakte Jonas noch einmal nach, da er Lydias Not erkannt hatte.

Lydia schaute an die Decke und überlegte. »Meine Großeltern kann ich damit auf keinen Fall behelligen. Die haben ihre eigenen Probleme. Außerdem würden die das alles noch viel weniger verstehen, als ich es tue.« Lydia hielt inne. »Vielleicht …«

Da Lydia scheinbar auf der Suche nach Antworten war, ging Jonas wieder in die Küche. Er wartete, bis der Kaffee durchgelaufen war. Dann nahm er zwei Tassen, füllte Kaffee und dann Milch ein. Dann brachte er den Kaffee zum Tisch und machte es sich wieder bequem.

Lydia nahm sich ihre Tasse. »Danke.« Sie schlürfte vorsichtig den Kaffee, um sich nicht zu verbrennen.

»Gerne«, sagte Jonas und tat es ihr gleich.

»Ich habe nachgedacht«, sagte Lydia nach einer Weile. »In meiner Familie gibt es niemanden. Doch meine Mutter hat eine gute Freundin. Sie ist die Frau des Freundes meines Vaters.« Sie schlürfte wieder an ihrem Kaffee.

»Und? Was willst du machen?«, wollte Jonas erfahren.

»Ich denke, ich werde sie anrufen«, sagte sie, ihre Tasse in der Hand. »Sie wusste bereits, dass mein Vater ein Schläger ist.«

»Wie kommt das?« Jonas stellte seine Tasse ab.

»Ja, merkwürdig, oder? Meine Mutter hat es Sybille, so heißt ihre Freundin, irgendwann einmal erzählt.« Wieder nahm sie vorsichtig einen Schluck Kaffee zu sich.

»Was war das vorhin so laut?«, fragte Franja, die in die Küche ging.

Jonas und Lydia schauten sich an.

»Ich hatte mich ein bisschen zu sehr über meine Eltern, speziell meine Mutter, aufgeregt. Entschuldige bitte!«, sagte Lydia, während sie sich nach Franja umdrehte.

Franja lächelte. »Das ist kein Problem. Eltern können einem schon ganz schön auf die Nerven gehen … ich kenne da was von.«

Lydia war froh, Franja entspannt zu sehen. »Ist halt manchmal nicht so leicht.«

»Kann ich mir einen Kaffee nehmen?«

Jonas schaute Lydia an. »Ich glaube schon …«, sagte er und ergänzte, als er bei Lydia keinen Einwand bemerkte, »… Klar, kein Problem. Nimm dir ruhig!«

Kurze Zeit später waren sie wieder allein und tranken ihren Kaffee.

»Und wann willst du diese Sybille anrufen?«, fragte Jonas.

Harald war nicht besonders motiviert, seine Ehefrau auf ihre unterschiedliche Haltung zur Erziehung ihres Sohnes anzusprechen. Doch letztendlich hatte sie ihm durch ihre Frage beim Frühstück eine Vorlage geliefert. »Sag mal, Martina! …«, versuchte er deshalb, ein Gespräch zu eröffnen, »… Mich würde interessieren, ob du bezüglich Lasses Sozialstunden etwas unternehmen möchtest. Und wenn, was.«

Martina war überrascht und wandte sich Harald zu, der in der Küchentür stand. »Anstatt mir solch komische Fragen zu stellen, könntest du mir mal ein bisschen helfen, das Mittagessen fertig zu bekommen.«

Der unwirsche Gegenwind seiner Ehefrau traf Harald aus heiterem Himmel. Sofort bereute er, dass er sich durch Klaus' Hinweis verleiten ließ, das Gespräch mit ihr zu suchen. »Bist du sauer auf mich?«, fragte er und betrat die Küche, um sich dann an den Tisch zu setzen.

»Ob ich sauer auf dich bin?« Martina drehte sich erneut zu Harald um. »Natürlich bin ich irgendwie sauer auf dich. Du beantwortest meine Fragen nicht, stellst aber deinerseits Fragen. Und du lässt mich im Auto sitzen und mit dem kompletten Einkauf allein. Hilfst du mir jetzt?«

Harald musste begreifen, seiner Ehefrau auf irgendeinem Wege entgegenzukommen, war offenbar ratsam. »Also gut. Was soll ich machen?«

»Ich wäre dir sehr verbunden, wenn du die Kartoffeln für das Gratin schälen könntest.«

Harald biss die Zähne zusammen. »Na gut. Mache ich«, sagte er und fragte dann: »Hast du schon Kartoffeln ausgesucht oder soll ich das machen?«

»Die Kartoffeln findest du im Schrank. Nimm am besten die acht größten, die du finden kannst!«

Harald verließ den Küchentisch und warf einen Blick in den Schrank. Während Martina dabei war, die Lammfilets anzubraten, konnte Harald seine Suche erfolgreich gestalten. Er besorgte sich noch ein Messer aus einer der Schubladen und begab sich zurück an den Tisch, wo er damit begann, die Kartoffeln zu schälen.

»Um auf deine Frage zurückzukommen …«, sagte Martina, nachdem sie sich einige Zeit stillschweigend ihren Aufgaben gewidmet hatten »… Ich habe vor, in der Schule anzurufen und denen ein wenig Dampf zu machen.«

Harald hielt inne und beobachtete Martina, wie sie die Filets in der Pfanne anbriet und dabei zunehmend in einer Rauchwolke stand. »Bemerkenswert. Und wie soll das aussehen?«, fragte Harald und knüpfte sich die nächste Kartoffel vor.

»Ich werde denen sagen, Lasse hinsichtlich der Sozialstunden ein wenig mehr an die Kandare zu nehmen«, antwortete sie, während sie den Ofen anstellte. »Was machen die Kartoffeln?«

»Bin gleich so weit. Eine fehlt noch.«

»Gut«, lobte Martina, nahm die Filetstücke aus der Pfanne und brachte sie auf dem Backblech unter. Dann schob sie das Blech in den vorgeheizten Ofen. »Wir müssen die Kartoffeln noch in Scheiben kriegen. Kannst du die Küchenmaschine aufbauen?«

Harald konstatierte, seine Ehefrau hatte alles im Griff. »Wo finde ich die?«

»Im Oberschrank über dem Ofen.«

Da die letzte Kartoffel geschält war, öffnete Harald ohne Worte den Oberschrank und zerrte das Küchengerät heraus. »Hast du deine Haltung gegenüber Lasse etwa geändert?«, fragte er, während er auf dem Tisch Platz für die Maschine machte.

»Gegenüber Lasse? Eher nicht. Aber dieses Lapidare der Schule, beziehungsweise des Sozialarbeiters, bringt mich auf die Palme. Letztendlich hat Lasse sich in der Schule extrem danebenen benommen …«, sagte Martina. »… Um es vorsichtig auszudrücken …«, ergänzte sie, um Harald nicht gleich Futter für Widerrede zu geben. »… Und die Schule sollte da ein wenig klarer und bestimmter sein, oder nicht?«

»Ja … das könnte nicht schaden …«

»Und was Lasse angeht. Da muss ich leider sagen, seine Art und Weise erinnert mich doch ziemlich an deine«, unterbrach Martina ihren Ehemann und sah ihn anschließend mit wissender Miene an.

»Was meinst du damit?«, fragte Harald, der feststellen musste, nicht so recht zu wissen, wie die Maschine zusammenzubauen war.

»Damit meine ich, mein Lieber, dass er ebenfalls recht sparsam darin ist, sich mitzuteilen. Ganz wie du, oder?«

»Schon wieder diese Behauptung, ich sei für das Verhalten von Lasse verantwortlich.«

»Nein, nein. Das meine ich damit ja gar nicht. Ich habe gesagt, dass dein Sohn genau wie du kaum darüber spricht, wie es ihm geht.« Martina ließ heißes Wasser in das Waschbecken ein. »Was ist mit der Maschine?«

Harald kam sich wie ein dummer Junge vor. »Dieses blöde Ding. Ich bekomme das nicht zusammengebaut.«

»Weil du es noch nicht gemacht hast, oder?«, versuchte Martina ihren Mann zu beruhigen. »Soll ich es dir zeigen?«

Harald hatte mit sich zu kämpfen; als jemand, der Produkte entwickelte und mehrere Dutzend Mitarbeiter führte. »Bitte!«

Martina kam an den Tisch, nachdem sie das Wasser abgestellt hatte. »Also, das Teil musst du da drauf schrauben. Dann setzt du dieses Teil hier ein und …«

»Ganz einfach, wenn man weiß, wie es geht«, brummte Harald. »Danke. Dann kriege ich es jetzt hin, denke ich.«

»Gern geschehen.« Martina lächelte Harald an, der ebenfalls verhalten lächelte. »Kannst du die Kartoffeln in Scheiben schneiden? Dann kann ich mich mal eben um die Wäsche im

Keller kümmern.« Martina war gespannt, ob Harald noch gelöst genug war.

»Na ja … Ich habe ja momentan nichts anderes zu tun.«

»Und die Pfanne könntest du noch abwaschen.«

»Mhm … na schön … mache ich.«

Martina war positiv überrascht. »Toll. Danke!« Sie küsste Harald auf seine Wange. »Ich bin gleich wieder da«, versprach sie und verschwand durch die Tür.

Harald schaute ihr noch lange hinterher.

Sonntag, der 27.08.2017, abends

Klaus stellte mit leisem Bedauern fest, dass sich das Wochenende bereits dem Ende näherte. Sybille hatte ihn ausdrücklich gelobt, weil er sich um das Frühstück gekümmert hatte. Für Klaus hätte das Frühstück endlos sein können, doch inzwischen war es bereits sechs Uhr durch.

Sybille hatte sich bereiterklärt, ein warmes Abendessen zu kochen. Klaus' Angebot, sie zu unterstützen, hatte sie freundlich und bestimmt abgelehnt. Klaus hatte nichts dagegen einzuwenden und lungerte auf einem der Sofas herum. Sehr gern erinnerte er sich an sein Treffen mit Harald. Deshalb nahm er sich vor, Harald auf jeden Fall in der kommenden Woche anzurufen.

Ihm fiel wieder seine E-Mail an Lukas ein, an den er erfreulicherweise lange nicht gedacht hatte. Er wusste nicht, ob Lukas seine Nachricht gelesen hatte und das missfiel ihm. Nun hatte Harald auch noch in Aussicht gestellt, Lukas anzurufen. Klaus konnte wieder nicht umhin, sich über Lukas aufzuregen. Und das missfiel ihm ebenfalls. Doch was sollte er machen, fragte er sich, als ihn das Klingeln des Telefons überraschte. Ein Anruf am Sonntagabend war ziemlich ungewöhnlich. Klaus brauchte einen Moment, um zu begreifen. Erst nach dem dritten Klingen konnte er sich aus dem Sofa bugsieren.

»Klaus! … Telefon!«, meldete sich Sybille unüberhörbar aus der Küche.

»Ja. Ich gehe ja schon«, rief er und hechtete Richtung Telefon. »Klaus Prange am Apparat«, meldete er sich leicht gehetzt.

»Hallo, guten Abend. Hier ist Lydia.«

»… Lydia?«

»Ja, die Tochter von Herrn Schmalbach«, sagte Lydia irritiert.

»Äh … entschuldige bitte, Lydia! … Ich stand wohl kurz auf der Leitung.«

»Schon gut … ist Sybille zu sprechen?«

»Äh … Sybille? … Ja, klar«, stammelte Klaus. »Einen Moment …«, sagte er und ging über den Flur in die Küche.

»Sybille«, flüsterte er, den Hörer abdeckend. »Lydia ist am Telefon …«, fuhr er fort, als Sybille ihn anschaute, »… Sie möchte dich sprechen.«

Sybille schaute verdutzt. »Lydia von Petra?«

Klaus nickte und hielt ihr den Hörer entgegen.

Sybille regelte die Flamme für die Kartoffeln nach und übernahm den Hörer. »Hallo Lydia«, sagte sie und schaute Klaus entgeistert an.

»Hallo Sybille …«, sagte Lydia, »… Ich hoffe, dass ich euch nicht störe.«

»Kein Problem, Lydia. Was kann ich für dich tun?«, fragte Sybille, um es Lydia nicht noch schwerer zu machen. Denn ihr wurde schnell klar, es musste einen ernsten Grund für ihren Anruf geben.

»Ehrlich gesagt. Ich rufe an, weil ihr wissen sollt, dass mein Vater meine Mutter wieder geschlagen hat.«

Trotz ihrer leisen Vorahnung wurde Sybille vollkommen überrascht. »Wie bitte?«, fragte sie und setzte sich langsam an den Küchentisch.

»Ja, mein Vater hat meine Mutter am letzten Mittwoch in den Bauch geboxt. Ich habe sie dann gefunden.«

»In den Bauch geboxt? … Das ist fürchterlich, Lydia. Wie geht es Petra?«, fragte Sybille und schaute Klaus, der noch in der Küchentür weilte, betreten an.

»Meine Mutter hat eine Rippenprellung. Und sie behandelt mich schlecht, weil ich die Polizei gerufen habe«, sagte Lydia.

Sybille war froh, bereits zu sitzen, denn sie konnte kaum glauben, was Lydia ihr da erzählte. »Du hast die Polizei gerufen? Was bedeutet das?«

»Die Polizei war bei uns und hat ihn mitgenommen. Der wohnt jetzt in einer Pension.«

Sybille hörte Lydias Atem. »Aber das ist doch gut. Das hast du richtig gemacht. Wirklich, Lydia. Das war total mutig von dir«, sagte Sybille, um Lydia mental zu unterstützen. »Und deine Mutter behandelt dich schlecht? Wieso?«

Lydia zögerte. »Sie ist wütend auf mich, weil ich die Polizei gerufen habe, ohne das mit ihr zu besprechen.«

»Das gibt es doch gar nicht. Das kann doch nicht sein.« Sybille schnellte in den Stand, sah Klaus erschrocken an, um sich dann gleich wieder hinzusetzen. »Deine Mutter scheint nicht mehr klarzusehen. Wie geht es *dir*, Lydia? Das muss schwer für dich sein.«

»Es ist kaum zu ertragen. Deshalb habe ich letzte Nacht auch nicht zu Hause geschlafen und werde das auch heute Nacht nicht tun.«

»Bei wem schläfst du denn?«, fragte Sybille, direkt besorgt.

»Bei einem guten Freund. Das geht schon. Allerdings kann das nicht auf Dauer so bleiben. Ich weiß nicht so recht, was ich machen soll.«

»Ja … das glaube ich dir. Wurde dein Vater von der Polizei weg gewiesen. Und wenn ja, bis wann?«

»Zehn Tage lang.«

»Das ist verdammt kurz«, stellte Sybille fest.

»Ja, viel zu kurz«, bestätigte Lydia aufgebracht. »Ich kann mit dem nicht mehr in einem Haus leben. Und will das auch nicht mehr.«

Sybille merkte die Dringlichkeit, die sich hinter Lydias Anruf zeigte. »Dann müssen wir uns überlegen, was wir tun können.«

»Meine Mutter könnte beim Amt einen Antrag auf Zuweisung des Hauses stellen. Aber sie hat das noch nicht gemacht und ich weiß nicht, ob sie das machen wird.«

»Eine Zuweisung?«

»Ja, das hat die Polizei uns alles erklärt, in der Nacht. Dann könnten wir da eine gewisse Zeit weiter wohnen, ohne unseren Vater – den Schläger.«

Sybille spürte Lydias Verbitterung. »Oder dein Vater würde *freiwillig* woanders wohnen.« Sybille konnte sich ein Umdenken durch Lukas nicht vorstellen. »Ich weiß, das ist eher unwahrscheinlich. Aber ich denke, wir sollten sowohl mit deiner Mutter als auch mit deinem Vater sprechen.« Sybille konnte sehen, wie Klaus zunehmend unruhiger wurde.

Lydia erschrak und fuhr zusammen. »Das möchte ich nicht. Ich rufe nur an, um euch zu informieren. Meine Mutter ist auch so schon aufgebracht und wütend auf mich. Wenn sie erfährt, dass ich euch angerufen habe, flippt sie bestimmt völlig aus.«

Sybille war bereits in Rage und sie wurde jäh ausgebremst. »Äh …«, gab sie von sich und schaute Klaus an.

»Nein. Bitte, Sybille! … Auf keinen Fall.« Lydia bekam Zweifel, ob ihr Anruf eine gute Idee war. »Wie gesagt. Mir war nur wichtig, euch zu informieren.«

Sybille verließ den Küchentisch. »Mhm … das gefällt mir nicht …« Sybille verließ die Küche, an Klaus vorbei, der immer noch in der Tür stand. »… Vielleicht können wir noch einmal telefonieren. Erst einmal unternehmen wir nichts, damit du nicht zusätzlich Stress bekommst, okay?«, sagte Sybille mit wenig Begeisterung, während sie ins Wohnzimmer ging. Klaus folgte ihr unbemerkt.

»Ja, das ist gut.« Lydia konnte sich ein wenig beruhigen. Sie wusste nur nicht, ob ein weiteres Telefonat in ihrem Sinne war. »Dann melde ich mich vielleicht in den nächsten Tagen noch einmal.«

»Na gut, Lydia. Vielen Dank für deinen Anruf. Und wenn wir etwas tun können, rufe uns bitte an!«

»Das mache ich. Danke. Bis dann.« Lydia beendete das Gespräch und legte ihr Smartphone nachdenklich auf den Küchentisch.

Sybille war immer noch aufgeregt, als sie das Telefon in die Basisstation zurückbrachte. Klaus stand in der Wohnzimmertür und sah Sybille fragend an. Sybille ärgerte sich über ihre Nachgiebigkeit Lydia gegenüber, doch was sollte sie machen. Klaus näherte sich auf leisen Sohlen. »Lukas hat Petra wieder geschlagen ...«, sagte er und bewegte sich weiter auf Sybille zu.

»Ja, in den Bauch geboxt. Und Lydia möchte nicht, dass wir irgendwas machen«, erwiderte Sybille und ließ sich von Klaus' Armen aufnehmen.

Harald befand sich mal wieder in seinem Arbeitszimmer und starrte auf den Bildschirm seines Computers. Seine Gedanken an seine Arbeit hatten im Laufe des Tages Stunde um Stunde zugenommen. Er freute sich darauf, gut erholt in die neue Woche zu starten. Es war spät geworden und seine Familie ließ den Abend nach einer Brotzeit ausklingen. Seine Ehefrau hatte sich mit einem Buch aufs Sofa begeben. Was seine Kinder trieben, wusste Harald nicht, und es war ihm momentan auch egal.

Eigentlich sollte er sich zu Martina aufs Sofa gesellen, doch irgendetwas hielt ihn zurück. Harald konnte sich nicht vorstellen, dort untätig herumzusitzen. An einem Buch las er derzeit nicht; auch, weil er einfach keine Leseratte war. Bücher langweilten ihn meistens. Den Fernseher konnte er nicht anstellen, denn damit würde er Martina beim Lesen stören. Außerdem konnte ihn nichts am Fernsehprogramm interessieren.

Aus Mangel an Alternativen schaltete er den Computer an und wartete, bis dieser arbeitsfähig war. Harald hatte den Impuls, nach E-Mails zu schauen. Mit großer Wahrscheinlichkeit hatte ihm sein Arbeitgeber irgendwas geschickt. Er gab zögerlich nach, öffnete sein Mail-Programm und entdeckte tatsächlich zwei E-Mails seines Arbeitgebers. Er stöhnte, bereute direkt, seinem Impuls nachgegangen zu sein. Schließlich hatte er frei.

»Wieso mache ich mir darüber Gedanken?«, fragte er sich. Denn bisher hatte er E-Mails seines Arbeitgebers wie selbstverständlich geöffnet und gelesen.

Die erste E-Mail bezog sich auf irgendwelche Abläufe, die IT hinsichtlich des Informationsaustausches betreffend. Harald konnte sich einen Seufzer nicht verkneifen, weil das zum Alltag in ›seinem‹ Unternehmen gehörte.

Die zweite E-Mail ließ ihn wissen, für morgen sei um zehn Uhr ein Treffen der oberen Führungsetage anberaumt, an dem er teilnehmen müsse. Harald ärgerte sich. Diese Treffen waren in der Regel kein Spaß, sondern verliefen fast ausnahmslos unbefriedigend, da sie meistens eher langweilig waren. Seine Laune bekam einen Dämpfer. Er schloss mit Argwohn das Mail-Programm und ließ den Computer herunterfahren. Er hätte sich wohl doch besser einfach aufs Sofa geschmissen oder noch eine Runde um den Block gemacht.

Das konnte er allerdings noch nachholen, versuchte er sich selbst zu beschwichtigen. Er verließ das Zimmer und zog sich im Schlafzimmer eine passende Hose an. Wenig später schaute er ins Wohnzimmer. »Martina. Ich mache noch eine kleine Runde … frische Luft schnappen.«

Seine Ehefrau schaute nur kurz auf. »Alles klar. Viel Vergnügen«, sagte sie und wandte sich wieder ihrem Buch zu.

»Bis gleich«, sagte Harald und verschwand im Flur, wo er sich seine Freizeitschuhe anzog, sowie eine seiner Sommerjacken aus Fließ. Mit seinem Schlüssel in der Hand verließ er das Haus.

Jonas wagte sich vorsichtig in die Küche, als offensichtlich war, dass Lydia ihr Gespräch beendet hatte. Er setzte sich Lydia gegenüber an den Küchentisch. »Hat das Telefonat geholfen?«

Lydia nahm ihr Smartphone vom Tisch und drehte es in ihrer Hand. »Na ja, die wissen jetzt Bescheid. Ob das gut ist?«, sagte Lydia und zuckte dann mit ihren Schultern. »Keine Ahnung.«

»Wieso nicht?«

Lydia legte ihr Smartphone etwas unwirsch zurück auf den Tisch. »Sybille wollte mit meiner Mutter, und meinem Vater, reden. Ich wollte das aber nicht.«

»Das ist …«

»Was?«, unterbrach Lydia.

Jonas erschrak. »Mir ist nicht klar, warum du dann da angerufen hast«, sagte Jonas. »Einen Kaffee? … oder Cappuccino?«, fragte er grinsend, während er sich vom Tisch erhob, auch um sich selbst zu beruhigen.

»Cappuccino … bitte!«, antwortete Lydia, trotz ihres Ärgers Jonas Charme erliegend. »Und ein Wasser wäre gut.«

»Kommt sofort«, versprach Jonas und begann, sich um die Zubereitung zu kümmern. Als die Espressokanne auf dem Herd war, fragte er: »Also, Lydia. Warum hast du diese Sybille angerufen?«

Lydia schaute ihn an, ohne zu antworten.

»Offensichtlich ist, wie sehr du belastet bist«, sagte er, während er zum Kühlschrank ging und Milch herausholte.

»Die ganze Situation ist mega beschissen. Ich habe die Polizei geholt und die haben ihn mitgenommen«, sagte Lydia, nach einer Antwort suchend. »Meine Mutter ist von mir genervt. Mein Bruder verschließt lieber die Augen … oder was weiß ich. Sybille hat gesagt, ich sei mutig. Nur, das ändert nichts daran, dass mein Vater meine Mutter schlägt und damit nicht aufhören wird.«

»Dann kann es doch kaum noch schlimmer werden. Dann könnte diese Sybille auch mit deiner Mutter sprechen, oder? Oder auch mit deinem Vater.«

Lydia ließ die Worte einen Moment sacken und stand dann auf. »Du bist eine ganz schöne Schlauwurst. Kann das sein?«, sagte sie und schlenderte in Richtung Küchenbereich, lehnte sich dort an die Arbeitsplatte.

Jonas lächelte sie an, während er den brodelnden Espresso in zwei Gläser füllte. »Findest du?«

»Ja, finde ich. Leider kann ich dir nicht wirklich widersprechen. Mir ist klar geworden, dass ich die Zustimmung meiner Mutter wollte. Doch da kann ich ziemlich sicher lange drauf warten«, sagte sie, während sie sich Jonas langsam näherte. »Entscheidend ist für mich, das Verhalten meines Vaters nicht mehr weiter hinzunehmen … und das ist mir definitiv gelungen.« Lydia stand neben Jonas und schaute ihn unverblümt an.

Jonas erwiderte ihren Blick und musste sehr achtsam sein, damit er nicht in ihren Augen versank.

Abschied

Abschied ist nicht das
Schlimmste auf der Welt.
Dass man sich wiedersieht, das zählt.

Dienstag, der 29.08.2017, nachmittags

»Hallo Sybille! Schön, dich zu sehen … Komm rein!«, sagte Martina und forderte ihre Freundin mit einer Armbewegung auf, ihr Heim zu betreten. Während sie die Tür schloss, fragte sie: »Bist du gut hergekommen?«

»Ja, es ging ganz gut. Die Erdbeerbrücke war ein wenig stauig. Ansonsten kein Problem.« Die beiden Freundinnen nahmen sich ausgiebig in den Arm.

»Ja, ja, die Erdbeerbrücke … na, jetzt bist du ja hier. Ich habe im Garten Kaffee und Tee, wenn's dir recht ist?«, sagte Martina, während sie ihre Umarmung lösten.

»Wunderbar.«

Martina ging zur Terrassentür und ließ Sybille den Vortritt.

»Harald! …«, rief Sybille, »… Du auch hier?«

»Hallo …«, sagte er und stand von seinem Platz auf, um Sybille mit einer flüchtigen Umarmung zu begrüßen, »… Leider nicht ganz freiwillig, wie ich zugeben muss. Ich bin wider Erwarten auch diese Woche krankgeschrieben. Wobei … Martina findet das, glaube ich, ganz gut.«

Martina und Sybille nahmen Platz. »Ja, das ist wahr; zumal ich Harald letzte Woche bereits dringend geraten hatte, sich weiter krankschreiben zu lassen.«

Sybille versuchte, sich nichts anmerken zu lassen. Es war außergewöhnlich, Harald die zweite Woche krankgeschrieben zu wissen. »Wo sind eure Kinder? Geht es ihnen gut?«, fragte sie, um Harald nicht weiter zu quälen.

»Kaffee?«, tat es ihr Martina auf andere Weise gleich.

Da Sybille nickte, nahm sie die Kaffeekanne, und schenkte ihrer Freundin ein. »Unsere Kinder sind unterwegs.«

»Lasse ist wohl noch in der Schule, oder? …«, sagte Harald, »… Und Solveig …«

»Nee, Harald. Lasse ist in einem Wohnheim für beeinträchtigte Menschen und Solveig dürfte noch in der Schule oder bei einer Freundin sein.«

»Habe ich etwas verpasst?«, fragte Harald und lächelte dabei Sybille betreten an. »Übrigens, Sybille. Möchtest du ein Stück Butterkuchen?«

Sybille diagnostizierte in aller Eile ein ziemliches Chaos bei Familie Middelkamp. »Butterkuchen? … Ja sehr gern.«

Während Harald für Sybille ein Stück Butterkuchen auf den Teller tat, sagte Martina: »Du hast wirklich etwas verpasst, Harald. Ich habe heute Morgen die Schule angerufen und mit der Schulleitung gesprochen.«

»Und?«

»Wie geplant habe ich unmissverständlich klargemacht, wie ich ihre laxe Art finde. Sie hat mir dann versichert, sich darum zu kümmern. Heute Mittag hat sie mich dann wieder angerufen … und Vollzug gemeldet.«

»Im Ernst? Und deshalb ist Lasse jetzt in dieser Einrichtung?«, freute sich Harald und konnte das nur schwerlich verbergen.

»Ganz genau«, bestätigte Martina und nahm sich endlich auch ein Stück Butterkuchen.

Sybille beobachtete ihre Freundin und den Freund ihres Mannes und wusste im Moment nicht, wie sie ihnen die hochproblematischen Neuigkeiten beibringen sollte.

»Du musst entschuldigen, Sybille. Aber du bist ja im Bilde, was Lasse angeht. Da euer Sozialarbeiter Lasse in keiner Weise die Dringlichkeit seiner Sozialstunden vermittelt hat, habe ich das übernommen. Harald freut sich, weil ich Lasse etwas strenger behandle.«

Harald nickte wohlwollend und spülte seinen Butterkuchen mit Kaffee herunter. »Ja, stimmt. Ich freue mich«, gab Harald unumwunden zu »… Aber wie geht es euch eigentlich, Sybille?«

Sybille war einerseits dankbar für Haralds Frage. Andererseits rutschte ihr gleichzeitig das Herz in die Hose. Doch es nützte nichts. »So weit geht es uns gut … allerdings bringe ich unerfreuliche Neuigkeiten mit.«

Martina und Harald erstarrten gleichzeitig.

»Sybille. Was ist los? Du machst uns Angst«, sagte Martina, während sie ihre Tasse wegstellte, aus der sie gerade trinken wollte.

»Genau deshalb mache ich es kurz. Lukas hat Petra wieder geschlagen. Und zwar bereits letzte Woche«, sagte sie und schaute ihre eben noch gut gelaunten Gesprächspartner an.

»Mein Gott«, brachte Martina ihr Entsetzen nach einer kurzen Pause zum Ausdruck. »Wie geht es Petra?«

»Lukas hat ihr in den Bauch geboxt und sie hat eine Rippenprellung.«

»Wie bitte?«, meldete sich Harald lauthals zu Wort.

»Ja«, bekräftigte Sybille betreten. »Lydia hat nicht nur bei der Polizei angerufen, sondern am Sonntag auch bei uns und hat mir davon erzählt.«

»Das gibt's doch nicht. Was ist mit diesem Kerl bloß los?«

»Habe ich das richtig verstanden?«, mischte sich Martina ein, »Lydia hat die Polizei gerufen?«

»Ja, hat sie. Und jetzt kommt's. Die haben Lukas mitgenommen.«

»Echt jetzt?« Harald musste aufpassen, sich nicht zu verschlucken.

»Unfassbar, ich weiß …«, sagte Sybille. »… Und dann haben sie Lukas weg gewiesen. Er wohnt derzeit in einer Pension.«

»Moment.« Harald sah zu, seinen Bissen Kuchen herunterzuspülen. »In einer Pension?«

»In einer Pension«, sagte Sybille mit einem bedenklichen Nicken und streckte dann ihren Arm nach ihrem Kaffee aus.

»Das gibt es nicht. Dann brauche ich ihn ja nicht mehr anzurufen.«

Während ihre Freundin trank, schaute Martina ihren Ehemann mit flackernden Augen an. »Was meinst du?«

»Ah … das habe ich noch gar nicht erwähnt.« Harald schaute Sybille fragend an. »Ich hoffe, das ist okay, wenn ich das jetzt erzähle.« Da Sybille nichts sagte, fuhr Harald fort. »Klaus hat mir am Freitag erzählt, dass er Lukas eine Mail geschrieben hat. Er hat Lukas darin aufgefordert, von zu Hause auszuziehen. Die Mail hat er auch geschrieben, weil er Lukas' Mobilnummer nicht hat. Da ich die Nummer habe, habe ich Klaus gefragt, ob ich Lukas anrufen soll. Klaus war da allerdings unklar.«

»Klaus ist letztendlich völlig außer sich«, sagte Sybille. »Und wir sind ratlos, auch weil Lydia nicht möchte, dass wir mit Petra oder Lukas sprechen.«

Martina schaute ihren Mann an. Sie sah allerdings davon ab, ihn jetzt hinsichtlich seines Angebotes, Lukas anzurufen, ins Verhör zu nehmen. »Wie bitte? Warum nicht?«, fragte Martina anstatt dessen.

»Sie hat Angst, dass Petra ihr noch mehr Stress macht.«

»Noch mehr Stress?«, hakte Harald inzwischen ziemlich erregt nach.

»Tja … Petra ist offenbar nicht begeistert und behandelt Lydia nicht gut, macht ihr Vorwürfe. Lydia hat am Wochenende bei einem Freund übernachtet, weil sie Petras Verhalten nicht mehr aushalten konnte.«

»Petra macht ihrer Tochter Vorwürfe?« Martina wollte sich am liebsten die Ohren zuhalten, damit sie sich diesen Wahnsinn nicht mehr anhören musste.

»Also, ganz ehrlich, Sybille. Es ist ja schön und gut, wenn Lydia nicht möchte, dass wir aktiv werden. Doch ich bin nicht mehr bereit, hier weiter Däumchen zu drehen und zuzusehen, wie mein Freund, *mein Freund* wohlgemerkt«, sagte Harald, auf seinem Stuhl immer größer werdend, »weiter seine Frau schlägt. Ich werde etwas unternehmen. So viel steht fest.«

»Und was?«, fragte Martina mit wenig Begeisterung.

Herr Freimann stand in seinem Beratungsraum vor einem der beiden Fenster. Dort befand er sich bereits seit fünf Minuten und er war sich jetzt ziemlich sicher, Herr Schmalbach nicht mehr zu Gesicht zu bekommen.

Es war bereits achtzehn Uhr zwölf. Herr Freimann konnte sich nicht vorstellen, dass sein Klient sich derart verspätete. Obwohl er ihn erst zweimal gesprochen hatte, hielt er ihn für einen auf Pünktlichkeit bedachten Mann.

Als es viertel nach sechs war, verließ er seinen Beratungsraum, ging in sein Büro, setzte sich an den Schreibtisch und schaute im Laptop in seine Kontaktliste. Doch fand er nicht, was er suchte.

Dann blieb ihm nur sein Handy. Er hatte Glück und wählte die Nummer, die er fand. Das Smartphone versuchte, eine Verbindung herzustellen. Bald konnte er hören, dass dies gelungen war. Es klingelte und er war gespannt, was passieren würde. Es klingelte mehrmals.

»Schmalbach am Apparat.«

»Guten Abend, Herr Schmalbach … hier spricht Herr Freimann, ihr Berater. Wir sind heute für achtzehn Uhr verabredet und jetzt ist es zwanzig nach sechs.«

Die Leitung begann zu knistern. Gesprochen wurde mehrere Sekunden kein Wort.

»Herr Schmalbach … ist etwas passiert?«

Schweigen am anderen Ende.

»Herr Schmalbach … kann es sein, dass Sie ihre Frau erneut geschlagen haben?« Herr Freimann lauschte in sein Telefon und hörte seinen Klienten schwer atmen. Da es ihm wichtig war, die Beziehung zu seinem Klienten trotz oder gerade wegen seines erneuten Übergriffs, von dem er jetzt ausgehen musste, aufrechtzuerhalten, sagte er: »Mir ist wichtig, Ihnen zu sagen, dass ich Ihnen weiterhin unterstützend zur Verfügung stehe.«

Lukas ärgerte sich darüber, ans Telefon gegangen zu sein. Sein Smartphone hatte ihm dummerweise keinen Hinweis geliefert, wer ihn da anrief. Mit einem Anruf seines Beraters hatte er überhaupt nicht gerechnet. Nun sollte er trotz seines Fernbleibens mit diesem Herrn Freimann sprechen. Sein Impuls, das Telefonat zu beenden, war stark.

Da sein Klient immer noch schwieg, beeilte sich Herr Freimann, eine Brücke zu bauen. »Herr Schmalbach … scheinbar können Sie momentan nicht reden … deshalb reserviere ich Ihnen für nächsten Dienstag um achtzehn Uhr einen neuen Termin; verbunden mit meiner Hoffnung, dass wir uns nächste Woche sehen werden und dann miteinander sprechen können.«

Lukas rang mit sich. Schließlich brachte er es nur mit großer Mühe fertig, doch noch etwas zu sagen. »Es ist richtig … ich habe meine Frau letzte Woche wieder geschlagen … ob wir uns nächste Woche treffen, kann ich Ihnen allerdings nicht sagen.«

Herr Freimann mochte es nicht, wenn seine Befürchtungen bestätigt wurden. »Und Sie sind jetzt in eine Pension oder ein Hotel gegangen?«

Lukas verstand nicht, wie Herr Freimann darauf kam. Dennoch ließ er ihn wissen: »Ja, in eine Pension.«

»Und Sie sind freiwillig in eine Pension gegangen? Oder hat Sie die Polizei weg gewiesen?«

Lukas fiel es schwer, auch diese Information weiterzugeben. »Letzteres.«

»Mhm … Ich verstehe. Ich hoffe sehr, Ihre Frau ist nicht schwerwiegend verletzt.«

Es kam keine Antwort.

»Herr Schmalbach … ich möchte wirklich gerne wissen, wie es Ihrer Frau geht«, sagte Herr Freimann.

Für Lukas wurde dieser Mann unangenehm aufdringlich. Das ging ihn eigentlich nichts an. »Kann ich Ihnen nicht sagen.«

»Dann sagen Sie mir wenigstens, ob sie zu Hause ist, Herr Schmalbach!«

»Ja …«, sagte Lukas nach einer für Herrn Freimann ewig andauernden Pause, »… Ist sie.«

Herr Freimann fiel ein Stein vom Herzen. »Danke! Dann bin ich erst einmal halbwegs im Bilde und, trotz der Umstände, erst einmal beruhigt. Ich hoffe inständig, dass Sie zukünftig Abstand zu ihrer Frau halten, Herr Schmalbach; und das freiwillig auch über die Frist hinaus, die Ihnen die Polizei gesetzt hat. Ihr Termin ist von meiner Seite aus also reserviert. Vielen Dank für ihre Offenheit. Ich hoffe, Sie nächsten Dienstag zu sehen. Auf Wiederhören, Herr Schmalbach!«

»Auf Wiederhören.« Lukas war dankbar, nicht weiter telefonieren und weitere Fragen beantworten zu müssen. Er setzte sich, nachdem er sein Smartphone weggesteckt hatte, wieder hinter seinen Schreibtisch im Büro.

Herr Freimann begab sich zurück in seinen Beratungsraum und ließ sich auf seinem Arbeitsgerät nieder. Der neuerliche Übergriff, den Herr Schmalbach eben eingeräumt hatte, ging ihm nahe. Er fragte sich, ob er eventuell hinsichtlich einer räumlichen Trennung Herr Schmalbach gegenüber nicht deutlich genug gewesen war.

Doch er vergegenwärtigte sich noch einmal, wie dieser auf seine Empfehlung reagiert hatte. Er musste einsehen, dass Herr Schmalbach nicht der erste Täter war, der mit seiner Verantwortung mehr als fahrlässig umging. Als Berater konnte er nicht mehr tun, als seinem Klienten weiterhin seine Unterstützung anzubieten und zu hoffen, dass er diese annehmen würde, indem er am kommenden Dienstag zur Beratung erschien. Immerhin hatte er sich mittlerweile dazu entschieden, in eine Pension zu gehen; wenn auch nicht aus freien Stücken.

Glossar

Arsten – Stadtteil südlich der Weser

Erdbeerbrücke – wird die Weserbrücke genannt, die die beiden Ortsteile Hastedt und Habenhausen miteinander verbindet. Früher gab es in Habenhausen viele Erdbeerfelder

Finnbahn – speziell zum Laufen angelegte Strecke

Hansa-Carré – ein Einkaufszentrum im Bremer Ortsteil Hastedt

Osterdeich – der Osterdeich ist nicht nur eine Straße, die auf der rechten (nördlichen) Seite der Weser in Höhe des Ostertors und Steintors entlang führt, sondern auch Erholungsgebiet

Schlonzig – beschreibt eine bestimmte, erwünschte Konsistenz

Schlachte – die Schlachte befindet sich im Zentrum direkt an der Weser

Schlachthof – ist ein Kulturzentrum im Stadtteil Findorff

Schwachhausen – Stadtteil nordöstlich vom Zentrum

Sielwallfähre – verbindet das rechte und linke Ufer der Weser in Höhe des Viertels

Stadionbad – Freibad direkt am Weserstadion

Steam – ist eine Online-Plattform, auf der Spiele für den PC erwerbbar sind

Viertel – bezeichnet einen Teil der Bremer Innenstadt, der sich aus den Stadtteilen Ostertor und Steintor bildet.

Walle – ist ein Stadtteil im Bremer Westen